Jessica Winter
Alle Farben des Regens

Das Buch

Eigentlich wollte Arya nicht mehr an ihn denken – Kasey, den Jungen mit den leuchtenden Augen und dem traurigen Lächeln. Nicht nachdem ihre erste große Liebe einfach gegangen ist und alles mitgenommen hat, was sie seit Ewigkeiten verbindet.

Jahre später führt Arya ein Leben nach Plan. Und doch fühlt sich die junge Frau verlorener denn je. Als dann auch noch Kasey in ihrer Klasse wiederauftaucht – als alleinerziehender Vater zweier niedlicher Kinder – steht Aryas Welt Kopf. Gefühle und Geheimnisse, die beide für immer vergessen wollten, kommen ans Licht, und Arya steht plötzlich vor der Frage, ob sie bereit ist, ihr Herz noch einmal zu riskieren.

Die Autorin

Schon seit frühester Kindheit begeistert sich Jessica Winter für Liebesgeschichten mit Tiefgang. Bereits mit zwölf Jahren wusste sie, dass sie eines Tages selbst Bücher schreiben würde.

Heute lebt die Bestsellerautorin mit ihrem Mann und ihren Zwillingen im Großraum Linz, liebt nach wie vor ihren Beruf als Sonderpädagogin und genießt es, abends ihre endlosen Ideen auf Papier zu bringen und ihren Figuren mit unterschiedlichsten Lebensumständen Stimmen zu verleihen.

JESSICA WINTER

Alle Farben des Regens

ROMAN

Deutsche Erstveröffentlichung bei
Tinte & Feder, Amazon Media EU S.à r.l.
38, avenue John F. Kennedy, L-1855 Luxembourg
Juni 2021

Umschlaggestaltung: © Ada Summer / Getty; © bedya / Getty;
© Zakharchuk / Shutterstock; © tomertu / Shutterstock; © 9comeback /
Shutterstock
Umschlagmotiv: zero-media.net, München
1. Lektorat: Sonja Fiedler-Tresp
2. Lektorat und Korrektorat: Media-Agentur Gaby Hoffmann,
www.profi-lektorat.com
Gedruckt durch:
Amazon Distribution GmbH, Amazonstraße 1, 04347 Leipzig /
Canon Deutschland Business Services GmbH, Ferdinand-Jühlke-Straße 7,
99095 Erfurt /
CPI books GmbH, Birkstraße 10, 25917 Leck

ISBN 978-2-49670-331-3

www.tinte-feder.de

Für Emily und Lea, weil euch bewusst oder unbewusst ein Teil meines Herzens gehört!
Bleibt mutig und stark ...

KAPITEL 1

Kasey

Ich fand es schon immer interessant, wenn jemand mir erzählt hat, dass er bei Gewittern wach wird und nicht mehr einschlafen kann. Ich habe nie wirklich begriffen, dass Menschen beunruhigt sind, sobald sie Donner hören, obwohl es doch eigentlich der Blitz ist, vor dem man Angst haben sollte. Stattdessen empfinden viele Blitze als aufregend und schön. Sie suchen buchstäblich danach, wohingegen sie auf den Lärm gut verzichten könnten. Dabei gehören die beiden zusammen. Ohne Donner gäbe es auch keinen Blitz.

Schätze, ich bin dann wohl einer der wenigen, der sich bei Gewitter entspannt. Denn Blitze sind zwar faszinierend und unvorhersehbar, aber Donner ist berechenbar. Egal, wie weit der Blitz weg ist, der Donner folgt bestimmt. Und das gibt mir Sicherheit.

Auch jetzt, während ich hier stehe und lausche, wie sich ein Gebilde aus sonnengewärmter Luft und Wasser in Form von brillanter Energie entlädt, schließe ich die Augen. Fühle, wie der Donner in meiner Brust grollt und vibriert und die Hohlräume da drinnen mit etwas anderem füllt als dem, was ich schon zu lange mit mir rumschleppe. Denn wer hätte gedacht, dass Leere so schwer sein kann.

»Hat deine Mutter dir nicht beigebracht, bei einem Gewitter vom Fenster wegzugehen?«, zieht mich mein erster und einziger Mitarbeiter Brick auf und boxt mir von hinten gegen die Schulter. »Nicht, dass in dieser Bruchbude irgendein anderer Bereich viel sicherer wäre als der vor dem kaputten Fenster.«

Ich öffne die Augen und bewege mich zurück in die Realität. Die Realität, in der ich bereits mein achtes Haus gekauft habe. Ich renoviere die Dinger neben meinen regulären Jobs auf dem Bau und verkaufe sie danach für hoffentlich mehr, als ich reingesteckt habe. Zumindest habe ich es bei den letzten sieben Häusern so gemacht. Der Unterschied bei diesem ist, dass Brick recht hat. Alle Häuser davor waren bei Weitem nicht in so schlechtem Zustand. Und dann ist da noch die kleine Feinheit, dass ich nicht sicher bin, ob ich *dieses* Haus auch wirklich nach der Renovierung verkaufen will.

»Also, was sagst du?«, will ich von ihm wissen und stemme die Hände in die Hüften, während ich mich endlich vom Gewitter losreiße.

»Erst mal bin ich verdammt froh, dass du dich bereits um das Dach gekümmert hast, damit wir wenigstens im Trockenen stehen.« Er tippt auf seinen Bauhelm und guckt sich um. »Ich bin eher der Mann fürs Grobe, der Blick aufs Danach fehlt mir. Deswegen sehe ich scheinbar nicht, was du siehst, wenn du hier stehst.« Er beißt sich auf die Wange und ich schmunzle.

»Du meinst morsches Holz, schimmlige Wände und das Mäusenest im Schlafzimmer? Ganz zu schweigen von der ausgebrannten Küche?«

Blinzelnd mustert Brick mich und lacht schließlich herzhaft. »Okay.« Er hebt den Daumen. »Vielleicht sehen wir ja doch dasselbe.«

Ich linse auf meine Stahlkappenschuhe. Kein Wunder, dass er denkt, ich sei besoffen gewesen, als ich vor zwei Wochen der Stadt dieses Haus abgekauft habe. Damit war er nicht der Einzige. Penny hat mich dasselbe gefragt. Selbst der Gemeindemitarbeiter, der mir die Schlüssel übergeben hat, hätte mich das gefragt, wäre er nicht so dankbar gewesen, das Haus endlich los zu sein.

»Aber ich weiß, was du draufhast, also bin ich dabei«, verspricht Brick.

Ein erleichterter Atemzug entfährt mir. Ich war mir nicht sicher, ob er mich dieses Mal nicht sitzen lassen würde. Alles, was wir hier machen, geschieht auf eigenes Risiko. Seit das Haus letztes Jahr gebrannt hat, steht es leer. Die Versicherung hat den Schaden nicht übernommen, weil das Feuer selbst verschuldet war, und so überließen die Besitzer es eben seinem Schicksal. Der miese Zustand, in dem es sich davor schon befunden hatte, wäre ein Kinderspiel gewesen, aber jetzt sieht die Sache anders aus. Die Liste der Auflagen für die Inspektion wird von Monat zu Monat länger. Aber allein hätte ich nicht die geringste Chance, es zu schaffen.

»Hey, hör auf, so traurig zu schauen. Du erinnerst mich an meinen Hund«, witzelt Brick, während ich nach wie vor auf das völlig zerkratzte Holz unter meinen Füßen starre und beschließe, dass ich in allen Zimmern den gleichen Boden verlegen werde. »Willst du meinen besten Bauarbeiterwitz hören?«

Ich hebe eine Augenbraue. »Eigentlich nicht.«

»Gut. Ich arbeite sowieso noch dran.« Der Witz ist lahm. Bricks Reaktion darauf amüsiert mich allerdings. Er hat definitiv ein Händchen dafür, mich mit seinem Humor und der lockeren Art, um die ich ihn oft beneide, anzustecken. Als er sich wieder eingekriegt und sich eine Lachträne aus dem Gesicht gewischt hat, greift er nach dem Markierungsspray und sprüht irgendetwas auf die Wand hinter sich.

»Was machst du da? *Die* Wand wird nicht eingerissen.«

»Kennst du Hangman? Galgenraten?« Er grinst breit. »In meinem Fall stehen die Striche hier für jedes Mal, wenn ich dich zum Lachen bringen kann. Mein Ziel ist es, jedes Männchen in allen Zimmern vollzukriegen.«

»Du sollst arbeiten. Ich bezahle dich nicht dafür, mich zum Lachen zu bringen.«

»Richtig. Du bezahlst mich gar nicht«, grunzt er und zwinkert. »Ich arbeite für Bier.«

Ich trete abgebröckelten Mörtel weg. Es ist mir unangenehm, dass der Mann weiterhin zwei Jobs auf die Reihe kriegen muss, weil ich ihm noch kein regelmäßiges Einkommen bieten kann. Ich hingegen musste Penny versprechen, mich zu entscheiden, als unser zweites Kind unterwegs war. Sie hat es zwar nicht in dem Sinne laut ausgesprochen, aber ich weiß, ihr wäre es lieber gewesen, ich hätte den sicheren Weg einer normalen Anstellung gewählt, anstatt mich selbstständig machen zu wollen.

Jedes Projekt, das ich annehme, mache ich auf eigenes Risiko, wie gesagt. Wenn es gut läuft, bekommen wir was dabei raus. Wenn nicht, dann verdient Brick nichts und ich häufe noch mehr Schulden an.

»Nicht mehr lange, Brick.« Das hoffe ich zumindest, sonst kann ich die Idee meines eigenen Betriebs sowieso an den Nagel hängen.

»Da habe ich keinen Zweifel. Wer ein Stück Dreck wie dieses in etwas verwandeln kann, worin es sich wohnen lässt, kriegt wahrscheinlich bald Anfragen für eine eigene Fernsehsendung. Deine Freundin könnte die Innendeko machen.« Keine Ahnung, warum genau, aber Brick glaubt an mich und meine Ideen. Da ist er zurzeit der Einzige.

Mit einem müden Lächeln streiche ich mir durch die kurz geschorenen Haare und setze den Helm wieder auf. »Meine

Freundin ist nicht gerade begeistert von meinen Projekten.« Penny würde es vorerst schon reichen, wenn ich meine Schulden abbezahlen könnte.

»Ach, komm schon! Du musst doch nur mit deinen blauen Augen klimpern und dein Shirt ausziehen, schwups bietet sie dir bestimmt an, deine harten Muskeln zu massieren.«

Schnaubend runzle ich die Stirn. »Ja, aber diese Sorte Charme ist ziemlich schnell verflogen.« Beim ersten Haus hat Penny mich unterstützt. Wir hatten Reserven angespart und sie war selbstlos genug, mich in etwas anderes investieren zu lassen als in ein Eigenheim für uns. Dann wurde sie schwanger und ich steckte mitten im nächsten Projekt, weit weg von unserer Wohnung in Missouri. Nicht, dass ich davor oft zu Hause gewesen wäre. Ich ging dorthin, wo Arbeit auf mich wartete, und wenn das zwei Bundesstaaten entfernt war, war es mir auch nicht unrecht. So habe ich auch Brick kennengelernt. Auf meiner ersten Baustelle hier in Oklahoma. Die zweite Schwangerschaft erwies sich für Penny als weit schwieriger als die erste, vor allem mit einem knapp vierjährigen Kind daneben. Sie ließ vorsichtig anklingen, dass es nett wäre, wenn ich lediglich Projekte im näheren Umfeld annehmen würde. Aber dafür war unsere Miete zu teuer und mein Kredit zu hoch. Jetzt ist unser Sohn sechs Wochen alt und ich habe eben mal eineinhalb davon zu Hause verbracht.

»Brick!«, meckere ich, als der Kerl anfängt, ein rosa Smileygesicht zu sprühen. »Die Wand wird lediglich überstrichen. Wenn du die Mona Lisa unbedingt malen willst, dann mach es wenigstens auf einer der einzureißenden Wände.«

Er zuckt mit den Schultern und rundet sein Bild mit einem kleinen Schnurrbart zwischen Nase und Mund ab.

Entgeistert schüttle ich den Kopf, auch wenn mir trotzdem ein Lachen entfährt. »Du bist extrem eigenartig, mein Freund.«

»Da hast du recht. Aber irgendetwas sagt mir, dass das genau das ist, was du brauchst. Jemand, der dir hilft, ein bisschen lockerer zu werden.« Brick kommt näher und beginnt, meine Nackenmuskulatur zu kneten. »Was sagst du jetzt zu der Massage?«

Ich stoße ihm den Ellbogen in die Seite und schiebe ihn von mir weg. »Hau verdammt noch mal ab!«

Und weil Bricks Name nicht umsonst »Ziegelstein« bedeutet, sprüht der sturköpfige Sack natürlich noch einen letzten Strich auf die Wand, bevor ich ihn mit dem Zollstock bewerfe und er lachend das Weite sucht. Das Gewitter löst sich langsam auf, auch wenn es trotzdem dunkel bleibt. Ein Blick auf die Uhr verrät mir, dass es schon wieder weit später ist, als ich dachte. Ich krame nach meinem Handy und wähle Pennys Nummer für einen Videoanruf.

»Hallo?«, antwortet sie atemlos nach dem fünften Läuten und braucht ein paar Sekunden, bis sie die Kamera auf sich gerichtet hält.

»Penny, hi. Wie geht es euch?«

»Geht schon …«, antwortet sie mit einem erschöpften Schnaufen und sieht dabei Timmy an, den sie in ihrem freien Arm hin und her wippt. »Außer, dass unsere Tochter heute den Notruf gewählt hat. Sie wollte nachfragen, wie man eine Kommode reparieren kann, wenn man sie kaputt gemacht hat.«

Ich kann nicht anders. Ich muss lachen. Als wir diesem Mädchen ihren Namen gaben, hatten wir noch keine Ahnung, wie sehr seine Bedeutung auf die Kleine zutreffen würde. Evie kommt von Eve, was übersetzt »Leben« heißt. Und Evie ist *pures* Leben. Penny wollte sich ihretwegen schon mehrmals die Haare ausreißen.

»Evie! Geh runter von dem Stuhl und komm her! Dein Daddy ist am Telefon«, schreit Penny so laut, dass ich das Handy kurz weiter weghalten muss.

»Daddy!«, freut sich Evie, weil Kinder in dem Alter nun mal so sind. Egal, wie oft wir Eltern sie enttäuschen, sie geben uns immer wieder eine Chance.

»Hey, Fussel! Alles frisch?«

»Jap.« Sie grinst mich breit an, bläst sich die wilden, schwarzen Locken aus den Augen, die irgendwie dauernd dort landen, trotz aller Haarklammern und Spangen, die sie bändigen sollen. Ich hatte gehofft, dass Pennys Gene mehr durchschlagen würden als meine, doch da habe ich mich bei beiden Kindern geschnitten. Ich schulde Penny noch zwanzig Dollar, weil Timmy genau wie Evie entgegen allen Regeln der Vererbung nicht Pennys braune, sondern meine blauen Augen bekommen hat.

»Du hast die Cops gerufen, hm?«

»Ja, weil Mommy gesagt hat, ich soll die anrufen, wenn ich dringend Hilfe brauche«, erklärt sie wie selbstverständlich mit ihrem Lispeln, das es so verflixt schwer macht, ihr länger als eine Minute böse zu sein.

»Ich glaube, damit meinte sie Notfälle. Wenn du nächstes Mal beim Reparieren Hilfe brauchst, rufst du zuerst mich an, in Ordnung?«

»Okay«, gibt sie zurück, nicht besonders überzeugt. »Aber du bist nicht da. Du kannst nicht helfen.«

»Da hast du recht, Evie.« Der Donner ist weg. Das Nichts kehrt zurück.

»Daddy?« Sie geht näher ans Display ran, bis ich nur noch ihre kleine Knopfnase sehe. »Ich habe das ABC-Lied gelernt. Soll ich es dir vorsingen?«

»Gerne.«

Sie beginnt zu singen, kommt allerdings nicht weiter als bis M, bevor sie gähnt. »Daddy, mir ist langweilig. Ich gehe spielen. Hab dich lieb.« Und weg ist sie. Ich stelle mir vor, wie sie das Handy auf die Couch wirft und sich im Hopserlauf zum nächsten Unfug aufmacht.

»Evie! In fünf Minuten gehen wir Zähne putzen, klar?« Penny kommt wieder ins Bild und schaut mich zum ersten Mal an. Ich schlucke über die Erschöpfung, die ihr ins Gesicht geschrieben ist. Ihre Augen sind rot und die Haut fahl. »Wie kommst du voran?«

»Wir haben gerade erst begonnen. Es wird viel Arbeit«, erkläre ich, während ich mich trotz schlechtem Gewissen daran erinnere, wieso ich nicht zulassen konnte, dass dieses Haus von der Stadt abgerissen wird.

»Ja. Verstehe.« Sie kneift die Augen zusammen und atmet durch die gespitzten Lippen aus. Ich bemerke, wie sie sich auf den Boden setzt und Timmy vorsichtig ablegt.

Besorgt halte ich das Handy etwas fester. »Alles okay?«

»Keine Ahnung«, stöhnt sie. »Ich habe einfach Kopfschmerzen. Ständig. Seit Wochen. Meine Augen flimmern dauernd und mir ist die ganze Zeit unglaublich übel. Da ist es eben etwas schwierig, perfekt zu funktionieren, verstehst du?«

Von den Kopfschmerzen wusste ich. Sie meinte, nach Evies Geburt wäre es ähnlich gewesen. Den Rest hat sie vorher noch nie erwähnt. »Warst du inzwischen beim Arzt?«

»Wann denn?« Jetzt rollt eine Träne ihre Wange hinab und trifft mich damit in die Magengrube. Ich lehne mich gegen die Wand und halte mir eine Hand vor die Augen. Penny hat jedes Recht dazu, sauer auf mich zu sein. Ihre Familie wohnt am anderen Ende des Landes und Freundinnen hat sie nicht wirklich, weil sie kaum rauskommt. Als ich ihr mitgeteilt habe, dass ich dieses Haus gekauft hätte, hat sie lediglich die Arme in die Luft geworfen und mich stehen lassen.

»Ich brauche dich hier, Kase!«, flüstert sie jetzt. Es ist das erste Mal, seit ich sie kenne, dass sie das sagt, und ich bin selbst verflucht wütend auf mich, weil ich mir vorstellen kann, wie viel es sie kosten muss, das gegenüber einem egoistischen Mistkerl wie mir zu äußern.

»Okay, Penny. Ich fahre los, sobald ich kann.« Ich sehe mich im Raum um und frage mich, wie ich es schaffen soll, das Ding bis zur ersten Inspektion in drei Wochen halbwegs auf Vordermann zu bringen. Die Vorgaben sind klar. Es muss bewohnbar sein, und wenn es auch nur die kleinsten Sicherheitsmängel aufweist, bin ich dran. Vielleicht kann ich …

Ein dumpfes Geräusch am anderen Ende lässt meinen Blick zurück zum Display fahren, doch dort sehe ich lediglich die Zimmerdecke und höre unser Baby kreischen. »Penny!«, rufe ich wiederholt, bekomme jedoch keine Antwort. »Evie?« Zuerst antwortet auch sie nicht, und ich verliere endgültig die Nerven. »Evie!«, brülle ich, obwohl meine Stimme versagt. Noch nie in meinem Leben habe ich mich so hilflos und nutzlos gefühlt wie in diesem Augenblick.

»Mommy!«, höre ich Evie im nächsten Moment und atme zumindest für diese eine Sekunde auf. Sie kniet neben dem Telefon und schüttelt etwas. Vermutlich Penny. Was zur Hölle ist passiert?

»Evie! Was ist mit ihr?«

»Daddy!«, ruft sie verzweifelt. »Mommy zuckt. Sie sagt gar nichts.«

Verdammt noch mal! Ich bin knappe vier Stunden von meiner Familie entfernt. Was zum Henker soll ich von hier aus machen? Ich springe die porösen Treppen hinunter, vorbei an Brick, der mir verwirrt hinterherschaut, und greife nach meinem Autoschlüssel. »Fussel! Du musst mir zuhören, okay? Ich wähle jetzt den Notruf. Die werden dich dann vielleicht anrufen und mit dir sprechen, bis der Krankenwagen kommt. Weißt du, wie man abhebt?«

»Mhm …«, schluchzt sie.

»Und auch, wie man die Haustür aufschließt?«

»Ja. Aber Daddy, Mommys Augen sind zu. Sie macht gar nichts mehr. Ich hab so Angst.«

»Ich weiß, Fussel.« Ich auch. »Aber ich verspreche dir, alles wird gut.«

Sie nickt vertrauensvoll – trotz all der noch nicht vergossenen Tränen in ihren Augen.

Und das ist der Moment, in dem ich weiß, dass wir nach heute Nacht nie wieder dieselben sein werden. Denn in so gut wie jedem Fall, in dem jemand diesen Satz ausspricht, wird eben *nicht* alles gut. Zumindest meiner Erfahrung nach.

KAPITEL 2

Arya

Die Luft ist eiskalt. So kalt, dass meine Nasenhaare einfrieren, wenn ich einatme. Und das ist an sich alleine schon falsch. Vor allem für Anfang Oktober. Dass ich es aber buchstäblich knistern höre, als ich mit der Nase wackle, ist einfach schräg. Und ein bisschen eklig, weil ich Angst habe, dass mir, wenn ich jetzt ausatme, winzige haarige Eiszapfen aus der Nase fallen könnten. Mit einer kleinen italienischen Geste blicke ich zum Himmel, weil es ausgerechnet jetzt wieder anfangen muss zu schneien. Das heißt, ich muss meine Mütze aufsetzen. Immerhin sollte ich ein Vorbild für meine Schüler sein. Ich freue mich auf den Moment, wenn ich die Mütze nachher wieder abnehme. Oben platt und unten ein gekräuselter Busch von der Feuchtigkeit in meinen Haaren.

Wie eine Ente watschle ich über den Parkplatz zum Eingang der Schule. Die Stiefel an meinen Füßen mit den niedlichen Pompons, die bei jedem Schritt herumwirbeln, sind supersüß, aber super unbrauchbar für dieses Wetter. Wobei ich vermutlich dankbar sein sollte, dass ich sie heute irgendwo ausgraben konnte, nachdem meine Moonboots im Frühling das Zeitliche gesegnet haben. Und wer hätte im Oktober mit

Schnee gerechnet? Eben war doch noch Sommer. Der Herbst kam und ging wohl in Form eines einzigen Orkanwindes letzte Woche, der alle Blätter auf einmal von den Bäumen rasiert hat.

Jetzt spüre ich jedenfalls, wie die Nässe durch die super-süßen, undichten Schuhe sickert. In einem Wechsel zwischen »Uuuh«, weil ich ständig beinahe ausrutsche, und »Iiih«, weil ich fühle, wie meine Socken zu Schwämmen werden, pir-sche ich mich voran, strecke die Arme nach der Sicherheit des Eingangs aus.

»Ari!«, ruft meine Kollegin und beste Freundin Hayley hin-ter mir. Intelligent wie ich bin, wirble ich herum und verliere endgültig den Halt. Ich komme mir vor wie in einem dieser Zeichentrickfilme, wo die Figur ewig zu lustiger Musik versucht, die Balance zu halten, nur um dann doch auf dem Hintern zu landen. Ich sollte sofort aufstehen, bevor meine Hose aussieht, als hätte ich es nicht rechtzeitig zur Toilette geschafft, aber meine Stoffhandschuhe kleben am Eis fest. Ungefähr so muss es also sein, wenn ein Käfer auf dem Panzer landet.

Hayley, die angemessene Stiefel trägt, überwindet die letz-ten Meter bis zu mir mit zusammengepressten Lippen. Ich weiß, sie bemüht sich, nicht zu lachen, aber ich finde es selbst lustig, also stört es mich nicht. »O mein Gott, Ari! Ist alles in Ordnung?« Ich schlüpfe aus meinen Handschuhen und greife nach der Hand, die sie mir hinhält.

»Jap. Alles gut. Nichts gebrochen außer meinem Stolz und meinem Hintern. Und der hatte eh schon ...«

»Guten Morgen, Miss Bennet. Guten Morgen, Miss Evans«, ruft einer unserer Schüler, der winkend an uns vorbeigeht, dan-kenswerterweise, *bevor* ich diesen Satz beendet habe.

»Hey, Brian!« Ich werfe meiner kichernden Freundin einen erheiterten Blick zu und zupfe energisch meine Handschuhe vom Boden. »Vielleicht hätte ich mir doch lieber Peters Winterstiefel ausleihen sollen.« Auch wenn ich die Schuhe meines Verlobten mit drei Paar Socken hätte ausstopfen müssen, damit sie mir passen. »Er hat diese Teile heute Morgen zehn Minuten angestarrt, als wären sie das fleischgewordene Übel.«

Hayley verdreht die Augen und ich bereue fast, Peter erwähnt zu haben, weil sie noch nie sein größter Fan war. Die beiden werden einfach nicht warm miteinander. Und das, obwohl sie mittlerweile seit fünf Jahren Zeit dazu gehabt hätten. »Verstehe ich nicht. Die sind der Hammer.« Sie hakt meinen Arm unter, damit ich nicht noch so eine grazile Landung hinlege, und lässt mich erst los, als wir sicheres Terrain betreten. »Also: Krönchen richten und bis später.«

Ich komme gerne etwas früher in die Schule, weil es mir wichtig ist, alles geordnet vorzubereiten, solange ich meine fünfjährigen Monster noch nicht um mich habe. So kann ich ihnen dann für den Rest des Tages meine volle Aufmerksamkeit schenken, vor allem in dem Moment, wenn die Kinder in die Garderobe stürmen und mich mit ihrem Tausend-Watt-Strahlen begrüßen.

»Miss Evans! Schau mal, was ich zu meinem Geburtstag bekommen habe«, ruft Benjamin und präsentiert mir aufgeregt etwas, das aussieht wie ein Garagentoröffner. »Es ist eine Pupsmaschine«, erklärt er kichernd und gluckst laut, als er es mir vormacht.

»Puh, der stinkt«, lache ich mit ihm mit und halte mir spielerisch die Nase zu. Es tut gut, ihn so ausgelassen zu sehen. Normalerweise ist Benjamin sehr ruhig und ängstlich.

»Darf ich sie den anderen zeigen?«, fragt er brav.

»Während der Pausen? Aber klar!« Sein Grinsen wird breiter und ich zerzause dem kleinen Gauner die Haare, bevor er abdampft. Wie immer wartet die kleine Karen geduldig an meiner Seite, bis ich allen Kindern die Hand geschüttelt habe, und umarmt mich dann ganz fest von der Seite.

»Schön, dass du da bist, Karen.«

»Hast du heute Morgen schon gefrühstückt?«, fragt sie. Wie jeden Morgen. Es ist unser Ritual.

»Ja. Vielen Dank, dass du fragst. Und du?«

Zurzeit schläft Karen mit ihrem Dad im Obdachlosenasyl. Niemand kann auf leeren Magen lernen. Deswegen ist es mir wichtig, das herauszufiltern, was meine Kinder brauchen, bevor wir in den Tag starten. Denn sie ist nicht die Einzige, die es schwer hat. Hier in der Gegend wohnen viele Familien, denen es finanziell richtig schlecht geht, und es gibt jede Menge soziale Probleme. Seit ich selbst auf dieser öffentlichen Schule war, hat sich vieles zum Positiven verändert. Allerdings gibt es auch jetzt – zwanzig Jahre später – noch immer Schüler, deren Eltern so hart arbeiten, dass sie erst nach Hause kommen, wenn die Kinder bereits schlafen. Oder eben diejenigen, die *gar* kein Zuhause kennen. Schüler, die keine Eltern haben oder mindestens ein Elternteil, bei dem wir ganz genau hinsehen müssen. Grundsätzlich gibt es da erst mal weit Wichtigeres, als zu klären, ob sie Hausaufgaben gemacht haben.

»Eine Waffel mit Ahornsirup.«

Ihre Augen strahlen vor Stolz und ich reibe mir mit einer dramatischen Geste den Bauch. »Mhmm! Ich hatte nur langweiligen Toast mit Butter.«

Sie kichert und läuft zu ihrem Kleiderhaken, um Jacke und Schuhe auszuziehen.

Vor Zane, dessen Hände beim Schütteln eben eiskalt waren, hocke ich mich hin, damit nicht gleich jeder mithört. »Hast du deine Handschuhe und Mütze heute bloß vergessen oder sind sie kaputt?«

Der Junge sieht mich ganz kurz an, bevor er seine Nase reibt und danach mit dem zerfransten Reißverschluss seiner Weste spielt. »Vergessen«, antwortet er leise.

Obwohl ich mir denken kann, dass das vielleicht nicht ganz der Wahrheit entspricht, ist das Letzte, was ich will, einen von ihnen für seine Verhältnisse bloßzustellen. Was wichtig ist, ist, dass sie haben, was sie brauchen.

»Lass uns gleich mal in die Kiste gucken, ob wir da vielleicht für den Nachhauseweg etwas anderes für dich finden, in Ordnung?« Er nickt mit gesenktem Blick und ich streiche ihm über den Kopf. »Wenn du deine Sachen morgen wieder dabei hast, ist es toll. Wenn nicht, ist es auch kein Problem. Dann nimmst du einfach die, okay?« Nickend schenkt er mir ein Minilächeln und saust in die Klasse.

Die erste Stunde unseres Tages verbringen wir damit, richtig anzukommen. Die Kinder, die noch nicht gegessen haben, dürfen das nachholen. Die, die aufgrund ihrer Wohnverhältnisse nicht die Möglichkeit hatten, sich zu waschen oder sich die Zähne zu putzen, tun es hier. Anschließend haben wir unser Morgenmeeting, wie ich es nenne, wo jeder eine kurze Zeit bekommt, der Klasse etwas zu erzählen. Etwas Persönliches oder etwas, das sie sich vom Vortag gemerkt haben. Was immer ihnen wichtig ist. Anschließend machen wir Buchstabenspiele, lesen zusammen, beschäftigen uns mit Zahlen.

In den fünfzehn Minuten, in denen die Kinder zum Mittagessen gehen, komme ich zum ersten Mal wieder dazu, Luft zu holen und einen Schluck Wasser zu trinken. Langweilig wird einem als Vorschullehrerin ganz bestimmt nicht, aber ich liebe meinen Job. Ich kann mich nicht daran erinnern, dass ich je etwas anderes werden wollte. Eigentlich war es schon mein Wunsch, als ich nach meiner eigenen Vorschulzeit in die Grundschulklasse wechselte und erlebte, welchen Unterschied die Art einer Lehrerin machen kann.

Sobald die letzte Stunde des Tages angebrochen ist, bin ich grundsätzlich kaputt, aber nicht unbedingt auf negative Weise. Peter ist nicht besonders happy mit mir, wenn ich abends bereits gegen neun auf der Couch einschlafe. Er kritisiert, die Schule solle mein Privatleben nicht bestimmen dürfen, und er hat damit wahrscheinlich auch recht. Aber ich bin eben einfach müde.

Und weil es auch jetzt vermutlich nicht nur mir so geht, baue ich vor der letzten Einheit noch einmal kräftige Bewegungsübungen im Klassenzimmer ein. Als Benjamins Pupsmaschine dabei in seiner Tasche losgeht, lacht die ganze Klasse lauthals los. Die meisten wissen ja, was er zum Geburtstag bekommen hat. Trotzdem wird sein Gesicht hochrot. »Ups, das war ich«, erkläre ich mit verzogenem Gesicht und zwinkere, als nun auch Benjamin mitlachen kann.

Nachdem ich die Kinder dann um halb drei verabschiedet habe, setze ich mich für ein paar Minuten auf den Rand des Lehrertischs und nehme mir vor, ein paar bewusste Atemzüge zu machen. Beim Blick durch mein Klassenzimmer schließe ich lachend die Augen und schlage mir mit der flachen Hand gegen die Stirn. Für jemanden, der in seinem Privatleben sogar die Küchentücher bügelt, ist dieses Klassenzimmer nach einem Tag die Härte. »Nur noch ein paar Wochen. Dann habe ich meine Monster so weit, dass sie sogar ihr Spielzeug nach Farben sortieren«, murmle ich belustigt und bringe Ordnung ins Durcheinander. Die ersten beiden Monate nach Schulbeginn sind jedes Mal die herausforderndsten. Es dauert einfach seine Zeit, bis die Grundlagen sitzen.

»Hey, ich soll dir das hier geben. Du bekommst eine neue Schülerin«, sagt Hayley, die schadenfroh grinsend in der Tür steht und mit einem Zettel wedelt. Sie weiß, wie sehr ich das Chaos liebe.

»Kannst du ihn mir auf den Schreibtisch legen?«

»Nope. Ich komme nicht rein. Du wirst mich nur wieder in ein Gespräch verwickeln, bei dem mir gar nicht auffällt, dass ich dir beim Aufräumen helfe.«

Ich lache herzhaft, weil es genau das ist, was ich vorhatte. Habe ich auch als Kind mit meiner Mom gemacht, bevor ich Boxen in allen Größen aufgetrieben habe, um mein Spielzeug zu sortieren. Ich verdrehe mit einer dramatischen Geste die Augen und reiße ihn ihr aus der Hand.

»Ich kenn dich und deine Tricks, Schnecke. Wir sehen uns heute Abend, ja?«

»Ja, ich freu mich!«, antworte ich aufgekratzt. Wir wollen uns ein Musical anschauen, und ich liebe Musicals. »Und jetzt geh mir aus den Augen, du treulose Tomate.«

Hayley wirft mir eine Kusshand zu und wackelt davon.

Schmunzelnd binde ich meine Haare zu einem schlampigen Pferdeschwanz zurück und beende meine Lebensaufgabe. Danach setze ich mich schnaufend auf meinen Stuhl und betrachte das Anmeldeformular. Auf einem Post-it von meiner Chefin steht: *Baby hat im Hintergrund geschrien wie verrückt. Unbedingt am ersten Schultag alle Unterlagen genau ausfüllen lassen. Evie Kelton.* Evie, nicht Eve. Das gefällt mir. Ich fand es schon immer witzig, wenn ein Spitzname länger ist als der eigentliche Name. Im November wird das Mädchen fünf. Bei den Angaben über die Eltern finde ich lediglich denselben Nachnamen mit Fragezeichen und eine Telefonnummer. *Westwood Lane ...* Ich halte den Atem an und furche die Stirn. Westwood Lane 624 ... kann das sein? Das Haus wurde *nicht* abgerissen? Mein Herz klopft, als ich das Papier senke.

Ich greife nach meinem Handy und wähle die Nummer meiner Mom. Bevor ich allerdings das Freizeichen bekomme, lege ich schon wieder auf, weil ich gar nicht wirklich sicher bin, ob sie sich über diese Information freuen würde. Mom verbindet mit dem Haus ganz andere Dinge als ich. Mich hat es jedenfalls ziemlich getroffen, als Mom mir von dem geplanten Abriss erzählt hat.

Jetzt wähle ich stattdessen Peters Nummer, weil ich meine Gefühle gerade wirklich gerne teilen möchte.

»Arya?«, meldet er sich mit gedämpfter Stimme. Er klingt gestresst. Ich beiße mir auf die Lippe, weil ich ihn bestimmt in einem blöden Moment erwischt habe.

»Hey, Pete.«

»Was ist? Alles okay?«

Ich reibe mir die Stirn. »Ja, ähm. Eigentlich ist nichts passiert. Nur, dass ich eine neue Schülerin bekomme.«

»Warte mal! Ich kriege einen Anruf rein«, unterbricht er mich, woraufhin ich ihm die nächsten Minuten dabei zuhöre, wie er einen Termin mit einem Kunden vereinbart. Inzwischen spiele ich mit dem Gedanken, lieber aufzulegen und ihm eine Nachricht zu schreiben, was ich vermutlich besser gleich hätte machen sollen, doch in dem Augenblick beendet er das andere Telefonat. »Dass du eine neue Schülerin bekommst, ist so wichtig, dass du mich während der Arbeit anrufst?«

Ich komme mir kindisch vor, weil ich es eigentlich besser weiß. Pete erzählt mir ständig, dass er in der Bank keine Privatgespräche führen könne. Deswegen rufe ich ihn eigentlich wirklich nie an, um genau diese Reaktion zu vermeiden, dass er Dinge irrelevant findet, die mir etwas bedeuten. Aber jetzt habe ich das Bedürfnis, mich zu rechtfertigen. »Sie wohnt in meinem alten Haus, Pete. Es wurde doch nicht abgerissen.«

Er schweigt kurz und ich komme mir noch dümmer vor. »Aha, okay. Kannst du mir das später erzählen? Ich sollte gerade wirklich nicht telefonieren, Arya.«

Klar – für mich ist das Haus an eine Menge Erinnerungen geknüpft, die mich zu dem gemacht haben, was und wer ich heute bin. Und einige dieser Erinnerungen habe ich ganz bewusst nicht mit Pete geteilt. Warum erwarte ich also jetzt, dass er meine Sentimentalität versteht?

»Natürlich. Tut mir leid. Aber heute Abend bin ich mit Hayley im Musical.«

»Ach ja. Da war ja was. Wenn das so ist, reden wir eben morgen. Wir könnten essen gehen.«

Ich freue mich über den Vorschlag. Normalerweise zwinge ich ihn immer zu so was. »Gute Idee. Reservierst du?«

»Mach du das doch bitte. Ich muss jetzt aufhören. Ich sollte wirklich nicht telefonieren, Arya.«

Damit legt er auf und ich rümpfe mit gemischten Gefühlen die Nase. Ich hasse es, wenn Gespräche ohne richtige Verabschiedung enden, weil keiner vorhersagen kann, ob es noch mal eins geben wird.

Mit einem letzten Blick auf die Adresse, die ich jahrelang selbst auf Anmeldeformulare und Sonstiges geschrieben habe, lehne ich mich zurück und beiße mir auf die Wange. Auch, wenn ich mit neunzehn bei Pete einzog und Mom sich eine Wohnung nahm und das Haus verkaufte, bin ich immer mal wieder dorthin zurückgegangen. Einfach, um es zu sehen. Die Straße. Die Schaukeln, die zumindest bis vor Kurzem niemand entfernt hat. Es war ein großer Schock, als ich letztes Jahr hinkam und miterleben musste, wie Feuerwehrmänner dabei waren, ein Feuer zu löschen. Eine Nachbarin, die ebenfalls auf der Straße stand, erzählte mir, die Eigentümer hätten den Herd angelassen und damit die Küche in Brand gesetzt. Die Küche, in der ich Chocolate Chip Cookies mit Mom gebacken hatte. In der mein Dad mir beigebracht hatte, wie man Zwiebeln schneidet, ohne dabei zu weinen.

Den Abend hatte ich seinerzeit damit verbracht, mich an Hayleys Schulter auszuheulen. Als ich kurz darauf erfuhr, dass mein Elternhaus dem Erdboden gleichgemacht werden sollte, hatte ich kein Bedürfnis, dabei zuzuschauen. Hatte auch kein Bedürfnis zu sehen, was damit geschehen würde. Aber jetzt, wo ich weiß, dass es doch noch da ist, flattert mein Herz aufgeregt.

»Wahrscheinlich ist das eine schlechte Idee«, murmle ich, während meine Hand nach dem Autoschlüssel in meiner Hosentasche tastet. »Wahrscheinlich sollte ich es einfach lassen.«

Tja … berühmte letzte Worte …

KAPITEL 3

18 JAHRE ZUVOR

Arya, 7 Jahre alt

Ich gehe gerne zur Schule. Also eigentlich gehe ich nicht gerne *zur* Schule. Der Weg ist ziemlich doof. So doof, dass Mommy mich jetzt zwingt, den Bus zu nehmen, obwohl ich nur fünf Minuten zu Fuß laufen müsste. Sie und Daddy sagen, alles andere wäre nicht sicher, aber sie schaffen es zeitlich nicht, mich selbst hinzubringen und abzuholen. Ich erzähle Mommy lieber nicht, dass der Weg von der Bushaltestelle bis zur Klasse auch manchmal nicht so lustig ist. Letzte Woche wollte ein Viertklässler mich zwingen, von seiner ekligen Zigarette zu probieren. Hat mir die Schultasche weggenommen und gesagt, ich kriege sie erst wieder, wenn ich einen Zug mache. Mommy wäre furchtbar sauer auf mich, wenn ich ihr erzähle, dass ich ihm so fest auf den Fuß getreten habe, dass er die Schultasche fallen gelassen hat und ich ganz schnell weglaufen konnte. Ich habe gehört, wie sie mit Daddy darüber gesprochen hat, ob sie genug Geld für eine Privatschule haben. Haben wir aber nicht. Außerdem liebe ich meine Lehrerin. Miss Revington ist witzig und nett und gar nicht so wie meine gemeine Vorschullehrerin. Wenn ich Miss

Revington sage, dass ich sie lieb habe, sagt sie es zurück und umarmt mich. Außerdem macht sie immer Sandwiches für die Kinder, die keine eigenen Pausenbrote mitbekommen, weil sie nicht so viel Geld haben. Vielleicht erzähle ich ihr von diesem David, der jetzt jeden Tag bei der Taschenkontrolle am Eingang auf mich wartet. Vorher war mir die Taschenkontrolle egal. Miss Revington meint, die müssen sie machen, weil ein paar Schüler unartige Sachen mitgebracht und andere Kinder damit verletzt hätten. Ich habe ja auch nichts Unartiges dabei. Aber der Viertklässler steht in der Schlange nun immer hinter mir und tritt mir dauernd in die Hacken. Mommy denkt, es wären Blasen. Sie hat mir extra neue Turnschuhe gekauft, obwohl ich gar keine brauche. Jetzt hasse ich die Taschenkontrolle.

»Hör gefälligst auf!«, fauche ich böse über meine Schulter, aber David lacht mich aus.

»Oder was?!« Daraufhin tritt er mir so fest gegen die Ferse, dass ich stolpere und in den Jungen vor mir knalle. Der dreht sich um und starrt mich mit seinen auffallend blauen Augen dermaßen wütend an, dass ich sogar einen Schritt zurückgehen will. Aber dazu komme ich nicht, weil er mich an den Schulterträgern meines Rucksacks packt und sich mit mir dreht, bis er in der Schlange zwischen mir und David steht.

»Such dir gefälligst wen in deiner eigenen Größe!«, höre ich ihn sagen und glotze noch blöd, als er sich wieder nach vorne umdreht und die Arme vor der Brust verschränkt.

»Und wer soll das sein? Du?!«, macht David sich lustig, und ich frage mich dasselbe. Ist der Junge doof? Er ist doch gar nicht viel größer als ich. Warum hat er sich mit David angelegt? Seine Augenbrauen sind zusammengezogen und es kommt mir so vor, als würde er den Turnbeutel, den er hält, ganz fest umarmen, während er über mich hinwegsieht.

»Gehst du dann mal weiter?«, fragt er irgendwann. »Du bist dran!«

Ich presse die Lippen zusammen und lege dem Mann in der orangen Weste meinen Rucksack hin. Als er fertig ist, überlege ich, ob ich mich bei dem Jungen bedanken sollte oder nicht, aber er kommt mir so verärgert vor, dass ich beschließe, einfach den Mund zu halten und in meine Klasse zu marschieren. Hinter mir wird es laut. Ich drehe mich um und stelle mich auf die Zehenspitzen, um etwas zu erkennen.

»Ich habe Nein gesagt«, schreit der Junge.

»Lass mich in deine Tasche sehen!«, verlangt der Mann in der orangen Weste, aber der Junge tritt immer weiter zurück.

»Nicht die! Da ist nichts drin.«

Der Securitytyp umrundet den Tisch und packt die Tasche. »Sei vernünftig. Ich muss in alle Taschen sehen, Junge, das weißt du doch!«

»Das. Geht. Dich. Nichts. An! Die Sachen sind nicht für die Schule«, brüllt der Junge, und alle schnappen nach Luft, als er den Securitymann fest anrempelt und ihm die Tasche aus der Hand schlägt. Ich weiß nicht, ob er sie absichtlich in meine Richtung schießt oder ob er einfach nicht weiß, was er sonst machen soll. Als sie jedenfalls vor meinen Füßen landet, denke ich gar nicht zweimal drüber nach, schnappe sie mir und laufe los. Weit komme ich nicht, weil eine Lehrerin mich an den Schultern abfängt, während der Securitytyp inzwischen den Jungen festhält. Ich bin richtig enttäuscht, weil ich ihm nicht helfen konnte und sie uns zum Direktor schleifen. Man setzt uns nebeneinander auf die Bank vor seinem Büro, während der Securitymann und die Lehrerin die Tasche auf einem der freien Tische ausleeren und ganz verwirrt zu uns rübergucken. Ich beiße fest die Zähne zusammen und starre auf meine neuen Turnschuhe, als die schmutzigen Unterhosen rausfallen. Er wollte nicht, dass wir das sehen. Und ich habe das Gefühl, ich sollte auch nicht bemerken, wie seine Hände gerade neben mir auf seinen Oberschenkeln zittern.

»Ich hab eine Katze«, erzähle ich ihm nach ein paar Sekunden, weil ich doch irgendetwas sagen muss. »Aber Katzen sind gar nicht meine Lieblingstiere.« Eigentlich sollte er mich jetzt fragen, was meine Lieblingstiere sind. Macht er aber nicht. Er sagt gar nichts. Seine Hände sind weißer, als sie vorhin waren. Da waren sie eher braun, wie der Rest seiner Haut. Ich glaube, deswegen kamen mir seine Augen so besonders krass vor. Ich kenne nicht viele Kinder mit dunkler Haut und blauen Augen. »Soll ich dir sagen, *was* mein Lieblingstier ist?«, frage ich, weil mir seine braune Haut viel besser gefallen hat als jetzt, wo er so blass ist. »Raupen.«

Ich atme fest aus, als er mich doch endlich ansieht. Bei seinem Blick muss ich fast lachen. Wahrscheinlich fragt er sich jetzt, ob *ich* doof bin. »Warum?«

Ich zucke mit den Schultern. »Weil sie hässlich sind und man ganz leicht auf sie drauftreten kann. Aber wenn sie die erste Zeit überleben, verwandeln sie sich in superschöne Segler, die plötzlich jeder gerne sehen, fangen, berühren will, aber der Schmetterling sagt: ›Pech gehabt, ihr Saftsäcke‹, und fliegt davon.«

Der Junge sagt lange nichts, dafür ballt er seine Hände nicht mehr zu Fäusten und das finde ich auch gut. »Du bist komisch«, murmelt er schließlich doch, und ich zucke wieder mit den Schultern.

»Ist mir egal.«

»Ja«, sagt er dann noch leiser.

»Mir auch.« Ich lächle und wedle mit den Beinen, weil ich einfach noch zu klein für diese Bank bin.

»Warum wolltest du mit meiner Tasche weglaufen?«, will er wissen, und ich zucke ein drittes Mal mit den Schultern, weil ich das eigentlich gar nicht genau weiß.

»Warum hast du mir vorhin mit David geholfen?« Jetzt ist er es, der keine Antwort hat. »Er wird bestimmt böse zu dir sein.«

»Ist mir egal«, antwortet er und zieht seine Beine vor die Brust.

»Ich bin Arya. Wie heißt du?«

»Kase.«

Der Name ist irgendwie cool.

»Kann deine Mommy nicht gut waschen, Kase?« Er schlingt seine Arme um die Beine und stützt sein Kinn auf die Knie. Vielleicht war das jetzt blöd von mir, dass ich gefragt habe. Eben kam er mir nicht so sauer vor wie jetzt wieder. Daddy meint immer, ich sei zu neugierig. Aber ich kann ihm ja nicht helfen, wenn ich nichts weiß.

Ein paar Minuten habe ich das Gefühl, er wird gar nicht antworten, also bin ich auch leise. Meine Füße tun weh.

»Deine Socke ist hinten blutig.«

»Ich weiß«, gebe ich zu, aber meine Mommy kann waschen, also ist es nicht so schlimm.

»Wir haben keine Waschmaschine«, flüstert Kase irgendwann, als wäre es ein Geheimnis.

Ich rümpfe die Nase. Keine Waschmaschine? Dann könnte *meine* Mommy auch nicht waschen.

»Aber wofür nimmst du die Sachen dann mit in die Schule?«

»Ich habe ein paar Münzen. Ich wollte sie nach der Schule in der Stadt waschen.«

Er alleine? Das würde mein Daddy mir nie erlauben.

»Wie alt bist du?«

»Sieben.«

»Wie ich.«

»Ich weiß, wir wohnen in derselben Straße.«

Ich drehe mich zu ihm um. »Echt? Cool!« Komisch, er kommt mir gar nicht so bekannt vor. »Mommy und Daddy lassen mich nicht auf der Straße spielen, aber ich darf andere Kinder nach Hause einladen. Vielleicht kannst du mal zu uns kommen.«

Er schaut mich an, als würde er darauf warten, dass ich noch etwas anderes sage.

»Oder ich kann auch zu dir kommen, wenn das besser ist. Wir können in deinem Zimmer spielen.«

»Ich habe gar kein Zimmer.« Kein Zimmer?

»Du meinst, du teilst es mit deinen Geschwistern? Ich habe keine.«

»Nein. Ich meine, ich habe *kein* Zimmer. Wir haben gar nichts. Deswegen kannst du auch nicht zu uns kommen.«

Wohnt er in einem der winzig kleinen Häuser am Ende unserer Straße? Vielleicht ist es das. Da komme ich nicht so oft hin, obwohl unseres das letzte normale Haus vor den kleinen ist, die aussehen wie eine kleine Box mit Dach. Unser Haus ist zwar auch nicht so schön wie manche andere in der Straße, aber es ist ganz okay. Kase ist jetzt bestimmt wieder sauer. Oder vielleicht einfach traurig. Ich wäre traurig, wenn ich gar nichts hätte.

»Okay, dann kommst du zu uns. Und wir haben eine Waschmaschine. Wenn du schon weißt, wie das alleine geht, kannst du es mir vielleicht sogar zeigen.«

Kase blinzelt ein paarmal und ich frage mich, ob er meinen Vorschlag gut oder nicht gut findet.

»Kasey, komm bitte in mein Büro«, fordert ihn der Direktor auf, als er aus seinem Zimmer tritt. »Wir warten noch auf deine Mutter, Arya, in Ordnung?«

Ich lasse die Schultern hängen. Eigentlich ist es gemein, dass Kase jetzt ganz alleine Ärger bekommt. Und auch, dass Mommy extra von der Arbeit wegmuss, weil ich helfen wollte.

»Ari, Baby, was ist passiert?«, fragt sie, nachdem ich ganz lange alleine meine Füße baumeln gelassen habe. Sie umarmt mich, bevor sie sich neben mich setzt. Ich bin froh, dass meine Mommy nicht nur waschen, sondern auch so gute Umarmungen geben kann.

»Mommy, kann ein Junge aus meiner Schule bei uns wohnen?«, platzt es aus mir heraus, weil ich immer noch traurig für Kase bin.

Mommy legt ihre Hand auf meine krausen Haare und streicht sie glatt. Ich hoffe, ich bekomme irgendwann so normale Haare, wie sie sie hat. »Warum denn, Ari?«

Ich drücke meinen Kopf an ihre Brust und habe plötzlich ganz vergessen, dass mir die Füße wehtun. »Weil er kein richtiges Zuhause hat, und jeder braucht ein Zuhause.«

KAPITEL 4

Kasey

Müde reibe ich mir die Augen, während Brick mir ein Update gibt, was alles schiefgelaufen ist, seit ich vergangene Woche das letzte Mal hier war. »Die Ziegelwand zwischen dem Feuerraum und dem brennbaren Material der neu entstandenen Wände hier ist zu schmal. Damit sind wir bei der Inspektion durchgefallen.« Nachrichten wie diese sind es, die jedem Arbeiter graue Haare bescheren würden. Brick stemmt die Hände in die Hüfte. »Das heißt ...«

»Dass wir jetzt die Grundfläche des Kamins verkleinern müssen«, beende ich den Satz und frage mich, warum ich nicht einfach auf die Sitznischen, die ich extra eingebaut und mir damit nun selbst diese Kopfschmerzen verursacht habe, verzichten konnte. *Sie* wird sowieso nie dort sitzen. »Dann wird das Wohnzimmer eben warten müssen. Das ist nicht notwendig zum Einziehen.« Denn bevor der Kamin nicht neu gebaut wurde, ist es sinnlos, hier zu streichen. Und den Boden wollte ich eigentlich erst verlegen, wenn die Drecksarbeit abgeschlossen ist. »Priorität haben die Kinderzimmer und die Küche, mit der ich jetzt mal anfange.«

Selbstverständlich hatte ich mit dem Gedanken gespielt, das Haus sofort wieder zu verkaufen. Wie zum Teufel soll ich ein Projekt fertig bekommen, wenn ich dreihundert Meilen weit weg bin? Aber der Kredit ist bereits erweitert. Wenn ich es in diesem Zustand verscherbele, mache ich definitiv Verlust. Und was noch viel wichtiger ist: In unserer Wohnung zu bleiben ist sowieso keine Option.

Mir wird immer noch schlecht, sobald ich das Ortsschild passiere, geschweige denn das Wohnzimmer betrete, in dem vor gerade einmal zwei Monaten ein Cop mit meinen Kindern auf mich warten musste, weil ich erst dreieinhalb Stunden nach Absetzen des Notrufs zu Hause ankam. Eigentlich grenzt es an ein Wunder, dass ich während der Autofahrt keine zehn tödlichen Unfälle gebaut habe, während ich ständig mit dem Krankenhaus und der Polizei telefoniert habe, um irgend-etwas in Erfahrung zu bringen. Nachdem ich endlich den Motor auf unserem Parkplatz ausgemacht hatte und aus dem Auto gestiegen war, musste ich mich sofort übergeben. Mein Körper war völlig am Ende. Als ich Evie in den Kindersitz und Timmy in die Babyschale geschnallt hatte und mitten in der Nacht im Krankenhaus ankam, erklärte man mir, Penny sei hirntot. Sie habe eine nachgeburtliche Eklampsie entwickelt, die zu diesem Krampfanfall geführt hätte. Viel schlimmer sei jedoch eine Leberruptur gewesen. Bis man ihr helfen konnte, hatte sie bereits einen zweiten Schlaganfall durch den inneren Blutverlust erlitten. Den ersten dürfte sie nicht einmal als solchen wahrgenommen haben.

Drei Wochen später versagte ihr Herz.

»Es gibt aber auch gute Nachrichten«, erklärt Brick und wackelt mit den Augenbrauen. »Die Sanitäranlagen wurden gestern noch geliefert und eingebaut. Du kannst jetzt offiziell in dei-nem neuen Klo kacken.«

Er grunzt, aber ich senke den Blick, plötzlich übermannt von einem Gefühl, das mir fremd ist. »Brick. Ich …«, stammle ich wie ein Idiot. »Ich habe keine Ahnung, wie ich dir …«

»Ist doch selbstverständlich, Mann«, unterbricht er meinen erbärmlichen Versuch, mich zu bedanken, und klopft mir freundschaftlich auf den Rücken.

Ich schüttle den Kopf und spucke meinen Pfefferminzkaugummi aus, damit ich irgendetwas zu tun habe. »Ist es eben nicht.« Die ersten vier Wochen stand die Baustelle still. Ich hatte Glück, dass man Gnade vor Recht ergehen ließ und meine Henkersfrist aufgrund der Umstände verlängerte. Brick übernahm das Kommando und erledigte mehr für mich, als ich mir von jemandem, den ich nicht ordentlich entlohnen kann, hätte erhoffen dürfen. Die ganze Abrissarbeit habe ich im Grunde ihm zu verdanken. Er war es, der Lösungen gefunden hat, als eine fehlende Wand beinahe zum Einsturz der Decke geführt hätte. Er war es, der ein paar Leute aufgetrieben und den zweihundertfünfzig Kilo schweren Balken sicher über unseren Köpfen befestigt hat, woraufhin der Wohnbereich nun nicht durch eine ungeplante Stützsäule in der Mitte getrennt werden muss.

»Hab's gerne gemacht, mein Freund«, beendet er das Thema, und ich schlucke bei der Bezeichnung. Habe nicht allzu viele Freunde. Sorge normalerweise auch dafür, dass es so bleibt. »So, und jetzt ran an die Arbeit!«

Er hat recht. Wenn ich in einer Woche einziehen will, muss ich jede Minute nutzen, die mir bleibt. Pennys Eltern sind extra ein zweites Mal aus Oregon eingeflogen, um mir Zeit zu geben. Auch das will ich nicht für selbstverständlich nehmen, denn ohne sie wäre ich aufgeschmissen. Sie machen zwar kein Geheimnis daraus, wie böse sie darüber sind, dass ich nicht für ihre Tochter da war, aber das muss ich schlucken. Sie haben wohl vergessen, dass Penny immer die stille Leidende war. Zumindest mir gegenüber.

Sie hat nie gesagt, wenn es ihr schlecht ging, sondern einfach weitergemacht. Umso mehr hätte sie jemanden – mich – gebraucht, der sie gerade im Wochenbett mehr unterstützt hätte. Der dafür gesorgt hätte, dass sie die körperlichen Hinweise einer späten Eklampsie nicht übersieht. Der hohe Blutdruck, die Kopfschmerzen, die Schmerzen im Oberbauch. Das Augenflimmern – verdammt noch mal! So still waren die Hinweise doch gar nicht. Sie hatte alles irgendwann erwähnt und ich habe es einfach nicht ernst genug genommen …

Unbeherrscht trete ich gegen einen der Holzbalken, die wir eigentlich für die Decke anbringen sollten. »Whoa!«, kommt es von Brick, doch ich drücke meine Handballen so fest in die Augen, bis ich lediglich Blitze sehe. Weil ich verfluchter Egoist so damit beschäftigt war, vor meiner Verantwortung wegzulaufen, sind meine vierjährige Tochter und ein Säugling jetzt Halbwaisen. Wie zur Hölle soll ich ihnen je einen Bruchteil von dem geben, was sie von Penny bekommen haben?

»Hey!«, höre ich Brick sagen. »Hör auf, dich fertigzumachen, Kasey! Was passiert ist, ist verdammt tragisch. Aber es war nicht deine Schuld.«

Ich beiße die Zähne zusammen. Dass sie gestorben ist, vielleicht nicht direkt. Dass sie allerdings nie den Mann an ihrer Seite hatte, den sie verdient hätte, durchaus. Vor allem, weil ich das immer wusste und trotzdem nicht das Geringste geändert habe.

Kopfschüttelnd verdränge ich die Gedanken, die mir nicht erst seit ihrem Tod schlaflose Nächte bescheren. Ich nehme mir vor, all die aufgestaute Energie in die Arbeit zu stecken. So wie stets. Dankbar, dass Brick es während des eigentlichen Schuftens ebenfalls vorzieht, nicht zu reden, montieren wir das letzte Ständerwerk an die Decke und bringen am restlichen Vormittag die Gipskartonwände an.

»Sieht gut aus!«, beschließt Brick und massiert sich den Nacken. »Ich nehme mal an, du machst die Seitenwände wieder alleine. Dann wage ich mich jetzt an die Veranda.«

Alles, was draußen ist, muss eigentlich warten, aber die Veranda war in einem solch miesen Zustand, dass sie sofort dran ist. Ich bedanke mich bei Brick und befestige die Platten im Rest des Raums.

»Kann ich helfen?«, höre ich durchs offene Fenster, wie er nach einiger Zeit jemanden anspricht, und bohre die nächste Schraube eher zaghaft in die Wand, damit ich alles mitkriege. Ungebetene Gäste sind in der Baustellenzeit nie willkommen. Die meisten kreuzen entweder auf, um sich über die Lautstärke zu beschweren, oder weil sie neugierig sind und etwas gesehen haben, was ihnen gefällt. Und für beides habe ich keine Zeit.

»Ich hoffe, ich störe nicht.«

Die nächste Schraube geht daneben, das passiert mir sonst nie.

»Ich wollte eigentlich nur von draußen mal einen kurzen Blick darauf werfen, aber dann habe ich euren Wagen vor der Tür entdeckt und dachte, ich könnte mir vielleicht ansehen, was aus dem Haus geworden ist. Ist das okay?«

Ich lasse den Bohrer fallen. Diese Stimme würde ich aus einem Meer von anderen erkennen. Immer. Auch wenn sie älter und reifer klingt als damals. Sie ist *mein* Donner. Tief in mir drin ahnte ich, dass dieser Moment irgendwann kommen würde. Ich weiß nur nicht sicher, ob ich ihn lieber vermieden hätte oder ob genau das der Grund ist, warum ich *dieses* Haus wirklich gekauft habe. *Nein! Ich habe es gekauft, weil ich dachte, es könne mir Geld bringen, nicht ihretwegen. Nicht, wenn ich mir doch geschworen hatte, sie nie wiederzusehen.*

»Kannten Sie die Vorbesitzer?«, will Brick wissen.

»Könnte man so sagen, ja. Zumindest manche davon.« Ich höre praktisch das Lächeln auf ihren rosa Lippen und schließe die Augen, als Brick sie hineinbegleitet. Gleich werde ich sie sehen und sie mich. »Diese französischen Fenster sind wunderschön. Ich liebe es, wie sie den Raum aufhellen. Und die Nischen dort erst«, schwärmt sie, und ich erlaube mir für eine einzige Sekunde, stolz darauf zu sein, dass sie ihr gefallen. »Sie haben meinen größten Respekt, Mister …«

»Brick«, hilft er ihr weiter, und sie lacht melodisch.

»Mister Brick? Schätze, Ihnen wurde Ihre Berufung in die Wiege gelegt.«

Mein Mitarbeiter stimmt mit seinem grölenden Lachen ein. »Einfach nur Brick. Und ich wünschte, ich könnte den Ruhm für all das hier einheimsen, Ma'am, aber ich helfe nur mit.« Untertreibung des Jahres. »Der Mastermind ist in der Küche, wenn Sie es ihm persönlich sagen wollen.«

Ich halte die Luft an, als sie sich tiefer ins Haus traut. Sogar die Art, wie die Frau geht, ihre Schritte auf dem Boden versetzen mich zurück in Zeiten, in denen wir zusammen diesen Gang entlanggelaufen sind. Doch je näher sie kommt, desto eingesperrter fühle ich mich jetzt in diesen vier Wänden. Wie zur Hölle konnte ich das für eine gute Idee halten?

Extra verbissen schraube ich weiter, mache gar keine Anstalten, mich umzudrehen. Ich bin kein Masochist, der darauf steht zu sehen, wie ihre großen, dunkelbraunen Augen mich hasserfüllt anstarren, sobald sie mich erkennt. Doch scheinbar muss ich das gar nicht.

»Kasey …« Mein Name verlässt ihre Lippen als Flüstern und ich hasse den entsetzten Unterton darin, als hätte ich das Recht, irgendetwas anderes zu erwarten.

»Arya«, erwidere ich und wage einen kurzen Blick. Fehler. Sie mag zwar in Wintersachen eingemummt sein, doch ihrer Schönheit tut das in meinen Augen keinen Abbruch. Wow. Ich erinnere mich an die Weiblichkeit ihrer Figur, daran, wie weich ihre Haut im Vergleich zu meiner rauen immer schon war. An die Haare unter ihrer Mütze, die irgendwie ständig Aryas Stimmung vorauseilten. Jetzt sind sie gerade kraus. Wie passend. Entgeistert starrt Ari mich an.

»*Du* hast mein Haus gekauft?« Brick sieht zwischen uns hin und her und hebt die Augenbrauen. »Was ist das? Ein kranker Scherz?«

»Nein. Kein Scherz. Ich renoviere es.« Offensichtlich … Ich fühle förmlich, wie sehr es sie aufregt, dass ich so ungerührt antworte, aber wenn Ari nach wie vor die Ari ist, die sie damals war, dann weiß sie sowieso, dass sie mir nichts von meinem Gehabe abkaufen kann.

»Und *dann*?« Diesmal antworte ich gar nicht, woraufhin Arya einen Schritt auf mich zugeht. Zurückzuweichen lag noch nie in ihrem Wesen, und während ich ihre Hartnäckigkeit früher wirklich bewundert habe, verfluche ich sie jetzt.

»O mein Gott!«, seufzt sie fassungslos und schlingt die Arme um sich. »*Du* bist es. *Du* willst hier *einziehen*.« Es ist eine Feststellung. Keine Frage. Keine Ahnung, warum sie es so formuliert, als hätte sie bereits irgendwas davon gewusst, aber ich verzichte lieber darauf nachzuhaken. »Ist das dein Ernst?«

Brick presst die Lippen zusammen und entfernt sich vorsichtig. Schätze, er riecht den Sprengstoff in der Luft.

»Warum, Kase? Bitte erklär mir, *warum*?«, verlangt Arya etwas lauter, und ich kann weiterhin lediglich bloß dastehen. Denn es gibt eine Menge Antworten auf diese Frage. *Weil es dein Haus war. Weil ich nicht zulassen wollte, dass alle Erinnerungen abgerissen werden, als hätte es sie nie gegeben. Weil ich wohl tatsächlich gehofft hatte, dass du es irgendwann sehen und dich freuen würdest, dass ich versucht habe, alles umzusetzen, an das ich mich aus Gesprächen mit dir erinnern konnte. Zum Beispiel die französischen Fenster und die Sitznischen …*

Weil ich gehofft habe, dich wiederzusehen.

Das Problem ist, auf keine dieser Antworten bin ich besonders stolz. Vor allem nicht in meiner Situation.

»Unglaublich«, flüstert Arya, als ihr klar wird, dass ich nichts weiter sagen werde. Kopfschüttelnd blickt sie an die neue Decke, wirft die Hände in die Luft und lässt mich stehen. Ich höre, wie sie sich trotz allem von Brick verabschiedet, bevor draußen ein Motor gestartet wird und aufheult, weil sie es so eilig hat wegzukommen.

»Das klang nach 'ner Menge gemeinsamer Geschichte«, stellt Brick fest, als er vom Wohnzimmer herüberlugt, und ich stütze mich erschöpft an der Wand ab. Denn ja, es ist eine verflucht lange Geschichte, die Arya und mich verbindet und trennt. Sie hat mein Leben mehr als einmal gerettet, in mehr als einer Hinsicht, bevor ich der Geschichte zwischen uns ein abruptes Ende bereitet habe. Denn der Tag, bevor ich sie verlassen musste, war der Tag, an dem mein größter Albtraum Realität wurde.

KAPITEL 5

16 JAHRE ZUVOR

Kasey, 9 Jahre alt

»Du *hast* aber keinen Job!«, schreit meine Mom.

»Ich *bekomme* einen! Und *du* kündigst heute!«, brüllt Dad zurück. So geht das inzwischen den ganzen Nachmittag, während ich daneben meine Hausaufgaben machen soll.

»Sicher nicht.«

»Hast du eben gesagt, du wirst deinen Job nicht kündigen?«

»Habe ich gesagt.«

»Ja oder nein?«

»Jap.«

»Nicht *jap*. Ja oder nein? Antworte wie ein normaler Mensch.«

»Ja!«

Dad schnauft vor Wut und tritt gegen die Kommode, auf der der Fernseher steht. »Junge«, sagt er im selben Moment, und ich zucke zusammen. »Ich verspreche dir, wenn deine Mutter noch einen dieser verdammten Möchtegern-Babysitter ins Haus schleppt, dann bringe ich sie um.« Inzwischen drücke ich den Bleistift so fest in mein Heft, dass die Mine abbricht.

»Du erzählst deinem neun Jahre alten Sohn, dass du seine Mutter umbringen wirst? Das ist komplett verkorkst.«

Dad reißt eine Schublade aus der Kommode und wirft sie quer durchs Zimmer. »Verkorkst ist, dass du bereit bist, irgendwelche Gangster und Crackheads auf die Kinder aufpassen zu lassen, nur damit *du* arbeiten kannst.«

»Ich *muss* Geld verdienen. Weil du es nicht tust.«

Ich hasse meine Eltern. Ich hasse es, wie sie miteinander reden. Ich hasse es, wie sie mit mir reden. Ich hasse es, dass ich gar nicht mehr weiß, wie sie klingen, wenn sie nicht brüllen. Und dass sie vergessen, dass ich überhaupt da bin und jedes Schimpfwort, jede Beschuldigung, jede Drohung hören muss. Ich hasse es, dass mein großer Bruder ein Moped hat und einfach abhauen kann, wann immer er will. Und dass er nie daran denkt, mich mitzunehmen. Ray redet so gut wie nie mit mir. Alles, was er sagt, wenn er mal etwas sagt, ist, dass er den Scheiß schon sechs Jahre länger mitmachen muss als ich. Sein einziger Rat lautet, erwachsen zu werden, damit ich genauso abhauen kann, wie er es vorhat.

Ich hasse es, dass mein Dad das macht, was Mom mir verboten hat, nämlich eine Frau zu verletzen. Und vielleicht hasse ich es noch mehr, dass sie mir das andauernd erzählt, aber zulässt, dass er es mit ihr macht. Ich will, dass er stirbt. Ich will, dass er anders wird. Ich will, dass er, wenn er das nächste Mal abhaut und vorher verkündet, dass er nie wiederkommt, sein Versprechen hält und wir endlich unsere Ruhe haben.

»Wenn du nicht bereit bist, dich um deine Söhne zu kümmern, muss ich jemanden finden, der das macht.«

»Unterbrich mich nicht ständig! Hör einfach zu!«, befiehlt Dad und baut sich zwei Zentimeter von ihrem Gesicht entfernt auf. Ich zerbreche den gesamten Stift in meinen Händen, weil ich weiß, dass es gleich so weit ist. »Wenn dir deine Kinder so wichtig wären, würdest du diese Versager zum Teufel jagen.

Aber du bist ein dämliches Stück Dreck, das lieber irgendwelche Leute babysitten lässt, damit es machen kann, was es will.«

Mom holt scharf Luft, als er sie am Oberarm packt, und ich stehe auf.

»Sieh *mich* an! Nicht ihn«, schreit er ihr ins Gesicht, als sie mich warnend fixiert. Ich weiß, Mom hat gesagt, ich soll in diesen Fällen so tun, als wäre ich nicht da. Sie will, dass ich verschwinde, damit seine Wut nur sie trifft. Aber ich will das nicht. Ich will, dass er sie in Ruhe lässt. Uns alle.

»Ich sehe nach meinem Sohn, Mike.«

»Ja? Weil das eigentlich genau das ist, was ich dir die ganze Zeit beibringen will. Wie du nach unseren Kindern sehen solltest. Und jetzt schau mich an! *Er* hat keine Autorität. Die habe *ich*. Verstanden? Wir können das hier auf die einfache Tour machen. Oder auf die harte. Ich gebe dir die Option, aber so oder so – du verlierst.«

»Lass mich los!«

»Nein! Wir reden gerade.«

»*Du* redest. Nimm deine Hand da weg!«

»Lass sie los!«, entfährt es mir, als Mom bereits vor Schmerz Tränen in den Augen hat. Dad beachtet mich gar nicht, also remple ich ihn von hinten an und sage es lauter, weil er mich scheinbar nur hört, wenn ich genauso schreie wie er. Und damit kriege ich, was ich wollte. Er lässt sie los. Aber dann dreht er sich um und ich gebe mir die allergrößte Mühe, nicht wie ein Feigling zurückzuschrecken.

»Ich lasse dir das exakt einmal durchgehen, weil du scheinbar genauso hirnverbrannt bist wie deine Mutter. Aber wenn du das noch einmal machst, Junge, dann schlage ich dich grün und blau.« Vielleicht ist das ja genau das, was ich will. Vielleicht will ich, dass er endlich mal mich verprügelt. Dann könnte ich es den Evans zeigen oder meiner Lehrerin und dann *müsste* er verschwinden. Mom sagt nämlich nie etwas. Sie macht nie etwas.

43

Sie meint, wenn jemand Wind von der Sache bekäme, nähmen sie ihr nur mich und meinen Bruder weg. Nicht meinen Dad.

In dem Moment, in dem ich überlege, was ich als Nächstes machen könnte, schiebt Mom mich förmlich aus dem Zimmer. »Geh auf den Spielplatz!«, kommandiert sie und schließt die Tür hinter mir ab.

Das ist das Letzte, was ich will. Als irgendetwas – wahrscheinlich Mom – gegen die Tür knallt, gehe ich rückwärts von der Haustür weg, wische mir dabei mit Händen und Unterarmen verärgert das Gesicht trocken und laufe zu dem Haus, in dem ich mich tausendmal mehr zu Hause fühle als in diesem. Die Vorhänge im Wohnzimmer sind bereits zu und es ist verflixt kalt, aber ich weiß nicht, wo ich sonst hingehen sollte. Also setze ich mich auf die Schaukel in Aryas Garten und warte. Worauf, weiß ich nicht genau. Vielleicht darauf, dass ich Dad wegfahren sehe.

Keine Ahnung, wie kurz oder lange ich hier sitze, aber irgendwann geht das Licht in Aris Zimmer an und meine beste Freundin kommt ans Fenster. Ihre Augen weiten sich und sie drückt eine Hand an die Scheibe, bevor sie wieder verschwindet. Nur ein bisschen später wird die Terrassentür aufgemacht und Aryas Dad kommt raus. Ich springe von der Schaukel, nicht sicher, was ich jetzt tun soll. Ich weiß, dass ich vor ihm keine Angst haben muss. Er war immer nett zu mir. Genauso wie Mrs Evans. Aber ich weiß nicht, ob er vielleicht böse auf mich ist, weil ich über den Zaun geklettert bin oder weil ich ohne Ari in seinem Garten spiele.

»Alles in Ordnung, Kasey?«

Ich mag es, dass er mich jedes Mal bei meinem Namen nennt und nie »Junge« sagt wie mein Dad. Da fühle ich mich immer wie ein Baby.

»Ja«, behaupte ich. »Ich wollte sowieso nach Hause gehen«, lüge ich weiter, weil ich das scheinbar gut kann. Zumindest nickt er und gibt mir das Gefühl, dass er mir glaubt.

»Was hältst du davon, wenn du noch auf eine heiße Schokolade reinkommst, bevor du gehst?«, fragt er, und ich beiße mir auf die Lippe. Zögerlich nicke ich, weil ich eigentlich nicht gerne Sachen annehme, vor allem keine Hilfe. Aber Ari steht zitternd in der offenen Tür und ich mag sie gerne, also gehe ich mit. »Ich rufe nur schnell deine Mom an und gebe ihr Bescheid, in Ordnung?«

Das ist ein Test, da bin ich sicher. Aber ich werde ihn bestehen, weil es Mom gerade komplett egal ist, wo ich bin. Hauptsache, nicht zu Hause. Ich ziehe die Stiefel aus, die mir sowieso zu klein sind, und gehe rein. Ari nimmt meine Hand und zerrt mich in die Küche. Das macht sie dauernd, weil sie es ständig viel eiliger hat als ich, irgendwo mit mir hinzugehen. Aber es gefällt mir, dass sie mich nie alleine stehen lässt, obwohl sie viel mehr Freunde hat als ich.

KAPITEL 6

Arya

»Arya!?« Peter rüttelt kurz an meiner Hand, die auf dem Tisch liegt, und mustert mich. Ich blinzle mich aus meinen Gedanken und setze mich aufrechter hin. »Du bist überhaupt nicht bei der Sache.«

»Tut mir leid. Es ist momentan viel los.« Okay, das trifft es eigentlich nicht einmal ansatzweise. Ich bin seit gestern komplett durch den Wind. Nicht nur, weil Kasey zurück ist. Obwohl … *Kasey* ist zurück! Nachdem er sich in bald acht Jahren exakt einmal blicken lassen hat, und das zum ungünstigsten Zeitpunkt überhaupt – nämlich bei meiner Verlobungsfeier. Als hätte der Mistkerl förmlich darauf gewartet. Aber er ist nicht nur zurück. Er hat *mein* Elternhaus gekauft und will darin *wohnen*. Ich kriege nach wie vor nicht in den Kopf, warum um alles in der Welt er unbedingt *dort* wohnen muss. Warum er dort wohnen *will*. Mit seiner *Familie*. Während er mir unser ganzes Leben lang erklärt hat, dass er niemals Familie haben würde.

Ich bin nicht eifersüchtig. Das beschreibt nicht im Entferntesten, was ich empfinde. Ja, ich mochte Kasey sehr, war damals in ihn verliebt und habe davon geträumt, mit ihm zusammen zu sein. Aber wir waren Kinder. War ich bei meiner

46

Verlobungsfeier eigentlich immer noch, wenn ich ehrlich bin. Aber jetzt bin ich das nicht mehr. Ich bin eine Frau, lebe in einer guten, stabilen Beziehung mit jemandem, der mich nicht von heute auf morgen stehen lässt, obwohl er mir hoch und heilig versprochen hat, es nicht zu tun. Kasey und ich waren nie zusammen, aber er war mein bester Freund. Und er hat mich verraten.

Und warum zur Hölle muss er noch besser aussehen, als ich ihn in Erinnerung hatte? Er sollte Pickel haben oder einen Bierbauch oder wenigstens verdammt frühzeitig graue Haare. Aber nein, stattdessen stand er da mit seinen blöden blauen Augen, seiner dämlichen Haut, die ihn von jeher aussehen lässt, als hätte er mit der Sonne gekuschelt, und seinem bescheuerten Werkzeuggürtel, der sowieso viel zu tief saß. Wenigstens zeigte er sich nicht ohne T-Shirt und mit einem riesigen Ziegelstein auf der Schulter wie auf so einem albernen Kalender.

Ja, Ari, du bist wirklich erwachsen geworden …

»Arya! Du hörst mir gar nicht zu«, beschwert sich Peter, worin ich ihm leider recht geben muss.

»Doch, sorry. Du sagtest, ihr hättet gerade ein großes Projekt.« Könnte daran liegen, dass ich seit gestern generell schlecht drauf bin, aber ich muss mich wirklich bemühen, mir ein Augenrollen zu verkneifen. Pete hat ewig ein großes Projekt am Laufen und meistens freue ich mich auch für ihn. Gleichzeitig stört es mich aber, dass wir seit einer Stunde in diesem Restaurant sitzen und er bisher der Einzige war, der geredet hat. Es stört mich deshalb, weil Hayley manchmal sagt, sie habe das Gefühl, er würde mich überhaupt nicht kennen. Wie auch, wenn er nie fragt. Und irgendwie habe ich verlernt, einfach von mir aus zu erzählen, weil ich ziemlich oft das Gefühl bekomme, dass ich ihn bei etwas Wichtigem störe. Und sei es nur beim Nachdenken.

Ich stöhne innerlich über mich selber, weil ich definitiv noch schlecht drauf bin. Das nervt mich, weil Date Nights mit Peter so selten sind. Da will ich nicht an den Blödmann denken und wie er wohl in diesem Moment in meinem Ex-Haus herumhämmert. Soll er doch glücklich darin werden …

»Ja, aber hast du den Rest auch mitbekommen?«, hakt Peter nach, sein Gesichtsausdruck ist etwas perplex. Vielleicht habe ich wirklich mehr verpasst. »Dass ich nächstes Wochenende noch in Dallas sein werde?«

Er betont es so, dass ich verwirrt die Stirn furche. »Nächstes Wochenende?«, überlege ich. »Warte. Nein, das geht nicht. Da heiratet meine Mom.«

Er hebt eine Augenbraue, als wäre ich begriffsstutzig. »Ich weiß, Arya. Deswegen wollte ich es dir ja mitteilen.« Wie großzügig … Mit offenem Mund sitze ich da. »Das ist eine unglaubliche Chance für mich, mich zu beweisen. Nicht jeder korrespondiert mit der größten Filiale Amerikas.«

»Das verstehe ich ja, aber ich …« Ich will dort nicht alleine hin. Ich will nicht schon wieder meiner ganzen erweiterten Familie erklären müssen, warum ich seit Jahren verlobt und immer noch nicht verheiratet bin, warum es Peter wichtig ist, dass ich meine Wohnung behalte, auch wenn wir so gut wie jede Nacht bei ihm schlafen. »Texas ist doch nicht so weit weg. Kannst du nicht wenigstens zur Trauung kommen und nach ein paar Stunden wieder fahren? Ich meine, es ist meine Mutter!«

Peter verzieht die Lippen, um sein Schmunzeln zu verstecken. »Ist ja nicht so, als wäre es ihre erste Hochzeit.« Jetzt klappt mein Mund abrupt zu und Peter greift über den Tisch nach meiner Hand. »Baby, Christina ist *deine* Mutter. Nicht meine. Sie braucht mich nicht, um eine schöne Feier zu haben.«

»Aber *ich* brauche dich, Peter«, erkläre ich leicht verzweifelt. »Ich will dort nicht alleine hin.«

»Komm schon, Arya. Du bist doch ein großes Mädchen. Und ich würde dir ja auch nie im Weg stehen, Dinge zu tun, die dir wichtig sind. Vor allem, wenn es dabei um unsere Zukunft geht. Nicht nur meine. Auch deine.« Mit der Aussage erinnert er mich so sehr an meinen Vater, dass es wehtut. Auch der dachte, er habe das Beste für *uns* getan, indem er sich halb zu Tode gearbeitet hat. Im Endeffekt hätten sowohl Mom als auch ich lieber auf alles Geld der Welt verzichtet, wäre er dadurch bei uns geblieben.

Ich weiß, er wartet jetzt auf so etwas wie eine Entschuldigung von mir, weil ich so egoistisch bin und ihm seinen Erfolg nicht gönne. Obwohl es darum schließlich überhaupt nicht geht. Normalerweise würde ich mich wahrscheinlich auch entschuldigen. Weil das eben leider meine Art ist. Ich gehe einer Konfrontation lieber mit einer – in dem Moment vielleicht nicht einmal ernst gemeinten – Entschuldigung aus dem Weg, bevor ich einen Streit oder Schlimmeres in Kauf nehme. Keine Ahnung also, warum ich jetzt keine Entschuldigung über die Lippen bringe. Mag daran liegen, dass Kasey Gefühle in mir geweckt hat, die ich lange begraben hatte – vorrangig das Bedürfnis, ihm in den Hintern zu treten. Wie dem auch sei, mich zu entschuldigen steht momentan wirklich nicht weit oben auf meiner Prioritätenliste.

Peter lässt mich los und hebt seine gefalteten Hände vor seinen Mund, als hätte ich ihn enttäuscht. »Ich finde das ein bisschen unfair, wenn man bedenkt, dass ich deine Wohnung im Grunde mitfinanziere, weil du dein Geld lieber für deine Schüler ausgibst.«

Mein Körper verspannt sich. Das wirft er mir vor? Dass ich dafür sorge, dass meine Kinder etwas zum Anziehen, zum Essen und zum Spielen haben, wenn ihre Eltern ihnen zu ihren Geburtstagen nichts kaufen können? Und außerdem ist es nicht so, dass ich ihm auf der Tasche liegen würde. Ich könnte allein über die Runden kommen, aber er besteht darauf, mich finanziell zu unterstützen.

»Aber bitte ... wenn es dir so wichtig ist, dann sage ich eben ab.«

Er kann mich dabei nicht einmal ansehen, als er den Vorschlag macht. Ich lehne mich zurück und lege mein Besteck in die Schüssel zu meinen nur halb aufgegessenen Tagliatelle, weil ich in Wahrheit schon von Anfang an nicht besonders hungrig war. Natürlich wünsche ich mir, dass Pete zur Hochzeit mitkommt. Aber ich möchte, dass er es macht, weil er das will, und nicht, weil ich ihn zwinge. Ich habe keine Lust, dass er dann bei der Hochzeit mich und jeden anderen spüren lässt, dass er viel lieber in Dallas wäre. In dem Fall fahre ich doch lieber alleine.

»Ist schon gut. Ich werde es überleben.«

»Wirklich?« Er strahlt förmlich.

Irgendetwas regt sich in meiner Brust, während ich mich zu erinnern versuche, wann er das letzte Mal über etwas glücklich war, das nichts mit seinem Job zu tun hatte.

Er legt seine offene Hand wieder auf den Tisch, als Einladung, sie zu nehmen, und wie immer ergreife ich sie. »Ich mache es wieder gut, Baby. Versprochen. Bei unserem Trip nach Kanada zu Weihnachten kommt mir bestimmt nichts dazwischen. Um nichts in der Welt würde ich eine Woche in einer einsamen Hütte am verschneiten Berg mit dir verpassen wollen.« Er zwinkert, und ich ringe mir ein Lächeln ab, während dieses Gefühl in meiner Brust sich irgendwie nicht so leicht abdrehen lässt wie sonst. »Heißt das, du bist fertig?«, fragt er und deutet auf meinen Teller. »Ich würde mir nämlich gerne die Rechnung geben lassen. Morgen wird ein verflixt langer Tag.«

Ich kippe den Rest meines Weißweins runter, weil ... na ja, einfach weil, und höre mir auf der Heimfahrt auch noch den Rest über dieses große Projekt an, von dem Peter so gerne erzählt.

Da ich vorgestern statt in der Shopping-Mall lieber bei Mr Blödmann und gestern zu beschäftigt damit war, weiterhin sauer auf besagten Blödmann und Blödmann Nummer zwei zu sein, stakse ich auch heute wieder mit meinen supersüßen Pseudo-Schlittschuhen vom Parkplatz zum Schulgebäude. »Miss Evans?«, ruft eine niedliche Kinderstimme hinter mir, aber dieses Mal bin ich clever genug, nur den Kopf zu drehen, bevor ich wieder so eine Bruchlandung hinlege wie letztes Mal.

»Hey! Lyric, mein Mädchen. Wie geht's dir?«, begrüße ich meine Schülerin aus dem letzten Jahr, deren schwarze Rastazöpfe dauernd zu allen Seiten wegstehen wie die Haare von Pippi Langstrumpf. Ich drücke das Mädchen an mich, ohne dabei zu fallen und sie auch noch mitzureißen. Lyric sitzt nach der Schule manchmal bei mir im Klassenraum, während ich alles für den nächsten Tag vorbereite, und macht ihre Hausaufgaben. Einfach deshalb, weil zu Hause niemand auf sie wartet. In Oklahoma gibt es kein Gesetz, das festlegt, bis zu welchem Alter Kinder nicht ohne Aufsicht zu Hause sein dürfen.

»Ganz okay!« Sie grinst, einen Arm nach wie vor um mein Bein geschlungen. Das erschwert das Gehen zwar ein kleines bisschen, aber ich werde ihr bestimmt nicht sagen, dass sie es lassen soll. »Außer, dass ich nächsten Sonntag das erste Mal gleich von Anfang an spiele.«

»Hey! Das ist doch der Hammer! Ich bin stolz auf dich. Zeig den Jungs, wer der Boss ist.«

Sie zieht die Nase kraus und zuckt mit den Schultern. »Ja, aber Mom und Dad werden nicht dabei sein. Dad hat nur diesen Sonntag frei. Aber da spiele ich ja noch nicht. Und Mom findet es doof, dass ich überhaupt im Fußballteam bin.«

Das ärgert mich. Das Mädchen ist sechs Jahre alt. Selbst wenn sie auf einer Bühne tausend schiefe Töne auf der Blockflöte piepsen würde, sollte man sie dabei unterstützen. »Ja, meine Mom fand es damals auch ganz doof, als ich mit Ballett aufgehört habe, um ins Basketballteam zu gehen.« Das stimmt zwar, allerdings hat meine Mom trotzdem kein einziges Spiel verpasst. »Aber Tanzen war eben nicht mein Ding.«

Um das extra zu betonen, deute ich mit spitzen Lippen eine Ballettfigur an, wobei meine praktisch aalglatte Sohle den wenigen Halt verliert und ich zur Abwechslung auf meinem Hinterteil lande. Lyric hält sich kichernd die Hände vor den Mund und ich mache es mir hier im Schnee im Schneidersitz bequem. Diesmal war ich wenigstens intelligent genug, mir einen langen Wintermantel anzuziehen, der vielleicht meinen Po trocken hält. »Ich sag dir was! Ich habe Sonntag in einer Woche nichts vor. Darf ich zu deinem Spiel kommen?«

Ihre Augen leuchten wie Glühbirnen. »Und wenn ich aber nur fünf Minuten auf dem Feld bleibe?«

»Dann werde ich halt die restliche Zeit den Schiedsrichter ausbuhen.«

Sie lacht und das ist alles, was ich wollte. Es lenkt mich sogar fünf Millisekunden davon ab, dass ein gewisser Blödmann, auf den ich heute Morgen ehrlich gesagt gut verzichten könnte, direkt auf uns zumarschiert. *Tja, gewöhn dich dran, Ari.* Wenn ich Glück habe, lerne ich auch bald seine Frau kennen. *Yay!*

Lyric umarmt mich fest, und ich bemühe mich währenddessen, überall anders hinzusehen als zu Kase. »Ari. Was machst du denn hier?«, will er wissen, als er vor uns stehen bleibt. Ups. Hatte vergessen, dass ich noch hier rumsitze.

»Einen Schneemann bauen, wie es scheint.«

Lyric kichert noch einmal. »Ich sage nächste Woche Bescheid, wann das Spiel anfängt, okay?«

»Ich freu mich drauf!«, antworte ich ehrlich, woraufhin sie glücklich winkt und zur Tür hopst. Anschließend fixiere ich Kasey mit gelangweiltem Blick und verdrehe die Augen, als er mir seine Hand entgegenstreckt. Stattdessen raffe ich mich selbst auf.

Kase unterdrückt sein wissendes Schmunzeln, während er zum Himmel sieht und die Arme vor der Brust verschränkt.

Das ist richtig, Kasey. Ich brauche dich nicht, um alleine aufzustehen. Das kann ich seit Jahren ziemlich gut.

»Eigentlich hatte ich vor, in mein Klassenzimmer zu gehen«, verteidige ich mich und klopfe meinen Hintern ab.

»Du arbeitest an unserer alten Schule?« Wenigstens weiß ich jetzt, dass zumindest das nicht bewusst so arrangiert wurde.

»Jap«, gebe ich zurück und betone das *P* wie ein kleines Kind. »Und weißt du, was noch besser ist? Ich bin die neue Lehrerin deiner Tochter. Das heißt, wir werden uns dieses Jahr wohl öfter sehen.« Ich hebe eine Augenbraue, hoffe, ihn wenigstens ein bisschen aus der Fassung zu bringen, so wie er mich vorgestern.

»Wird das ein Problem?«, erkundigt er sich allerdings, seine Gesichtszüge hart, sein Blick plötzlich eiskalt.

Ich kneife die Augen zusammen und lege den Kopf schief. »Nimm dich bitte nicht allzu wichtig, okay?«

»Arya.« Es mag eine Ewigkeit her sein, dass ich seine Stimme gehört habe, trotzdem weiß ich noch, wie sie klang, wenn er wütend auf mich war. Nicht nötig, dass er mich daran erinnert. »Wird es ein Problem, dass Evie in deiner Klasse ist? Denn wenn du sie irgendwie anders behandelst, weil sie meine Tochter ist ...«

Okay, jetzt bin *ich* richtig sauer. Ohne nachzudenken, beuge ich mich vor, greife nach einer Handvoll Schnee und schleudere sie ihm auf die Brust.

Er zuckt nicht einmal mit der Wimper, sieht nicht an sich herunter. Lediglich der Hauch eines amüsierten Lächelns bringt seine Lippen in Bewegung. »Hast du mich gerade mit einem Schneeball beworfen?«

»Verdammt richtig. Ob du es glaubst oder nicht: Die Sonne dreht sich nicht um Kase Korbin. Ich bin professionell und wirklich gut in meinem Job. Evie wurde einer meiner Schützlinge in dem Moment, in dem die Anmeldung durch war, und diese Aufgabe nehme ich verflucht ernst. Sie kann ja nichts dafür, wer ihr Vater ist.« Okay, das war unter der Gürtellinie, aber anstatt mich zu entschuldigen, schließe ich kurz die Augen und atme tief ein. Warum bringt dieser Mensch plötzlich das Schlechteste in mir hervor?

»Eigentlich bin ich eine nette Person«, murmle ich mehr zu mir selbst, aber natürlich hört er es.

»Du hast doch von jeher gekämpft wie eine Tigerin, wenn dir oder jemandem, der dir wichtig war, unrecht getan wurde. Das war eines der Dinge, die ich an dir respektiert habe.«

Ich presse die Lippen zusammen und kratze mir die Stirn.

»Wie auch immer … du müsstest das Anmeldeformular noch ergänzen. Da gibt es ein paar Lücken.«

»Deswegen bin ich hier«, erklärt er sachlich. Mich räuspernd gehe ich an ihm vorbei und öffne die Tür zum Gebäude. Er nimmt sie mir ab und hält sie auf, bis ich durch bin. Innerlich rolle ich die Augen nach oben, während ich über meine Schulter linse. Kase war vieles, aber sicher kein Gentleman. Aus Prinzip gehe ich zwei Schritte vor ihm her, während wir meine Klasse betreten.

Ich fühle, wie mein Herz ein bisschen schneller schlägt, als er sich im Raum umschaut. Diese Klasse ist persönlicher gestaltet als mein eigenes Wohnzimmer. Hier drinnen blühe ich auf, und ich habe Angst, dass er mir das kaputtmacht. »Sieht nett aus!«, kommentiert er aber, als wäre er nichts weiter als ein Vater eines meiner Kinder. *Was er auch ist, Ari, und genau so wird es zwischen uns funktionieren.*

»Danke!« Ohne ihn weiter anzustarren, krame ich den Anmeldebogen aus meinen Unterlagen. »Möchtest du ihn ausfüllen oder soll ich?«

»Mach du! Ich weiß, du wirst ihn sonst sowieso neu schreiben, weil er vom Rest abweicht.«

Ich höre ein Lächeln in seiner Stimme. Mist! Das weiß er noch? Meine Wangen werden womöglich gerade rot, weshalb ich den Kopf noch etwas näher zum Papier neige. Ich mag einheitliche Linien. Freundschaftsbücher waren der reinste Horror für mich, weil jede Schrift ganz anders aussah. Während sich die einen Mühe gaben, kritzelten die anderen sonst wie auf ihren Seiten herum. Nennt mich Monk.

»Welche Farbe kriegt Evie?«, will er wissen und deutet lässig auf das Regal hinter mir. »Wusste gar nicht, dass es die in so vielen verschiedenen Farben gibt.« Jeder meiner Schüler erhält am Anfang des Jahres eine eigene Mappe, die ich bis zum Schulende mit besonderen Zeichnungen, Meilensteinen und Fotos fülle, auf die sie später zurückblicken können. Für die Kleinen ist das oft etwas ganz Besonderes. Auch wenn ich vor Kase am liebsten generell alles abstreiten will, kann ich genauso gut antworten. Er wird es sowieso bald erfahren.

»Pfirsichorange.«

»Gefällt mir«, nickt er und lehnt sich dann für meinen Geschmack etwas zu weit über den Tisch. Sein vertrauter Geruch nach Pfefferminz und irgendetwas anderem überfällt mich dabei so stark, dass ich kurz die Luft anhalte, als meine Nase verdächtig kitzelt. Dabei kann ich auch nach all dieser Zeit nicht einmal definieren, wonach dieses Etwas eigentlich riecht. Nach Kasey eben. Dem Jungen, der nach dem besten und schlimmsten Geburtstag meines Lebens neben mir auf dem Teppichboden lag und einfach da war, als alle anderen schon lange weg waren. Der Junge, der mich aus dem eiskalten Teich gezogen hat, als ich versucht habe, die Erste zu sein, die im Frühling darin schwamm. Leider bekam ich überall Krämpfe und ging fast unter.

»Der Nachname ist falsch.« Er deutet auf die Zeile über den Erziehungsberechtigten. »Mein Name ist immer noch Korbin. Aber Evie heißt Kelton.« Ich bessere den Namen aus und ergänze auch die restlichen Daten, wage fast nicht nachzuhaken, warum er seine Frau, Freundin oder was auch immer nicht als Erziehungsberechtigte angibt. Aber das ist mein Job.

»Gibt es noch eine weitere Kontaktperson für den Fall der Fälle?«, frage ich vorsichtig.

»Meine Nummer wird reichen. Ich habe mein Handy immer bei mir.«

O-kay … »Alles klar. Dann habe ich alles. Wann wird Evie anfangen?«

»Kommenden Montag wollen wir einziehen.«

Mit geweiteten Augen lehne ich mich zurück. Für mich sieht das Haus aus, als würde es bis zum Einzug noch ein halbes Jahr dauern oder so. »Wow! Schaffst du das denn bis dahin?«

Er steckt die Hände in die Hosentaschen und senkt den Kopf. In diesem Moment sieht er aus wie der Junge, den ich damals kannte. Und ich hasse es, dass ich am liebsten zu ihm rübergehen und ihn irgendwie aufheitern würde. Wie früher, wenn sein Dad wieder nach Hause gekommen war. Und wenn es nur wäre, ihn zu kitzeln, bis er lacht. Der Drang, genau das zu tun, ihn zu umarmen, irgendetwas zu machen, wird so groß, dass es mich selbst überrumpelt und ich mich an meinem Stuhl festhalten muss. Was zur Hölle ist los mit mir?

Letztlich fixiert er mich wieder mit einem traurigen Lächeln und ich bin froh, dass ich sitze, bevor meine Knie weich werden.

»Ich habe keinen Plan B, also ja«, antwortet er und zuckt mit den Schultern. »Also gut, Ari. Wir sehen uns am Montag. Bis dann!«

»Bye, Kasey.«

Als er geht, stößt er beinahe mit Karen zusammen, die heute als Erste in die Klasse stürmt. Er fängt sie auf, bevor sie in ihn hineinläuft, und streicht ihr über den Kopf, als sie mit großen Augen und offenem Mund zu ihm hochsieht. Ja ... den Effekt hat er auf die meisten.

Immer noch.

»Hast du heute Morgen schon gefrühstückt?«, fragt Karen, die strahlend auf mich zutrippelt, und ich bin richtig dankbar für die Ablenkung, weil ich mich trotz der Verabschiedung ziemlich verlassen fühle.

KAPITEL 7

Kasey

Ich habe wirklich keinen Schimmer, wie andere Eltern es schaffen, morgens aus dem Haus zu kommen. Nicht nur pünktlich, sondern generell. Während ich versuche, Evie zu erklären, dass das weiße ausgestopfte Riesentüll-Tutu mit dem Geistergesicht aus »Scream« nicht das beste Outfit für den ersten Schultag ist, kotzt Timmy die Milch wieder aus, die ich ihm gerade mit Mühe und Not eingetrichtert habe. Davor hat der Junge drei Stunden in Form von kreischendem Geschrei mit mir diskutiert, bevor er akzeptierte, dass es leider nichts anderes als das Fläschchen gibt, aus dem er trinken kann.

»Warum nicht, Daddy?«

Ich fahre mir über das Gesicht, weil ich diese Frage heute mittlerweile das eine oder andere Mal beantwortet habe. »Weil es ein Halloweenkostüm ist, Evie.«

»Aber ich will nichts anderes anziehen.« Sie verschränkt die Arme vor der Brust und stampft auf den Boden. Das glaube ich ihr. Sie hat seit Wochen nichts anderes an. Mit einem Taschentuch versuche ich zu retten, was bei Timmy zu retten ist, bevor ich ihn zum zweiten Mal heute Morgen komplett neu anziehen muss. Beim ersten Mal habe ich Genie die neue

58

Windel vergessen und bin erst darauf gekommen, als Timmy beschlossen hat, sein großes Geschäft zu verrichten. Genervt höre ich auf zu wischen und feuere das Taschentuch quer durch den Raum. Von jetzt an muss ich wohl einfach täglich waschen. Zumindest für meinen Sohn. Meine Tochter trägt ja ohnehin jeden Tag dasselbe. »Das hat *Mommy* für mich gemacht.«

Stocksteif verharre ich in meiner Position über Timmys Wippe. Das wusste ich nicht. Ich dachte, es ginge einfach ums Prinzip. Wieso zur Hölle wusste ich nicht, dass Penny das für sie genäht hat? Und wie zur Hölle gehe ich jetzt damit um? Evie kann das Ding nicht am ersten Schultag anziehen. Alle werden sich über sie lustig machen, und das ist das Letzte, was ich will. Dicke Tränen kullern ihr Gesicht hinunter und ich halte mich am Tisch fest. Es ist sieben Uhr morgens und ich bin schon wieder bereit, den Tag abzuhaken. Ich brauche Penny und ihr sanftes Fingerspitzengefühl. In meinem Berufsleben mag ich versuchen, Häuser zu retten. Privat bin ich ein Bulldozer, der alles niederreißt.

»Fussel ...« Todmüde von den letzten Nächten und erschöpft von allem balle ich meine zitternden Hände zu Fäusten und gehe neben Evie in die Hocke.

»Grandma und Grandpa haben es mich *immer* anziehen lassen«, unterbricht sie mich und schnieft.

Ich weiß ... »Weil ihr den ganzen Tag zu Hause wart«, versuche ich es noch einmal, obwohl sogar mir klar ist, dass Logik bei einem kleinen Mädchen, das vor Kurzem seine Mutter verloren hat, nicht funktionieren kann. Ich strecke meine Hand nach ihr aus und warte, bis sie von sich aus kommen will. »In zwei Wochen ist Halloween. Da gehe ich mit dir durch die Straßen und du kannst das Kleid sogar beim Schlafen anziehen.« Das bringt mich auf eine Idee. »Was hältst du generell davon, wenn wir das Tutu einfach gegen deinen Pyjama austauschen?«

»Du meinst, ich soll meinen *Pyjama* in der Schule anziehen?«, fragt sie verwirrt, und ich hebe sie hoch. Erleichtert atme ich auf, als sie ihre Arme und Beine um mich schlingt wie ein kleines Äffchen und mir damit das Gefühl gibt, ich wäre ihre Liebe wert.

»Nein, ich meine, jetzt ziehst du eine Hose und ein Sweatshirt an, und heute Abend zum Schlafengehen und von mir aus auch jeden Abend danach auch darfst du dein Tutu wieder anziehen.«

Evie spitzt nachdenklich die Lippen und ich wische ihr mit einer Hand die Wangen trocken, während Timmy schon wieder brüllt.

»Ich vermisse Grandma und Grandpa«, brummt sie und verschränkt zum Abschluss der Unterhaltung gleich noch einmal die Arme vor der Brust.

»Ich weiß, Evie«, antworte ich seufzend und stelle mein schmollendes Kind wieder ab, damit ich mich um den kleinen Schreihals kümmern kann. Und ob man es glaubt oder nicht, ich vermisse ihre Großeltern auch, denn ich habe keine Ahnung, wie ich den ersten Tag, geschweige denn die erste Woche, alleine mit den beiden schaffen soll.

Eine halbe Stunde zu spät sind wir endlich in der Schule. Evie hat während der ganzen Fahrt keinen Ton mit mir gesprochen. Aber sie trägt eine Jeans und einen »Frozen«-Pullover, also schätze ich, dass ich gewonnen habe. Obgleich es sich nicht wirklich anfühlt wie ein Gewinn. Vor allem nicht, als sie verunsichert am Ärmel von besagtem Pullover kaut, während ihr Rucksack von der Security durchsucht wird. Es ist jetzt ein anderer Mann als früher zu meiner Schulzeit. Gott sei Dank. Ich will niemanden sehen, der mich wiedererkennt. Reicht allemal, dass Arya die verfluchte Klassenlehrerin meiner Tochter ist. Ich meine, wenn das keine Ironie ist … Arya, die die Zeit an dieser Schule und auch sonst erträglich für mich gemacht hat, wenn ich als Kind eigentlich nur unsichtbar sein und als Teenager nichts als Ärger suchen wollte. Arya, die einen fetten Klunker an der linken Hand trägt, aber immer noch Evans heißt. Die mich letzte Woche mit einem Schneeball beworfen hat, als wären wir wieder Kinder. Der Gedanke bringt mich unweigerlich zum Schmunzeln. Vielleicht ist es ja das Beste, was zumindest meiner Tochter passieren kann, dass ausgerechnet Ari ihre Lehrerin wird.

»Ich bin früher auch an dieser Schule gewesen«, erzähle ich ihr, weil ich doch irgendetwas von mir geben sollte. Ich bin ihr Vater, verdammt noch mal, und benehme mich wie ein Fremder.

Ein kurzes Erfolgserlebnis durchzuckt mich, als sie den Ärmel aus dem Mund nimmt und zu mir hochsieht. »Mommy auch?« Tja, so viel dazu. Am liebsten würde ich lügen und einfach Ja sagen, damit ich mir die kommende Enttäuschung erspare.

»Nein. Mommy ist dort zur Schule gegangen, wo Grandma und Grandpa wohnen.«

Der Stoff vom Ärmel findet seinen Weg zurück an ihre Lippen und ich festige meinen Griff um die Babyschale, bevor ich Timmy darin vor der Klasse absetze. Es ist mir extrem unangenehm, dass die Tür zu ist. Bis heute vermeide ich gerne Extra-Aufmerksamkeit. Als ich nun nach kurzem Anklopfen die Tür öffne, habe nicht nur ich sie, sondern auch Evie, die sich rasch hinter mir versteckt.

»Ich weiß, wir sind zu spät«, erkläre ich, bevor Arya vom anderen Ende der Klasse bei uns angekommen ist. Eine Standpauke kann ich gerade nicht gebrauchen. Aber entgegen meiner Erwartung sagt sie gar nichts, sondern streckt Evie einfach mit ihrem einladenden Lächeln, das früher so viele Menschen in ihren Bann gezogen hat, die Hand entgegen.

»Schön, dich kennenzulernen, Evie. Ich bin Miss Evans, deine Lehrerin.«

»Ich will gar nicht hier sein«, gibt Evie ohne Luftholen zurück, und ich versteife mich. Wow, das läuft ja gut! Wenigstens hat sie ihr die Hand geschüttelt.

»Das ist natürlich schade«, findet Arya, wirkt aber keineswegs abgeschreckt oder missbilligend. »Aber wir freuen uns trotzdem, dass du da bist.«

»Möchtest du mit mir in der Puppenecke spielen?«, fragt ein Mädchen mit ausgefransten, blonden Haaren, das die ganze Zeit neben Arya steht.

Evie schüttelt stumm den Kopf, bevor sie in die Klasse geht, ohne sich zu verabschieden, und sich einfach auf einen Stuhl setzt. Meine Schultern sacken herab, weil ich gehofft hatte, dass sie ein bisschen freundlicher wäre. Man macht nur *einen* ersten Eindruck im Leben. Und ich will nicht, dass Evie das fühlt, was ich mir den Großteil meines Lebens eingeredet habe, nämlich gegen den Rest der Welt kämpfen zu müssen.

»Nimm's nicht persönlich«, wende ich mich an Arya, bevor ich mich bremsen kann. Dabei sollte es mir eigentlich egal sein. Zu keiner anderen Lehrerin hätte ich das gesagt.

»Tue ich nicht, Kase.« Mit Blick auf die Babyschale schüttelt sie den Kopf. Dabei fällt mir ein, dass sie noch gar nichts von meinem Sohn wusste. Wenn man bedenkt, wie sie reagiert hat, als ich ihr damals von meinem ersten Baby erzählt habe, überrascht sie mich jetzt ein bisschen damit, wie sie den Kleinen liebevoll anlächelt. »Sie ist ein Kind. Sie darf ehrlich sein.«

Und obwohl es mich auf mehr als nur einem Level ankotzt, wie wichtig es mir gewesen wäre, dass Ari einen besseren ersten Eindruck von meiner Tochter bekommt, verlassen die nächsten Worte ebenso ungefiltert meinen Mund. »Sie ist sauer auf *mich*, weil ich ihr nicht erlaubt habe, ihr Halloween-Tutu anzuziehen. Ihre Mom hat es für sie genäht, bevor sie ...« Verdammt noch mal! Ich kann es nicht einmal zwei Monate später laut aussprechen. Eigentlich wollte ich es Ari auch gar nicht mitteilen. Zumindest war das der Plan, als sie in ihr altes Haus geschneit kam und mir das erste Mal den Kopf gewaschen hat. Letzte Woche in ihrem Klassenzimmer hätte ich natürlich jede Gelegenheit gehabt, sie aufzuklären. Aber genau wie jetzt brachte ich es auch da nicht über die Lippen.

Unverständnis für das, was ich *nicht* sagen kann, lässt sie das Gesicht verziehen, bevor sie kaum hörbar scharf einatmet und bedauernd den Kopf neigt. »Oh, Kasey …« Mitleid. Das Letzte, was ich brauche. Vor allem, wenn ich selber immer noch nichts anderes fühlen kann außer Wut. Ich rücke ein Stück von ihr ab und schlucke.

»Ja … Also dann. Bis später«, sage ich ungeschickt wie sonst was, fasse nach der Babyschale und verschwinde, bevor mir noch irgendetwas Dämliches rausrutscht.

Brick ist diese Woche auf einer anderen Baustelle, weshalb ich umso mehr Gas geben muss. Letzte Woche konnten wir wenigstens noch überall im Haus die fehlenden Gipskartonwände einziehen, verspachteln und die Küche aufbauen. Brick hat sich um die Veranda gekümmert und ich konnte eines der Bäder abschließen. Mir war klar, dass ich niemals rechtzeitig alle Wände gestrichen haben würde, also habe ich mich lediglich auf Evies Zimmer beschränkt, damit genügend Zeit zum Auslüften bleibt. Auf Timmys Zimmer habe ich vorerst verzichtet, weil ich mich daran erinnert habe, dass Timmy noch bei Penny in unserem gemeinsamen Schlafzimmer lag. Keine Ahnung, ob man das so machen muss, aber ich kann auch niemanden fragen, also mache ich es einfach so. Stattdessen habe ich die Böden verlegt. Wollte ich eigentlich erst nach dem

Streichen erledigen, weil das Abkleben mich jetzt wieder zusätzliche Zeit kostet, aber was soll's. Mit irgendetwas musste ich ja fertig werden.

Insofern liegt Timmy jetzt vor seinem späteren Kinderzimmer unter einem Spielbogen und hört sich Dschungelmusik an, während ich Malervlies auslege. Er gibt seine typischen Babygeräusche von sich und bemüht sich, sein Köpfchen in meine Richtung zu bewegen, anstatt den Viechern am Spielbogen dabei zuzusehen, wie sie sich im Kreis drehen. Irgendwann werden seine Geräusche lauter und ich verspanne mich bereits, weil ich nicht die Kapazitäten habe, ihn jetzt durch die Gegend zu tragen. Das mache ich nachts eh stundenlang. Letztlich schreit er aber doch. Meine Schultern sacken ab, weil ich noch nicht einmal überall das Vlies geschafft habe. Frustriert stehe ich auf und gehe neben Timmy in die Hocke.

»Hör mal, Freundchen. Ich muss dein Zimmer irgendwann fertig machen. Du schnarchst nämlich und wirst bald ausquartiert.« Seit ich die Kinder abgeholt habe, habe ich so gut wie gar nicht geschlafen. In Wahrheit laufe ich die ganze Nacht von einem Zimmer zum nächsten, kämpfe mich erst mit Timmy ab, dass er sein Fläschchen annimmt, bevor es kalt wird und ich in der Küche ein neues machen muss. Wenn er dann einschläft, hat Evie Albträume und weint bitterlich, wovon Timmy wieder wach wird und umgekehrt. Und wenn – wie durch ein Wunder – doch mal beide schlafen, atmet Timmy so laut, dass ich sowieso kein Auge mehr zukriege. Aber wenn ich ihn nicht atmen höre, bekomme ich auch Zustände und stupse ihn an wie ein Idiot, einfach um sicherzugehen, dass er es doch tut. Wie zur Hölle machen andere Leute das? Und dann noch freiwillig? Soll man einfach schlafen und darauf vertrauen, dass dieser sogenannte Instinkt einem verrät, wenn einer der beiden mich braucht? Was, wenn ich es nicht höre, weil ich irgendwann dermaßen unter Schlafentzug leide, dass ich einfach nicht mehr aufwache? Ganz ehrlich? Bis jetzt kommt mir Elternschaft vor wie ein Wechsel zwischen Zweifel, schlechtem Gewissen und Sorge. Wie ging es Penny damit? Hat sie es auch so empfunden? Ich habe ja nie mit ihr darüber geredet.

Verdammt noch mal! Ich bin absolut nicht der Typ, der sich ständig hinterfragt, und plötzlich mache ich gefühlt nichts anderes mehr. Ich bin seit bald fünf Jahren offiziell Vater und merke von Tag zu Tag mehr, dass ich nie wirklich einer war.

Umso mehr überrascht es mich jetzt, dass Timmy allein beim Klang meiner Stimme aufhört zu heulen und mich wieder fixiert. Dabei bin ich absolut nicht der Typ dafür, mit Säuglingen Unterhaltungen zu führen, wenn die sowieso kein Wort von dem verstehen, was ich labere. Da komme ich mir blöd vor. Scheint allerdings geholfen zu haben.

»Dir ist einfach langweilig, hm?« Ich drücke auf irgendeinen Knopf am Bogen und höre mir mit meinem Baby plötzlich Grillengezirpe an. Wie passend zur Langeweile! Timmy verzieht erneut das Gesicht, also schalte ich das Ding komplett aus.

»Gefällt dir nicht, wie?« Sein Gesicht wird wieder faltenlos und er gibt lustige Geräusche von sich, als würde er mir beipflichten. Einer meiner Mundwinkel hebt sich. »Ja, mir wäre dabei auch langweilig. Was machen Babys in deinem Alter denn sonst? Fernsehen?«

Penny würde mich heimsuchen, wenn sie von der Idee wüsste. Nicht einmal Evie durfte mehr als eine Folge von irgendeiner dieser Kindersendungen pro Tag schauen. Sein Spielzeug scheint ihn ja nicht besonders zu interessieren, also lege ich den kleinen Mann mitten ins Zimmer auf das Vlies, diesmal aber auf den Bauch.

»Kannst du überhaupt schon den Kopf heben?«, frage ich, weil ich in Wahrheit keine Ahnung habe, was Babys wann können. Timmy antwortet jedenfalls eindeutig, als er sich hochstemmt und mich mit hervorgeschobenem Unterkiefer angrinst, als würde er es mir zeigen wollen. »Okay, nicht schlecht«, pflichte ich ihm bei, und er beginnt, vergnügt herumzuwackeln und mit seinen kleinen, pummeligen Fingern die Punkte auf dem Vlies zu ertasten. »Aber sobald ich streiche, musst du verschwinden.«

Normalerweise bin ich in einer anderen Welt, wenn ich arbeite. Ich brauche keine Musik, kein Gequatsche, weil die Arbeit in dem Moment alles ist, was ich sehe und höre. Und ich bin stolz darauf, behaupten zu können, dass ich deswegen auch so effizient und gewissenhaft arbeite, weil mich eben kaum etwas ablenken kann. Jetzt ist es anders. Alle paar Sekunden sehe ich nach Timmy, obwohl ich ja weiß, dass er nirgendwo hingehen kann. Er gibt auch die ganze Zeit irgendwelche Laute von sich. Trotzdem schlägt mein Herz jedes Mal ein bisschen schneller, wenn einer dieser Laute sich unglücklich anhört. Nach ein paar Minuten fängt er doch wieder zu heulen an und ich bin ziemlich genervt, weil ich noch nie in meinem Leben so lange für einen Job gebraucht habe. Doch als ich zu ihm hinlinse, wird dieses Gefühl von einem anderen abgelöst. Ich steige von der Leiter und hocke mich neben Timmy, der plötzlich wieder auf dem Rücken liegt. Er fand es wohl nicht so toll. Die Tränen stehen noch dick in seinen Augen.

»Hey, kleiner Mann! Hast du dich eben gedreht? High five!« Ich nehme seine winzige Hand und klatsche sie mit meiner ab. Das findet er witzig, also mache ich es noch mal. Danach verstecke ich ihn unter einem Stück Malervlies und spiele Pseudoverstecken mit ihm, was ihm auch gefällt, also mache ich weiter. Ehe ich michs versehe, ist es Zeit für sein Fläschchen, bevor ich nur beten kann, dass er sein Nickerchen im Auto macht, sonst wird es ein langer Nachmittag.

KAPITEL 8

14 JAHRE ZUVOR

Arya, 11 Jahre alt

Es ist ganz ruhig am Esstisch. Das ist jetzt öfter so, aber ich mag es trotzdem nicht. Ich mochte es viel lieber, als es noch laut und lustig war. Jetzt ist bloß das Klimpern vom Besteck laut, als ich ein Stück Fleisch aufspieße und es mir in den Mund stopfe. Beim Kauen schiele ich heimlich erst zu Dads leerem Stuhl, dann zur Uhr und danach zu Mom, die ihre Gabel irgendwie ein bisschen fester ins Essen sticht, als sie müsste. Sie ist böse, wahrscheinlich, weil Dad wieder einmal nicht da ist. Dabei habe ich ihm vorhin eine SMS geschrieben und gefragt, ob er heute pünktlich sein wird. Ich wollte ihm doch unbedingt mein Zeugnis zeigen. Er ist zwar leider ganz oft gestresst, aber ich glaube, darüber könnte er sich freuen. Mom hat sich gefreut. Jetzt steht sein kaltes Essen auf seinem Platz und Mom ist sauer. Hätte ich doch lieber gar nicht erzählt, dass er versprochen hat, da zu sein.

Mom hört auf zu kauen, als die Haustür aufgeht und schwere Schritte auf uns zukommen. Und plötzlich bin ich ganz aufgeregt. Nicht wegen meinem Zeugnis, sondern, weil ich hoffe, dass Daddy einen total coolen Grund hat, warum er zu spät ist. Vielleicht, weil er Mommy Blumen gekauft hat. Oder weil er daran gedacht hat, dass er noch einkaufen gehen wollte.

Aber er sagt gar nichts, als er ins Esszimmer kommt, und hat auch nichts in der Hand. Mein Bauch fühlt sich komisch an. Irgendwie voll, aber nicht vom Essen.

»Hi, Daddy.«

»Hi, Ari.«

»Sag ›Hi, Chrissy‹, sag ›Hi, Chrissy‹«, wiederhole ich stumm, weil ich mir wünsche, dass er sich wieder merken würde, zu Mommy und mir »Hallo« und »Tschüss« zu sagen, wenn er geht oder kommt. Früher hat er mich zur Begrüßung immer hochgehoben oder gekitzelt und mich zum Abschied ganz fest umarmt. Jetzt habe ich manchmal das Gefühl, dass er das einfach vergisst, weil er ständig so beschäftigt ist.

»Ist das noch warm?«, fragt Daddy, aber ohne »Hallo«, und ich verziehe das Gesicht.

»Es war warm, als wir angefangen haben zu essen.« Oh, oh.

Dad schaut Mom ganz lange genervt an, bevor er den Kopf schüttelt und sein Essen mit in die Küche nimmt.

»Warst du im Baumarkt?«, will Mom wissen.

»Wann hätte ich das machen sollen, Christina?«

»Der Geburtstag deiner Tochter ist morgen. Ich fürchte, es könnte etwas knapp werden, ihr ein neues Hochbett zu bauen, wie du versprochen hast, wenn das Holz dazu fehlt.« Plötzlich möchte ich mich ganz klein machen.

»Ich brauche das Bett jetzt noch nicht, Mommy. Ist schon in Ordnung.«

Sie sieht mich an, lächelt ganz kurz und starrt dann wieder auf ihr Essen.

»Insofern wird das Bett leider warten müssen, Christina. Ich weiß momentan nicht, wo mir der Kopf steht, und das weißt du ganz genau. Wenn ich Zeit hätte, dann hätte sie das Bett längst bekommen. Wenn ich aber nicht mal mehr vier Stunden pro Nacht schlafe, hat das Bett eben nicht oberste Priorität.«

Jetzt tut es mir leid, dass ich mir nicht einfach ein neues Fahrrad oder so gewünscht habe. Oder Bücher. Die mag ich doch auch.

Mom sagt gar nichts mehr. Irgendwann setzt Daddy sich mit seinem gewärmten Teller zu uns und fängt an zu stochern. Dad stochert eigentlich nie. Normalerweise essen er und ich immer um die Wette, obwohl er sowieso so gut wie jedes Mal gewinnt.

»Ich habe fast nur Einsen im Zeugnis, Daddy. Außer in Physik und Geografie. Da bin ich irgendwie nicht so gut.« Dad sieht mich zwar an, als ich rede, aber irgendwie kommt es mir so vor, als wäre er ganz weit weg.

»Ich werde zusehen, dass ich morgen pünktlich weg-komme«, meint er plötzlich, und ich drehe den Kopf kurz verwirrt zu Mom, weil ich auf einmal unsicher bin, ob ich über-haupt laut gesprochen habe.

»Wie gesagt, das ist toll, mein Schatz«, sagt sie und zwinkert mir zu, obwohl sie nach wie vor böse aussieht.

»Hörst du mir zu, Christina? Nicht, dass du dann wieder behauptest, ich hätte nicht mit dir darüber gesprochen. Bei der Feier mit ihren Freundinnen bin ich nicht dabei, weil ich auf Geschäftsreise bin.«

Ich bin nicht mehr hungrig. Aber ich weiß gar nicht, wieso ich mich so anstelle. Letztes Jahr und das Jahr davor war er auch nicht dabei. Da hatte er gerade den neuen Job bekommen. Er und Mommy waren ganz glücklich, weil er wohl mehr Geld verdient als früher, als Mommy nicht arbeiten konnte, weil sie noch in der Ausbildung zur Anwältin steckte. Und ich war auch glücklich, weil sie glücklich waren. Aber irgendwie fand ich es bald doof, weil mein Daddy fast gar nicht mehr zu Hause war.

Seitdem streiten sie ständig, und ich habe das Gefühl, ich nerve Daddy viel mehr als früher. Zumindest motzt er mich wesentlich öfter an, wenn ich mit ihm reden will, und sagt, er hätte keine Zeit.

Jetzt landet Mommys Gabel endgültig klirrend auf dem Teller. »Was?! Du hast versprochen, dass du dieses Jahr mithilfst.«

»Dann gibt es eben keine Burger und du kochst einfach was Schnelles.« Seine Stimme ist jetzt viel lauter als vorhin und ich habe Angst, dass er gleich wieder irgendetwas durch die Gegend wirft, wie er es jetzt oft macht, wenn sie streiten.

»Ah. Okay. Ja, dann tue ich das doch«, antwortet Mom kopfschüttelnd, und jetzt mache ich mich wirklich klein auf meinem Stuhl.

Dad wischt mit den Händen sein Besteck vom Tisch und knallt mit beiden Fäusten so fest auf die Tischplatte, dass ich zusammenzucke. »Christina, du lebst auch gerne in diesem Haus, oder? Und wenn wir weiterhin darin wohnen wollen, muss irgendjemand arbeiten, solange du auf dem zweiten Bildungsweg unterwegs bist.«

Jetzt fährt Mommys Kopf doch hoch und sie bedenkt Daddy mit diesem warnenden Mommy-Blick, den sonst ich immer kriege. »Vielleicht ist dies nicht der richtige Zeitpunkt, um sich darüber zu unterhalten.«

»Darf ich aufstehen?«, frage ich eigentlich nur Mom, weil Dad ja auch nicht mit mir redet. Gott sei Dank nickt sie, und ich schiebe erleichtert den Stuhl zurück, nehme meinen Teller und gehe ganz schnell aus dem Zimmer, bevor den beiden auffällt, wie ich zittere.

»Was ist los mit dir? Musstest du das vor Arya sagen?«, zischt Mom leiser. Vielleicht hofft sie, dass ich sie nicht höre. Will ich ja auch gar nicht, also ziehe ich mir die Turnschuhe an und laufe in den Garten.

Kasey sitzt auf einer unserer Schaukeln und lächelt, als er mich bemerkt. Und ich freue mich, dass er da ist, weil ich jetzt gar nicht alleine sein will.

»Hi, Ari!«

»Hey!« Ich setze mich andersrum auf die Schaukel als er. Das machen wir immer so, weil man sich dann beim Schaukeln besser sehen kann.

»Warum bist du traurig?«

»Bin ich ja gar nicht.« Vielleicht hätte ich mich doch in die andere Richtung setzen sollen. Wobei das wahrscheinlich auch nichts genutzt hätte, weil Kasey sowieso irgendwie dauernd alles sieht. Er sagt, das hätte er von mir, weil ich die neugierigste Person sei, die er kennt. Aber bei ihm muss man das ja auch sein, sonst erfährt man nichts.

»Okay, gut. Du kriegst nämlich jedes Mal ganz rote Lippen, wenn du heulst. Das sieht total doof aus.«

Böse ziehe ich die Augenbrauen zusammen und strecke einen Fuß aus, damit ich ihn treten kann, während unsere Schaukeln aneinander vorbeirumpeln. »*Du* siehst doof aus.«

Und der Depp lacht auch noch darüber. »Ist mir egal.«

Ich wische mir mit der Schulter die Wange trocken, so gut es halt geht, und strecke die Beine ganz hoch, während ich mir vorstelle, dass ich bis in den Himmel schaukeln kann. »Ja, mir auch.«

»Also, warum bist du traurig, kleine Raupe?« Ich muss lächeln, auch wenn ich gerade noch böse war. Den Spitznamen gibt er mir nur manchmal. Vielleicht mag ich ihn ja deswegen so gerne. Weil er was Besonderes ist.

»Wegen Mom und Dad.« Es ist mir immer peinlich, mit Kase darüber zu reden. Mit allen eigentlich, aber bei meinen Freundinnen ist es anders als bei ihm. Wahrscheinlich, weil Kaseys Eltern auch dauernd gestritten haben, es aber bei ihm so viel schlimmer war als bei mir. Sein Daddy hat seine Mommy geschlagen. Letztes Jahr wurde er sogar verhaftet – da komme ich mir blöd vor, weil ich jetzt weine. »Und weil wir vielleicht bald ausziehen müssen.«

Kasey bremst seine Schaukel ab, aber ich will nicht. »Warum?«

»Weil mein Daddy so viel arbeiten muss, dass er ganz komisch ist. Und er sagt, er muss das machen, damit wir im Haus wohnen können.« Ich mag das Haus total gerne. Ich fühle mich hier sicher und mag es auch, dass Kasey sich bei uns sicher fühlen kann, wenn das bei ihm zu Hause nicht geht, aber ich will nicht, dass Daddy und Mom deswegen dauernd sauer aufeinander sind. Ich will, dass er schlafen kann und dass er an meinen Geburtstagen bei mir ist. Und ich möchte nicht mehr das Gefühl haben, unsichtbar zu sein, wenn ich mit ihm rede. Das ist kein gutes Gefühl.

»Okay, dann könnt ihr bei uns einziehen«, meint Kasey mit seinem schiefen Lächeln und zuckt mit den Achseln. »Wir haben genug Platz.«

Ich höre auf, meine Beine zu schwingen, verziehe die Augen zu kleinen Schlitzen und hoffe, er sieht, dass ich böse auf ihn bin. »Nimmst du eigentlich irgendwann mal was ernst? Das ist *nicht* lustig«, schimpfe ich. Kasey macht ständig einen Witz aus allem. Egal, ob er eigentlich traurig ist oder ich. Meistens lache ich sogar, weil viele seiner Witze gut sind. Aber manchmal nervt es mich einfach. Und jetzt weine ich erneut, weil ich das Gefühl habe, dass es ihm egal ist. Am liebsten will ich von der Schaukel springen und in mein Zimmer verschwinden. Aber da höre ich Mom und Dad erneut streiten. Also bleibe ich einfach hier. Kasey greift nach meinem Seil und hält es fest, damit ich schneller ausschaukle. Und als ich ihn diesmal ansehe, wirkt er traurig, und plötzlich bin ich nicht mehr böse. Es hilft, dass er auch traurig ist. Er ist immerhin mein bester Freund.

»Ich will nicht, dass ihr wegzieht«, erklärt er entschieden, und seine Stimme klingt kratzig.

»Ich auch nicht«, erwidere ich und lege meine Hand auf seine. Ich finde, unsere Hautfarben sehen schön zusammen aus. Wie dieses Müsli mit dem Löwen drauf, das ich gern zum Frühstück esse. Karamell und Schokolade. Ich hoffe, Kasey bleibt auch dann mein bester Freund, wenn Daddy wieder seinen Job wechselt und wir eben nicht im Haus bleiben können.

»Aber ich möchte wirklich meinen Daddy wiederhaben.«

»Ja, ich auch. Also, für dich.« Er zieht seine Hand unter meiner weg und ich schlucke.

»Möchtest du deinen auch wiederhaben?«, frage ich vorsichtig, weil ich ihn das noch nie gefragt habe.

»Nein.«

Ich presse die Lippen zusammen und hake mein Bein bei seinem ein, bevor ich beginne, uns anzuschubsen. »Kannst du dann trotzdem noch mein Freund sein, Kasey?«

Er schaut mich aus seinen blauen Augen an, die mir von allem an ihm immer noch am besten gefallen. »Ich werde immer dein Freund sein, Ari.«

KAPITEL 9

Arya

Nachdem ich alle Kinder verabschiedet habe, schlucke ich noch einmal ganz besonders, als ich Evie nachsehe, die die Arme um ihren kleinen Körper geschlungen hält und den anderen Kindern Richtung Ausgang folgt.

»Ist sie das?«, erkundigt sich Hayley, die sich neben mich stellt. Nach meinem Besuch im Haus habe ich ihr am selben Abend noch als Erster und Einziger von meiner Vorgeschichte mit Kasey erzählt, weil ich ansonsten wahnsinnig geworden wäre. Und es war so eigenartig, von ihm zu sprechen. Acht Jahre lang hatte ich es nämlich nicht getan. Nachdem er bei meiner Verlobungsfeier aufgekreuzt war, behandelten alle, die ihn kannten, das Thema wie einen Leprakranken. Keiner hat es gewagt, seinen Namen laut auszusprechen. Zumindest nicht vor mir, auch wenn ich sicher bin, dass sie sich untereinander – wie immer – das Maul über den armen, verwahrlosten Jungen von nebenan zerrissen haben, der plötzlich irgendwie kein Junge mehr war. Und ich fühlte mich so schuldig wegen meiner verwirrten Gefühle an diesem besonderen Tag, dass ich keinem erzählen konnte, dass er nach drei Jahren Funkstille immer noch diesen Effekt auf mich hatte.

Genauso wie heute.

Jetzt lehne ich mich an meine beste Freundin, weil ich den Halt gerade echt brauchen kann. »Ja. Und sie hat einen kleinen Bruder.«

»Okay, du hast es geschafft. Ich helfe dir heute beim Aufräumen«, witzelt sie, und ich bin dankbar über ihren spielerischen Stoß, während sie mich in meine Klasse schiebt.

Und eigentlich räume ich gar nicht auf, weil ich zu beschäftigt damit bin, wie wild zu gestikulieren. »Warum musste er mir die – auch noch verflucht wesentliche – Information, dass die Mutter tot ist, einfach so mir nichts, dir nichts vor die Füße knallen, als hätte er mir nur mal eben verraten, dass Evie bereits die Windpocken gehabt hätte?«, rege ich mich auf. »Wenn es irgendein anderer Vater gewesen wäre, hätte ich nach ein paar Informationen mehr gefragt, einfach nur, um nicht in ein Fettnäpfchen zu treten. Oder zu wissen, wo ich sie in der Klasse unterstützen kann.« Ich zähle die Punkte an meinen Fingern ab. »Ist es vor Kurzem passiert? Oder vor einem Jahr? Kann sie darüber sprechen? Will sie darüber sprechen oder ist es ein rotes Tuch? Besucht sie vielleicht eine Gruppe mit Gleichaltrigen zur Trauerbewältigung? War der Tod ihrer Mom absehbar, dass sie vielleicht darauf vorbereitet werden konnte?«

Ist es lediglich anmaßend zu vermuten, dass er mit der Kleinen zu Hause ebenso wenig über den Tod ihrer Mutter reden kann, wie er es mit mir konnte? Redet *er* denn *überhaupt* darüber? Aber *er* geht mich nichts an. Evie geht mich etwas an.

»Weil es Kasey ist, fühlt es sich an wie Neugier. Oder als würde ich aus Schadenfreude fragen.« Die Augen verdrehend schlage ich mir die Hände vor das Gesicht und seufze. »Das ist total bescheuert. Warum bin ich immer so unsicher, wenn es um ihn geht? Ich bin keine siebzehn mehr. Ich bin erwachsen, verflixt noch mal«, erkläre ich hauptsächlich mir noch einmal. Vielleicht glaube ich es mir dann ja irgendwann. Vor allem, wenn ich ihn das nächste Mal sehe und versuche, mir wieder einzureden, dass mein Herz nur deshalb ein bisschen schneller schlägt, weil ich so sauer auf ihn bin.

»Ich finde das gar nicht bescheuert. Ich hätte auch keine Ahnung, wie ich mit meinem Ex umgehen sollte. Geschweige denn mit seinem Kind.«

Ich nehme die Hände weg, damit ich sie mit einem Todesblick abschießen kann. »Kasey ist nicht mein Ex«, stelle ich klar.

Jetzt verdreht Hayley die Augen. »Okay, was auch immer er sonst war. Ihr habt eine Vergangenheit.«

»Richtig. Vergangenheit. Die im Übrigen nichts mit seiner Tochter zu tun haben sollte.« Dennoch habe ich mich megaunnatürlich im Umgang mit ihr gefühlt, nachdem Kasey gegangen war. Dabei ist sie nicht das erste Kind, das ich habe, bei dem die Mutter oder der Vater tot sind. Und trotzdem war es komisch, weil ich einfach nicht wusste, was sie braucht. Wenn wir gespielt haben, wollte sie lieber sitzen bleiben. Ab und zu hat sich beim Zuschauen ein Lächeln auf ihren Lippen gebildet. Doch sobald ich sie einzubinden versucht habe, kehrte sie in ihr Schneckenhaus zurück. Prinzipiell ist daran nichts ungewöhnlich, insbesondere für den ersten Tag. Aber ich kenne sie nicht gut genug, um sie schnellstmöglich an dem Punkt abzuholen, an dem sie steht. Ich kenne sie *überhaupt* nicht.

»Ich will professionell sein und gleichzeitig verhalte ich mich vor ihm wie ein schmollendes Kind. So will ich nicht sein.« Vor allem nicht, weil ich Kasey diese Macht über meine Emotionen gar nicht geben sollte. Ich bin verlobt. Ich bin glücklich.

»Dann benimm dich eben anders!«

Ich blinzle meine beste Freundin an und frage mich, ob sie heimlich getrunken hat, weil das die miesesten aufmunternden Worte ever waren.

»Äääääh«, beginne ich lang gezogen, weil ich keinen Plan habe, was ich darauf entgegnen sollte.

»Ari. Du hast doch gesagt, du hättest bei jedem anderen Vater nach mehr Informationen gefragt, oder? Dann behandle ihn auch wie einen anderen Vater und hake nach. Das ist dein Recht als Evies Lehrerin. Das hat weder mit Schadenfreude noch Neugierde zu tun.« Okay, vielleicht war der Rat doch nicht so mies. »Und wenn du noch zu sehr in der Vergangenheit hängst, dann schließ damit ab.«

»Weißt du was?« Ich stemme die Hände in die Hüften. »Du hast recht.«

»Meistens«, ergänzt Hayley, während ich zu meinem Schreibtisch stapfe.

»*Ich* habe damals nichts falsch gemacht. Ich muss mich nicht schlecht fühlen.« Ich konnte auch nicht wissen, dass seine Freundin gestorben ist. »Es war einfach eine natürliche erste – und zweite – Reaktion. Aber das hört jetzt auf!«

»Richtig so, Babe!«, ermutigt sie mich, als ich zum Handy greife und gleichzeitig seine Nummer aus der Mappe raussuche.

»Ich werde mein Versprechen einhalten und für die Kleine genauso da sein wie für all meine Schützlinge. Da muss er durch.« Amüsierter, als mir recht ist, setzt sich Hayley auf einen der kleinen Tische im Raum und verschränkt die Arme vor der Brust. Es klingelt und klingelt und irgendwann erreiche ich die Mailbox. Mir egal. Das ist sogar besser für mich. »Hallo, Mr Korbin«, beginne ich, und Hayley presst belustigt die Lippen zusammen. »Ich würde Sie um einen baldigen Rückruf bitten, weil ich noch ein paar Fragen hätte, die sich nicht aufschieben lassen, befürchte ich.« Bitte schön. Das war doch professionell. Und jetzt? »Also dann …«, stammle ich. »Bye!« Schnell lege ich auf und starre das Handy an.

»Siehst du? Wie mit jedem anderen Vater auch«, zieht die blöde Kuh mich auf. Zur Antwort greife ich nach einem der Stressbälle und werfe sie damit ab.

Als ich zwei Tage später in der Dunkelheit die Treppen meiner ... nein, *seiner* Veranda hinaufstapfe, bin ich – mal zur Abwechslung – richtig sauer, weil der Kerl meine erste und alle darauffolgenden Sprachnachrichten einfach ignoriert hat. Nicht nur das. Er ist mir außerdem erfolgreich aus dem Weg gegangen. Ich habe ihn weder gesehen, als Evie reinkam, noch, als sie wieder ging. Ich hätte ja auf der Straße mit ihr gewartet, aber heute hatten wir unmittelbar nach der letzten Einheit Teammeeting, und da konnte ich nicht zu spät kommen. Jetzt bin ich also hier, weil auch die vergangenen beiden Schultage mit Evie extrem schwierig waren. Heute hat sie sogar geweint, als sich ein Mädchen mit ihr das Buch »König der Löwen« angesehen hat. So geht das einfach nicht, und Kasey soll das wissen.

Vielleicht hätte ich lieber trotzdem in Tarnkleidung erscheinen sollen, so schuldig wie ich mich fühle, dass ich überhaupt hier bin, vor allem um diese Uhrzeit. Andererseits wollte ich absichtlich nicht früher kommen, da ich hoffe, dass Evie bereits schläft. Ich will nicht, dass es Gerede gibt, weil ich eine Schülerin privat besuche. Was ich ja nicht tue. Nur ihren Vater. Den ich eigentlich nicht anders behandeln wollte. Und auch nie wieder besuchen wollte. Aber er lässt mir keine Wahl, wenn er nicht reagiert, wie jeder andere Vater es tun würde. Sonst wäre ich verpflichtet, die Jugendfürsorge zu informieren. Und in Anbetracht aller Tatsachen fühlt sich das mindestens genauso falsch an, wie, dass ich hier bin. Grrr ... Dieser verflixte Kasey ... bringt nichts als Chaos in mein Leben.

Je näher ich der Tür komme, umso mehr stellt sich mir die Frage, ob er mich wohl hören wird, weil sein Baby ziemlich laut brüllt. Kann da überhaupt jemand schlafen oder wird es gleich Evie sein, die mir öffnet? Trotz allem entscheide ich mich gegen die Glocke und klopfe einfach durchgehend in kurzen Abständen an die Tür. Es dauert gefühlt zwanzig Minuten, bis die Tür aufgerissen wird und Kasey mir in T-Shirt und Jeans und völlig abgehetzt entgegentritt. In einem Arm hält er seinen brüllenden Sohn, im anderen eine Babyflasche. Sein T-Shirt ist voller nasser Flecken – ich schätze von Tränen und Sabber und vielleicht Milch – und seine Augenbrauen sind zusammengezogen.

»Jetzt ist kein guter Zeitpunkt, Ari.«

»Tja, das Problem ist: Der scheint wohl nie zu kommen, also werden wir das Beste daraus machen müssen.«

Ich mache das nämlich bestimmt kein zweites Mal mit. Vor allem, wenn man bedenkt, dass ich Peter gar nicht erzählt habe, dass ich hier vorbeischaue. Er hätte mir eine Standpauke über mein unethisches Verhalten gehalten, nachdem er mir *wieder einmal* erklärt hätte, ich sei zu involviert. Er sagt es unaufhörlich, als wäre das ein Schimpfwort, und ich habe keine Lust auf weitere Wiederholungen dieser Unterhaltung.

Als ich mich jetzt ungebeten selbst ins Haus lasse, bemerke ich, dass das Wohnzimmer bis auf die verspachtelten Wände noch im selben Zustand ist wie letztes Mal. Und so sehr ich auch heute wieder über die französischen Fenster staune, die Kasey neben dem Kamin durchgebrochen hat, frage ich mich gleichzeitig dennoch, wie er mit zwei kleinen Kindern hier schon wohnen kann. Er macht die Tür hinter mir zu und geht wortlos in die Küche. Ich folge ihm, wie ich es immer getan hätte, hätte er es zugelassen. Sogar, als ich noch nicht verstanden habe, dass ich dem Jungen verfallen war. Was sollte ich denn auch sonst machen?

Bei dem Anblick, der sich mir bietet, klappt mir der Mund auf. »Oh. Mein. Gott. Kasey«, hauche ich und bezweifle, dass er mich über dem Baby überhaupt gehört hat. Unsere Küche war eng, dunkelbraun und unpraktisch. Was er aber daraus gemacht hat, ist die A-Klasse aller Küchen. Sie wirkt weit größer und geräumiger als früher. Und heller. Auch in diesem Raum sind Fenster dazugekommen. Es gibt nicht nur eine, sondern zwei Inseln hier drinnen. Eine erhöhte zum Sitzen und Hausaufgabenmachen und eine mittige zum Arbeiten. Die Fronten sind weiß mit Kassetten im Landhausstil und die Platte darauf ist aus weiß-grauem Marmor. Der dunkle Boden bildet einen wunderschönen Kontrast dazu und die Wände hinter den Arbeitsflächen wurden in hellgrauer Steinoptik verkleidet. »Das ist der Wahnsinn!«, staune ich, weil ich mich gar nicht mehr einkriege. Erst jetzt fällt mir auf, dass das Weinen aufgehört hat. Kasey trägt den Kleinen behutsam mit leichten Wippbewegungen durch den Raum und flüstert ihm ein beinahe lautloses »Sch« ins Ohr. Das Bild macht irgendetwas Komisches mit mir. Ich senke den Blick, lehne mich gegen eine der Inseln am anderen Ende des Zimmers und warte, bis er etwas sagt.

»Du kannst genauso gut reden, Ari. In spätestens zwei Minuten fängt das ganze Spiel ohnehin wieder von vorne an.« Er klingt gereizt, also spare ich mir den Small Talk und komme gleich zum Punkt.

»Gut. Also erstens funktioniert es nicht, dass du nicht auf meine Anrufe reagierst, Kasey. Wenn ich mich bei dir melde, tue ich das aus einem triftigen Grund, der deine Tochter betrifft. Sie …«

Es waren keine zwei Minuten. Timmy beginnt erneut, herzzerreißend zu weinen. Ich beobachte, wie Kasey die Lippen zusammenpresst und Hilfe suchend den Kopf in den Nacken fallen lässt.

»Ich versuche nicht, dich zu ignorieren, Ari«, beginnt er, während er eine neue Position für das Baby auf seinem Arm ausprobiert. »Ich weiß nur zurzeit nicht, wo mir der Kopf steht. Timmy hat die letzten beiden Nächte praktisch durchgeschrien, was bedeutet, dass ich die gesamte Zeit mit ihm in der Küche herumspaziere, damit er oben Evie nicht weckt. Ich habe nicht einmal eine Couch, wo ich mich mit ihm hinlegen könnte, weil ich verdammt noch mal nicht zum Arbeiten komme. Ich gebe mein Bestes, aber …« Er macht eine Hand frei und hält sich an der Marmorplatte fest. Seine Augen sind geschlossen, sein Kiefer verspannt und er wirkt komplett am Ende. »Ich kann das einfach nicht. Sie brauchen ihre Mutter.«

Ich verschränke die Arme vor der Brust, fühle mit ihm. Ich glaube, niemand kann sich vorstellen, was er gerade durchmacht. Allerdings glaube ich nicht, dass es das ist, was er in diesem Moment hören muss. »Sie brauchen jemanden, der sie liebt, sie versorgt, kleidet und so weiter. Und das bist du. Jedes Kind braucht seine Mutter, aber wenn sie nicht mehr da ist, brauchen sie umso mehr ihren Vater.«

Mit Blick zum Boden schüttelt er den Kopf. »Ich habe doch keine Ahnung, wie man ein Vater ist. Ich war *nie* da. Ich habe Evie kein einziges Mal gebadet, als sie ein Baby war. Ich habe ihr nie ein Buch vorgelesen. Ich kann dir gar nicht sagen, wie oft ich das mit dem Fläschchen falsch mache, weil ich mich so beeile. Und ich streite jeden Tag mit meiner Tochter darüber, was sie am nächsten Tag anziehen darf, weil alles, was sie will, das Tutu ihrer Mommy ist.« Sein Gesichtsausdruck wirkt unglaublich angewidert und ich halte meine eigenen Arme fester.

»Ja. Du bist ein Mensch. Du machst Fehler. Wird immer wieder passieren, denn die machen wir alle. Vor allem als Eltern. Aber du hast *jetzt* die Chance, da zu sein. All das *jetzt* zu tun, was du verpasst hast.«

Was ich als Nächstes sage, liegt mir so schwer im Magen, dass meine Nase kitzelt.

»Ich kenne genügend Väter, die ihre Fehler als Entschuldigung genommen haben, es gar nicht erst richtig zu versuchen.«

Er weiß, wovon ich spreche. Zwei von diesen Vätern waren die wichtigsten Figuren unserer Kindheit. Kasey blickt auf. Ich bin mir sicher, er hört die Veränderung in meiner Stimme. Deswegen stelle ich mich umso aufrechter hin. »Sei nicht dieser Mann, Kasey, denn der warst du zumindest früher nie. Du warst der, der den Wahrscheinlichkeiten zu versagen in den Hintern getreten und sein Ding trotzdem gemacht hat.«

Ich habe das Gefühl, wir nehmen uns beide einen Moment Zeit, um zu verdauen, was ich eben gesagt habe, während wir den anderen studieren. Dabei fällt mir auf, wie sehr Kasey sich körperlich in den letzten Jahren verändert hat. Seine Arme sind muskulöser. Die Art von Muskeln, die man durch harte Arbeit bekommt und nicht vom Fitnessstudio. Sein Oberkörper ist im Schulter- und Brustbereich breiter geworden. Wenn er Timmy so hält, wirkt der Junge sogar noch kleiner als in der Babyschale. Und erneut spielen mir meine Hormone einen Streich. Es ist *Kasey*. *Sein* Kind. Mit einer anderen Frau. Die gestorben ist. Beim letzten Gedanken schlucke ich hart. Da wird Timmy wieder schriller.

Kasey stöhnt verzweifelt und hält sich eine Hand vor die Augen. »Was ist mit ihm, Ari?«

Ich habe das Gefühl, es ist eher eine rhetorische Frage, aber ich antworte trotzdem, wünschte, ich könnte helfen. »Könnte eine Kolik sein.«

»Baby-Bauchweh? Penny hat gesagt, die sind nach drei Monaten vorbei. Er ist vier Monate alt.«

Ich setze mich in Bewegung und verlasse damit meine Ecke im Boxring. »Hm. Ja, soweit ich weiß, sind Jungs manchmal stärker und länger betroffen als Mädchen.«

»Okay, und was kann man dagegen machen? Fliegergriff und Wärmekissen habe ich schon versucht. Aber er braucht sich nur einmal zu bewegen und das Ding fällt runter. Und diese Tropfen, die Penny immer benutzt hat, helfen nicht.«

»Ich fürchte, sonst gibt es nicht wirklich ein Heilmittel.« Sanft streichle ich das erhitzte Köpfchen des Babys, wobei mein kleiner Finger die ebenso heiße Haut an Kaseys Arm berührt. Sofort ziehe ich meine Hand zurück.

»Das kann nicht sein. Irgendwas muss man machen können. Ari, ich bin Handwerker. Ich repariere Dinge.«

Ich nicke verständnisvoll, weil ich erkenne, wie überfragt und kaputt er ist. »Okay, aber wir reden hier von einem kleinen Menschen, nicht von einem Haus.« Es überrascht mich ein bisschen, wie ruhig ich mich gerade mit ihm unterhalte. Vielleicht bin ich ja doch erwachsener geworden. In dem Augenblick fällt mir etwas ein. »Habt ihr eines dieser Tragetücher? Viele Mütter meiner Schüler schwören darauf.«

Kaseys müde Augen leuchten förmlich auf und ich bete, dass ich nicht zu viel versprochen habe. Was weiß ich denn schon von Babys? »Keine Ahnung. Vieles ist noch in den Kisten. Ich sehe mal nach.« Er späht zur Treppe und dann zum schreienden Timmy. Richtig, da oben schläft jemand.

»Gib ihn mir! Ist schon gut. Ich kann ihn unterdessen nehmen.«

Ich halte die Luft an, als mich der Blick aus seinen intensiven Augen trifft und über mein Gesicht wandert. Das Gefühl, das mich durchfließt, liegt irgendwo zwischen Schmerz und Glück. Ist es möglich zu vermissen, wie man von jemandem angesehen wurde? Es sind nicht nur diese Augen, in denen von jeher so viel von dem Schmerz schwamm, den er nie hätte empfinden sollen. Es ist auch diese Einbildung, dass er mit einem einzigen Blick jede Schicht von mir durchbrechen könnte, bis er genau das sieht, was ich niemals aussprechen könnte. Das Gefühl, dass ich es gar nicht muss, weil er mich gut genug kennt, um es auch ohne Worte zu begreifen. Mein Herz klopft schneller. *Und dann hat er dich aus seinem Leben radiert, Ari, also komm mal wieder weg von deinem Ausflug in die Vergangenheit.*

KAPITEL 10

Kasey

Keine Ahnung, warum ich hier stehe wie ein Idiot und mir ansehe, wie Arya mit Timmy auf einem der Stühle sitzt. Sie massiert seine winzigen Füßchen, während sie mit ihm plaudert. »Nicht alle geben es zu, aber jeder liebt Fußmassagen. Und deine sind so niedlich und stinken noch nicht, also gern geschehen, kleiner Prinz«, plappert sie in dieser typischen Babysprache, die ich normalerweise nicht aushalte. Doch jetzt gerade finde ich sie gar nicht so schlimm. Vor allem mag ich, wie Aryas Nase dabei gerümpft ist und dass sie ein fremdes Kind – mein Kind – so liebevoll behandelt. Vielleicht tut es auch einfach nur gut, nicht alleine zu sein. Zeit zu bekommen durchzuatmen, auch wenn es bloß ein paar Sekunden sind. Und wenn ich ehrlich zu mir selbst bin, dann weiß ich genau, dass es deshalb so guttut, weil es Ari ist, die dort sitzt. Weil es ganz egal ist, wie viele Jahre wir uns nicht gesehen und gesprochen haben. In ihrer Gegenwart wurde ich schon immer ruhiger. Fühlte mich ausgeglichener. Am richtigen Platz.

Plötzlich fällt mir ein, dass Penny diese Möglichkeit so gut wie nie hatte, weil ich im Grunde einer dieser Erzeuger war, der dachte, es würde reichen, die Familie finanziell zu unterstützen.

Ich zerknülle den Stoff fester und gehe die letzten Meter in die Küche. »Meinst du diesen Fetzen?«

Ari hebt den Kopf, hält die Hände dabei schützend um meinen Sohn. »Ich glaube schon.«

»Und was soll ich jetzt damit machen?«, frage ich völlig unbeholfen, während ich einfach irgendetwas ausprobiere. Ich habe Penny manchmal mit dem Tuch rumlaufen sehen, aber natürlich nie angeboten, es ihr mal abzunehmen, geschweige denn hingesehen, wenn sie es gebunden hat.

»Ich glaube nicht, dass es so aussehen soll.« Ari lacht leise.

Das erste Lachen, das ich von ihr höre, seit wir siebzehn waren, und es trifft mich mitten ins Herz, lässt es zu meiner Überraschung ein bisschen flattern. Zeit, darüber zu grübeln, weshalb das so ist, habe ich nicht, weil sie mir das Baby wieder in die Arme legt und mich stattdessen von dem Tuch befreit. Sie zückt ihr Handy und sieht sich ein Video an, in dem die Bindeart erklärt wird.

»Alles klar. Ich glaube, ich hab's jetzt.« Schritt für Schritt beginnt sie, sich das unendlich lange Tuch um ihren zarten Körper zu wickeln. »Gib mir Timmy mal!« Als wäre es selbstverständlich, deutet sie auf die Mulde, in die ich das Baby wohl setzen soll. Dabei berühren meine Hände und Arme natürlich weit mehr von ihr, als ich je erwartet hätte, und sie holt scharf Luft, während ich beobachte, wie sich Gänsehaut auf ihren Armen bildet. Und in diesem Moment ist es scheißegal, wie tiefgreifend der Schlafmangel ist. Ihre Kurven, ihre Wärme, die Erinnerung an alles, was ich mit diesem Mädchen durchgemacht habe, lassen auch mich alles andere als kalt. Ich beiße die Zähne fest zusammen. Die Mutter meiner Kinder – meine *Freundin* – ist vor kurzer Zeit gestorben. Ich sollte mich verdammt noch mal nicht so fühlen, nur weil ich einer anderen Frau nahe bin. Aber das war von jeher das Problem mit Arya. Sie ist eben nicht irgendjemand.

»So, und jetzt müssen die zwei Bänder festgezogen werden. Kannst du vielleicht …?« Sie zeigt auf die beiden Enden, hält Timmys Hintern über dem Tuch fest, bis wir sicher sind, dass er nicht rausfallen wird. Letztlich atmet sie tief aus und wischt sich imaginären Schweiß von der Stirn. »Geschafft.«

Ari fängt an, so was wie Kniebeugen zu machen, während sie Timmy in kreisenden Bewegungen den Rücken streichelt. Ich stecke die Hände in die Hosentaschen. »*Ich* sollte das machen. Ich will nicht, dass du dich verpflichtet fühlst.«

»Ich fühle mich zu gar nichts verpflichtet. So mache ich wenigstens mal wieder Sport«, witzelt sie zwinkernd, und ich erlaube mir, mich für ein paar Minuten hinzusetzen.

»Isst du eigentlich manchmal was?«, will sie wissen, als ich mir über das Gesicht reibe.

Das bringt mich zum Schmunzeln. »Bist du nicht eigentlich hier, um mir den Kopf abzureißen?«

Ari öffnet den Mund, überlegt es sich aber wohl anders und wendet sich ab, um ihre Kniebeugen im Gehen zu machen. Und obwohl ich zu gern wissen würde, was sie sagen wollte, lasse ich mir kurz Zeit, um zu genießen, wie ruhig es geworden ist.

»Nein, ich bin gekommen, um dir Fragen zu Pennys Tod zu stellen«, sagt sie geradeheraus und nimmt mir damit irgendwie den Wind aus den Segeln. »Ich frage nicht, um Salz in die Wunde zu streuen oder dich zu quälen, Kasey. Ich frage, weil ich dir versprochen habe, mein Bestes für deine Tochter zu geben. Dazu brauche ich aber deine Hilfe.«

Ich sehe weg von ihr, kaue an meiner Unterlippe. Natürlich habe ich ihre Nachrichten abgehört und natürlich ist es mir nicht egal, dass Evie alles abblockt und scheinbar ständig alleine spielen will. Aber ich bin ohnehin so verdammt überfragt, ich habe nicht den geringsten Schimmer, wie ich mich mit Evie unterhalten soll, sofern es um etwas anderes geht als ihr Tutu, ihre Haare und ihre Barbiepuppen. Ich fühle mich absolut nicht qualifiziert, mit der Kleinen zu reden, weil alles in mir drinnen so abgefuckt ist, dass ich Angst habe, mehr zu verletzen als zu reparieren.

»Was willst du wissen?« Meine Stimme klingt überspannt, und ich räuspere den Frosch in meinem Hals frei.

»Das, was du auch jedem anderen erzählen würdest«, formuliert sie vorsichtig, um mich nicht in die Ecke zu drängen. Das weiß ich zu schätzen, aber die ehrliche Antwort wäre demnach: Nichts. Ich habe mit niemandem darüber gesprochen, nicht einmal mit Brick, und ich würde behaupten, dass er mir am nächsten steht.

Ich atme ein paarmal tief durch, bevor ich einen zweiten Stuhl hervorziehe und meine Beine darauf ablege. Müde stütze ich die Ellbogen auf die Knie. »Penny ist vor zwei Monaten in unserem Wohnzimmer zusammengebrochen. Sie ist erst im Krankenhaus gestorben, aber Evie hat miterlebt, wie sie am Boden lag. Es war eine späte Schwangerschaftsvergiftung, die zu einem Multiorganversagen geführt hat. Danach waren hauptsächlich Pennys Eltern bei den Kindern, damit ich das Haus hier irgendwie fertig machen konnte.« Ich erzähle es, als wäre es die Geschichte von jemand anderem. Nicht meine eigene. Dabei kann ich Ari nicht einmal in die Augen sehen.

»Ich glaubte, wenn wir umziehen, würden Evies Albträume vielleicht weggehen.« Ich denke an die vergangenen Nächte. An die einzigen Momente des Tages, wo ich mir Zeit erkämpfe, für meine Tochter da zu sein, während ich mich innerlich zerrissen fühle, weil ich nicht an zwei Orten gleichzeitig sein kann. »Aber da lag ich leider falsch.«

»Stellt sie Fragen?« Aris Stimme ist jetzt leiser, sicherlich nicht nur, weil sie Timmy zum Schlafen bringen möchte. »Redet ihr manchmal darüber, was sie gesehen hat? Oder einfach über Penny?«

Ich schüttle den Kopf. »Ich weiß nicht, was ich sagen soll. Zu meiner eigenen Tochter«, ergänze ich murmelnd und schnaube verächtlich. Darauf erwidert sie nichts. Sie nickt lediglich, und auch, wenn ich es nicht verstehe, bilde ich mir ein, Verständnis von ihrem Gesicht abzulesen. Dabei weiß ich gar nicht, ob ich Verständnis will, denn es wäre wirklich mein Job, meine Tochter durch diesen Prozess zu begleiten. Stattdessen lasse ich mir nicht einmal länger als eine Minute Zeit, selbst über alles nachzudenken. »Als Erwachsene wissen wir, dass das Leben weitergeht. Aber Evie hat diese Erfahrung noch nicht. Sie kann nicht ahnen, dass es irgendwann leichter wird.«

Ari hört auf zu wippen und holt tief Luft. »Da hast du recht. Aber Kinder gehen anders mit Leid und Tod um als wir. Es begleitet sie, allerdings ganz anders als uns Erwachsene. Wichtig ist nur, dass sie weiß, dass sie darüber reden kann, wenn sie möchte. Und wenn sie nicht möchte, dann fragt man eben ein anderes Mal. Vielleicht hilft es Evie bereits, wenn du einfach von tollen Momenten mit ihrer Mom erzählst. Zum Beispiel von Evies Geburt. Oder von Sachen, die Penny besonders mochte.«

Ich denke darüber nach, wie einsam Evie sich fühlen muss. Penny war neben ihrer alten Lehrerin ihre engste Bezugsperson. Nun hat sie beide verloren und dafür mich gekriegt. Ich weiß, ich muss was daraus machen.

Ari blinzelt einige Male, bevor sie einen Blick unter das Tuch auf Timmys Kopf wirft. »Er schläft«, flüstert sie und hält einen Daumen hoch.

Ich schließe erleichtert die Augen und drücke mich vom Stuhl hoch, um ihn ihr abzunehmen.

»Lass mich ihn nach oben bringen, damit wir ihn schnell ins Bettchen legen können.«

Ich will protestieren, weil sie schon genug getan hat und ich nicht weiß, was ich davon halte, wenn ich Ari in mein

Schlafzimmer bringe. Auf der anderen Seite ist mir klar, dass sie recht hat. Ob Timmy überhaupt weiterschläft, ist sowieso die Frage. Wenn er solange wie möglich in seinem Kokon bleiben kann, könnte es eher funktionieren. Kokon ... der Gedanke bringt mich zum Schmunzeln und ich gestatte meinen Augen noch ein letztes Mal, über Aris weiches Gesicht zu streifen. Den dichten Zopf aus dunkelbraunen Haaren, aus dem Strähnen über ihre Schulter gefallen sind. Ihre vollen Lippen und die rosigen Wangen, ihre dichten, dunklen Wimpern. Ihre spitze Nase mit dem kleinen Höcker, der mich gleich die Hände zu Fäusten ballen lässt, weil ich dabei war, als sie ihn verpasst gekriegt hat. Ich zwinge mich, nicht darüberzustreichen, sondern wegzusehen, während wir zusammen vorsichtig den gordischen Knoten lösen und Timmy mit vereinten Kräften und Teilen des Tuchs in das Gitterbett legen. Als wäre das Baby eine Bombe, ziehe ich Aris Hand zurück, die das Tuch unter seinem Bauch entfernen will.

»Später«, forme ich mit den Lippen. Schmunzelnd presst sie einen Finger gegen ihren Mund, verlässt dann aber mit mir auf Zehenspitzen das Zimmer. Und im selben Moment, in dem ich die Tür schließe, beginnt Evie zu schluchzen.

Erschöpft und nervlich komplett am Ende drücke ich meine heiße Stirn gegen das kühle Holz. Das kann doch wirklich nicht wahr sein ...

Ich fühle Aris Hand ganz leicht auf meiner Schulter, ehe sie diese zwischen uns fallen lässt, als wäre sie zu schwer geworden. »Ist schon gut. Ich lasse mich selbst raus.«

Ich nicke widerstrebend, weil ich nicht weiß, wie ich mich von ihr verabschieden soll, wenn ich gar nicht will, dass sie geht. Ich will ihr tausend Fragen stellen. Über ihr Leben. Wie es ihr geht. Warum sie noch nicht verheiratet ist. Ob sie an mich gedacht hat in all den Jahren. Fragen, deren Antworten für mich keine Rolle spielen dürften.

Seufzend schlurfe ich ins nächste Zimmer und schließe die Tür hinter mir, als würde das Timmy eventuell davon abhalten, gleich wieder loszulegen.

Evie kauert wie ein Häufchen Elend auf dem Bett, sie zittert und ihr Kinn bebt.

»Ich bin hier, Fussel«, versichere ich ihr, setze mich auf den Boden und hebe die Kleine auf meinen Schoß. Ihre Arme schlingen sich um mich und ich presse meine Lippen in ihre Haare. »Ich bin hier.«

»Ich will meine Mommy«, schluchzt die Kleine, und ich schließe die Augen. Ich verstehe sie so gut, trotzdem fällt es mir schwer, nicht umso frustrierter zu sein.

»Ich weiß, Evie.« Ich zermartere mir das Hirn darüber, was ich sonst sagen könnte, um nicht alles schlimmer zu machen. »Sie war eine ganz tolle Mommy, nicht wahr?« ... Respekt, Kase. Erinnere sie doch einfach daran, dass Penny nicht wiederkommt ...

Aber Evie nickt vehement an meiner Brust und schnieft, während sie zu zittern aufhört, und ich halte den Atem an. Was kommt jetzt? Schließlich wird Evie ruhig und schwer in meinen Armen. Weil ich kaum glauben kann, dass sich das so schnell erledigt hat, bewege ich mich vorsichtig, nur um sicherzugehen. Aber Evies Kopf rollt auf meinen Oberarm und sie atmet wieder gleichmäßig. Sprachlos starre ich meine Tochter an. Eine ganze Weile. Einer meiner Mundwinkel hebt sich beim Anblick ihrer dicht geringelten Locken, die in alle Richtungen abstehen. Über ihre Lippen, die meinen so ähnlich sind. Aber die Knopfnase hat sie von Penny. Das bringt mich dazu, richtig zu lächeln. Mit einem hauchzarten Kuss auf diese Nase hebe ich Evie zurück ins Bett, lege ihren Stoffbären neben ihren Arm und decke sie wieder zu. Ganz langsam schleiche ich zur Tür und erlaube mir erst dann, Luft zu holen, als ich sie geschlossen habe. »Gib mir eine Stunde! Bitte nur *eine* Stunde, damit ich fertig werde«, flüstere ich mit Blick zur Decke, obwohl ich mich frage, ob ich die Stunde nicht lieber mal zum Schlafen nutzen sollte. Aber auf diese Weise wird das Haus auch in einem Jahr noch nicht fertig sein.

Als ich ein feuchtes Rollgeräusch aus Timmys zukünftigem Kinderzimmer höre, drehe ich mich ruckartig zur Quelle. Verspannt marschiere ich die letzten Schritte weiter. Ari ist nicht gegangen ...

»Was machst du da?« Blöde Frage. Sie streicht die Wand.

Ari linst über ihre Schulter und wischt sich mit dem Unterarm Haare aus dem Gesicht. »Ich helfe dir. Es sah so aus, als hätte der zweite Anstrich gefehlt.« Weil ich nicht gleich antworte, senkt sie die Rolle und zieht die Nase kraus. »Oder war das ...«

»Alles gut, Ari. Danke!« Meine Stimme krächzt eigenartig, während ich mich an den Türrahmen lehne, weil ich mich nicht besonders gut fühle. Ich glaube, ich sollte wirklich ins Bett gehen.

Aris dunkle Augen schweifen unsicher über mein Gesicht, bevor sie die blaue Wand zu Ende streicht. Nachdenklich studiert sie die Walze in ihrer Hand. »Ich weiß, es bedeutet nicht viel, wenn es von mir kommt. Aber es tut mir wirklich aufrichtig leid, dass Penny gestorben ist.«

»Ja.« Ich nehme ihr die Walze ab, um sie einzuweichen. »Mir auch.«

Mehr habe ich dazu nicht zu sagen, weil ich immer noch nicht bereit bin, mich mit dem Thema auseinanderzusetzen. Zuzugeben, dass ich Penny als Mensch vermisse. Als Mutter für unsere Kinder. Aber ich vermisse sie nicht auf die Art, die ich sollte. Die sie verdient hätte. Und deswegen schiebe ich auch alle anderen Gefühle weg, die hier nichts zu suchen haben, wie jenes, das ich hatte, als Ari vorhin reingeschneit kam – das Gefühl, etwas anderes, sehr, sehr Wertvolles wiedergewonnen zu haben –, und mache Platz für das, was mir am liebsten ist, weil ich es so lange kenne. Wut auf mich selbst. Schlechtes Gewissen, da ich nichts lieber will, als dass diese Frau hierbleibt, obwohl ich eigentlich um eine andere trauern müsste. Und gleichzeitig will ich auch nichts lieber, als dass sie geht, weil ich nichts von dieser alten Verbundenheit, Vertrautheit, Anziehung zu ihr spüren will.

»Du solltest jetzt nach Hause fahren.«

Ihr Gesicht verzieht sich, bevor auch sie ihren Ärger auf mich wieder zeigt. Sie verschränkt die Arme vor der Brust.

»Das hatte ich sowieso vor, Kase. Zwischen uns hat sich nichts geändert, nur weil ich dir mein Beileid ausgesprochen habe. Mein Besuch hier war rein beruflicher Natur. Ich kann mich selbst rausbegleiten. Danke. Auf Wiedersehen.«

Eben. Ich habe Ari nicht zurückgewonnen. Hatte ich auch gar nicht vor. Und um das noch mal zu untermauern, halte ich die Klappe, während sie noch ein paar Sekunden darauf wartet, dass ich mich von ihr verabschiede. Doch ich tue es nicht, weil ich weiß, dass fehlende Verabschiedungen ihr wunder Punkt sind. Als hätte ich sie betrogen, saugt sie die Oberlippe ein, dreht sich von mir weg und trippelt die Treppen hinunter. Erst als sie trotz meiner absichtlichen Kränkung bedächtig die Tür hinter sich zuzieht, kann ich wieder Luft holen.

KAPITEL 11

Arya

»Bist du dir sicher?«, will Mom wissen, während sie sich zum zwanzigsten Mal vor dem Spiegel dreht und von allen Seiten betrachtet.

Lachend verdrehe ich die Augen. »Mom! Ich liebe es. Es ist bezaubernd. Dein Hintern sieht spitze aus und Clive wird die Kinnlade herabhängen. Also pack das Ding ein und lass uns unsere Bäuche vollstopfen.« Ich zwinkere ihr zu, während sie mit hochgezogenen Brauen die Hände in die Hüften stemmt.

»Stress?«

»Ja. Ich fange gleich an, die Zeitschriften vor mir zu zerkauen, wenn ich nicht bald etwas anderes zwischen die Zähne kriege.«

Sie lacht herzhaft. »Dann wärst du keine gute Richterin. Hunger mindert die Urteilsfreiheit.« Sie muss es ja wissen. Das ist seit einem halben Jahrzehnt ihr Job.

»Mutter! Wenn du dich noch einmal im Kreis drehst, zerreiße ich mir die Kleider und flitze durch das Brautmodengeschäft!«

Jetzt verdreht meine Mom die Augen und zieht akzentuiert den Vorhang hinter sich zu. »Ewig dieser Hang zur Dramatik! Ich weiß nicht, ob ich mich auf deine Rede bei der Hochzeit freue oder eher nervös sein sollte.« Ich verschränke die Arme vor der Brust. Jetzt sollte ich mir erst recht etwas schön Peinliches für sie überlegen. »Wenigstens weiß ich, dass du nicht über die Stränge schlagen wirst, schließlich ist Pete dabei.«

Ich runzele die Stirn. »Warum meinst du das?«

»Du hältst dich eher zurück, wenn er anwesend ist. Mehr wollte ich gar nicht sagen. Peter macht dich einfach ruhiger.«

Ich ziehe die Augenbrauen zusammen, weil das eine dieser Juristenantworten ist, die mich dazu anregen sollen, selbst zwischen den Zeilen zu lesen. Aber dazu habe ich jetzt keine Lust. Vor allem, weil »ruhig« nicht meine Persönlichkeit beschreibt. Ich bin *nicht* ruhig. Nicht zahm. *Du hast doch von jeher gekämpft wie eine Tigerin, wenn dir oder jemandem, der dir wichtig war, unrecht getan wurde. Das war eines der Dinge, die ich an dir respektiert habe.* Das hat Kasey gesagt, nachdem ich ihn angegiftet hatte. Schien ihn auch mehr zu amüsieren als zu ärgern. Aber was weiß er eigentlich von mir? Als er abgehauen ist, war ich siebzehn.

Eigentlich hat Pete meine kämpferische Art anfangs auch gut gefallen. Doch je höher er auf der Karriereleiter emporkletterte, umso unwillkommener waren ihm bei Geschäftsveranstaltungen offensichtlich meine Direktheit und Spontanität. Später auch bei seinen Freunden, wo alle nach einem Witz von mir jedes Mal unsicher zu ihm gesehen haben, als würden sie sich fragen, in welcher Klapse er mich aufgegabelt hat. Also habe ich einfach aufgehört zu reden, wenn wir gemeinsam unterwegs waren. So konnte ich wenigstens nichts falsch machen. Schätze, das ist es, was Mom als »ruhig« beschreibt. Scheinbar reicht inzwischen Petes Gegenwart, damit ich mich so verhalte. Gänsehaut kriecht über meine Arme und ich ziehe mir die Ärmel meines Shirts bis zu den Fingern.

»Ja, vielleicht. Aber er wird leider eben nicht dabei sein.«

»Ach, das ist aber schade! Wie geht es dir damit?«

Ich zucke mit den Schultern, auch wenn sie es nicht sehen kann. »Keine Ahnung. Es ärgert mich und gleichzeitig ärgert es mich, dass ich mich ärgere, weil es ja nicht unbedingt etwas Neues ist.« Erst da fällt mir auf, dass meine Mutter nicht besonders überrascht geklungen hat. »Willst du gar nicht wissen, wieso er nicht kommt?«

»Wegen seiner Arbeit, oder? Davon bin ich jedenfalls ausgegangen. Oder ist es etwas anderes?«

»Nein. Arbeit.« Wie immer. Arbeit ist der Grund, warum er nie dabei ist, wenn *meine* Freunde uns zu irgendetwas einladen. Arbeit ist der Grund, warum ich nicht mehr gerne mit ihm essen gehe, geschweige denn in Urlaub fahre, weil er meistens nach ein paar Minuten megafrustriert ist. Entweder ist die Internetverbindung nicht schnell genug oder das E-Mail-Schreiben über Handy weit mühsamer, als wenn er einfach seinen Laptop dabeihaben könnte. Arbeit ist der Grund, warum er mich gestern Abend sogar von seiner Wohnung in meine eskortiert hat, weil er noch etwas für heute in Ruhe vorbereiten und dann schlafen musste, wobei ich ihn wohl gestört hätte. Er hat sich buchstäblich rübergelehnt und die Beifahrertür für mich geöffnet, weil ich nicht schnell genug aus seinem Auto verschwand.

Arbeit, Arbeit, Arbeit …

»Tut mir leid, Ari.« Als müsste es *ihr* leidtun …

»Macht nichts. Insofern kann meine Rede ja umso peinlicher werden«, witzle ich, weil Mom an ihrem Tag nichts belasten soll. Wenn jemand eine Traumhochzeit verdient hat, dann sie. Seit ich elf war, hat sie doppelt und dreifach geschuftet, um alle Rechnungen bezahlen zu können und gleichzeitig immer für mich da zu sein. Sie hat nie versucht, meine beste Freundin zu sein, sondern war stets meine Mutter. Und mein Vater. Eine Autorität, ein sicherer Hafen und jemand, von dem ich den besten Rat bekommen konnte. Und das war sie nicht nur für mich. Schon wieder belagert dieser Kerl meine Gedanken! Es nervt.

»Kasey hat unser Haus gekauft«, platzt es aus mir heraus.

Hinter dem Vorhang wird es ganz ruhig. Plötzlich zieht Mom ruckartig den Vorhang auf und schaut mich an.

»Er wohnt jetzt dort mit seinen zwei Kindern, von denen eines in meine Klasse geht.«

»Wow. Ich bin gerade gar nicht sicher, wie ich darauf reagieren soll.«

Ich stütze die Ellbogen auf meine Knie und die Wangen in meine Hände, vorrangig total erleichtert darüber, dass sie offenbar nichts davon wusste und es mir nicht etwa verschwiegen hat. Ich weiß, dass sie und Kasey noch jahrelang nach seinem Verschwinden in Kontakt standen. Ich habe anfangs ja jeden einzelnen Brief gelesen, den er ihr geschrieben hat. Er hat stets alles so vage formuliert, dass man am Ende eigentlich nichts über ihn und sein Leben wusste. Irgendwann habe ich damit aufgehört, weil es ständig Wunden aufgerissen hat, die ich schließen wollte. Denn jedes Mal, wenn ich darauf gewartet habe, dass er mich in irgendeinem seiner Briefe erwähnt, nach mir fragt, irgendetwas, kam nichts dergleichen. Gar nichts. Nicht einmal als PS unter seinem Namen, als hätte ich nie eine Rolle gespielt. Jedes einzelne Mal brauchte ich Tage, um mich wieder normal zu verhalten.

»Jap. Ging mir ähnlich.«

»Und jetzt? Wie gehst du jetzt damit um?«

»Ich weiß nicht, Mom. So gut wie alle Erinnerungen, die ich an das Haus habe, haben auch mit ihm zu tun. Die guten wie die schlechten. Als ich es erfahren habe, war ich total sauer auf Kasey, weil er es mir weggenommen hat. Aber er hat das Haus wirklich wunderschön aufgepäppelt. Und ich bin fast froh, dass es jetzt ganz anders aussieht. Das heißt … er ist noch mittendrin in der Sanierung, weil die zwei ihn so auf Trab halten, aber ...«

Aber die schmerzhaftesten Flecken des Hauses, die ich jahrelang nicht ertragen konnte, sind nicht mehr da, und dafür bin ich dankbar. Zum Beispiel unser altes Wohnzimmer, in dem ich mir die Nase gebrochen habe. Die Delle in der Wand neben dem Kamin, die Mom mit einem Regal verdeckt hat. Oder die Veranda, auf der ich so oft saß und gewartet habe. Ironischerweise auf mehrere Männer in meinem Leben, die dann doch nie kamen.

»Warte mal! Du warst dort? Bei ihm?« Ich glaube, Mom trägt immer noch nur ihre Unterhose. Zumindest hält sie den Vorhang nach wie vor über die untere Hälfte ihres Körpers, während sie mich mit großen Augen anstarrt. Letzte Woche war ich mir gar nicht sicher, ob ich ihr überhaupt von Kasey erzählen sollte, aber es fühlte sich falsch an, es ihr zu verheimlichen. Jahrelang mussten wir das Thema meiden, weil es Potenzial hatte, einen Keil zwischen uns zu treiben. Nachdem ich meinen Vater schon verloren hatte, war ich nicht bereit, auch noch meine Mom zu verlieren. Ich habe es daher einfach hingenommen, dass sie Kasey immer weiter geschrieben hat. Irgendwann trafen Mom und ich ein stilles Abkommen, dass sie die Briefe überhaupt nicht mehr erwähnen würde.

Jetzt würde sie ihm bald sowieso irgendwo über den Weg laufen oder anderweitig erfahren, dass er zurück ist. Also berichte ich ihr, wie ich eigentlich nur das renovierte Haus sehen wollte und dabei ihn gefunden habe. Ich erzähle ihr von Evie und von Penny und weshalb ich ein zweites Mal dort war. Was ich auslasse, ist, wie ich mich in seiner Gegenwart fühle, wie gut er aussieht und was beides mit mir macht.

»Und es tut mir leid für ihn, dass seine Freundin gestorben ist. Wirklich. Das würde ich niemandem wünschen. Aber Mom! *Trotzdem!* Er kauft einfach *unser* Haus, nachdem er mich mit einem Arschtritt aus seinem Leben befördert hat. Nachdem er jahrelang kein Lebenszeichen von sich geben konnte, kauft er zack unser Haus, macht es zu einem Traumhaus und zieht mit seiner bildhübschen Tochter und seinem zuckersüßen Sohn dort ein. Ich meine, *Mom* … Er hat *Sitznischen* neben dem Kamin eingebaut, wie ich es mir immer gewünscht hatte. Und … und *französische Fenster*.« Ich stolpere über meine eigenen Worte. »Und nun hat er noch den Nerv, mich wegzuschicken, weil es ja jetzt *sein* Haus ist. Als wollte er mir eins auswischen. Aber was habe ich ihm bitte getan?«

Inzwischen ist meine Mutter wieder hinter dem Vorhang verschwunden und antwortet – frustrierenderweise – erst, als sie angezogen aus der Umkleidekabine kommt und sich neben mich setzt. »Spätzchen, fälle kein Urteil, bevor du nicht die ganze Geschichte kennst.«

Okay, falscher Knopf. Ich spüre, wie mir heiß wird. Und genau deswegen ist das eigentlich kein Thema zwischen uns. Nicht mehr seit dem größten Streit, den wir je hatten. Damals hatte ich herausgefunden, dass meine Mutter Kasey von meiner Verlobung geschrieben und damit meine Bitte missachtet hatte, mich in ihren Briefen nicht mehr zu erwähnen – ebenso wenig, wie er es getan hatte –, wenn sie ihm denn unbedingt noch schreiben musste.

»Mom! Du solltest auf meiner Seite sein.«

Sie nickt sanft. »Ich bin immer auf deiner Seite, Ari. Deswegen sage ich es ja.« Sie greift nach meiner Hand und ich beiße die Zähne zusammen, weil sie diesen Mom-Blick hat, der verrät, dass sie gleich mehr sagen wird, als ich zu hören bereit bin. »Kasey hat dich zusammengehalten, als dein Vater gegangen ist, und hat dich tief verletzt, als er selbst ging. Ich habe zugesehen, wie du es überspielst und deine Gefühle in eine Box geschoben hast, aber ich habe ein bisschen Sorge, dass du bald implodieren wirst, wenn du dieses Spiel nach all den

Jahren aufrechterhältst.« Ich blicke zu Boden. »Du verdienst Antworten, Ari. Solange du redest, lebst du noch. Es ist die Gleichgültigkeit, die tötet«, wiederholt meine Mom den Satz, den sie schon früher stets gesagt hat. Ironischerweise vorrangig zu Kasey, wenn sie das Gefühl hatte, dass er es hören musste.

»Ich weiß nicht, ob ich die Antworten noch will, Mom.« Mal abgesehen von der Frage, ob ich sie überhaupt bekommen würde. »Es würde auch nichts ändern. Und die Vergangenheit aufzuwärmen, hat noch nie jemandem geholfen. Er hat seine Entscheidungen getroffen und ich meine. Wir waren Kinder. Ich liebe Peter und wir werden …« Heiraten. Wann auch immer. »Wir sind glücklich.« Und was hat das eine jetzt eigentlich mit dem anderen zu tun? Meine Mutter fragt sich wohl auch, warum ich ihr das erzähle. Zumindest sieht sie mich so an.

»Arya …« Ich halte den Atem an, warte darauf, dass sie das große Pflaster über der klaffenden Wunde des Selbstbetrugs abreißt. Ihre Augen wandern über mein Gesicht und sie lächelt ein bisschen, als sie mir Haare hinters Ohr streicht, wie sie es schon getan hat, als ich ein kleines Kind war. »Ich bin hier, falls du irgendetwas besprechen möchtest, okay?«, schließt sie stattdessen, und ich atme aus.

»Danke, Mom!«, erwidere ich, während sie mich umarmt und mich dabei halb erdrückt. »Das Einzige, was ich in diesem Moment besprechen will, ist, welches Restaurant ich gleich leer futtern darf.« Sie verdreht die Augen und klopft mir auf den Oberschenkel.

Am Abend koche ich zu leiser Musik in Petes Küche und bemühe mich, nicht laut zu Selena Gomez' »Back to you« mitzusingen, weil Pete nebenan bis zum Abendessen arbeiten wollte. Stattdessen schwinge ich meinen Hintern einfach im Takt mit und forme die Worte mit meinen Lippen, während ich wieder einmal vergeblich nach dem einzig brauchbaren Pfannenwender suche, der in dieser Wohnung existiert. Nie werde ich verstehen, wie man all seine Küchenhelfer einfach in eine kilometerbreite Schublade werfen kann, sodass man jedes Mal, wenn man etwas braucht, den Wald vor lauter Bäumen nicht mehr sehen kann. Einmal habe ich versucht, Ordnung in diese Küche zu bringen. Pete war nicht begeistert und nur lästig, bis ich alles wieder an seinen alten Platz gebracht hatte. Nicht jeder müsse wie ich ein Ordnungsfreak sein und er könne in seiner Küche problemlos kochen, murrte er. Die Sache ist allerdings: Ich bin die Einzige, die in seiner Küche kocht.

Das Klingeln meines Handys irritiert mich kurz, weil ich den dämlichen Pfannenwender immer noch nicht gesichtet habe, doch dann entdecke ich den Namen meiner Chefin auf dem Display und schalte schnell Herdplatte und Musik aus.

»Hallo, Vanessa!« Mein Herz klopft beunruhigt in meiner Brust, denn wenn sie mich um diese Uhrzeit an einem Samstag anruft, dann muss etwas Schlimmes passiert sein.

»Hi, Arya. Bitte entschuldige die Störung an deinem wohlverdienten Wochenende, aber ich hatte gerade ein Gespräch mit der Kinderschutzbehörde. Benjamins Vater ist wegen Drogenhandels verhaftet worden. Die Rolle der Mutter ist noch nicht eindeutig klar, aber nachdem sie nicht ansprechbar war, weil sie wohl überdosiert hatte, ist Benjamin ihnen vorerst entzogen worden.«

Ich halte mich am Kühlschrank fest. »Wo ist er jetzt?«

»Sie suchen noch nach einer Krisenpflegefamilie, die ihn die kommenden Wochen aufnehmen kann. Dürfte leider nicht so leicht zu finden sein.« Ich lasse den Kopf in den Nacken fallen und atme schwerfällig aus. Ist nicht mein erstes Kind, das von zu Hause wegmuss. Das heißt aber nicht, dass mir nicht jeder Fall das Herz bricht. Vor allem die Vorstellung, wie der ohnehin verängstigte Junge jetzt ohne irgendeine bekannte Person Gott weiß wo sitzt und darauf wartet, dass ihn ein Fremder bei sich aufnimmt. Der Hunger ist mir vergangen.

»Darf ich ihn sehen?«

Eine kurze Pause folgt am anderen Ende. »Arya, ich weiß deinen Einsatz zu schätzen. Wirklich. Aber ich habe dir nur für den Fall Bescheid gegeben, dass dich Miss Eggold von der Fürsorge kontaktiert. Sie hat sicher ein paar Fragen an dich. Ich denke, es ist besser, darauf zu vertrauen, dass sie die Sache führt. Sie ist sehr bemüht«, versichert sie mir, und ich weiß ja, dass sie recht hat. Und hierbei geht es absolut nicht um mich oder darum, dass ich traurig bin, weil ich Benjamin wahrscheinlich nicht mehr sehen werde. Trotzdem fühle ich mich, als wären mir die Hände gebunden. Wie mittlerweile so oft in meinem Leben. Und ich hasse dieses Gefühl.

»Natürlich, ja.«

Vanessa entschuldigt sich noch einmal bei mir für die Störung und verabschiedet sich. Zurück bleibe ich mit einem Gefühl der Leere und gleichzeitig voller Frust über Familien, die Kinder solch schrecklichen Dingen aussetzen.

Pete, der von meinem Telefonat offenbar nichts mitbekommen hat, marschiert in die Küche und runzelt die Stirn, weil das Essen noch nicht auf dem Tisch steht. Er sieht demonstrativ auf seine Armbanduhr und dann zurück zu mir. »Bist du noch nicht fertig?«

»Nein«, antworte ich patziger, als ich vielleicht wollte, weil mir unsere gefüllten Minutensteakröllchen im Moment wirklich nicht mehr so wichtig erscheinen.

»Was ist mit dir?«

Ich lege mein Handy beiseite und reibe mir fahrig über das Gesicht. »Hast du je mit dem Gedanken gespielt, ein Pflegekind aufzunehmen?«

Pete blinzelt ein paarmal, bevor er ein kurzes, erstauntes Lachen herausbellt. »Nicht in der letzten Zeit, nein.« Er

101

antwortet, als wäre die Frage bescheuert. Dabei ist das Thema für mich nichts Neues. Ich fand früher, dass meine Mom die perfekte Pflegemutter hätte sein können, und habe oft versucht, sie zu der Ausbildung zu überreden. Vor allem, weil ich mir damals so sehr gewünscht habe, dass sie Kasey bei uns aufnehmen würde, wenn es eines Tages notwendig gewesen wäre.

»Aber wieso eigentlich nicht?«, hake ich nach und verschränke die Arme vor der Brust, weil ich nicht finde, dass die Idee absurd ist – auch wenn ich weiß, dass ich ihn gerade ziemlich überfalle.

»Weil ich lieber eigene Kinder will, Arya«, antwortet er und schüttelt verwirrt den Kopf. »Woher kommt das jetzt? Willst du mir irgendetwas sagen?«

Ich lehne mich an den Küchentresen und halte mir die Hände vor die Augen. »Momentan sind fast vierhundertfünfzigtausend Kinder im Pflegesystem. Und es wird von Jahr zu Jahr schlimmer. Pflegefamilien sind immer schwieriger zu finden, weil der Bedarf einfach zu drastisch steigt.«

Pete seufzt, als wäre ihm diese Unterhaltung schon jetzt zu anstrengend. »Ja, das ist tragisch. Aber wir können nicht die ganze Welt retten.«

Darum geht es mir auch gar nicht, aber ich bin mir nicht sicher, ob man es sich mit solch einer Aussage nicht etwas zu leicht macht. Irgendetwas sollte doch jeder beitragen. Oder?

Er sieht mich erwartungsvoll an, weil er es nicht mag, wenn ich nicht reagiere.

»Meine Chefin hat mich eben angerufen ...« Ich komme gar nicht dazu, den Satz auszusprechen, bevor Pete mit der Zunge schnalzt und mir eher genervt als fürsorglich die Hand auf meine Schulter legt. Zumindest fühlt es sich so an.

»Du bist zu involviert, Arya.« Da ist er. Der Satz, den ich nie verstehe. »Das ist nicht gesund. Für dich nicht und für mich auch nicht.« Damit schiebt er mich so sanft es geht beiseite und schaltet die Herdplatte wieder ein. »Ich meine, du bist Vorschullehrerin, um Himmels willen. Nicht beim Friedenscorps.«

Mein Blick sinkt zu Boden. Schluckend nehme ich wahr, wie mein Herz protestierend gegen meine Brust pocht, weil ich das jetzt ein bisschen unfair finde. »Bitte, gib mir nicht dauernd das Gefühl, dass mein Job weniger wert ist als irgendein anderer.« Als deiner. Denn darum geht es in den meisten Fällen.

»Ach, Baby. So sehe ich das überhaupt nicht. Ich will ja nur, dass du glücklich bist bei dem, was du tust, und manchmal habe ich halt das Gefühl, dass dich deine Sachen mehr belasten als dir Spaß machen.« Er drückt mir einen Kuss auf die Stirn. »Aber wenn ich mich irre, dann tut es mir natürlich leid.« Etwas hilflos starrt er auf die Steaks, die eigentlich bloß noch eingerollt und in die Pfanne gelegt werden müssten, und lässt schließlich die Schultern hängen. »Jetzt bin ich einfach hungrig und würde gerne mit meiner Verlobten in Ruhe zu Abend essen, ohne über die Arbeit zu sprechen.«

Ich bin verletzt und in Wahrheit auch sauer über die Art, wie er mich einmal mehr einfach abgewürgt hat, ohne überhaupt wissen zu wollen, worum es geht. Aber wie immer halte ich den Mund und kümmere mich um unsere Steaks. Und während wir dann beim Abendessen sitzen und er mir davon erzählt, wie sehr er sich auf das Wochenende in Dallas freut, schalte ich einfach ab und versuche, mit meinen verwirrten Gefühlen klarzukommen.

Aber ich *bin* doch glücklich?!

KAPITEL 12

14 JAHRE ZUVOR

Kasey, 11 Jahre alt

Lachend halte ich mir den Bauch, während mein ferngesteuertes Auto Aryas ferngesteuerten LEGO-Roboter zum wiederholten Mal umfährt. Schreiend läuft sie zu ihm und macht eine Show daraus, ihn wieder aufzustellen. »Komm schon! Schneller!«, ruft sie aufgeregt, als hätte ihr Roboter eine Chance. Mein Auto ist zwar steinalt und die Batterie kackt ungefähr alle fünf Minuten ab, sie damit einholen kann ich aber noch allemal. »Zu Weihnachten wünsche ich mir so einen Roboter mit Axt. Dann mache ich dein Auto platt«, beschwert sie sich und kichert, als sie endlich genug hat, ihren Roboter hochhebt und in die Arme schließt. Grinsend steuere ich mein Auto nun einfach auf sie zu. »Kasey!«, schreit sie lachend und springt aus dem Weg. Ich fahre noch einmal auf ihren Fuß, also hüpft sie auf ihr Bett und bewirft mich mit einem Kissen. »Hör auf, sonst kitzle ich dich!«

Ich lege den Kopf schief, weil sie witzig ist. Im nächsten Moment stelle ich mein Auto auf ihr Bett und sehe dabei zu, wie gut es über die Decke fahren kann. Arya quietscht, wirft ihren Roboter aufs Kissen und springt vom Bett. »Du wolltest es so«, droht sie und schlingt ihre Arme klettenartig um mich. Sie ist inzwischen zwar viel kleiner als ich, aber ziemlich stark für ein Mädchen. Ich lasse meine Fernsteuerung fallen, während ich versuche, sie von mir wegzudrücken, aber sie schafft es trotzdem immer wieder, mich bei den Rippen zu kitzeln, wo ich am kitzeligsten bin.

»Ari, lass das! Sonst …«, schimpfe ich auf dem Weg zur Tür, weil ich immer noch schneller laufen kann als sie.

»Sonst was?«

»Sonst hole ich meine Wasserpistole.«

Sie lacht nach wie vor, als ich die Tür aufreiße und auf den Gang laufe. Aber dort bleibe ich stocksteif stehen, weil ich einen lauten Knall höre. Aryas Hände landen an meiner Brust, aber diesmal nicht, um mich zu kitzeln, sondern, um sich bei mir festzuhalten.

»Rafael!«, ruft Aryas Mom wütend.

»Ich kann einfach nicht mehr, Christina. Begreifst du das nicht?«

»Doch, natürlich! Aber dann kündige. Wir schaffen das auch so, mit einem anderen Job. Von mir aus lasse ich das Studium sausen und arbeite wieder als Anwaltsgehilfin. Ich tue alles, wirklich. Hauptsache, es geht dir wieder besser. Uns allen.« Sie stockt, holt hörbar Luft. »Diese Aggressivität in letzter Zeit … das geht so nicht weiter, Rafael. Wir gehen alle kaputt daran. Du musst aufhören, mir wehzutun. Uns wehzutun.« Gänsehaut lässt meine Haare zu Berge stehen und Ari holt tief Luft. Mit großen Augen sieht sie mich an, und ich kenne diesen Blick. Sie hat Angst. Hat ihr Vater ihr wehgetan?

»Glaubst du, dass ich das alles so wollte? Ich hasse mich selbst dafür.«

»Dann lass uns daran arbeiten, Rafael. Wir können …«

»Nein, Christina!« Einem lauten Knall folgt ein zweiter und man hört, wie etwas splittert. Das ist alles, was es braucht, um meine Steifheit zu brechen. Ich löse mich von Ari und springe die Treppe hinunter. Nein! Raffa würde seiner Familie nie so wehtun. »Das will ich mit jedem Spiegel in diesem Haus machen. Ich ...«

Er entdeckt mich im Türrahmen, wo ich stehen bleibe und auf den kaputten Spiegel starre. Aber Christina ist nicht verletzt, sie steht am anderen Ende und hält sich die Hände vor den Mund. Ich höre Ari hinter mir. Sie weint, und trotzdem will sie ins Wohnzimmer gehen, aber ich halte sie am Arm fest und ziehe sie zurück. Meine Beine zittern und meine Knie sind irgendwie so komisch weich. Keine Ahnung warum, aber das blöde Gefühl, dass gleich etwas Schlimmeres passieren könnte, wird immer größer in meiner Brust. Und das kenne ich nur zu gut. Aber das ist Unsinn. Raffa ist nicht wie mein Dad.

»Verdammte Scheiße!«, schimpft er laut und fegt ein Foto vom Kaminsims, dass es gegen die Wand prallt. Christina japst, als es dort eine Delle hinterlässt. Er weint, trotzdem greift er nach dem nächsten Bild.

Ari reißt sich von mir los und läuft auf ihn zu, hängt sich an den Arm, in dem er das Foto hält. »Hör auf damit!«, bettelt sie, doch er wirft es trotzdem, und weil er den Arm so ruckartig bewegt, zieht er Ari mit, die mit dem Gesicht auf die Kante von der Feuerstelle knallt. Sie schreit, fällt und bleibt liegen, und auf einmal fühlen sich meine Knie wieder ganz normal an. Meine Hände mache ich zu Fäusten und stoße ihn mit aller Kraft weg, die ich in mir finde.

»Geh!« Ich bin so böse auf ihn, dass mir bescheuerte Tränen über das Gesicht laufen. Er soll so nicht sein. Darf er nicht. Das ist schon mein Dad. Aris Dad ist doch anders. Hat sie stets gut behandelt. Mich gut behandelt. Ich durfte immer zum Essen bleiben. Er hat mit mir Basketball gespielt. Hat mich helfen lassen, an seinem alten Fiat Dino Spider rumzubasteln, und hat mich nie beschimpft, wenn ich mal was falsch gemacht habe. Und vor allem hat er mir gezeigt, dass nicht alle Väter so sein müssen wie meiner. Aber jetzt ist er es doch und das fühlt sich echt kacke an. »Geh weg!«, schreie ich noch mal, bevor Christina mich hinter sich schiebt und dann mit dem Finger zur Tür zeigt.

»Sofort raus hier!«

»Ari …«, murmelt er und fährt sich durch die Haare.

»Jetzt!«, setzt Christina scharf nach und fällt neben Ari auf die Knie, noch bevor Rafael zur Tür rausstürmt. Christina dreht sie um und ich habe das Gefühl, dass ich kotzen muss, weil Aris Nase blutet. Stark.

Ich bin so wütend. Fast noch wütender als auf meinen eigenen Dad, weil mein Dad wenigstens Arya nie wehgetan hat. Jetzt sind es meine Hände, die beben, da ich Rafael unbedingt hauen will.

»Kase! Sie braucht Eis! Kannst du welches holen?« Christina zieht an meinem Hosenbein, als ich ihm nachlaufen will. »Und Geschirrtücher. Bitte«, sagt sie lauter, und es ärgert mich, weil Rafael gleich weg ist. Aber in dem Moment sehe ich, wie Arya zittert, ihr Mund und ihr T-Shirt sind ebenfalls bereits voller Blut, also renne ich ferngesteuert in die Küche.

Es ist Weihnachten und ich liege neben Ari auf ihrem hässlichen pinken Teppich. Aber er ist weich und sie mag ihn, also bleibe ich auch hier. »Tut mir leid, dass du die Drohne nicht bekommen hast, die du dir gewünscht hast«, sagt sie.

Ich glotze weiter auf ihren Mini-Kronleuchter an der Decke, wo die falschen Kristalle schimmern. »Ist doch egal.«

»Ist es nicht«, meint sie bestimmt. »Ich werde sie dir kaufen.«

Ich grunze wie ein Tier. »Wirst du nicht.«

»Doch!« Ari stützt sich auf den Ellbogen und sieht mich böse an. »Ich habe Geld auf dem Sparbuch.«

»Aber nicht genug«, erkläre ich ihr und drücke sie sanft zurück auf den Teppich, weil ich nur wieder sauer werde, wenn ich ihr Gesicht sehe. Obwohl ich es in Wahrheit ja gar nicht mal sehen muss. Ich werde mich für immer daran erinnern, wie sie aussah. Außerdem atmet sie jetzt lauter. Anscheinend hat der Arzt gesagt, das würde wieder weggehen.

Ari schnalzt mit der Zunge. »Du wirst schon sehen.«

Als würde das eine Rolle spielen. Christina hat vorhin total leckeren Truthahn gemacht mit allen möglichen Beilagen. Normalerweise ist das mein Lieblingsessen. Oft hat sie das sogar an meinen Geburtstagen für mich gekocht. Aber heute hat alles komisch geschmeckt. Ganz besonders, weil ich beim Essen immer gegenüber von Ari sitze. Und jedes Mal, wenn ich ihre geschwollene Nase und den violetten Fleck unter ihrem Auge angeschaut habe, schmeckte mein Lieblingsessen wie eine Handvoll Kieselsteine. Vor einer Woche sah sie noch viel schlimmer aus, aber die alten blauen Flecken um die gebrochene Nase herum sind jetzt trotzdem noch gelb.

Meine Mutter und mein Bruder waren auch zum Essen eingeladen, aber Ray ist nicht gekommen, er ist ja sowieso fast nie zu Hause. Er ist siebzehn und hat die Schule endgültig abgebrochen, um sich mit Jobs das Geld zu verdienen, das er braucht, um endlich abhauen zu können. Er hasst meinen Vater noch mehr als ich. Falls das überhaupt möglich ist.

Und meine Mom wusste die gesamte Zeit nicht, was sie bei Tisch sagen sollte. Es war einfach komisch, obwohl Christina sich total Mühe gegeben hat. Mom ist gleich nach dem Essen gegangen und hat mir ins Ohr geflüstert, ob es für mich okay sei, wenn ich die neue Winterjacke als Weihnachtsgeschenk nehme, weil das Geld dieses Jahr nicht für mehr reiche. Natürlich habe ich genickt. Eigentlich ist es mir ja auch wirklich egal. Ich will die blöde Drohne gar nicht mehr.

Ari setzt sich auf und schaut aus dem Fenster. »Ich habe auch nicht bekommen, was ich mir gewünscht habe«, flüstert sie und umarmt ihre Beine.

Ich beiße fester die Zähne zusammen. Ihre Wunschliste war wie immer länger als meine, aber ich weiß, dass das, was sie jetzt meint, gar nicht draufstand. Ich drücke mich ebenfalls hoch und lehne meinen Rücken an ihren. »Ich weiß.«

Und da hören wir das leise Klopfen an der Tür und Ari zuckt zusammen. Ich weiß nicht, ob sie Angst hat oder ob es Aufregung ist, aber ich nehme ihre Hand und stehe mit ihr auf. Gemeinsam schleichen wir durch den Flur, doch als ich die Treppe runtergehen will, hält sie mich zurück. Sie sieht verunsichert aus. Weiß sie denn nicht, dass ich sie beschützen werde?

Die Tür geht unten auf. Ari zieht an meiner Hand, während sie sich ganz leise auf die oberste Stufe setzt und sich auf die Lippe beißt.

»Hast du meine Sachen?«, fragt Raffa, und ich halte mich am Geländer fest, weil ich immer noch total wütend auf ihn bin.

»Ach, Rafael ... Es muss nicht so laufen«, murmelt Christina leise.

Ich höre ihn seufzen, dann räuspert er sich. »Gibst du ihr das hier bitte von mir?« Etwas raschelt. Ich schätze, er hat ein Geschenk für sie. »Und sag ihr bitte ...«

»Sag es ihr selbst, Rafael. Verschwinde nicht einfach so aus ihrem Leben.«

Eine ganze Weile äußert keiner etwas und ich drücke Aryas Hand ein bisschen fester, weil sie die Luft anhält. »Bye, Christina«, presst ihr Dad abrupt heraus, und plötzlich bin ich nicht mehr bloß wütend, sondern auch so enttäuscht. Weil sich dieses »Bye« endgültig anhört. Als sich die Tür schließt, ziehe ich Aryas Kopf an meine Schulter. Nicht nur, weil ich weiß, dass sie weint. Sondern, weil ich es auch tue.

KAPITEL 13

Arya

Ich sehe mir mit meinen Kindern gerade ein Buch über Elefanten an. Wildtiere sind unser Thema der Woche. Karens Hand fährt hoch und sie schnippt wackelnd mit den Fingern, ihre Augen weit.

»Elefanten sind total schlau, sagt mein Daddy. Ich möchte auch gerne ein Elefant sein. Dann könnte ich schon rechnen.«

»So ein Blödsinn«, meckert einer meiner Jungs. »Elefanten können gar nicht rechnen.«

»Wohl!«

»Es heißt tatsächlich, Elefanten könnten gut zählen. So können sie ihre Herden zusammenhalten und aufpassen, dass keiner verloren geht«, erkläre ich, woraufhin Karen Bryce die Zunge rausstreckt.

»Ich wäre ein Tiger. Dann würde ich die Elefanten fressen«, gibt er zurück, und ich seufze.

»Ich will jedenfalls kein Känguru sein. Mein Onkel Mick sagt, die können nicht mal furzen.«

Die ganze Klasse lacht lauthals los und Zane freut sich über die Aufmerksamkeit. Grinsend senke ich das Buch. Es gefällt mir, wenn die Kids ihr Wissen einbringen.

»Ich wäre eine Kakerlake. Die kann sogar eine Woche ohne Kopf überleben«, erzählt mir ein anderes Mädchen, und so äußert sich jeder zu dem Thema. Manche haben richtig kreative Gründe, warum sie ein Tier wären. Andere bleiben bei: »Ich wäre ein Braunbär«, was natürlich auch total okay ist. Alle sagen etwas, nur Evie sitzt da und hört sich einfach die Wortmeldungen der anderen Kinder an.

»Und du, Evie? Wärst du auch gerne ein Delfin?«, biete ich an, weil ich sie nicht in die Ecke drängen will. Wenn sie möchte, könnte sie einfach nicken.

»Nein. Ich wäre ein Vogel.«

»Ja, cool. Weil du gerne fliegen können willst?«

»Nein«, antwortet sie und grinst verschmitzt. Dabei sieht sie aus wie Kasey früher und ich fühle einen Stich in meiner Brust. »Damit ich auf Autos kacken könnte.« Die anderen Kinder prusten los, manche schauen mich mit großen Augen an, ob sie gleich fürs Lachen ermahnt werden, doch ich selbst kann nicht anders und kichere in meine Hand.

»Das ist eine ziemlich gute Antwort. Ich glaube, die werde ich mir mal ausborgen.«

Evie beißt sich auf die Lippe, ihre Augen leuchten, während sie sich darüber zu freuen scheint, dass die anderen sie witzig finden. Und ich atme erleichtert aus, weil es das erste Mal ist, dass ich sie lachen sehe.

Leider hält das gute Gefühl nicht lange an, denn als ich in der freien Spielzeit ein paar Schülern helfe, ihre Halloweentüten fertig zu machen, die wir gebastelt haben, wird es bei den Büchern laut. Eine meiner Schülerinnen verschränkt böse die Arme vor der Brust, während Evie ins hinterste Eck der Matten rutscht. »Miss Evans! Evie hat das Buch einfach auf den Boden gehauen.«

Evie sitzt zusammengekauert da und streckt verärgert das Kinn raus. Ich gehe neben ihr in die Hocke und hebe das

Buch auf. »König der Löwen«. Schon wieder dieses Buch. Und obwohl ich das nächste Gespräch als Chance sehe, endlich mit Evie ins Reden zu kommen, verstehe ich Kaseys Angst, genau das Falsche sagen zu können.

»Evie, warum hast du das Buch weggeworfen?«, will ich etwas leiser wissen.

Dafür antwortet Evie umso lauter. »Ich *hasse* diese Geschichte.«

»Warum?«, hake ich nach, selbst wenn ich es mir denken kann.

Sie strampelt kurz. »Weil der Daddy von Simba totgemacht wird.«

»Und das macht dich traurig?«

Sie verschränkt die Arme vor der Brust und schüttelt den Kopf.

»Denkst du da an deine Mommy?« Wieder ein Kopfschütteln, aber in ihren Augen sammeln sich Tränen, und ich fühle sie tief in mir drinnen. Mein Dad mag nicht gestorben sein, aber für mich hat es sich oft so angefühlt. »Es ist total okay, deine Mommy zu vermissen, weißt du?«

»Ich vermisse sie aber gar nicht«, schimpft sie und wischt sich gleichzeitig eine Träne weg. »Ich bin böse auf sie.«

Ich schlucke. Auch keine ungewöhnliche Reaktion, wenn ein Elternteil stirbt. »Warum?«

Sie schaut mich an, ihre blauen Augen schwimmen wie bei Kasey im Schmerz, und ich will mitweinen. Aber da müssen wir jetzt beide durch. »Grandma hat gesagt, dass Mommy jetzt im Himmel ist, wo es ihr viel besser geht. Aber ich wollte, dass sie bei *mir* bleibt«, erklärt sie unter Schluchzen und schlägt die Hände vor dem Gesicht zusammen. »Warum geht es ihr bei *mir* nicht besser?«

»Oh, Baby!« Mein Herz bricht für die Kleine. Was ihre Großmutter gut meinte, hörte sich in Evies Ohren ganz anders an. Ich setze mich neben sie und lege den Arm um sie, weil ich das bei jedem meiner Kinder machen würde. »Ich kannte deine Mommy leider nicht, aber eines weiß ich ganz sicher. Möchtest du es hören?« Ich fühle, wie angespannt ihr Körper ist, trotzdem nickt sie schniefend. »Deine Mommy hat sich nicht ausgesucht zu sterben. Das wollte sie gar nicht. Sie hatte dich total lieb und wäre ganz bestimmt lieber bei dir geblieben. Aber das ging leider nicht.«

»Weil ihr Körper kaputt war«, ergänzt Evie, was ihr wohl jemand erklärt hat.

»Weil er nicht mehr funktioniert hat, genau. Und ich glaube, was deine Grandma damit meinte, war einfach, dass deiner Mommy jetzt nichts mehr wehtut.«

»Ich habe auch keine Mommy mehr«, mischt sich Karen ein, die sich zu uns setzt. Ich bin etwas nervös, was sie jetzt wohl erzählen wird, denn ihre Mom ist schwer drogenabhängig. Trotzdem will ich den Kindern die Möglichkeit geben, sich weniger alleine zu fühlen. »Sie ist nicht tot, aber sie ist im Kopf sehr krank. Deswegen darf ich sie nicht sehen, sagt mein Daddy.«

»Ich darf meinen Daddy auch nicht sehen, weil er uns keinen Unterhalt zahlt«, bringt sich Zane ein.

»Du meinst bestimmt Unterhalt«, helfe ich ihm ein bisschen und bekomme einmal mehr Gänsehaut wegen der herzzerreißenden Lebensumstände meiner jungen Kinder. Umso ernster nehme ich diesen Job. Auch wenn ich *nur* Vorschullehrerin bin, wie Peter sagt. Für manche dieser Kids sind die paar Stunden hier die einzigen des Tages, in denen sie sich sicher fühlen. Gesehen wissen. Für sie ist diese Zeit von großer Bedeutung.

»Aber wisst ihr was? Auch wenn ihr eure Mommys oder Daddys nicht mehr bei euch habt, könnt ihr an sie denken, wann immer ihr möchtet. Ihr könnt sie genauso lieb haben und dürft sie auch vermissen. Und wenn ihr traurig seid, dann können wir drüber reden.«

»Wir könnten sie malen«, schlägt ein anderes Mädchen vor, das sich ebenfalls zu uns gesetzt hat.

»Oder kneten«, meint Zane, und ich streiche ihm lächelnd über die kurz geschorenen Haare.

»Beides eine sehr gute Idee, finde ich. Wer hat denn Lust, heute mal zu kneten?«

»Iiich«, schreien alle zusammen und hüpfen aufgeregt in die Bastelecke. Sogar Evie, auch wenn sie etwas langsamer läuft als die anderen. Schmunzelnd und gleichzeitig verblüfft darüber, wie Kinder von einem Moment auf den nächsten in und aus dem Trauerprozess schlüpfen können, gehe ich ihnen nach und erlaube mir aufzuatmen, weil das Eis mit Evie eventuell gebrochen sein könnte.

Es ist drei Uhr morgens und hier geht es ab wie auf einer Collegecampusparty. Wer hätte gedacht, dass alte Leute auf einer Hochzeit so Gas geben können. Selbst der spießigste Teil meiner Familie feiert immer noch mit uns. Erst vor einer Stunde haben wir zumindest meine Großeltern von der Tanzfläche geschleppt, die den Spaß ihres Lebens hatten, ihre Dancemoves auszupacken. Aber mein Grandpa hat eine neue Hüfte und sollte nicht unbedingt nonstop den Twist machen, und Grandma hat eigentlich Kreislaufprobleme. Sie haben protestiert wie Teenager, sich dann aber schließlich doch wieder zu ihrem Tisch führen lassen, um eine Pause einzulegen.

»Ich weiß, du hast versprochen, nicht vor mir nach Hause zu gehen, aber du kannst jederzeit fahren, wenn es dir zu blöd wird, okay?«, meint Mom, nachdem sie sich beim Boogie unter Clives Arm gedreht hat und die Chance nutzt, kurz mit mir zu tanzen.

»Mom, es ist total witzig hier. Ich mache mir die ganze Zeit heimlich Notizen, welche Stimmungskanonen ich unbedingt zu meiner Hochzeit einlade. Opa steht ganz oben auf der Liste.«

Selbst, wenn ich es ihr nicht versprochen hätte, wäre ich bis zum Schluss geblieben. Sie war heute den gesamten Tag so glücklich und abartig süß. Es gefällt mir total, wie die beiden völlig ungestresst die Feier genießen. Trotzdem hat mir das Ganze wieder einmal bestätigt, dass ich lieber im kleinen Kreis feiern würde. Klar sollen am schönsten Tag meines Lebens meine Liebsten um mich sein. Aber ich möchte für mich, für *uns*, heiraten und nicht nur für alle anderen. Will mir keine Gedanken darüber machen müssen, ob die Gäste mit ihren Sitzplätzen zufrieden sind oder heimlich meckern, weil die Band nicht ihrem Geschmack entspricht. Ich will nicht bis zur letzten Minute jedes organisatorische Detail durchplanen, sodass ich nur durch den Tag hetze und nicht einmal Zeit habe, mit meinen Gästen zu reden. Ich möchte gerne die Platzkarten selbst entwerfen und herstellen, Hayley die Hochzeitstorte anvertrauen, weil ihre Backkünste der Hammer sind, und immer noch Kapazitäten haben, individuelle Gastgeschenke für jeden anzufertigen. Das geht bei dreißig Gästen. Bei zweihundert aufwärts ist es lachhaft.

Pete sieht das leider anders. Er sagt, das sei einer der Gründe, warum wir noch nicht geheiratet hätten. Bis ich nämlich zur Vernunft käme und von meiner Hippiehochzeit abließe, könne er nicht ernsthaft mit mir darüber sprechen. Er will einen Hochzeitsplaner engagieren und all seine Mitarbeiter und Geschäftspartner einladen. Wahrscheinlich würde er am liebsten auch mein Kleid aussuchen, damit ich ja nichts Unberechenbares anziehe. Manchmal frage ich mich, ob es ihm eigentlich vor anderen peinlich ist, dass wir seit fünf Jahren verlobt sind.

»Darf ich übernehmen?«, fragt mein Onkel Harvey, bevor er mich gekonnt aus dem Halt meiner Mom wirbelt und beginnt, mich über die Tanzfläche zu schwingen.

Kichernd lasse ich mich führen. »Will Tante Faye nicht mehr?«

Er zuckt mit den Schultern. »Sie behauptet, die Füße würden ihr wehtun. Aber nicht von den Schuhen, sondern weil ich andauernd draufsteige.« Er verdreht grinsend die Augen. »Keine Ahnung, wovon die Frau redet.«

»Ist mir auch ein Rätsel«, erwidere ich lachend, obwohl ich aus Erfahrung genau weiß, was Tante Faye meint. Onkel Harveys Tanzstil ist definitiv einzigartig. Gut, dass ich mich für geschlossene Schuhe entschieden habe. »Ihr Pech ist mein Glück.«

Zustimmend nickt er. »Ein so hübsches Mädchen wie du in so einem Kleid sollte sowieso nicht alleine auf der Tanzfläche stehen. Ist 'ne Schande für alle Männer da draußen.« Ich weiß, er meint es gut, weshalb ich auch freundlich lächle und mich für das Kompliment bedanke. Trotzdem tut die Erkenntnis weh, dass ich nicht nur wieder einmal alleine bin, sondern, dass es hier auch irgendwie niemanden mehr zu wundern scheint. Wenn heute überhaupt jemand gefragt hat, warum Pete nicht da ist, hat es keinen überrascht, dass er bei der Arbeit ist. Das fühlt sich komisch an, auch wenn ich froh bin, keine großartigen Entschuldigungen auftischen zu müssen oder zu lügen und zu beteuern, er wäre *so* gerne dabei gewesen. Gleichzeitig schlummert da noch etwas ganz anderes, worauf ich absolut nicht stolz bin. Nämlich die Frage, wie es wohl mit Kasey wäre. Wie *er* mich in diesem Kleid angesehen hätte. Wie es sich anfühlen würde, mit *ihm* zu tanzen, von ihm zur Priorität gemacht zu werden. Was natürlich alles Blödsinn ist, denn wäre ich je Kaseys Priorität gewesen, würden sich all diese Fragen gar nicht stellen. Dann wäre er der Mann an meiner Seite. Aber er wollte nicht und ich werde mir diesen und keinen anderen Abend dadurch versauen lassen. Nicht von Gedanken an Pete und erst recht nicht an Kasey.

Sonntagmorgen erklimme ich gähnend den kleinen Hügel vom Parkplatz hinauf zum Fußballfeld und fühle mich dabei, als würde ich den Mount Everest besteigen. Schätze, ich hatte angenommen, dass Lyrics Spiel irgendwann am Nachmittag stattfinden würde. Nicht um neun Uhr morgens, nachdem ich erst vor fünf Stunden ins Bett gefallen bin.

In dem kleinen Verkaufsstand kaufe ich mir einen heißen Kaffee im Becher. Ich gestatte mir noch einmal, meine müden Augen zu schließen, während ich mich umdrehe und den befriedigenden Geruch von Kaffee einatme. Bei dieser Aktion stoße ich direkt mit einem zweiten Körper zusammen. Meine Reflexe, seit ich Lehrerin bin, sind gut genug, um das Schlimmste zu vermeiden, doch ich japse, als etwas Kaffee überschwappt und Teile meiner Jeans und – noch schlimmer – seine Schuhe flutet. Autsch! Autsch! Ich zupfe die heiße Jeans von meinem Oberschenkel.

»O mein Gott! Das tut mir so leid.«

»Alles gut. Wollte sowieso neue.« Das leise Lachen des Kerls, den ich auf dem Gewissen habe, überrascht mich, doch es ist die Stimme, die meinen Blick sofort zu seinem Gesicht hochfahren lässt. Meine Augen werden groß und meine Kehle trocknet mit einem Schlag aus. Es fühlt sich an, als würde mein Herz in die Hose rutschen, nur um dort zweimal so schnell weiterzuschlagen.

Seine Augenbrauen zucken, er ist verwirrt über meine Reaktion, bevor er an mir vorbei greift, um sich ein paar Papiertaschentücher zu nehmen. Automatisch stolpere ich einen Schritt zurück, weil ich seine Nähe nicht will.

»Nächstes Mal vielleicht die schönen Augen offen lassen, okay?«, witzelt er noch einmal, bevor er einfach seine Schuhe putzt.

Er erkennt mich nicht. Er weiß nicht einmal, wer ich bin.

Ich möchte heulen wie das kleine Mädchen, das ich war, als ich ihn zuletzt gesehen habe. Will ihm Fragen stellen, nachdem ich ihm eine verpasst habe. Dafür, dass meine Nase seinetwegen schief ist. Dafür, dass er sich weder entschuldigt noch verabschiedet hat. Und vor allem dafür, dass er nicht die Eier hatte, für seinen Fehler geradezustehen, sondern einfach abgehauen und nie wiedergekommen ist, sodass er heute von meinen »schönen Augen« redet, die ich verflucht noch mal von ihm habe. Tausend Worte liegen mir auf der Zunge, doch keines traut sich aus meinem Mund. Irritiert hebt er aus seiner kauernden Position noch einmal den Kopf und mustert mich.

»Alles in Ordnung, Ma'am?«

Das gibt mir den letzten Rest. Eine Welle Übelkeit überwältigt mich und ich ergreife die Flucht. Am liebsten würde ich in mein Auto steigen und nach Hause fahren, wo ich mich verkriechen kann. Aber ich habe Lyric versprochen, ihr zuzusehen. Also eile ich mit flauem Magen die Tribüne hoch und setze mich an den Rand der obersten Reihe, damit ich die Leute im Blick behalten kann. Durch die Nase atme ich ein und mit spitzen Lippen wieder aus, um mich zu beruhigen.

Warum ist er hier? Allgemein hier in St. Harper und hier am Fußballplatz? Ist er Schiedsrichter, Trainer oder gehört er zum Verein? Weiß Mom davon? Und wie krank ist es überhaupt, dass er mich zum gleichen Zeitpunkt heimsucht wie der zweite Mann, der mich verkorkst hat?

Meine Hände zittern, als ich zu meinem Telefon greife. Mein Daumen schwebt über Moms Nummer, doch ich schüttle den Kopf über mein Vorhaben. Die checken vermutlich jetzt am Flughafen ein, um nach Hawaii zu fliegen. Was sollte ich außerdem sagen? *Hey, Mom! Witzige Geschichte. Ich habe eben Dads Schuhe versaut. Ist doch das Mindeste, was ich tun konnte. Fröhliche Flitterwochen …*

Nein! Ich scrolle zu Pete, auch wenn mir sofort beim Freizeichen klar ist, dass er nicht abheben wird. Der ist vermutlich bei irgendeinem Geschäftsfrühstück oder weiß der Kuckuck was. Und ich habe recht. Ich lande in der Mailbox und werfe das Handy zurück in meine Tasche. Als ich wieder aufsehe, beobachte ich, wie mein Vater mit zwei Bechern in den Händen die Tribüne hochkommt. Es sieht so aus, als würde er jemanden suchen … Vielleicht hat er sich doch erinnert? Sucht er mich? »O mein Gott, o mein Gott, o mein Gott«, forme ich mit den Lippen, je näher er kommt. Meine Finger zittern so unkontrolliert, dass ich meinen Becher abstellen muss. Ich halte den Atem an.

Dann lächelt er plötzlich, weil er wohl gefunden hat, was er gesucht hat. Aber das bin nicht ich. Stattdessen biegt er ein paar Reihen vor mir ab und entschuldigt sich höflich bei denen, an denen er vorbeimuss, bevor er sich neben eine Frau setzt und ihr den Kaffee reicht. Sie küssen sich und sehen plaudernd nach vorne, wo gerade die Kinder aufs Feld laufen.

Ich beiße mir dermaßen fest auf die Lippe, dass ich Blut schmecke. Ich spüre kaum etwas, bin wie betäubt. Weiß gar nichts mit mir anzufangen und kann mich nicht einmal auf Lyric konzentrieren, die über das Spielfeld saust, weil die beiden mein Sichtfeld einschränken, als würde ich Scheuklappen tragen.

Wem schauen die beiden hier auf dem Fußballplatz zu?

Irgendwann vibriert mein Handy und ich nehme ab. »Pete …« Meine Stimme klingt wie die einer Maus.

»Arya? Was ist los? Wo bist du? Ich kann dich gar nicht richtig verstehen.«

»Auf dem Fußballplatz. Pete …«

119

»Warum?«, fragt er, als wäre es pervers, die Worte aus meinem Mund zu hören.

Genervt fahre ich mir durch die Haare. »Weil eine Schülerin heute spielt.« Ich lasse ihm gar keine Zeit, sein Missfallen darüber auszudrücken, denn es interessiert mich im Moment sowieso nicht. »Pete. Mein Vater ist hier.«

Schweigen am anderen Ende. »Oh. Wow.«

»Er kennt mich nicht mehr.« Die Worte auszusprechen jagt mir endgültig Tränen in die Augen, die ich nicht will. Vor allem nicht hier.

»Ups«, kommentiert mein Verlobter und lacht daraufhin peinlich berührt. »Wobei man ihm das nicht wirklich verübeln kann. Wann haben sich deine Eltern getrennt? Als du neun warst, oder so?«

»Elf.« Ist es unfair von mir, enttäuscht zu sein, dass er das nicht weiß?

»Ja, wie auch immer. Ich habe deine Fotos von damals im Kopf. Wenn wir ehrlich sind, siehst du nicht im Entferntesten aus wie damals.« Das ist so was von *nicht* der Punkt. Mein Vater wüsste ganz genau, wie ich heute aussehe, wenn er mal Kontakt zu mir aufgenommen hätte.

»Er ist mein *Vater*!«

»*Ja*«, gibt er ebenso schnippisch zurück. »Das habe ich mitbekommen. Musst nicht gleich so zickig sein. Aber du warst früher ein Gestell. Er kennt deine Kurven noch nicht. Deine Haare haben damals noch kein Glätteisen gekannt und dein Gesicht kein Make-up.«

Wirklich?! Das ist alles, was ihm einfällt?

»Sprich ihn an! Vielleicht ergibt sich daraus ja eine Chance«, schlägt mein Verlobter vor, als wäre das alles keine große Sache. Als hätte ich mir nicht jahrelang die Augen ausgeweint, weil mein Vater nichts von mir wissen wollte. Als würde es mich nicht bis in meine Beziehung verfolgen, weil ich bei jedem Streit Angst habe, dass Pete abhauen und nie wiederkommen könnte.

»Baby, kann ich dich am Nachmittag zurückrufen? Meine Chefs schleppen mich zum Golfen. Sie warten auf mich.«

Entsetzt über seine Reaktion und darüber, wie egal ihm das alles ist, lege ich einfach auf. Ich werde mir später eine Predigt über mein Verhalten anzuhören haben, aber im Moment ertrage ich *seine* Art nicht.

Als der Schlusspfiff ertönt, bin ich die Erste, die die Flucht ergreift und Lyric von der Tribüne aus entgegenläuft, damit ich hier möglichst schnell wegkomme. Ich pflastere mein Gesicht mit einem Lächeln, während ich dem Mädchen winke. Als sie strahlend in meine Richtung hüpft, merke ich langsam, aber sicher, dass das Lächeln immer einfacher wird. »Ich habe ein Tor geschossen.«

»Das hast du ganz großartig gemacht. Ich bin so stolz auf dich, Lyric.« Sie umarmt mich in ihrem verschwitzten Trikot und ich drücke sie umso fester an mich. »Holt deine Mom dich ab?«

»Nein, ich soll nach Hause laufen.«

Ich lasse die Schultern hängen. Auf gar keinen Fall. »Was hältst du davon, wenn ich sie anrufe und ihr sage, dass ich dich nach Hause bringe? Vorher lade ich dich auf einen Milkshake zur Feier des Tages ein.«

Aufgeregt nickt sie und verspricht, ganz schnell zu sein, bevor sie in die Kabine verschwindet.

Ich ignoriere die Nachricht von Pete, in der er mich fragt, ob ich mein Auflegen nicht etwas kindisch finde, und rufe Lyrics Mom an, deren Nummer ich noch gespeichert habe. Sie ist einverstanden, hat es auch recht eilig, wieder aufzulegen.

Mein Vater und die Frau, die neben ihm saß, kommen nun ebenfalls die Tribüne herunter. Doch statt das zu machen, was Pete vorgeschlagen hat, und auf ihn zuzugehen, verstecke ich mich hinter einer Gruppe von Leuten. Ich weiß nicht, ob ich es noch einmal aushalten würde, dass er mich ansieht wie jede andere Fremde. Weil ich sein Gesicht nie vergessen könnte. Seine dichten schwarzen Haare, die sich in den vierzehn Jahren grau meliert gefärbt haben. Seine wie Regenbogen geformten Augenbrauen, die Mom für ihn zupfen sollte, weil sie aussahen wie Kraut und Rüben. Der Schnauzer, der so gekitzelt hat, wenn er mich mit Küsschen übersät hat, als ich noch klein war. Er wirkt nicht mehr so groß wie damals, dafür sehen seine Arme immer noch so stark aus, wie ich sie in Erinnerung habe. Es sind dieselben Arme, die einst mich an jedem Morgen und Abend umarmt haben, die sich jetzt nach einem Mädchen ausstrecken, das ich aus unserer Schule kenne. Falls ich sie gerade richtig zuordne, müsste sie in der ersten oder zweiten Klasse sein. Ich glaube, sie ist erst Anfang des Schuljahres neu dazugekommen. Ist sie mit ihrer Familie in die Stadt gezogen? Mit meinem Vater? Mit *ihrem* Vater? Ist er das denn? Aber warum ist er zurückgekehrt? Was tut er hier?

Die Kleine springt im Hopserlauf auf die beiden zu und lässt sich hochziehen. Die Frau küsst das Mädchen, und mein Vater kitzelt sie mit seinem Schnauzer, bis sie sich lachend aus seinem Halt windet und wieder auf dem Boden steht.

Mein Herz brennt, als würde jemand ein Lagerfeuer darunter veranstalten. Ich drücke die Hand ans Brustbein. *Hol einfach tief Luft, Arya, und atme durch den Schmerz. Du wirst ihn überleben. Ist ja nicht das erste Mal.*

Nur, dass ich mich damals nicht einmal so alleine gefühlt habe wie in diesem Moment. Denn als er aus meinem Leben verschwunden ist, hatte ich Mom. Und Kasey. Jetzt fühle ich mich von ihm betrogen – und habe niemanden.

KAPITEL 14

Kasey

Kurz nach Mitternacht falle ich zum dritten Mal zurück auf meine Matratze. Schnaufend lasse ich die angestaute Luft entweichen und vergrabe mein Gesicht im Kissen. Ich sollte schlafen. Jede Minute nutzen, in der niemand etwas braucht. Die permanente Müdigkeit, die mich seit Monaten begleitet, ist allerdings leider keine Garantie für Schlaf. Vielmehr kommt es mir so vor, als würde mein Körper langsam, aber sicher dagegen rebellieren, sich überhaupt hinzulegen, weil es so verflucht anstrengend ist, gefühlte fünf Minuten später wieder aufstehen zu müssen. Und weil ich keinen Bock auf eine Wiederholung der letzten Nächte habe, in denen ich zum Schluss am liebsten meine Faust in die neue Wand gedonnert hätte, werfe ich mein Kissen beiseite und schleiche den Flur entlang. Auf dem Weg nach unten sammle ich alte Fläschchen von Timmy ein, die ich ans Geländer gestellt hatte. Ich klaube jegliche Socken auf, die einzeln auf den Treppenstufen liegen, und Windeln sowie Spielzeug, das sowieso wie durch Hexerei zehn Sekunden später wieder an einem anderen Ort herumliegen wird. Wir leben zu dritt in diesem Haus, und obwohl ich das Gefühl habe, ständig hinter einem von uns herzuräumen, sieht es trotzdem aus, als hätten diverse Bomben eingeschlagen.

Als wäre es nicht bereits genug, beinahe vierundzwanzig Stunden am Tag dafür zu sorgen, dass die Kinder gefüttert, gewickelt, gewaschen und in den Schlaf gewiegt werden, soll man währenddessen noch Wäsche waschen, Wäsche aufhängen und zusammenlegen, kochen, putzen, einkaufen. Ganz zu schweigen davon, dass ich den Großteil der Zeit sowieso nicht die geringste Ahnung habe, was ich hier mache. Aber ich mache es trotzdem, weil ich nun mal alles bin, was sie haben. Verflucht, ich fühle mich sogar schuldig, wenn ich pinkeln gehe, ohne Timmy mit aufs Klo zu nehmen. Ganz zu schweigen davon, dass ich mir nicht mal im Ansatz vorstellen kann, wie das alles funktionieren soll, wenn ich wieder an etwas anderem arbeite als nur an diesem Haus, an dem ich am Ende ja nicht einmal verdienen werde.

Wie machen Eltern das bloß? Wie zur Hölle hat Penny das alles alleine geschafft? Der Gedanke an sie hinterlässt wie immer einen bitteren Beigeschmack in meinem Mund, doch ich dränge ihn weg.

Mit in die Hüfte gestemmtem Arm stehe ich im Wohnzimmer und reibe mir mit der anderen Hand den Nacken. Noch nie zuvor habe ich mich bei einem Bauprojekt so unbeholfen gefühlt wie jetzt. Normalerweise habe ich einen Plan und der wird durchgezogen. Jetzt bin ich meistens nur genervt, wenn ich mit einer Sache beginne, weil ich nie die Zeit habe, sie fertigzustellen. Trotzdem muss ich es irgendwann packen, sonst werden die Kinder nie das Zuhause haben, das sie verdienen.

Also rühre ich Mörtel an und tue das, was ich eigentlich bereits vor Wochen machen wollte. Ich baue faktisch den gesamten Kamin neu, damit ich endlich streichen und das Wohnzimmer fertig bekommen kann.

Es ist verflucht kalt draußen, aber ich arbeite schneller als sonst und schwitze nach der Hälfte bereits wie ein Schwein, weshalb ich die neuen Fenster an den Flanken des Kamins aufreiße. Dabei fällt mir ein regelmäßiges Quietschen auf, das aus dem Garten kommt, wie von Metall, das geölt werden sollte. Sofort verspannt sich mein Körper und mein Puls schießt in die Höhe.

Ich werfe die Kelle mit dem Mörtel in den Eimer und sehe mich nach einer Waffe um. Im Obergeschoss schläft alles, was ich habe, und die beiden werde ich um jeden Preis mit meinem Leben beschützen. Auch wenn es mir von meinem Erzeuger anders vorgelebt wurde, der unentwegt nur an sich selbst gedacht hat.

Ich schleiche durch die Haustür statt durch die Gartentür, damit ich sehen kann, wer da lauert, bevor er die Flucht ergreifen kann. Leise pirsche ich durch die frische, dünne Schneeschicht zum alten Gerüst, wo eine erwachsene Person im Wintermantel seelenruhig schaukelt. Wer zum Teufel bricht in einen Garten ein, um dort um ein Uhr morgens zu schaukeln?

Ich greife nach der Kette der Schaukel und ziehe daran, um sie abrupt zu stoppen. Der Einbrecher stürzt japsend in den Schnee und hält sich eine Hand vor das Gesicht. *Die* Einbrecherin. Ihre Kapuze ist nach hinten gefallen und jede Faser meines Körpers wehrt sich gegen die Angst in ihren Augen. Wen hat sie denn erwartet?

»Verdammt noch mal, Ari. Was machst du hier?« Ich packe sie am Arm und ziehe sie aus dem Schnee, bevor sie komplett nass wird, doch sie windet sich aus meinem Griff und weicht ein paar Schritte zurück.

»Ich wollte schaukeln«, erklärt sie, als wäre das selbstverständlich.

»Jetzt?« Hier?!

Sie stemmt die Hände in die Hüften.

»Ja. Jetzt. Vergiss bitte nicht, dass das früher mal *meine* Schaukel war. Ich bin auch die letzten Jahre immer nachts hergekommen, was du nicht wissen kannst. Du warst ja nicht da. Es hat jedenfalls rein gar nichts mit dir zu tun.«

Nervös reibt sie an ihrem Gesicht, während ihre belegte Stimme sich anfühlt, als würde *mir* jemand die Kehle zuschnüren. Hat sie geweint?

»Ich war hier, bevor du hier warst. Mein Vater hat die Spielgeräte aufgebaut und mir beigebracht, wie man schaukelt. Wenn ich hierher zurückkomme, dann bestimmt nicht deinetwegen, Kase. Keine Sorge. Deine Botschaft ist laut und deutlich angekommen, dass du nichts von mir wissen willst. Zweimal inzwischen. Also geh einfach wieder rein und lass mich in Ruhe.«

Trotz des gedimmten Lichts der Gartenlaternen erkenne ich, wie ihre Lippen beben und ihr eine Träne über das Gesicht läuft. Ich hasse es, dass ich sie an meine Schulter ziehen will, wie ich es früher getan habe. Hasse es, dass ihre Tränen mich auch heute noch zerreißen und gleichermaßen wütend machen, genau wie damals. Und am meisten hasse ich es, wie gut es sich anfühlt, dass sie trotzdem hier ist, obwohl ich sie letztes Mal weggeekelt habe. Denn wem mache ich denn etwas vor? Es ist Ari … Ich hätte mich sowieso nicht auf lange Sicht fernhalten können. Diese Frau hat mein Herz für sich gewonnen, als sie als kleines Mädchen versucht hat, mit meinem stinkenden Turnbeutel wegzulaufen. Ich hatte nie vor, mich in sie zu verlieben, aber am Ende hatte ich gar keine Wahl. Und jedes Mal, wenn ich sie treffe, bringt das Erinnerungen hoch, die ich verbissen wegzuschieben versucht habe, und ruft mir ins Gedächtnis, dass sie besagtes Herz auch über all die Jahre nie zurückgegeben hat.

Ich umklammere die Kette der Schaukel etwas fester, bevor ich etwas Dummes tue, und fixiere meine Schuhe. »Warum weinst du, kleine Raupe?«

»Nenn mich nicht so«, flüstert sie. »Das bin ich schon lange nicht mehr.«

Ein kleines Lächeln zieht an meinem Mundwinkel. »Endlich der überzeugte Schmetterling, hm?«

Sie zögert und ich hebe den Blick. Sie sieht fast verärgert aus, während sie den Kopf schüttelt. »Auch nicht.«

»Was bist du dann?«

Ihre Augen fahren zu mir und studieren mich, als würde sie bei mir nach einer Antwort auf diese Frage suchen. Nach einer Weile unterbricht sie den Blickkontakt und schaut zum Himmel. »Ich habe ihn heute gesehen, Kase. Meinen ... Rafael.«

Unwillkürlich balle ich die Hände zu Fäusten und trete näher an sie heran.

»Und ich finde einfach, du solltest das wissen, weil ...«

»Hat er dir was getan?« Die Worte kommen kaum aus meinem Mund, hart und verbissen, die Bilder von damals haben über die Jahre nichts an Intensität in meinem Kopf verloren.

Arya reibt an ihrem Gesicht und verdreht die Augen. »Ich erzähle dir das nicht, damit du wieder einmal ungebeten meinen Beschützer spielen kannst, sondern weil er eine Tochter an der Schule hat. Und ...«

Ungebeten? Okay, *das* macht mich sauer. Ebenso wie die Tatsache, dass sie hier die Starke raushängen lässt, obwohl wir beide genau wissen, wie fertig sie sein muss.

»Also klapperst du jetzt alle Eltern ab und warnst sie vor?« Mein Ton klingt schärfer als beabsichtigt, und natürlich weiß ich, warum sie mit mir reden will und nicht mit allen anderen Eltern. Die anderen würden *ihm* nicht die Nase brechen, wenn sie ihm vor der Schule über den Weg laufen.

»Nein«, blafft sie mich an. »Aber ihr habt eine Vorgeschichte, und ich will nicht …«

»Es geht hier nicht um ihn und *mich*, Ari«, unterbreche ich sie. »Es geht alleine um ihn. Er hat Hand an dich gelegt. Was mich betrifft, gibt es davon kein Zurück mehr.« Tief in mir weiß ich, dass Rafael Ari nie absichtlich verletzt hätte. Dass es im Affekt war, fast ein Unfall. Trotzdem ist es passiert und das ist unverzeihlich. Vor allem, weil er sie – wie auch immer – auch heute wieder zum Weinen gebracht hat.

Unentschlossen und irgendwie mitgenommen starrt sie mich ein paar Sekunden an und fährt sich schließlich mit den Händen über die Augen. »Du hast recht. Das war bescheuert. Zu kommen war bescheuert.«

Nein, war es nicht! Sie ist hier und ich will sie nicht gehen lassen.

»Ari! Warte!« Zu meiner Überraschung bleibt der Sturkopf tatsächlich stehen. »Ich könnte drinnen kurz ein zweites Paar Hände gebrauchen. Hast du einen Moment?«

»Jetzt?!«, fragt sie bockig in meiner Stimmlage, und ich verkneife mir ein Grinsen, während ich bereits rückwärts Richtung Haus gehe.

»Ja. Jetzt. Kommst du nun oder nicht?«

Ari pustet sich eine Haarsträhne aus dem Gesicht und marschiert mit hochgerecktem Kinn an mir vorbei zur Haustür. Sie zittert noch von der Kälte dort draußen und haucht warmen Atem auf ihre wahrscheinlich gefrorenen Finger, als sie sich Schuhe und Mantel auszieht. Kopfschüttelnd werfe ich in der Küche die Kaffeemaschine an und lasse gleichzeitig heißes Wasser in eine Tasse laufen. Dann hänge ich einen Teebeutel hinein.

»Also, was machen wir?«, will sie wissen.

»Der Kamin muss fertig gemauert werden.« Bei ihrem verwirrten Blick erkläre ich grob, wo das Problem lag, bevor ich ihr die Tasse hinhalte und ein bisschen Stolz in der Brust verspüre, weil sie sich sofort dem Geruch zuwendet und danach greift.

»Mhmm. Pfefferminze«, seufzt sie, bevor sie mit geschlossenen Augen daran riecht. Sie ist der einzige Mensch, den ich kenne, der Pfefferminze beruhigend statt anregend findet. Scheint sich nichts daran geändert zu haben.

Das weckt in mir das Bedürfnis herauszufinden, was sonst noch gleich geblieben ist. Das Bedürfnis, mal für ein paar Minuten so zu tun, als wären die letzten acht Jahre nicht gewesen. Ich nehme die Kelle mit dem Mörtel in die Hand.

»Lust auf ein kleines Spiel?« Sofort leuchten Aris Augen auf. Ich schmunzle. Wenn sie eines war, dann wetteifrig. Vor allem, was mich betraf. Wenn ich damals etwas besser konnte als sie, hat sie es so lange geübt, bis sie wenigstens gleich gut war. »Ich werfe dir etwas hiervon zu. Du schaust, ob du es fangen kannst und direkt auf diesen Ziegel hier schießen kannst, okay?« Ich wedle mit dem Ziegel vor meiner Brust.

Ein langsames, schelmisches Grinsen breitet sich auf ihren Lippen aus und sie geht etwas in die Knie, während sie ihr Gewicht von einem Fuß auf den anderen verlagert wie ein Pitcher beim Baseball. »Los geht's!« Dieser Gesichtsausdruck gefällt mir weit besser als der, den ich draußen gesehen habe, und sofort fühle ich mich zehn Kilo leichter.

»Fertig?«, warne ich sie vor, ehe ich den Mörtel zu ihr werfe. Sie fängt ihn leicht und feuert ihn direkt wieder in meine Richtung. Nur landet er nicht auf dem Ziegelstein vor meiner Brust, sondern auf meiner Nase.

Ari prustet los, während ich blinzelnd dastehe und fühle, wie der Kloß Bindemittel vor meine Füße fällt. Als ich mir die Reste von der Oberlippe puste, krümmt sie sich vor Lachen und muss die Tasse am Boden abstellen, weil sie sich so schüttelt. »Ich mag dieses Spiel«, bringt sie hervor.

»Ach ja?« Ich lege den Kopf schief, insgeheim verdammt euphorisch darüber, dass ich sie nach all der Zeit zum Lachen bringen konnte. An diesem Punkt würde ich sie wahrscheinlich in meinen Mund treffen lassen, nur um es noch einmal zu hören. »Du hast noch einen Versuch.«

Irgendwann fängt sie sich wieder und presst nickend die Lippen zusammen. Diesmal landet der Mörtel direkt über meinem Auge, das ich wenigstens im Reflex noch schließen konnte. Ich hebe die passende Augenbraue und wische mir mit der Kelle das Zeug aus dem Gesicht, das dort jetzt schön eintrocknen wird. Inzwischen kichert Ari in ihre Hände. »Jetzt glaube ich, du machst das absichtlich. Ich *weiß*, du kannst besser zielen.«

Ari lacht weiter, als sie näher kommt, mir die Kelle und den Ziegel aus den Händen nimmt und einfach etwas von dem Mörtel draufstreicht. Dann drückt sie ihn mir wieder gegen die Brust. »Damals waren es Kartoffeln, die ich als Baseball verwendet habe. Hätte ich dir die ins Gesicht geschossen, hätte ich fünfmal mehr Ärger bekommen als sowieso, weil unser Garten nach dem Spiel voller Kartoffelpüree war.«

Ich lache, während ich mich daran erinnere, wie Ari sich vor mich gestellt hat, als ihre Mom uns erwischt hat, als wollte sie mich beschützen. »Hat dich ja auch nicht aufgehalten, als du Jackson Segal damit abgeschossen hast, um mir zur Hilfe zu kommen.« Mit schief gelegtem Kopf streiche ich mit Daumen und Zeigefinger über mein Kinn. Es brachte mir immer die größte Genugtuung, Ari aufzustacheln. »Wenn ich es mir recht überlege, werde ich nächstes Mal in Deckung gehen, sobald ich dich mit Kartoffeln sehe.«

Ari verschränkt die Arme vor der Brust, leckt sich aber amüsiert über die Lippen, an denen ich hängen bleibe. Ich weiß, wie diese Lippen schmecken. Es ist ewig her, aber ich weiß es. Und in diesem Moment wünsche ich mir nichts mehr, als sie zu berühren.

»Das zählt überhaupt nicht. Du hast dich meinetwegen mit ihm geprügelt.« Da hat sie allerdings recht. Dieses Arschloch hatte sich ständig darüber lustig gemacht, dass Ari so dünn sei wie ein Zahnstocher. Als er sie dann einmal an den Knöcheln hochgehoben hat, um seinen Freunden zu zeigen, wie leicht sie wirklich war, bin ich ausgerastet und quer über die Straße gelaufen, um auf ihn loszugehen. Die Feiglinge waren zu viert.

Ich setze mich auf den Kaminvorsprung. »Und du hast mir genau hier eine Packung Erbsen auf das Gesicht gedrückt und warst auch noch böse auf mich, weil ich mich eingemischt habe«, schmunzle ich kopfschüttelnd.

»Hast du dein Gesicht gesehen? Es war komplett ramponiert.«

Das war es wert. »Aber ich habe gewonnen.«

»Wegen meiner Kartoffeln.«

»Jap …« Ich grinse in mich hinein und befestige den mit Mörtel bestrichenen Ziegel. »Immer noch wetteifrig wie eh und je.«

»Das hättest du auch locker alleine geschafft, oder? Wahrscheinlich sogar schneller«, fragt sie später. Sie setzt sich in eine der Nischen und grinst zufrieden, während sie an sich hinabsieht. Vielleicht waren die Idee und die zusätzliche Arbeit ja doch nicht umsonst. Zur Antwort auf ihre Frage zucke ich jedenfalls mit den Schultern. Mag sein …

»Hauptsache, ich bin hier die Komische, weil ich mitten in der Nacht schaukeln will. Solltest du die Zeit nicht zum Schlafen nutzen?«

Vergeblich versucht Ari, sich mit dem Unterarm Haare aus dem Gesicht zu schieben, nachdem ihre Finger komplett schmutzig sind. Heimlich lächle ich darüber, dass sie mehr Mörtel auf ihren Händen hat als ich im gesamten Kamin. »Ich kann sowieso nicht schlafen. Deswegen komme ich hier runter und tue, was ich am besten kann.« Ich zucke kurz mit einer Augenbraue, während ich mir die Hände an meinem Shirt abwische. »Arbeiten. Wenn ich es nicht mache, verliere ich den Verstand.« Bei meinen Worten unterbricht Ari kurz ihren Versuch, das Haar zu entfernen, das sich in ihrem Mund verfangen hat. Ich trete dicht an sie heran und streiche es mit meinem kleinen Finger hinter ihr Ohr.

Ihre großen, braunen Augen studieren meine, während ein Wirbelsturm an Gefühlen über sie hinweghuscht. Letztlich schluckt sie und rückt etwas von mir ab. »Ich weiß gar nicht … Es tut mir leid für euch, dass ihr all das durchmachen müsst. Möchtest …« Sie holt tief Luft, als wäre das zu schwer, was als Nächstes kommt. »Möchtest du mir von Penny erzählen?«

Möchte ich das? Nein. Sollte ich das? Wahrscheinlich. Aber bestimmt nicht der Person, auf die Penny eifersüchtig war, ohne überhaupt von Ari zu wissen. Penny hatte immer das Gefühl, dass sie die Zweite war. Ein Gefühl, das eine Frau nie haben sollte. Das ich Penny nie geben wollte. Wir haben niemals über Ari gesprochen, geschweige denn über sonstige Leichen in meinem Keller, aber sie wusste immer, dass ich nicht mich selbst und alles von mir so in diese Beziehung gegeben habe, wie sie es verdient hätte. Sie dachte, eine Frau hätte mir das Herz gebrochen und ich sei zu feige, ihr zu zeigen, worum es wirklich ging. Als sie mit Evie schwanger wurde, machte sie mir sehr deutlich klar, dass sie das Baby behalten würde, ich aber frei wäre zu gehen. Und ich werde nicht lügen: Am liebsten wäre ich bis ans andere Ende der Welt gelaufen.

Ich bin geblieben, weil alles andere für mich indiskutabel war. *Wir* hatten ein Kind gezeugt. *Wir* würden es bekommen. Alles in mir suggerierte mir, dass dies die richtige Entscheidung war. Im Nachhinein frage ich mich, ob es nicht besser für sie gewesen wäre, ich hätte sie losgelassen und von jemandem finden lassen, der sie zehnmal besser behandelt hätte als ich.

Ich gehe ein paar Schritte zurück und balle die Hände zu Fäusten, weil ich mich schon wieder gedanklich an einen Ort bewege, an dem ich nicht sein kann, wenn ich für die Kinder funktionieren soll.

»Möchtest du mir von deinem Vater erzählen?«, feuere ich deswegen zurück, weil Angriff von jeher meine beste Abwehr war. Schlagartig verändert sich ihr Blick. Von Ärger zu Scham zu Enttäuschung. Verdammt noch mal. Warum mache ich das ständig?!

»Nein, möchte ich nicht. Es gibt gar nichts zu sagen. Und deswegen bin ich auch nicht hier.« Arya steht auf und geht in die Küche, um sich die Hände zu waschen. Dass es nichts zu sagen gibt, kaufe ich ihr nicht ab, aber ich habe es verbockt, derjenige zu sein, mit dem sie darüber sprechen will.

Genervt fahre ich mir durch die Haare, bevor ich ihr nachgehe und ein frisches Küchentuch für sie organisiere. Dabei fällt mein Blick auf das Bild von Penny, das Evie in der Schule gemalt hat. Unwillkürlich bildet sich ein schiefes Lächeln auf meinen Lippen, weil Pennys Körperhaltung aussieht wie die einer Vogelscheuche. Dafür hat Evie auf jedes Detail geachtet. Bis hin zu dem Muttermal auf ihrer Stirn.

»Wie geht es Evie in der Schule?«, frage ich, weil ich die Antwort darauf wirklich brauche. Die Albträume sind immer noch da, aber wenn sie kommen, reden wir ein bisschen über Penny, bis Evie wieder einschlafen kann. *Ich* kann es halt dann nicht mehr. Das, was meiner Tochter am meisten hilft, bringt mich um den Verstand, weil ich meine Gedanken nicht abdrehen kann. Ich muss wissen, dass es wenigstens nicht umsonst ist.

Umso ironischer natürlich, dass ich während der letzten halben Stunde mit Ari vor dem Kamin mit keinem Satz an die ganze Misere gedacht habe. Nur an Ari und den Kamin. Nur daran, wie gut es sich anfühlt, neben ihr zu sein.

»Gut«, antwortet sie und nickt sich selbst zu, bevor sie nach dem Küchentuch greift. »Es wird immer besser. Sie … sie ist ein wunderbares Mädchen, Kase.«

Erleichtert lehne ich mich gegen den Tresen. »Ja, das ist sie.« Mag sein, dass ich nie Kinder wollte. Und in dem Moment, in dem die Hebamme mir das kleine Bündel, so unglaublich winzig und verletzlich, in die Arme gelegt hatte, verspürte ich mehr von dieser lähmenden Panik als je zuvor in meinem Leben. Es faszinierte mich, wie man Wesen so fürchten und gleichzeitig so lieben konnte. Die Liebe zu der Kleinen war so groß, dass ich es auf der Stelle zu meiner Lebensaufgabe machte, sie davor zu beschützen, wie mir diese sogenannte *Liebe* vorgelebt wurde.

Und dass ich so selten für sie da war, heißt noch lange nicht, dass ich nicht alles für sie tun würde.

»Warum hast du alles zwischen uns abgebrochen, Kasey?«, fragt Ari auf einmal leise und bringt mich damit zurück in diesen Moment. Ich halte den Atem an, weil sie mir diese Frage schon bei ihrer Verlobungsfeier gestellt hat. Bereits damals habe ich keine Antwort gefunden, die genügen würde. Tue ich auch heute nicht. »Warum hast du meiner Mom geschrieben und mich mit keinem Wort erwähnt, so, als hätte ich nie existiert?«

»Ari …«, beginne ich kopfschüttelnd, während sie sich immer noch abtrocknet.

Sie hält eine Hand hoch und wedelt damit abwehrend vor ihrem Körper herum. Wahrscheinlich, weil sie weiß, dass nichts, was ich sage, den Schmerz der letzten Jahre gutmachen könnte. »Okay, vergiss das!« Sie wirft das Küchentuch auf den Tresen und stellt sich mit gestrafften Schultern vor mich. »Leichtere Frage: Warum bist du zurückgekommen? Vor fünf Jahren? Jetzt? Warum musste es ausgerechnet dieses Haus sein?«

Ich lache zynisch auf, weil sie ziemlich unrecht damit hat, dass das die leichtere Frage von beiden ist. Inzwischen ist es die weit geladenere. Aber irgendetwas muss ich ihr geben, das weiß ich.

»Ich habe von dem Feuer gehört, und als ich vor einer Weile in der Nähe war, bin ich vorbeigegangen und habe das Schild entdeckt, dass es abgerissen werden sollte. Da habe ich der Stadt ein Angebot dafür gemacht, nachdem es gepfändet wurde«, beantworte ich zumindest die letzte Frage. »Das ist im Grunde das, was ich beruflich mache. Ich renoviere Häuser und verkaufe sie.«

Alles, was ich gesagt habe, entspricht der Wahrheit.

»Aber dieses hast du nicht verkauft«, stellt sie in den Raum.

»Der Zeitpunkt kam einfach sehr gelegen, es zu behalten.«

»Ja.«

Es ist ein schwacher Vorwand, das wissen wir beide.

»Von wem hast du von dem Feuer gehört?«, fragt sie dann mit gefurchter Stirn. Sie ist schlau. Sie weiß, dass diese Information wichtig ist, weshalb ich sie auch nicht herunterspielen oder mit einer Lüge beantworten kann. Stattdessen schüttle ich lediglich den Kopf. Das ist etwas, das sie mit Chrissy besprechen sollte.

Ari fasst sich mit beiden Händen an die Stirn und wendet sich ab. Ich verliere sie schon wieder. Und verflucht, wie es jedes Mal aufs Neue schmerzt. »Ich muss gehen, Kasey.«

Sie hat recht. Sie sollte gehen. »Warum?«

»Warum?«, wiederholt sie die Frage leiser, als wäre sie sich selbst noch nicht ganz sicher. »Kasey ... in diesem Haus zu sein ... mit dir.« Ari gestikuliert mit den Händen, weist dann zur Decke. »Mit deinen Kindern da oben? Es tut weh.« Ich halte mich am Tresen fest, weil ihre wackelige Stimme mich umbringt. »Ich wünschte, das würde es nicht. Ich wünschte, es wäre mir egal. Aber das ist es nicht. Es tut trotzdem weh.«

»Ich wollte dir nie wehtun, Ari.« War das nicht genau der Grund, warum ich mich von ihr distanziert habe?

»Ich glaube dir.« Ari nickt, lächelt schwach und zuckt dann mit den Schultern. »Aber du hast es trotzdem getan. Bis dann, Kasey.«

KAPITEL 15

Arya

»Du hast was gut bei mir, Hayley«, bedanke ich mich bei meiner besten Freundin, die mal wieder wie eine fleißige Biene durch meine Klasse huscht und sauber macht. Eigentlich haben meine Käfer das Aufräumen inzwischen ganz gut drauf, aber heute hatte ich nicht die Kapazitäten für den Lärmpegel, den das Ende eines Tages mit sich bringt. Also habe ich eine Fantasiereise mit ihnen gemacht und mir vorgenommen, einfach morgen wieder strenger zu sein. Erst jetzt, während ich immer noch an meinem Schreibtisch sitze und meine Schläfen massiere, habe ich langsam das Gefühl, dass die Schmerztabletten wirken wollen.

»Keine Sorge, ich mache mir heimlich sowieso eine Liste, die ich dir eines Tages vorhalten werde, wenn ich einen riesigen Gefallen brauche.«

»Mach das!«, pflichte ich ihr bei. Als ob ich je Nein zu ihr sagen könnte ... Und umgekehrt auch. Ich mag nicht viele Freunde haben, aber dafür kann ich mich auf meine beste Freundin zu einhundert Prozent verlassen. Grrr ... mein Kopf bringt mich um. »Ich habe nie Migräne«, stöhne ich genervt und presse die Hände fest an die Stirn.

»Ganz ehrlich, Süße? Wen wundert's, dass du heute eine hast? In deinem Leben passiert gerade ziemlich viel auf einmal. Deine letzten paar Wochen waren wie eine ganze Staffel von so einem Teenie-Drama.«

»Danke. Das hilft ungefähr gar nicht«, beschwere ich mich und lege den Kopf auf den Schreibtisch. »Ich bin schon so gaga, dass ich Verschwörungstheorien entwickle, ob Kasey und Rafael irgendwie miteinander zu tun haben. Ich meine, wie hoch ist die Wahrscheinlichkeit, dass die beiden gleichzeitig hier aufkreuzen?«

»Was sagt Pete eigentlich dazu?«, will Hayley wissen.

Wozu?! Wobei … spielt das eine Rolle? »Wir haben nicht wirklich darüber geredet.«

»Worüber jetzt genau?«

»Beides. Alles«, antworte ich ehrlich und kneife die Augen zusammen, weil sie bei dem Gedanken an ihn wieder brennen. »Wir hatten eine heftige Diskussion, nachdem er von seiner Geschäftsreise nach Hause gekommen ist. Seither schweigen wir uns an. Sein wichtigstes Projekt muss nach den Weihnachtsfeiertagen fertig sein. Das schafft er aber nicht, weil er mit mir in den Urlaub fahren muss, sagt er.«

»Er will schon wieder einen Urlaub platzen lassen?«, fragt Hayley in ihrer typischen Hayley-Art, die ich zwar schätze, weil sie mich beschützen will. Auf der anderen Seite fühle ich mich umso mieser, weil sie nur Öl ins Feuer gießt. Aber wenn ich nicht bald mit irgendjemandem reden kann, explodiere ich wirklich.

»Noch nicht. Er hat mich vor eine Entscheidung gestellt: Entweder er darf seinen Laptop mitnehmen und im Urlaub arbeiten, oder er kann eben nicht mitkommen.« Hayley schweigt, was mich dazu ermutigt, mehr zu sagen. »Und das überrascht mich ja nicht einmal, weißt du? Viel mehr hätte es mich schockiert, wäre mal nichts dazwischengekommen. Aber

137

was mir wirklich den Rest gibt, ist, dass er nicht ein einziges Wort über meinen Vater verloren hat, obwohl ich ihm erzählt habe, dass er hier ist. Entweder er denkt nicht dran, oder es ist ihm einfach egal, wie es mir geht. An manchen Tagen tut das mehr weh als an anderen.«

»Ich verstehe dich.« Ich lache bitter, weil es eigentlich genau diese drei Wörter sind, die mir von Pete bereits reichen würden. Einfach irgendetwas anderes als *gar nichts*.

»Manchmal fühle ich mich so verflucht alleine in dieser Beziehung – und zwar immer öfter«, gestehe ich und bin froh, dass sie nicht sieht, dass ich schon wieder heule. Etwas, was ich in letzter Zeit ziemlich oft mache. Vor allem, wenn man bedenkt, dass mich jahrelang fast gar nichts zum Weinen gebracht hat.

»Denkst du, das hat auch etwas mit Kasey zu tun?«

»Nein!«, rufe ich wie aus der Pistole geschossen, weil ich gar nicht möchte, dass irgendetwas mit Kasey zusammenhängt. Wütend beiße ich mir auf die Lippe. »Wahrscheinlich.« Mit ihm … Mit meinem Vater … »Ja!«, bekenne ich schließlich. »Und das macht mich so sauer, weil Pete doch genau der Mann war, den ich gebraucht habe, nachdem Kasey abgehauen war. Peter ist komplett das Gegenteil von Kasey und das habe ich so an ihm geliebt. Und wir hatten ja auch schöne Zeiten … früher. Verdammt, ich will diesen Mann heiraten und jetzt stelle ich ihn komplett infrage.«

»Aber ihr seid nicht verheiratet«, bemerkt Hayley, und ich verspanne mich. Wohin will sie mit dieser Aussage? »Ist das nicht genau das, wofür die Verlobungszeit gedacht ist? Sich seine Kompatibilität anzusehen und zu prüfen, ob der Partner wirklich der ist, den du für den Rest deines Lebens an deiner Seite haben willst? Ich finde, er hat diese Zeit nach inzwischen fünf Jahren maximal ausgeschöpft, und du nutzt sie. Darin sehe ich keine Schande.«

Ihre Worte lösen eine ganze Reihe an Emotionen in mir aus, sodass ich gar nicht zu reagieren weiß. Doch dazu komme ich ohnehin nicht, weil eine kleine Stimme an der Tür bewirkt, dass ich meine Kopfschmerzen zum ersten Mal heute vergesse. »Miss Evans?«

Ich fahre hoch und erblicke das Mädchen, dessen Vater an meinem Gefühlschaos maßgeblich beteiligt ist.

»Evie, alles in Ordnung?«

Sie schüttelt den Kopf. »Daddy ist nicht da.« Sie hat Tränen in den Augen und ich kann mich nicht entscheiden, ob ich böse auf Kasey bin oder besorgt, weil er seine Tochter nicht abgeholt hat.

»Komm rein, Süße, setz dich hier hin!« Ich nehme ihre Hand und werfe Hayley einen vielsagenden Blick zu. Die Kleine ist eiskalt. Ich habe sie vor etwas weniger als einer Stunde entlassen. Schnell führe ich sie zur Kuschelecke. »Ich werde deinen Daddy gleich mal anrufen. Vielleicht …« Was? Mir fällt nicht einmal irgendetwas ein. Die Kinder haben immer zur selben Uhrzeit Schulschluss. Soweit ich weiß, gibt es auch niemanden außer ihm, der Evie abholen könnte. »Vielleicht siehst du dir inzwischen einfach ein Buch an, hm?«

Doch sobald sie sitzt, beginnt die kleine Maus zu schluchzen und reißt mir damit das Herz raus. »Was, wenn er jetzt auch kaputt ist? Wer passt dann auf mich auf?« Ich könnte mit ihr heulen, weil ich früher genau die gleiche Angst hatte, nachdem nur noch meine Mom da war. Dabei hatte ich zumindest noch Großeltern, Tanten, Onkel.

Ich ziehe Evie auf meinen Schoß und streiche ihr durchs Haar. »Deinem Daddy fehlt bestimmt nichts, Süße.« Gott, ich hoffe, ich mache hier keine leeren Versprechungen. »Vielleicht hat er einfach mit Timmy ein Nickerchen gemacht, weil er so müde war, und verschlafen.«

»Ich habe eine gute Idee«, mischt sich Hayley ins Gespräch und geht jetzt vor uns in die Hocke. »Wir lassen Miss Evans mit deinem Daddy telefonieren und du und ich sehen in der Zeit nach, was es heute in der Mensa zum Mittagessen gab. Was hältst du davon?« Gott, ich liebe meine beste Freundin. Denn ich zittere vor Ärger und Anspannung und fühle mich gerade nicht unbedingt in der Lage, jemanden zu beruhigen.

Ich warte, bis sie aus dem Raum sind, bevor ich mein Handy aus der Tasche krame und mich mental darauf vorbereite, mich gleich bei allen Krankenhäusern in der Gegend durchzufragen. »Bitte, lass es ihm gut gehen«, bete ich flüsternd, während meine Finger zittern.

Im selben Moment, in dem ich ein Freizeichen erhalte, nehme ich schnelle Schritte draußen im Flur wahr. Ich höre ein Handy klingeln und blicke mit bebendem Atem an die Decke, dankbar, erhört worden zu sein. Im nächsten Augenblick stürmt Kasey mit dem schlafenden Timmy in mein Klassenzimmer und schaut sich hektisch nach Evie um.

»Sie ist mit meiner Kollegin in der Mensa«, erkläre ich ihm, weil ich Panik in seinem Gesicht sehe. Das ist jedoch nicht alles. Ein großes Pflaster klebt unter seinem Haaransatz, das allerdings komplett durchgeblutet ist. Etwas vertrocknetes Blut färbt seine Augenbraue dunkelrot. Ich werfe das Handy auf den Tisch und bin sofort an seiner Seite, während er atemlos die Babyschale abstellt.

»Was zur Hölle ist mit dir passiert?«, frage ich, während ich sein Gesicht in meine Hände nehme und ihn inspiziere.

»Wollte einen Schrank auf den Dachboden tragen. Ging anders aus, als ich geplant hatte.« Als ich das Pflaster an einer Seite vorsichtig abziehe, zuckt er kaum merklich zusammen. Ist bestimmt nicht das erste Mal, dass ich Kasey blutend gesehen habe. Trotzdem stellt sich nach all den Jahren immer noch Gänsehaut bei mir ein, wenn er Schmerzen hat.

»Hast du die Wunde gereinigt oder irgendwas?«

Er stöhnt auf. »Die Zeit war zu knapp, ehrlich gesagt. Ich war nach dem Schlag ein paar Minuten weg, glaube ich, und die nächsten dann damit beschäftigt, die Blutung zu stoppen. Danach habe ich mir Timmy geschnappt, um herzukommen.«

Entsetzt lasse ich die Schultern hängen. »Ein paar Minuten?« Wahrscheinlich ist das noch untertrieben.

»Ja, es war ein ziemlich großer Schrank. Ich gebe es ja nur ungern zu, aber vielleicht kann ich doch nicht alles alleine.« Er versucht, eine Augenbraue zu heben, zuckt dann aber zusammen und verdreht die Augen. Genau wie früher. Dieser Kerl nimmt einfach nichts ernst. Und es regt mich auf.

Ich lasse die Hände an meine Seiten fallen und trete einen Schritt zurück. »Das hier ist kein Witz, Kasey! Deine Tochter hat sich die Augen ausgeweint, weil sie dachte, sie wäre von nun an ganz alleine. Verstehst du?!«, fordere ich ihn heraus, womit sich seine Haltung schlagartig verändert. Steif und erwachsener richtet er sich zu seiner vollen Größe auf. »Und klar – Unfälle passieren, aber du bist verletzt, und so setzt man sich nicht mit seinem Baby ins Auto, um seine Tochter von der Schule abzuholen. Das ist grob fahrlässig, und wenn du irgendjemand anderer wärst, müsste ich jetzt einen Bericht schreiben.« Ich presse die Lippen aufeinander, mein eigener Kopfschmerz meldet sich wieder zum Dienst. »Und ich bin wütend auf dich, weil du wolltest, dass ich euch behandle wie jede andere Familie. Aber du weißt genau, dass ich das nicht kann.« Ich schnaube wie ein Drache nach meiner Rede und staune gleichzeitig darüber, wie gut es getan hat, das loszuwerden, was ich sagen wollte.

»Du hast recht. Bitte entschuldige.« Damit nimmt er mir den Wind aus den Segeln. Mit einer Entschuldigung hätte ich nicht gerechnet. Nicht von Kase Korbin, der sich nie wirklich etwas sagen lassen wollte.

141

»Setz dich jetzt gefälligst hin, damit ich mir deine Wunde ansehen kann«, befehle ich und weise mit dem Zeigefinger auf meinen Schreibtischstuhl, bereit, ihn dorthin zu schleifen, wenn er nicht freiwillig geht.

Er setzt sich tatsächlich hin und ich glotze ihn an, als käme er von einem anderen Planeten. Seit wann macht er, was man ihm sagt?

»Und was jetzt?«, will er wissen und neckt mich dabei mit seinen spöttischen Augen. Das reißt mich aus meinen Gedanken. Ich schnappe mir den Erste-Hilfe-Kasten von der Tür und breite ihn auf dem Schreibtisch aus. Wortlos zupfe ich alle Seiten des Pflasters von seiner Haut und bemühe mich, dabei so wenig wie möglich von seinen Haaren mitzunehmen, die er zum Teil überklebt hat.

»Kasey!«, entfährt es mir, als ich die Wunde tatsächlich sehe. Er blickt erstaunt zu mir hoch, als hätte er noch gar nicht bemerkt, wie groß das Ausmaß seiner Verletzung ist. »Das ist eine klaffende Wunde. Die muss genäht werden oder zumindest geklebt. Und du solltest dich unbedingt röntgen lassen.«

Er seufzt. »Du weißt, dass das nicht funktioniert, Ari. Ich werde Evie ganz bestimmt nicht ins Krankenhaus mitschleppen. Das letzte Mal ging nicht so gut für sie aus.«

Schluckend stemme ich die Hände in die Hüften und überlege. Er hat niemanden für die Kinder, und ich verstehe seinen Punkt. Aber Evie sollte ihn auch nicht so sehen. Also nehme ich mir ein steriles Tuch aus dem Erste-Hilfe-Kasten und frisches Wasser und reibe sanft an dem Blut rund um seine Stirn.

»Ich fahre euch nach Hause«, beschließe ich, als hätte er in dieser Sache gar nichts zu melden. »Dann bleibe ich bei Evie und Timmy, während du dich im Krankenhaus durchchecken lässt. Hast du mich verstanden?«

Belustigt zischt er. »Gut, dass du immer noch so gerne das Kommando übernimmst wie früher.«

»Heißt das, du bist einverstanden?«, frage ich ungläubig.

Kasey nimmt sanft meine Hände von seinem Gesicht und fixiert mich mit dieser Intensität, die mich früher stets zum Schweigen gebracht hat. »Ich mag nicht immer die besten Entscheidungen getroffen haben, Ari, aber ich bin mir meiner Verantwortung sehr wohl bewusst. Und egal, was du von mir denkst, ich nehme nichts hiervon auf die leichte Schulter. Also, danke für dein Angebot, und ja, bitte hilf mir mit den Kindern, bis ich zurück bin.«

KAPITEL 16

Kasey

Als ich endlich vom Krankenhaus nach Hause komme, fühlt sich mein Schädel an, als hätte jemand wiederholt mit einem Vorschlaghammer draufgehauen. Der Arzt hat mir ziemlich heftige Schmerzmittel verschrieben, jedoch musste ich ihm versprechen, sie erst zu Hause einzunehmen, weil ich mit den Dingern nicht Auto fahren darf. Ich habe allerdings nicht vor, sie zu nehmen, weil ich es mir nicht leisten kann, meine Kinder heute Nacht nicht zu hören oder morgen früh noch benebelt zu sein, wenn ich Evie in die Schule bringen muss. Die Drogerie-Schmerztabletten werden reichen müssen.

Keine Ahnung, was ich genau erwarte, als ich reingehe, allerdings nicht das, was ich finde. Alle drei sitzen oder liegen im Wohnzimmer. Leise Kindermusik spielt im Hintergrund. Evie starrt konzentriert auf etwas in ihrem Schoß, während sich ihre Lippen zum Lied bewegen und Timmy ... Ich höre noch einmal genauer hin, weil mir das Geräusch fremd ist. Aber er lacht. Laut. Ari bringt meinen viereinhalb Monate alten Sohn zum Lachen. Sie lehnt über ihm, seine Händchen greifen nach ihrem Gesicht und ab und zu schnappt sie nach seinen Fingern, was er wohl unheimlich witzig findet. Gleichzeitig liegt ihre

Hand auf Evies Knöchel, wie, um ihr zu vermitteln, dass sie noch da ist. Ich weiß nicht, ob es diese Geste ist oder Timmys erstes Lachen. Oder einfach, dass die Frau eine Stimmung in dieses Haus bringt, die die Kinder seit Pennys Tod nicht erlebt haben, aber es macht irgendetwas mit mir. Ich halte mich am Treppengeländer fest, damit ich nicht in die Knie gehe und sie bitte zu bleiben, weil ich keine Ahnung habe, wie ich das alles alleine schaffen soll. Nicht nur heute. Sondern an allen anderen Tagen. Wie ich all diese Meilensteine mit Timmy erleben werde, sie aber nicht mit seiner Mutter teilen kann. Wie ich derjenige sein werde, der Evie die Veränderungen in ihrem Körper erklären muss. Der, der alle Entscheidungen für ihr Leben treffen muss, ohne mich mit jemandem, der sie genauso gut kennt, beraten zu können. Der, der diese Kinder disziplinieren muss und gleichzeitig die Person sein soll, der sie alles anvertrauen können. Einfach beide Elternteile für sie zu sein, auch wenn ich manchmal automatisch die Hände zu Fäusten balle, nur weil Evie mich *Dad* nennt. Das Wort, mit dem ich selbst einzig und alleine Mist verbinde.

In dem Moment sieht Ari zu mir auf. Ihre Augen strahlen von dem Spaß, den sie mit Timmy hat. Dieses Lächeln, mit dem sie mich auch früher ständig anstecken konnte, raubt mir einen Moment lang den Atem. Es erinnert mich an die kurze Zeit in meinem Leben, in der ich ernsthaft dachte, dass es vielleicht eines Tages möglich wäre, ein Zuhause zu haben. Sogar jemand wie ich. Eines, in dem sich jeder sicher und angenommen fühlt. Eines, in dem man sich fallen lassen kann und nicht fühlt wie in einem Gefängnis, aus dem man ständig ausbrechen möchte.

Ari hat mich bloß ein einziges Mal geküsst, da waren wir siebzehn, und es hat mich mit dem Gefühl hinterlassen, plötzlich einen Kopf größer zu sein als vorher. Ich war davon überzeugt, mit ihr an meiner Seite Berge versetzen zu können. Aber dann habe ich es höchstpersönlich versaut, habe mir selbst das Gegenteil bewiesen, und alles hat sich in Scheiße verwandelt.

Und nun bin ich ein Mistkerl der A-Klasse, weil dieses Gefühl jedes Mal zurückkommt, wenn ich Ari sehe, ich aber Penny und mir nie die Chance gegeben habe, mehr zu sein, als wir waren. Und das trotz der Kinder. Geschweige denn, dass ich ihr irgendeine Form von Sicherheit bieten konnte.

Aris Blick verwandelt sich in Verwirrung, Sorge. Ich bekämpfe jeden Instinkt, mich wegzudrehen und noch ein paar Sekunden länger auszublenden, in welche Position ich mich wieder und wieder gebracht habe. Stattdessen reiße ich mich zusammen und gehe ins Wohnzimmer.

»Sieh mal, Daddy, was Miss Evans und ich genäht haben«, erklärt Evie mir, sobald sie mich wahrnimmt, und läuft auf mich zu. »Das ist ein Kissen aus Mommys Lieblings-T-Shirt. Das kann ich mir in den Rucksack oder die Jackentasche stecken und habe es dann immer bei mir.« Sie hält mir besagtes Kissen entgegen, das in etwa so groß ist wie ihre Hand, und grinst von einem Ohr zum anderen.

»Das ist eine super Idee, Fussel.« Ich gehe in die Hocke und räuspere den dämlichen Frosch in meinem Hals weg, während ich ihr über das Haar streiche.

»Und nächstes Mal machen wir ein großes Kissen für mein Bett. Vielleicht aus einem Kleid von Mommy.« Sie hüpft aufgeregt vor mir auf und ab. Mit den Augen folge ich Ari, die gerade aufsteht und Timmy dabei mitnimmt. Der Kleine gähnt und legt seinen Kopf auf ihre Schulter. Liebevoll lächelt sie ihn an und gibt ihm seinen Schnuller.

Ein Blitz, so schmerzhaft, dass ich von der Hocke in die Knie gehe, durchfährt mich. Ich schiebe es auf die Gehirnerschütterung und nicht darauf, wie beschissen ich mich fühle, weil es nicht Pennys Schulter ist. Weil es nie wieder ihre Schulter sein wird. Timmy wird sich an seine Mom gar nicht erinnern können. Verdammt noch mal, was ist heute Abend los mit mir?! Wenn ich so weitermache, fange ich an zu heulen wie ein kleines Kind.

»Ich bringe Evie und Timmy ins Bett«, beschließt Ari, während ich versuche, mich halbwegs in den Griff zu kriegen, auch wenn mein Schädel mich umbringt. Erst jetzt fällt mir auf, dass die beiden bereits im Pyjama sind. Evie im *Pyjama*, nicht im Halloween-Tutu. Wie hat die Frau das nur gemacht?

»Miss Evans hat gesagt, ich darf aufbleiben, bis du nach Hause kommst.« Sie umarmt mich und gibt mir einen Kuss auf die unrasierte Wange. Inzwischen bin ich grundsätzlich unrasiert. An manchen Tagen muss ich sogar überlegen, ob ich schon geduscht habe. »Und, dass ich mir *zwei* Bücher aussuchen darf.«

»Das ist wirklich nicht notwendig. Ich kann sie selbst ins Bett bringen«, wende ich mich an Ari, die mir natürlich kein Wort glaubt. Was kein Wunder ist, wenn man bedenkt, dass ich nicht einmal die Kraft zum Aufstehen finde. Stattdessen halte ich mich an meiner Tochter fest und bete, dass die beiden mich wie durch ein Wunder heute Nacht nicht brauchen.

»Doch, ist es. Und eure neuen Sofas sind richtig bequem. Du solltest sie in der Zwischenzeit mal ausprobieren.« Sie formuliert es so, dass Evie die Dringlichkeit dahinter nicht mitbekommt, wenngleich Aris Ton keine weitere Diskussion zulässt. Also bedanke ich mich bei ihr, wünsche den Kindern eine gute Nacht und warte, bis sie die Treppen hochgegangen sind, bevor ich mir erlaube, auch das zweite Knie nachgeben zu lassen. Mit den Händen an den Seiten stütze ich mich am Wohnzimmerboden ab, bis mein Atem endlich wieder ruhig und gleichmäßig ist. Erst dann erhebe ich mich selbst mühselig vom Boden und sinke gleich wieder auf die Couch.

Fuck! Wie zur Hölle machen andere Alleinerziehende das, wenn sie mal krank oder verletzt sind?

Das Nächste, was ich spüre, ist eine kühle Hand auf meinem Gesicht. Ich greife danach und reiße die Augen auf. Ari sitzt an der äußersten Kante der Couch und schaut auf mich herab. Ich muss eingepennt sein, obwohl ich mich eigentlich nur kurz ausruhen wollte. Ich lasse Ari los und werfe einen Blick auf die Uhr, rechne damit, dass es irgendwann mitten in der Nacht ist, weil ich so neben der Spur bin. Dabei ist erst eine halbe Stunde vergangen, seit sie mit den Kindern raufgegangen ist. Wie zur Hölle hat sie das so schnell geschafft?

»Und die haben dich alleine vom Krankenhaus nach Hause fahren lassen?«

»Jap, Mom«, versuche ich, ihre Sorge ins Lächerliche zu ziehen. Das kann ich gut. »Der Doc hatte Verständnis für meine Situation.«

»Er hat dir doch sicher gesagt, dass du heute Nacht nicht alleine sein solltest, habe ich recht? Das machen die immer bei Gehirnerschütterungen.«

Aris Hintern berührt meinen Oberschenkel, weshalb ich ein Stück zurückrutsche. Ich kann kurz vor dem Abkratzen sein, trotzdem wird Aris Nähe mich nie kaltlassen. »Ich werde mir einfach einen Eisbeutel auf den Kopf packen und die ganze Nacht fernsehen, okay? Solange ich nicht einschlafe, gibt's auch keinen Grund, sich Sorgen zu machen, dass ich nicht mehr aufwache.« Mir ist schon klar, dass das so nicht funktioniert, aber ähnlich wie beim Doc vorhin würde ich Ari gerade so gut wie alles erzählen, damit sie geht. Nicht, dass ich sie nicht gern um mich hätte, im Gegenteil – genau das ist ja das Problem. Aber langsam wird es lächerlich, wie oft sie mir schon helfen musste, seit ich hier bin.

»Ja«, sagt sie mit ausdrucksloser Miene. »Keine Chance, Kumpel. Ich bleibe heute Nacht hier und nehme Evie morgen mit in die Schule. Und du rufst deinen Freund an, diesen Stone …«

»Brick?«, biete ich an, und sie schnipst mit dem Finger.

»Du rufst diesen Brick an und bittest ihn, tagsüber bei dir zu bleiben.«

Jetzt richte ich mich endgültig auf und setze zum letzten Versuch an, sie loszuwerden, weil das das Beste für uns beide wäre. »Arya. Ich weiß deine Versuche zu schätzen, aber ich würde dich bitten, dich nicht einzumischen. Ich habe die letzten acht Jahre ohne dich und deine Mom überlebt. Ich denke, ich werde auch durch eine weitere Nacht kommen.«

Für einen Moment ist alles still. Kurz darauf funkeln mich Aris Augen wütend an. Die Tigerin in ihr brüllt sich ins Leben. Sie steht auf und stemmt die Hände in die Hüften. »Okay, hör zu! Du scheinst es ja nicht anders zu wollen. In dieser Sache ist es mir ganz egal, wer du bist, oder dass wir früher befreundet waren. Ich bin heute in erster Linie die Lehrerin deiner Tochter, und wenn ich das Gefühl habe, dass du grob fahrlässig mit deinen Kindern umgehst, werde ich das Jugendamt einschalten. Da verstehe ich keinen Spaß.«

Das lässt mich schnauben. Nicht, weil ich ihr *nicht* glaube, sondern *weil* ich ihr glaube. »Gut zu wissen, wo du stehst.«

»Ja, ich stehe genau hier und biete dir die Hilfe an, die ich dir geben kann. Deine Kinder haben genug durchgemacht, denke ich. Das Letzte, was sie brauchen, ist, dass ihr Daddy zusammenbricht, da er wieder einmal meint, mit dem Kopf durch die Wand zu müssen.« Sie versucht zu maskieren, wie sauer sie auf mich ist, doch ich registriere, wie schnell sich ihre Brust hebt und senkt. Und das Beschissene ist: Wenn es nur um mich ginge, würde ich sie jetzt rauswerfen. Aber das tut es eben nicht. Ich lasse den Kopf zurück auf die Lehne fallen und schnaufe genervt.

»Du hast recht.«

»Das hab ich«, schnappt sie und bringt mich damit zum Lachen.

»Ich weiß, ich habe dir soeben recht gegeben.«

»Wunderbar.«

»Traumhaft«, setze ich noch einen drauf, einfach, weil ich ihr gern auf den Keks gehe in ihrem Drang, das letzte Wort zu haben. Mit verschränkten Armen lässt Ari sich auf die andere Couch sinken und starrt stur aus dem Fenster. »Musst du deinem Verlobten nicht Bescheid geben?« Das Wort hinterlässt einen bitteren Geschmack auf meiner Zunge und ich frage mich, wem ich mit meiner Frage irgendetwas beweisen will. Und vor allem, was …

»Doch«, stimmt sie zu und nickt, obwohl es wirkt, als hätte sie bisher kein bisschen daran gedacht. Sie tippt kurz auf ihrem Handy herum und schiebt es danach zurück in die hintere Hosentasche. »Wir haben vorhin Spaghetti mit Fleischbällchen gekocht. Es ist noch etwas da, wenn du hungrig bist.«

»Danke. Und nur fürs Protokoll … *ich* muss immer mit dem Kopf durch die Wand?«

»Ja. Allerdings.«

Wieder muss ich lachen. Etwas, das sich in Anbetracht aller Tatsachen ziemlich fehl am Platz anfühlt. »Ari, *du* könntest auf eine Bombe zulaufen und würdest auch dann nicht von deinem Weg abweichen, wenn man es dir sagt.« Sie verdreht die Augen, aber ich registriere ihr Schmunzeln. »Du musstest mal einen ganzen Monat nachsitzen, weil du deinem Lehrer ins Gesicht geschrien hast.«

Ihre Augen werden groß. »Weil er das ständig gemacht hat und sich mit seiner Position herausgeredet hat. Alles, was ich gesagt habe, ist, dass man keinen Respekt von den Schülern erwarten kann, wenn man ihnen gegenüber absolut respektlos ist. Und ich hatte recht.«

»Du wurdest um ein Haar verhaftet, weil du dem Polizisten erklärt hast, er solle seinen Job erledigen und nicht alles schlimmer machen.« Ich kann nicht glauben, dass ich sie von mir aus an den Tag erinnere, der zuerst der beste meines Lebens war und schlagartig zum schlimmsten wurde.

»Er. Lag. Falsch«, verteidigt sie sich, obwohl wir beide wissen, dass das nicht stimmt. Sie schnaubt empört und zieht die Beine unter ihren Körper. »Und Dinge ändern sich.«

»Menschen nicht.« Es kommt mir vor wie eine Ewigkeit, während wir einander anstarren, der Moment ist keineswegs neu. Ich hatte bei Ari noch nie das Gefühl, den Raum mit einem Vakuum an Worten füllen zu müssen. Aber jetzt hängt ein Nebel über ihren Augen. Ihre Brauen zucken leicht.

»Du meinst also, du bist noch derselbe Junge, der mir nach besagtem Abend hoch und heilig versprochen hat, mich anzurufen, und dann wie vom Erdboden verschluckt war?«

»Ja«, antworte ich, weil ich nie versuchen werde, die Sache zu beschönigen. »Ich bin auch immer noch derselbe Junge, der den unmöglichen Baum da draußen raufgeklettert ist, um eure dämliche Katze zu retten.«

Sie legt den Kopf schief, und obwohl sie genau weiß, dass ich versuche, das Thema zu wechseln, ist Ari eben Ari und kann es so nicht auf sich sitzen lassen. »Du bist in dem Baum stecken geblieben. Die Feuerwehr musste kommen und deinen sturen Hintern aus dem Baum befreien.«

Grinsend mache ich es mir erneut auf der Couch bequem. »Läuft aufs Gleiche hinaus. Ich werde immer derselbe Kase sein. Nur mit besseren Entscheidungen, hoffe ich.« Sie öffnet den Mund, um zu kontern. Beim Hinlegen sticht mein Kopf allerdings bestialisch, weshalb ich leise stöhne und den Arm über meine Augen werfe, womit ich ihr ungewollt das Wort abschneide. Wenn Ari bleibt, werfe ich mir doch die Schmerztabletten ein.

»Brauchst du etwas?«, erkundigt sie sich, doch ich würde sie nie im Leben um mehr bitten, als sie schon jetzt tut, also hole ich mir eine Kapsel aus der kleinen Plastikdose und schlucke sie ohne Wasser.

»Sag, was du loswerden wolltest. Ich weiß, dass du sonst wahrscheinlich sogar im Schlaf weiter mit mir diskutieren wirst«, murmle ich, jetzt bereits neben der Spur, aber trotzdem erheitert, weil ich ihre Anspannung bis hierher fühlen kann.

Auf meine Meldung folgt allerdings erstaunlich lange nichts, dann höre ich Rascheln auf der anderen Couch. Ich öffne ein Auge und beobachte, wie Ari sich ebenfalls hinlegt, ihr Gesicht zur Decke. »Du hast mir damals versprochen zurückzukommen, wenn sich alles gelegt hätte. Aber das bist du nicht. Nicht wirklich.«

»Ich *bin* zurückgekommen, Ari.« Nur eben zu spät.

KAPITEL 17

8 JAHRE ZUVOR

Kasey, 17 Jahre alt

Ari: Wenn du nicht bald da bist, gehe ich rein!

Schmunzelnd über Aris SMS springe ich über den geschlossenen Zaun in ihren Garten, wie ich es grundsätzlich tue, wenn ich zu Ari will. »Konntest es wohl kaum erwarten, mich zu sehen, hm?«

Sie verdreht die Augen. »Sei leise! Ich weiß überhaupt nicht, warum ich mir das jedes Mal wieder antue.«

»Mich?«, frage ich lachend und setze mich auf die andere Schaukel. Zu Ari gedreht, nicht zum Sturm, der sich zusammengebraut hat.

»Hier draußen zu sein. Die Blitze kann ich mir auch von meinem Fenster aus ansehen.« Stimmt. Das könnte sie. Ich weiß nicht einmal, warum sie es nicht tut. Bei Gewitter draußen zu sitzen war ihre Idee. Und jetzt ist es irgendwie zu unserem Ding geworden. Ari mag die Blitze und hasst den Donner. Ich habe kein Problem mit beiden. Viel mehr noch, eigentlich mag ich den Donner am liebsten, weil er bedeutet, dass Ari auf mich wartet. Weil sie sich selbst und mir beweisen will, dass sie keine

Angst vor dem Lärm hat. Keine Ahnung, warum ihr das so wichtig ist, aber natürlich lasse ich sie hier nicht alleine sitzen. Und es schadet bestimmt auch nicht, dass ich noch einen anderen Grund hatte, von zu Hause abzuhauen, weil meine Eltern mal wieder losgelegt haben.

Die Freundschaft zwischen Ari und mir hat sich in den letzten Jahren verändert. Etwa um die Zeit herum, als sie Brüste bekommen hat und am laufenden Band von den Kerlen an unserer Schule angebaggert wurde. Das hat mir nicht gepasst und ich habe es sie und die Kerle auch spüren lassen. Wahrscheinlich, da ich genau wusste, dass ich nie derjenige sein würde, der sie am Ende kriegt. Der Gedanke, sie an einen anderen zu verlieren, war aber zum Kotzen. Schließlich habe ich mich immer mehr zurückgezogen. Ari wäre jedoch nicht Ari, hätte sie das auf sich sitzen lassen. Nein, stattdessen hat die Kleine mir mitten im Basketballtraining so richtig dafür in den Arsch getreten, dass ich sie mal wieder versetzt hatte. Bis heute muss ich mir deswegen von meinem Team jede Menge Scheiß anhören, aber für mich hat sie damals nur an Respekt gewonnen. Es hat sich gut angefühlt, jemanden zu haben, dem ich so wichtig war, dass er um mich kämpfen wollte.

»Ich weiß, kleiner Schmetterling.« Ich grinse frech und hake mein Bein in ihrem ein. »Du musst deine Flügel schützen.«

Ari lehnt sich vor und boxt mir in den Bauch. Sie versucht, ihr eigenes Schmunzeln zu unterdrücken, das sie immer kriegt, wenn ich sie so nenne. Schafft es aber nicht. »Mach dich nicht lustig! Die Dinger haben schon recht, sich zu verstecken, wenn ein Gewitter kommt. Wusstest du, dass ein Schmetterling fünfhundert Milligramm wiegt? Ein durchschnittlicher Regentropfen hat siebzig Milligramm. Soll ich mal eine Wasserbombe auf dich werfen, die das doppelte Gewicht einer Bowlingkugel hat?«

Ich lache über ihre Aggressivität. »Was ist los mit dir?«

»Will und ich haben Schluss gemacht. Es war nicht so toll.«
Sie meint, *sie* hat Schluss gemacht. Nicht, dass ich ihr nicht
insgeheim dafür applaudiere, weil Will ein Trottel ist …

»Ach, waren es schon drei Monate?« Letztes Jahr begann
Ari damit, auf Dates zu gehen. Das Spiel ist im Grunde immer
gleich. Sie fragt mich, was ich davon halten würde. Ich erkläre
ihr, dass sie machen kann, was sie will. Sie ist genervt von mir,
geht ein paar Monate mit dem Loser und lässt ihn dann sitzen.
Ich hatte bereits die eine oder andere Auseinandersetzung mit
Typen aus der Schule, die sich untereinander beweisen wollten,
dass sie es schaffen, Ari so richtig zu erobern. Aber wenn sie
anruft, komme ich. Das wird sich nie ändern. Es ist Ari.

»Halt die Klappe, Kase! Das ist nicht witzig.«

»Stimmt, das ist es nicht«, pflichte ich ihr ernüchtert
bei und lehne mich so weit nach hinten, dass ich die fette
Gewitterwolke dabei beobachten kann, wie sie näher zieht.
»Hat er dir irgendwas getan?«

»Nein. Er war einfach sauer und hat dämliches Zeug
geredet.«

Meine Augen verengen sich. »Zum Beispiel?«

»Als ob ich dir das verraten und damit einen Grund auf
dem Silbertablett liefern würde, ihm in den Arsch zu treten.«

Sie muss auch gar nichts sagen, ich werde sowieso ein Wort
mit ihm wechseln. Genau wie mit den anderen vor ihm, die
Scheiße gelabert haben, nachdem Ari sie abserviert hat. Ich
schaukle ein paar Minuten in Stille.

»Nicht alle Typen da draußen sind wie dein Vater, Ari.«

Ich spüre praktisch ihre Anspannung. Im nächsten Moment
grollt der Donner über uns. »Warum erwähnst du das?«

»Weil es mir so vorkommt, als würdest du alle Kerle in die
Wüste schicken, bevor sie die Chance bekommen, das mit dir
zu tun. Wenn ich falsch liege, dann sag es.«

Sie will protestieren. Ich erkenne, wie ihr Gesichtsausdruck sich verfinstert, während sich der Himmel kurz erhellt. Doch abrupt klappt sie den Mund zu und starrt in die andere Richtung. »Ist leichter so«, bekomme ich als Antwort, und es tut mir weh für sie. Ich hasse es, dass ich recht habe. Hasse es, dass ausgerechnet *sie* dermaßen denkt. Ari, die so viel Liebe zu geben hat, dass sie manchmal nicht weiß, wohin damit. Verflucht, wir reden hier von dem Mädchen, das immer den findet, der alleine irgendwo sitzt, und mit ihm zu quatschen beginnt, als wären sie seit Jahren die engsten Freunde. Die, die ich früher ins Schulgebäude zerren musste, weil sie allen anderen so lange die Tür aufgehalten hat, dass sie selbst nie reingekommen ist.

»Und tu nicht so, als würdest du nicht genau dasselbe machen. Du bist der Meister darin, dir alles vom Leib zu halten, was Gefühle in dir hervorbringen könnte.«

Scheinbar nicht. »Das ist etwas anderes«, erkläre ich entspannt, weil ich mit ihrer Zickigkeit umgehen kann. Ich kenne sie lange genug, um zu wissen, dass sie so drauf ist, wenn sie versucht, nicht zu heulen. Und ich will nicht, dass sie heult, also lasse ich sie zicken.

»Und warum ist das etwas anderes?«

Ich zucke mit den Schultern. »Du bist eben anders als ich. Du erwartest andere Dinge vom Leben.«

»Zum Beispiel?!« Sie klingt ein bisschen empört, also lache ich.

»Zu heiraten. Kinder zu kriegen. Lieben und geliebt zu werden.«

Ihre Antwort kommt zögerlich. »Ja. Schuldig. Du sagst das, als wäre es etwas Schmutziges.«

»Für dich nicht.«

»Für dich schon?«

»Schmutzig nicht. Aber unrealistisch. Und damit irrelevant.« Der Donner grollt in meiner Brust und ich mache kurz die Augen zu, weil sich das besser anfühlt als das, was sonst immer da drin ist.

»Du glaubst nicht, dass dich jemand lieben wird?« Natürlich musste Ari diese Frage stellen. Natürlich würde sie graben und graben, bis sie das Gefühl hat, am Ende irgendwie gewonnen zu haben. Aber in diesem Fall steht meine Meinung nicht zur Diskussion. Ich habe das gerade nicht gesagt, damit sie mir widersprechen kann. Für mich steht das seit Langem fest.

Also beantworte ich die Frage mit einem schweigenden Lächeln. »Doch, klar! Wer könnte das nicht?!« Und einem blöden Spruch. Das kann ich gut. Ich tarne Schmerz inzwischen mein ganzes Leben lang mit Lächeln und Sarkasmus. Ist besser für mich, als mich unentwegt mit demselben Scheiß beschäftigen zu müssen. Wie zum Beispiel, dass mein Vater schon wieder Terror macht. Dass meine Mom ihn zurückgenommen und sogar seine Kaution bezahlt hat, nachdem er sie das letzte Mal grün und blau geschlagen hat. Dass es ihr egal ist, wie beschissen peinlich es mir ist, dass mein Vater dauernd wegen demselben Dreck in den Knast wandert, sich aber nichts ändert. Dass sie heulend dasteht, während er mich beschimpft, verflucht und niedermacht. Wenn so Liebe aussieht, dann kann ich gut darauf verzichten.

Als ich das Gefühl habe, mich wieder vollständig unter Kontrolle zu haben, blinzele ich zu Ari, die für ihre Verhältnisse erstaunlich ruhig geworden ist. Sie presst die Lippen zusammen und sieht von mir weg zur Seite. Trotzdem erkenne ich, dass sie jetzt doch heult, und das trifft mich wie immer wie ein Faustschlag ins Gesicht. Ich ziehe ihre Schaukel zu mir, sodass ich ihr die Tränen von den Wangen wischen kann. »Keine Tränen, Schmetterling. Nicht meinetwegen. Außerdem weiß ich doch, dass *du* mich liebst. Was brauche ich mehr?«

Ari schnieft und studiert mich böse. Als wäre sie wütend auf mich. Amüsiert hebe ich die Augenbrauen.

157

»Du wirst es kriegen, verstanden?«, sagt sie leise, aber entschlossen.

»Was?«

»Eine Familie, in der man sich liebt und unterstützt. Wo Kinder wie ein Geschenk behandelt und nicht weggeworfen werden, weil die Eltern zu unfähig sind, ihr Leben auf die Reihe zu kriegen.«

Ihre Worte treffen mich genauso wie ihre Tränen. Am liebsten will ich abhauen, weil mir das alles jetzt irgendwie zu viel wird. Ich blicke in den Himmel. Jede Minute wird es zu schütten beginnen. Gut so.

»Und fürs Protokoll: Ich liebe dich wirklich, Kasey!«, beteuert sie leiser.

Ich lächle sie an und zwinkere.

»Ich weiß, Schmetterling. Sage ich doch.«

»Aber du nimmst es nicht ernst.«

»Doch«, widerspreche ich lachend, als sie den Stoff meines Kragens in ihrer Faust zusammenballt. »Und dass du denkst, ich wäre so unglaublich gut aussehend, ist auch definitiv ein Plus.«

Sie zieht die Brauen zusammen und schubst mich weg. »Ich habe nie behauptet, dass du gut aussiehst, du Fisch.« Aber sie lächelt wieder, also habe ich gewonnen. Die ersten Regentropfen fallen auf unsere Haare. Bevor sie aber gleich reinläuft, um ihre Lockenstab-Locken zu retten, weil ihre normalen Locken seit einiger Zeit nicht mehr gut genug sind, muss ich noch etwas loswerden. Deswegen stehe ich auf und gehe vor ihrer Schaukel in die Hocke.

»Wofür auch immer es wert ist, Ari ... Ich glaube, dass es im Leben nur eine Sache gibt, die noch gruseliger ist, als sich alleine zu fühlen. Nämlich die Perspektive, sich für immer so zu fühlen, aus Angst, zu viel von sich zu geben. Und du hast verdammt viel zu geben. Ich weiß, dein Dad hat verflucht

Mist gebaut, aber du bist nicht kaputt. Man kann niemanden kaputtmachen, der nicht kaputtgemacht werden will.«

Ich lächle sie an, fühle mich besser, weil ich ihr das sagen konnte, auch wenn sie mich anstarrt, als wäre ich plötzlich ein Alien.

»Seit wann hast du so gute Ratschläge?«, will sie etwas atemlos wissen, und ich schnaube belustigt über ihren Schock.

»Immer schon, Schmetterling.«

Ari gibt einen Zischlaut von sich. »Sagt der, dessen grandiose Idee es war, von unserem Dach in den Pool im Nachbargarten zu springen.«

Ich lache. »Es war heiß.«

»Du hattest danach einen Gips.« Ich frage mich, ob es ihr dieses Mal egal ist, dass ihre Haare mittlerweile ganz gekräuselt sind, während der Regen langsam stärker wird. Ich finde sie jedenfalls bildhübsch. Wie immer. »Was du gerade gesagt hast, war wirklich wunderschön, Kasey.«

»So bin ich eben«, gebe ich frech zurück. »Wunderschön. Innen wie außen.«

Ari verdreht die Augen und schüttelt den Kopf. »Warum kannst du nichts ernst nehmen, hm?«, will sie sanft wissen. Ihre Finger streichen durch meine Haare und es fühlt sich an, als hätte sich irgendwas in der Atmosphäre verändert. Jetzt summt mein ganzer Körper wie die elektrische Energie rund um uns. Diesmal aber nicht vom Gewitter.

»Ist leichter so«, wiederhole ich ihre Antwort von vorhin, nur will der Humor nicht kommen. Vor allem nicht bei der Art, wie sie mich ansieht. Wie ihr Blick über jeden Zentimeter meines Gesichts wandert, während sie etwas unregelmäßiger atmet. Und plötzlich lässt sie sich von der Schaukel rutschen, ihre Beine landen auf meinen und sie haucht den zartesten aller Küsse auf meine Lippen.

»Was wirst du machen, wenn du merkst, dass ich es ernst meine?« Ihre dunklen Augen studieren meine, Panik liegt darin. Ich fühle auch, wie sie zittert, während sie auf meine Reaktion wartet. Oder vielleicht zittere ich, da mein Herz zu schnell schlägt und zu aufgekratzt ist, als dass mein Körper es zügeln könnte. Also umarme ich sie und drücke sie enger an mich, kann kaum glauben, dass das hier wirklich passiert. Etwas, was ich so verflucht lange will und gleichzeitig unendlich fürchte. Also ja, *ich* zittere und halte mich an ihr fest. Und es fühlt sich gut an, wie perfekt sie zu mir passt. Als könnte sie wirklich jeden leeren Raum in mir füllen. Als könnten wir uns gegenseitig ergänzen, wie ständig alle labern. Ari riecht nach Regen und Beeren. Ihr Atem kommt stoßweise, sie ist so dicht an meinem Gesicht. Ich habe Angst, dass ich alles kaputtmachen werde, ganz egal, was ich jetzt tue. Trotzdem nehme ich eine Hand von ihrem Rücken und lege sie hinter ihr Ohr. Anschließend ziehe ich sie zu mir und verschließe ihren Mund mit meinem. Weil ich doch in Wahrheit gar nicht anders kann.

Mit einem vibrierenden Seufzen, das ich bis in die Fingerspitzen spüren kann, öffnet sie ihre Lippen, als ich dasselbe tue. Eine ganze Weile halte ich den Atem an, doch schließlich wird der Druck in meiner Brust zu groß, und ich stoße die warme Luft zwischen den Küssen aus. Küsse, die ganz anders sind als meine üblichen bisher. Dieses Mal habe ich mehr zu verlieren denn je zuvor, und es jagt mir eine Scheißangst ein. Aber vielleicht ... vielleicht hat sie ja recht und es gibt doch eine andere Art, mich zu lieben, als mir bisher gezeigt wurde.

Wie ironisch, dass es genau in diesem Moment auf der Straße laut wird. Ich versteife mich, weil ich sofort weiß, wer da durch die Siedlung brüllt. Auch wenn ich die Worte nicht verstehen kann. Ari hält mich fester, als ich mich von ihr löse, und schüttelt den Kopf. Und ich überlasse es meinen Eltern, alles zu verderben, was mir etwas bedeutet. Egal, ob es mein Auto ist, das Dad letztes Jahr im Rausch gegen einen Baum gefahren hat, oder das Geld, das meine Oma für meine Collegeausbildung hinterlassen und er versoffen hat ... Ich habe die Schnauze so voll.

Meine Mom kreischt, und ich bin sicher, Dad hat wieder einmal zugehauen. Das ist alles, was ich brauche, um Ari endgültig von mir zu schieben und aufzustehen. Ich habe ihm letztes Mal gesagt, dass ich nicht mehr zusehen werde. Und auch, wenn ich nicht geglaubt habe, dass die Ansage irgendetwas ändern würde, habe ich es insgeheim gehofft. Ich balle die Fäuste an meinen Seiten.

»Das findet heute ein Ende«, verspreche ich Ari und eigentlich mir selbst.

»Kasey ...« Ari scheint die Entschlossenheit in mir zu spüren.

Ich mache mich auf den Weg, aber sie folgt mir. »Bleib hier, Arya!«, befehle ich streng, bevor ich über ihren Zaun springe und in dem Moment sehe, wie mein Vater meine Mutter gegen das Auto schubst, das eigentlich mir gehört.

»Nein, Kasey. Ich rufe jetzt die Polizei. Das ist deren Job.«

Darüber kann ich nur verbittert lachen. Meine Mom gibt meinem Vater eine Ohrfeige, woraufhin er ihr ins Gesicht schlägt. Ich renne los. Die Wut in mir über die beiden, über die ganze Situation und über die Erinnerung daran, warum ich kein Recht hatte, Ari zu küssen, ist riesengroß. Die Verzweiflung ist allerdings größer. Mit voller Wucht reiße ich ihn zu Boden und rolle mit ihm über den Rasen. Das Überraschungsmoment lässt mich die Oberhand behalten und ich drehe uns ein letztes Mal, bis ich auf seinem Rücken sitze und ihn in den Schwitzkasten nehme. »Hör verdammt noch mal auf und hau endlich ab!«

Natürlich weiß ich, wie man jemandem eine mitgibt. Wäre nicht das erste Mal. Aber ich weiß nicht, wie man richtig kämpft. Nicht mit einem Mann, der trotz all meines Trainings doppelt so stark ist wie ich. Deswegen schafft er es irgendwie, mich runterzuziehen und mir einen Kinnhaken zu verpassen, der mich dazu zwingt, ihn loszulassen. Doch bevor er auf mich losgehen kann, gelingt es mir, ein paar Schritte wegzustolpern, sodass ich das mache, worauf ich mich vorbereite, seit Mom ihn wieder reingelassen hat: Ich ziehe meine Waffe.

Das bringt ihn tatsächlich zum Stillstand. Die Hände in Abwehrhaltung vor seinem Körper.

»Kase! Nein!«, schreit Mom, aber dafür ist es endgültig zu spät.

KAPITEL 18

Arya

Lauter, unregelmäßiger Atem lässt mich hochfahren, obwohl ich doch gar nicht vorhatte einzuschlafen. Etwas desorientiert sehe ich einen Moment lang an mir herab und hebe die weiche Decke auf, die ich mit meiner ruckartigen Bewegung habe fallen lassen. Kasey muss mich damit zugedeckt haben. Dabei hätte es eigentlich mein Job sein sollen, mich um ihn zu kümmern. Im selben Augenblick höre ich das krampfartige Atemgeräusch wieder und umrunde den kleinen Couchtisch, um neben Kasey in die Hocke gehen zu können. Sein Körper wirkt seltsam steif. Die Muskeln unter seinem T-Shirt und an seinem Hals sind angespannt und seine Augen zusammengekniffen. »Kase!« Ich lege eine Hand auf seinen Arm und rüttle ihn. Mit der anderen taste ich nach seiner Stirn, die sich eiskalt anfühlt, obwohl er schwitzt. »Kasey! Alles ist gut. Wach auf!« Ich rüttle etwas kräftiger, werde richtig nervös, weil ich nicht einmal weiß, warum man nach einer Gehirnerschütterung nicht einschlafen sollte. Und dann reißt er endlich diese blauen Augen auf, die so voller Schmerz und Verzweiflung sind, dass ich aus der Hocke auf die Knie falle. Oder vor Erleichterung. Im nächsten Moment sitzt er, mit den Händen hält er sich an der Couchkante fest. Seine

163

Fingerknöchel sind weiß und er zittert, also greife ich rüber zur Decke und breite sie über ihm aus. »Hey!«, murmle ich, als er mich nach wie vor stumm ansieht, ohne Worte, mit einer Intensität, als wäre ich in diesem Moment seine Rettungsleine. »Bist du okay? Soll ich einen Arzt rufen?« Sein Gesichtsausdruck jagt mir einen Schauer über den Rücken, weil ich ihn schon einmal so gesehen habe, und zwar in der Nacht, in der er aus meinem Leben verschwunden ist. Als würden ihn irgendwelche Geister heimsuchen.

»Ich weiß nicht, was ich machen soll«, flüstere ich ehrlich, fühle, wie meine eigenen Finger zu beben beginnen.

Plötzlich kniet Kasey neben mir und umarmt mich. Seine Finger krallen sich in meinem Shirt fest, und obwohl ich keine Ahnung habe, was gerade los ist oder was hier eigentlich passiert, spüre ich die Dringlichkeit bis ins Mark und erwidere die Umarmung.

»Bleib einfach kurz hier, Ari!«, bittet er mich heiser, also tue ich das und warte, während er langsam und kontrolliert Luft holt. Ich schließe die Augen, spanne den Kiefer an, weil es unendlich wehtut, ihn nach all dieser Zeit so zu halten, und gleichzeitig ist es viel zu schön, auf diese Weise gehalten zu werden. Von Kasey.

Timmy beginnt oben zu weinen und ich beiße mir auf die Lippe. Nachdem Kasey noch einmal tief in meinen Nacken atmet, lässt er mich los und versucht, etwas schwerfällig aufzustehen.

»*Ich* gehe. Bleib hier!«, krächze ich und räuspere mich dann, weil es mir peinlich ist, wie sehr man merkt, dass ich absolut nicht über ihn hinweg bin. Ohne ihn noch einmal anzusehen, schiebe ich mich an Kasey vorbei und richte Timmys Fläschchen, das ich vorhin bereits vorbereitet habe.

Ich hebe den Kleinen aus seinem Gitterbett und setze mich mit ihm auf den Schaukelstuhl im Kinderzimmer. »Hier, kleiner

Mann«, flüstere ich, während das Baby bereits gierig nach dem Fläschchen grapscht. Das kleine Nachtlicht in der Steckdose erhellt den Raum dezent genug, um zu sehen, mit wie viel Liebe Kasey alles eingerichtet hat. Wölkchensticker kleben an der Wand über kleinen Regalen, die jeweils ein Kuscheltier, ein Buch oder einen Bilderrahmen tragen. Es ist zu dunkel, um zu erkennen, was auf dem Foto ist, doch ich bin mir sicher, es wird ein Bild von Penny sein. Timmys Mom.

Betroffen linse ich zu dem Jungen, dem inzwischen die Äuglein wieder zugefallen sind. Seine kleine Hand hält sich an meinem Mittelfinger fest, bis die Flasche leer und er wieder eingeschlafen ist. Ich gestehe mir noch ein paar Sekunden zu, sein friedliches Gesicht in mich aufzunehmen. Ein Gesicht, das Kaseys ebenso ähnlich sieht wie Evies.

Würden unsere gemeinsamen Kinder auch alle aussehen wie er?

Böse auf mich selbst ziehe ich die Augenbrauen zusammen, weil sich diese Frage überhaupt nicht stellt. Sogar wenn er geblieben wäre … Er wollte nie Kinder. Zumindest nicht mit mir … Ich stelle das Fläschchen beiseite und lege Timmy vorsichtig zurück in sein Bett. Bevor ich wieder runtergehen kann, nehme ich mir einen Moment, um den Tränen freien Lauf zu lassen, die um Erlösung bitten, seit ich Kasey vor Wochen in diesem Haus wiedergesehen habe. Der Schmerz in meiner Brust ist derart krass, dass ich die Arme um mich schlinge, weil ich das Gefühl habe, sonst auseinanderzufallen. Nichts wird zwischen uns wieder sein, wie es damals war. So viel ist sicher. Allerdings müsste mir inzwischen auch klar sein, dass meine Taktik, ihn einfach aus meinem Leben zu streichen, absolut nicht funktioniert. Dieser Mann wird immer einen Teil meines Herzens besitzen, den ich mir scheinbar nicht zurückholen kann. Und das Schlimme ist, ich weiß inzwischen auch gar nicht mehr, ob ich diesen Teil überhaupt noch wiederhaben will. Also muss ich einen Weg finden, in Koexistenz mit Kasey zu leben, bevor ich bei dem Versuch draufgehe. Oder noch den Rest von meinem Herzen verliere.

Kasey sitzt in der Küche, als ich wieder runterkomme. Er ist im Begriff, sich die Spaghetti warm zu machen. Ohne zu fragen, dränge ich ihn beiseite und erledige das für ihn. Ich sehe ihn schmunzeln, während er mir im Gegenzug eine frisch zubereitete Tasse Pfefferminztee über den Tresen schiebt. »Bist du inzwischen besser geworden beim Kochen?«

Ich reiße den Mund auf, sehe den Sack grinsen und zeige ihm den Mittelfinger. »Und das von dem Kerl, der dachte, es würde reichen, Tiefkühlpizza bei Zimmertemperatur aufzutauen.«

»Ich war acht, Ari«, erinnert er sich und hebt entschuldigend die Hände. Und er hatte noch nie in seinem Leben Pizza gegessen. Noch eines der Erlebnisse mit ihm, das bittersüß war und das ich nie vergessen werde. Ich lächle in mich hinein, während die Fleischbällchensoße erneut zu brodeln beginnt. Bevor ich nach einem Teller fragen kann, hält er mir einen hin. Mich bedankend suche ich alles nach einem frischen Schöpflöffel ab. Diese Küche ist riesig. Ich habe vorhin schon gefühlt eine halbe Stunde nichts anderes gemacht, als Utensilien zu suchen. Kasey öffnet die Schublade neben mir und reicht mir die Kelle.

»Danke«, sage ich grinsend und atme tief durch, weil die Situation sich nicht mehr so elektrisch geladen anfühlt wie eben noch.

Später lehnt er auf der einen Seite der Küche, während ich auf dem Tresen gegenüber sitze und ihn um drei Uhr morgens über seine Arbeit ausquetsche.

»Profitabel ist es momentan leider noch nicht wirklich, weil nur etwa die Hälfte meiner Projekte Kundenaufträge sind. Den Rest muss ich vorstrecken, bevor ich verkaufen kann. Ich hoffe noch auf Mundpropaganda.«

»Die wird kommen, Kasey. Was du machst, ist unglaublich.« Er zuckt mit den Schultern, ich sehe ihm richtig an, wie unangenehm ihm das Lob ist. Süß. »Wie bist du überhaupt dazu gekommen? Du wolltest doch Rettungsflieger werden, oder?«

»Ich hatte kein Geld für die Flugschule, also habe ich mich auf Baustellen wichtig gemacht«, erklärt er mit vollem Mund. »Irgendwann habe ich die Verantwortung für eine der Renovierungen übertragen bekommen. Die Frau, die einziehen wollte, hörte sich meine Ideen an und war recht beeindruckt. Sie hat zugestimmt, das umzusetzen, was ich mir gedacht hatte, und plötzlich war ich in der Zeitung. Der nächste Auftrag kam rein und von da an lief es ganz gut.« Bescheiden wie immer. Ich wette, er spielt das Ganze komplett herunter.

»Das kann ich mir vorstellen. Es ist wirklich erstaunlich, was du aus diesem Haus gemacht hast. Irgendwann würde ich es Mom gerne zeigen.«

Er hebt den Blick, etwas Wehmut in seinen Augen. »Wie geht es Chrissy?«

Du meinst, das weißt du nicht selbst, formt sich die fiese Frage in meinem Kopf, aber keiner von uns würde diese Konfrontation gerade packen. Aber ja, ich bin nach wie vor sauer, dass meine Mom ihn wohl doch wieder kontaktiert und mir nichts davon gesagt hat. Sie muss ihm von dem Feuer geschrieben haben. Wer hätte es denn sonst gewesen sein sollen? Und wieder einmal nervt es mich, dass ich nicht sicher bin, ob ich sie darauf ansprechen werde, wenn sie aus ihren Flitterwochen zurück ist. Ich weiß nicht, ob ich bereit bin zu erfahren, wie viel sie vielleicht doch schon vor mir von seinem Leben und vor allem seinen Kindern wusste. Statt ihm das aber genau so vor die Füße zu kotzen, atme ich tief durch und beantworte lediglich die Frage.

»Sie hat vor Kurzem wieder geheiratet. Sie ist glücklich.«

»Gut«, sinniert er. »Das ist gut.«

»Wann hast du aufgehört zu rauchen?«, will ich wissen.

»An dem Tag, an dem Evie geboren wurde. Ich wollte zumindest *das* richtig machen.«

Ich finde es so schade, dass er sich immer noch in diesem verzerrten Licht sieht. Soweit ich das beurteilen kann, gibt er sein Bestes. Kasey stellt seinen Teller gleich in den Geschirrspüler und beginnt dann, auch das restliche Chaos zu beseitigen. Ich springe vom Tresen und helfe ihm.

»Aber woher weißt du, dass ich nicht mehr rauche?«

»Weil du nicht mehr nach dem Pfefferminz-Kaugummi riechst, den du früher bis zur Unkenntlichkeit zerkaut hast.« Ich ahme ihn übertrieben nach, weil er sich ständig so bemüht hatte, der Coolste beim Kaugummikauen zu sein. Spielerisch boxt er mir den Ellbogen in die Seite und ich trete mit dem Fuß zurück. »Ist doch so!«, rufe ich lachend. »Ich musste meine Teedosis drastisch erhöhen, um meinen Shot Entspannung zu kriegen, nachdem du nicht mehr da warst. Ist ja nur wegen deinem Geruch, dass ich so auf Pfefferminz abfahre …«

Ich breche ab und beiße mir auf die Zunge, weil ich das eben zugegeben habe. Jetzt ist es mir peinlich und umso unangenehmer, wie sich meine Augen erneut mit Tränen füllen. Verbissener wische ich die Herdplatte sauber. Irgendwann stoppt mich Kasey mit einer Hand an der Schulter und dreht mich in seine Richtung. Während ich versuche abzuhauen, zieht er mich an sich und drückt mich an seine Brust.

»Es tut mir leid, Schmetterling«, nuschelt er in meine Haare, bevor er mich dort küsst. »Das tut es wirklich.«

Alles kribbelt. Ich greife nach dem Saum seines Shirts und halte es fest, hoffe, dass er nie wieder loslässt, und fühle mich dabei richtig beschissen. Was wir brauchen, ist so viel mehr als ein »Tut mir leid«, aber es ist ein Anfang.

»Denkst du, wir könnten versuchen, Freunde zu sein?«

Ich lasse meine Stirn auf sein Brustbein fallen, lasse *mich* fallen und erlaube mir, mir wenigstens bloß für diesen Augenblick vorzustellen, es wäre tatsächlich möglich, je wieder dorthin zurückzukehren, wo wir mal waren.

»Ja, Kasey. Wir können versuchen, Freunde zu sein.«

Als ich abends nach einer Teambesprechung von der Schule nach Hause komme, bin ich komplett k. o. Alles, was ich will, ist, ins Bett zu gehen und ein paar Stunden Schlaf aufzuholen. Den ganzen Tag schon fühle ich mich ein bisschen komisch. Vielleicht einfach vor Müdigkeit. Vielleicht auch, weil Brick Evie heute von der Schule abgeholt hat und ich Kasey nicht gesehen habe. Vielleicht, weil es mich stört, wie *sehr* es mich stört, dass ich Kasey nicht gesehen habe. Oder einfach, weil sich die Woche des Monats ankündigt, in der meine Hormone verrücktspielen. Was auch immer der Fall sein mag, es irritiert mich beinahe, als ich Peters Auto auf meinem Parkplatz sehe und mir daher irgendwo am anderen Ende des Komplexes eine freie Parkbucht suchen muss. Noch mehr irritiert es mich, dass er, als ich in *meine* Wohnung komme, einen Zeigefinger hochhält, den er dann zu seinen Lippen führt, um mir zu bedeuten, ich möge bitte leise sein, weil er gerade telefoniert.

Ungläubig starre ich ihn an, bevor ich trotzdem wie gewohnt mache, was ich sonst machen würde, wenn ich nach Hause komme. Dann schließe ich mich im Bad ein und drehe am Wasserhahn in der Dusche, um sie vorzuwärmen. Nachdem ich mir einen Teil der Anspannung vom Körper gewaschen habe, wickle ich mich in mein Handtuch, bleibe vor dem beschlagenen Spiegel stehen und wische einmal quer drüber. Mein Spiegelbild starrt mir so kaputt entgegen, dass ich froh bin, dass der Streifen schon bald neu benebelt ist und ich mich nicht mehr sehen muss. Das Gespräch mit Kasey war gut. Es war wie der Startschuss zu dem Abschluss, den ich mir seit acht Jahren so dringend wünsche. Aber warum fühle ich mich dann jetzt so leer? So viel einsamer, als ich mich noch vor ein paar Monaten gefühlt habe?

Ich schleiche ins Schlafzimmer, ziehe mich doppelt so schnell an wie sonst, weil ich nicht will, dass Pete mich währenddessen erwischt. Als ich in Pyjamahose und Schlabberpulli wieder rauskomme, sitzt er mit dem Laptop auf meiner Couch.

»Ich habe auf dich gewartet«, erklärt er mir, ohne dabei hochzuschauen.

»Wir hatten eine Besprechung. Ich wusste nicht, dass du kommst.«

»Ich hatte heute einen großartigen Tag«, erzählt er weiter, als hätte ich gar nicht gesprochen. »Habe sogar einen Bonus für ausgezeichnete Vermittlung bekommen. Davon kaufen wir uns etwas Schönes, okay?« Ich antworte nicht, warte einfach darauf, wann er wohl aufhören wird zu tippen. Es dauert ein paar Sekunden. »Warum sagst du denn nichts?«

Ich ziehe mir die Pulliärmel über die Hände, weil mir tierisch kalt ist. »Warum fragst du nicht, warum ich gestern nicht bei dir war?« Ich hatte ihm bloß geschrieben, dass ich mich um einen Freund kümmern müsste und deswegen nicht bei ihm schlafen würde. Seine Antwort war ein einfaches »Okay« gewesen, und das auch erst heute Morgen.

»Dir ist etwas dazwischengekommen. Das passiert mir doch auch manchmal. Und es hat mir ganz gut reingepasst. So konnte ich noch etwas für die Bank fertig machen.« Aha. Na, da bin ich aber froh ... Irgendwie wirkt seine Antwort so unnatürlich. Ich meine, ich bin ja nicht unglücklich, dass er kein eifersüchtiger Typ ist, aber diese völlige Gleichgültigkeit stört mich doch ziemlich, ehrlich gesagt.

Ich presse die Lippen aufeinander und blicke an die Decke, frustriert über mich selbst. Ich sollte einfach ins Bett gehen. Es gut sein lassen. Aber es geht mir wirklich dreckig. Deswegen hole ich tief Luft und stelle mich vor Pete. »Könntest du mich bitte mal umarmen?«

Als wäre die Frage absurd, zieht er die Augenbrauen zusammen. »Warum?«

Ungeduldig schließe ich die Augen, obwohl ich die Frage sogar verstehen kann. Wir umarmen uns nie. Und ich weiß eigentlich gar nicht, wieso nicht. Denn Kasey zu umarmen, hat mir gezeigt, wie sehr ich mich danach gesehnt hatte. »Kannst du es bitte einfach machen?«

Pete studiert mich ein paar Sekunden verunsichert, bevor er den Laptop beim Aufstehen mitnimmt und mich mit dem freien Arm linkisch umarmt. Nach nicht mehr als drei Sekunden klopft er mir einmal auf den Rücken und lässt sofort los. Ich lasse die Schultern hängen, fühle mich noch leerer als davor.

»Brauchst du mich eigentlich?«, murmle ich, während er sich wieder hinsetzt.

»Wie bitte?«

»Brauchst du mich, Pete?«

Er blinzelt ein paarmal und mein Herz klopft, weil die Antwort auf diese Frage ganz einfach sein sollte. »Wofür?«

Etwas fassungslos schüttle ich den Kopf. »Für dich. In deinem Leben. Um dich vollständig zu fühlen …«, biete ich an, weil ich gar nicht weiß, wie man erklären sollte, was es heißt, einen anderen Menschen zu brauchen.

»Was ist das denn für eine Frage?«

Ich falte die Hände vor mir zusammen. »Beantworte sie doch bitte einfach!«

»Du weißt ganz genau, dass ich Unabhängigkeit mag. Und ich liebe deine Unabhängigkeit. Jemand anderen zu *brauchen* ist ungesund, und ich halte wenig davon. Aber ich *will* dich in meinem Leben haben, was doch weit besser ist, oder?« Ist es das? Fühlt es sich so an, gewollt zu sein?

Ich nicke eine Weile, doch kurz darauf schüttle ich den Kopf und setze mich auf den Couchtisch. »Pete, warum sind wir noch nicht verheiratet?«

»O mein Gott, Arya!« In einer dramatischen Geste klappt er seinen Laptop zu und fährt sich über das Gesicht. »Was ist denn heute los? Schon wieder das Thema? Ehrlich?«

Ich bin wütend und gleichzeitig erstaunt über seine Reaktion. »Ja, ich halte die Frage für berechtigt, wenn man bedenkt, dass wir fünf Jahre verlobt sind und bis jetzt kein einziges Mal konkret über eine Hochzeit gesprochen haben. Findest du das nicht eigenartig?«

»Nein. Finde ich nicht, Arya. Wir wissen doch, wie wir unsere Hochzeit haben wollen ...«

Provokant hebe ich eine Braue. »Du meinst, *du* weißt alles?«

Er kneift kurz die Augen zusammen und sieht mich streng an, als wäre ich ein kleines, bockiges Kind. »Wir lieben uns und haben uns aufeinander festgelegt. Eine Zeremonie wird daran nichts anders oder besser machen. Außerdem haben wir doch darüber gesprochen ...« Er benutzt seine Finger, um mir Argumente aufzuzählen. »Uns läuft nichts davon. Wir sind beide eingedeckt mit Arbeit ...«

»Es fühlt sich an, als würdest du dir eine Hintertür offenhalten«, platzt es da aus mir heraus. Das, was ich so lange fühle, aber nicht definieren konnte. Und schon gar nicht aussprechen.

Alles, was Pete einfällt, ist, mich auszulachen. »Das ist Schwachsinn. Weißt du eigentlich, wie viele Gelegenheiten ich gehabt hätte fremdzugehen?«

Mit offenem Mund blinzle ich ihn an. »Erwartest du jetzt von mir, dass ich mich *bedanke*?«

»Nein. Ich erwarte von dir, dass du aufhörst, Themen zu einem Problem zu machen, die keines sind. Dafür habe ich keine Zeit. Ich dachte, du würdest dich freuen, wenn ich dich besuche, und nicht dieses Theater machen. Vielleicht sollte ich einfach wieder fahren, denn genau mit diesem Verhalten zeigst du dir im Grunde selbst, warum es gut ist, dass jeder seinen Rückzugsort hat.« Petes Augen sind ebenso gefühlskalt wie die Worte, die er dazu gebraucht, meine verwundbarste Stelle zu treffen. Er droht mir zu gehen und kalkuliert damit, dass ich ihn bitte zu bleiben. Dass ich mich entschuldige, weil ich es nicht aushalte, im Streit oder allgemein zurückgelassen zu werden.

Doch diesmal tue ich es nicht. Denn zum ersten Mal, seit ich ihn kenne, fühle ich mich stark genug, um selbst aufzustehen und *ihn* zurückzulassen.

KAPITEL 19

Kasey

»Du bist ein Idiot«, schlussfolgert Brick lachend, nachdem ich ihm erzähle, wie ich mir die Gehirnerschütterung zugezogen habe. »Ein Genie, aber ein absoluter Idiot. Ich habe dir ungefähr zwanzigmal angeboten vorbeizukommen, wenn du Hilfe brauchst.« Er klopft mir auf den Rücken. »Trotzdem Hammer, was du geschafft hast, seit ich das letzte Mal da war.«

»Ich hatte etwas Hilfe.« Kopfschüttelnd über den Gestank der Windel, die ich in den Windeleimer werfe, schnalze ich für Timmy mit der Zunge, der das extrem witzig findet. Wie kann ein kleines Wesen dermaßen stinken?

»Die hübsche kleine Löwin von neulich, die mich heute am Kragen gepackt und beschworen hat, dich nicht noch mal so einen Scheiß alleine machen zu lassen?«

Ich senke den Kopf, weil ich mir ein Schmunzeln nicht verkneifen kann. Sie kann es einfach nicht lassen. Allerdings bedeutet das wohl, dass sie mich noch nicht komplett abgeschrieben hat. »Ari«, erkläre ich ihm, während ich Timmy am Wickeltisch kitzle. Langsam werde ich süchtig nach diesem Babyglucksen. Dem Geräusch, das ich gestern zum ersten Mal gehört habe und das irgendwie noch mehr Bedeutung hat, weil Ari es in ihm ausgelöst hat.

»Cool. Freut mich für dich, Mann!«, sagt er, während er die letzte Fußleiste in Timmys Zimmer montiert. Sofort verkrampfe ich mich und balle meine Hände neben Timmy zu Fäusten.

»So ist es nicht. Da läuft nichts.«

»Okay.« Er glaubt mir nicht.

»Brick!«, warne ich.

»Entspann dich, Kasey!« Er hält die Hände vor seiner Brust hoch, der Humor ist aus seiner Stimme verschwunden. »Ich wollte nicht andeuten, dass da irgendetwas ist. Was ich sagen wollte, ist nur, wie froh ich bin, dass der Typ, der ums Verrecken keine Hilfe annimmt, jemanden gefunden hat, von dem er's doch kann.«

Ich warte noch einen Moment, die Anspannung durchströmt mich in Wellen. »Ich habe sie gar nicht um Hilfe gebeten«, lautet meine dämliche Ausrede.

Er schmunzelt. »Und trotzdem war sie für dich da. Sie wird mir immer sympathischer.«

»Brick, da ist nichts. Zwischen uns kann nichts sein«, betone ich mit Blick auf meinen Sohn. Timmy spürt die Veränderung in meinem Gesicht und wird unruhig. Ich hebe ihn in meine Arme.

»Warum nicht?«, will Brick wissen, sein Ton voller Mitgefühl. Wartend setzt er sich hin und lehnt den Rücken gegen die Wand.

Ich beiße die Zähne zusammen, während ich darüber nachdenke, wie es sich gestern angefühlt hat, Ari zu umarmen, zu riechen. Wie es mich daran erinnert hat, dass ich mich mit ihr immer am sichersten gefühlt habe. Ihr Herz an meiner Brust schlagen zu spüren, und wie mein eigenes dadurch nach so langer Zeit davon angesteckt wurde. Voller Schuldgefühle schiele ich zu dem Bild von Penny, die lächelnd auf unseren damals frisch geborenen Sohn sieht, und schlucke hart. »Weil es sich anfühlt, als würde ich sie betrügen«, murmle ich, bevor ich überhaupt lange darüber nachdenke, was ich da sage und dass ich es laut gesagt habe. Energisch räuspere ich mich und lege Timmy ins Gitterbett.

»Ich verstehe«, meint Brick, wobei ich jetzt schon weiß, dass er es nicht dabei belassen wird. Sieht so aus, als wären sich die einzigen zwei Menschen, die ich abseits meiner Kinder in mein Leben gelassen habe, ziemlich ähnlich. »Aber Penny kommt nicht mehr zurück, Mann.«

Ich gehe neben Timmys Bett in die Hocke und gebe ihm sein Fläschchen. »Sie ist noch nicht einmal ein halbes Jahr tot, Brick.«

Ich sehe ihn aus dem Augenwinkel nicken. »Ich begreife, was du sagen willst. Ich frage mich nur, ob es wohl auf lange Sicht einen Unterschied macht, wann du dir die Gefühle einge-stehst. Sie sind ja trotzdem da.«

»Es wird einen Unterschied machen. Für Evie und Timmy.« Alles andere ist respektlos.

»Wenn sie wirklich fragen sollten – was ich nicht glaube, weil sie zu klein sind, um die Dinge auf die Weise zu verkom-plizieren, wie wir alten Säcke es so gut können …« Er zwinkert mir zu. »Dann sagst du ihnen einfach die Wahrheit: Dass du ihre Mom immer lieben wirst, weil sie ihre Mom war. Dass es aber auch okay ist, jemand anderen zu lieben.«

Ich atme tief aus und streiche über Timmys Kopf, nicht wirklich in der Lage, noch weiter darauf einzugehen. Denn ja, ich liebe Ari. Was auch immer das bedeutet, wenn es von mir kommt. Tue ich, seit ich sieben bin. Im Laufe der Zeit jedes Mal auf eine andere Weise, aber grundsätzlich ist das nichts Neues für mich. Allerdings geht es hier nicht nur um Penny und Evie und Timmy. Es geht auch um Ari und darum, dass sie verlobt ist, verdammt noch mal. Darum, dass ich ihr eine Menge Antworten schulde, die ich nicht habe. Darum, dass ich nicht hierhergekommen bin, um ihr ganzes Leben durcheinanderzubringen, und darum, dass es mich umbringt, darüber nachzudenken, wie sie gestern lautlose Tränen an meinem Shirt vergossen hat, nachdem sie mir die Pfefferminzsache verraten hat.

Timmys Augen fallen langsam zu, während er die Reste seiner Milch trinkt, und Brick schleicht sich langsam aus dem Zimmer. Bald tropft etwas Milch seitlich aus Timmys Mund und ich ziehe die Flasche raus. Schmunzelnd beobachte ich ihn dabei, wie seine roten Lippen noch ein paar dieser Saugbewegungen machen, obwohl nichts mehr da ist, und frage mich, wie etwas so Perfektes aus einer derartigen nicht perfekten Situation kommen konnte. Er und Evie. Wie zwei Wunder, die mir in die Hände gelegt wurden, um mich zu begnadigen. Oder um mich für den Rest meiner Tage daran zu erinnern, dass ich nicht eine einzige Sekunde davon wirklich loslassen kann. Nie die Kontrolle abgeben kann. Denn ich weiß, was in mir schlummert.

Ich küsse meine Finger und drücke sie auf Timmys Stirn, im stillen Versprechen, dass es keine Rolle spielen wird, weshalb es ihn gibt. Eher sterbe ich, als ihn die Art von »Liebe« spüren zu lassen, die ich kennengelernt habe.

Ich verlasse sein Zimmer und marschiere ins Schlafzimmer, wo Brick bereits wieder an der letzten Baustelle arbeitet. »Finger weg!«, befiehlt er, als ich ihm beim Streichen helfen will. »Das Einzige, was du machen darfst, ist, uns etwas zu essen zu kochen, Liebling«, verarscht er mich, was ich mit meinem Mittelfinger beantworte. Trotzdem bin ich froh, dass er das Thema von eben fallen lässt. Ich lege mich stattdessen auf meine mit Plastik abgedeckte Matratze, weil mein Schädel tatsächlich wieder bestialisch brummt.

»Wie geht es jetzt eigentlich beruflich weiter? Ich habe da zwei Anfragen bekommen, die uns finanziell aus der Scheiße ziehen könnten. Verkackte Häuser in super Gegenden.«

Ich presse die Handballen gegen meine Augenbrauen, froh, dass Interesse gezeigt wird. Gleichzeitig überfordert es mich ungemein, weil ich keinen Schimmer habe, wie ich alles unter einen Hut bringen sollte. So viel zu arbeiten wie vor Pennys Tod ist keine Option. Muss ich das dann nicht generell alles an den Nagel hängen?

»Wenn du noch nicht so weit bist, ist es auch kein Drama«, erklärt Brick, als ich nicht antworte. »Um mich brauchst du dir keine Sorgen zu machen. Du hast mich aus der Scheiße gezogen, als ich keinen Cent hatte und monatelang arbeitslos gewesen war. Bei unserem ersten Haus hast du mir mehr von deinem Anteil gegeben, als mir zugestanden hätte.«

Ich senke den Blick. Woher zur Hölle weiß er das überhaupt? Ich habe ihm nie gesagt, wie viel Gewinn wir gemacht haben. Aber er hat das Geld noch mehr gebraucht als ich. Das war mir klar gewesen, auch ohne die Details zu kennen.

»Ich bin sicher, bei deinen Referenzen wird es bis zum nächsten Auftrag nicht lange dauern«, macht mir Brick nun Mut.

Ich weiß es zu schätzen, dass er das sagt, andererseits ist mir auch klar, dass ich nicht ewig so weitermachen kann. Ich muss diese Familie versorgen. In mehr als nur einer Art und Weise. Verzweifelt werfe ich beide Arme über meine Augen.

»Ich habe keine Ahnung, was ich machen soll, Brick. Ich kann mir vorstellen, Timmy in einem Monat oder so für ein paar Stunden in Betreuung zu geben, und gleichzeitig fühlt sich der Gedanke scheiße an. Als wäre es genau das, was man von mir als Vater erwarten würde. Dass ich mein Kind abschiebe.« Was zur Hölle ist heute los mit mir? Ich plappere hier vor mich hin wie noch nie. Klar mag ich Brick, aber das heißt nicht, dass ich auf einmal alle intimsten Gedanken mit ihm teilen muss. Das sind sicher Nebenwirkungen von dem Schmerzmittel.

»Scheiß auf die anderen! Du weißt am besten, was das Beste für dich und dein Kind ist. Und wer auch immer deine Entscheidungen anzweifelt, soll sich mal einen Tag lang in deine Lage versetzen.«

Es fühlt sich ungewohnt gut an, drüber zu reden. Verstanden zu werden. »Aber wie geht man als Vater damit um? Mit dem verfluchten Druck und den Anforderungen? Dem Angezweifeltwerden?«

»Soll ich dir verraten, was meine Kollegen gesagt haben, als wir unseren ersten Sohn bekommen haben?«, beginnt er, und ich nehme überrascht die Arme vom Gesicht. »Willkommen in der Vaterschaft. Jahrzehnte voller Schlafentzug, Schulden, Versagen und das Vergnügen, der Sündenbock für alle zu sein.« Sarkastisch hebt er beide Daumen. »Und ja. Da ist was Wahres dran. Aber die Schwachköpfe haben etwas Wesentliches vergessen: Meine Kinder machen mich zu einem besseren Menschen. Einem besseren Mann. Sie gehen mir manchmal tierisch auf den Sack«, grunzt er. »Aber wenn sie mich anschauen mit diesem vertrauensvollen Blick bedingungsloser Liebe, dann will ich unbedingt die beste Version von mir selbst sein, die ich je sein könnte.«

»Wie viele Kinder hast du eigentlich genau?« Es ist mir peinlich, das fragen zu müssen. Warum weiß ich das nicht? *Weil du nie gefragt hast, du Idiot, so beschäftigt damit, dir alles vom Leib zu halten, was Emotionen vorausgesetzt hätte.*

»Fünf. In vier Jahren.« Er tut so, als würde er sich die Kugel geben. »Die letzten vier waren Unfälle.« Er lacht herzhaft. »Aber ich würde mit keinem anderen Kerl dieser Welt tauschen wollen.«

Ich lasse seine Worte auf mich wirken, wünsche mir heimlich, eines Tages dasselbe zu sagen.

»Vaterschaft ist eine wilde Achterbahnfahrt aus Sorge und Frust und tausend anderen nervtötenden Dingen, aber auch aus der unverfälschtesten Form der Freude und Liebe. Es ist die Art der Fahrt, aus der man manchmal am liebsten aussteigen würde, und gleichzeitig nicht will, dass sie je endet.« Als er humorvoll mit den Augenbrauen zuckt, wird mir klar, dass ich ihn die letzten Sekunden angeglotzt habe wie eine verfluchte Statue. »Ja, jetzt bist du platt, hm? Es sind nicht nur die Muskeln, die mich unwiderstehlich machen.«

Ich verdrehe lachend die Augen.

»Hey, warum kommst du nicht mal mit deinen beiden Kleinen vorbei? Meine Tochter Harper ist ein Jahr älter als Evie. Ich werfe ein paar Burger auf den Grill und die Kinder können im Garten spielen. Er hat die Größe einer Streichholzschachtel, aber wir haben ein Trampolin.«

Nickend stelle ich fest, wie gut etwas klingt, bei dem sich mir vor ein paar Monaten noch die Haare aufgestellt hätten. Aber Brick ist cool. Und wenn es so aussieht, Hilfe anzunehmen, anstatt ewig alles alleine zu machen, dann ist es vielleicht doch nicht so schlimm, wie ich immer dachte.

KAPITEL 20

Arya

Ich bin mir selbst noch nicht sicher, ob das hier eine gute Idee ist, als ich wieder einmal an der neuen Tür meines alten Hauses klopfe. Während ich warte, drehe ich mich zur Straße. Lächelnd blicke ich auf den Asphalt der Einfahrt, wo ich mit Kasey und meinem Dad Basketball gespielt habe. Kasey hat es zwar abgestritten, aber ich weiß genau, dass er mich immer gewinnen ließ. Das hat mich noch mehr aufgeregt, als zu verlieren. Ich sehe rüber zu dem Haus, in dem Jackson Segal früher gewohnt hat, und schüttle den Kopf. Der Junge, der mit sechzehn plötzlich ein Date wollte, nachdem er mich jahrelang schikaniert hatte. Fast hätte ich ihn ein zweites Mal mit Kartoffeln abgeschossen. Und ich werde nie all die Stunden vergessen, in denen Kasey auf dieser Veranda mit mir gesessen hat und mir belangloses Zeug erzählt hat, während ich darauf gewartet habe, dass mein Vater eine neue Ausrede findet, mich am Wochenende wieder nicht abzuholen. Es dauerte drei Jahre, bis ich aufhörte zu warten.

Das Lächeln ist inzwischen erloschen, als Kasey die Tür öffnet. Er trägt Boxershorts, darüber einen Kapuzenpulli. Der Anblick bringt mich doch wieder zum Kichern. »Ist nur der einen Hälfte deines Körpers kalt?«, ziehe ich ihn auf, und er lehnt sich lässig an den Türrahmen und grinst.

»Hey, Ari! Schön, dich wiederzusehen.«

»Hi!« Ich senke den Kopf. Es hat mich eine Woche gekostet, den Weg hierher zurückzufinden. Eine Woche, in der ich mental Pro-und-Kontra-Listen erstellt habe, ob ich überhaupt fähig wäre, ein zweites Mal eine Freundschaft mit Kasey aufzubauen. Ich bin kein Mädchen für oberflächliche Beziehungen. Wenn ich in etwas investiere, dann bin ich all-in. Und es ist *Kasey*. Der Junge, der immer genau wusste, welche Knöpfe er bei mir drücken musste, um bestimmte Reaktionen aus mir herauszulocken. Scheint, als hätte sich das nicht geändert, und genau das macht mir Sorgen. Weil ich nicht weiß, ob es Hoffnung, Naivität oder einfach Dummheit ist, mich der Gefahr auszusetzen, dass mein mühsam erarbeitetes Selbstwertgefühl zertrampelt wird, wenn er doch wieder entscheidet, mich im Regen stehen zu lassen. Einen konkreten Grund für das erste Mal habe ich ja bis heute nicht bekommen. Allerdings bin ich fest entschlossen, das zu ändern. »Kann ich reinkommen?«

Wortlos weicht er zur Seite, sodass ich an ihm vorbeigehen kann. Kopfschüttelnd, weil sein Geruch mein Herz kurz stolpern lässt, beeile ich mich, in einen größeren Raum zu gelangen, um mehr Abstand zwischen uns zu bringen. Ich setze mich auf den Küchentisch und hole die Schachtel aus der großen Papiertüte, die ich dabeihabe. »Wie geht es deinem Kopf?«

»Alles wieder gut, danke«, antwortet er, nachdem er mir in die Küche folgt und schmunzelnd Richtung Schachtel nickt. »Was hast du da?«

»Ein Puzzle. Siehst du?« Ich öffne den Deckel und halte ihn für Kasey hoch, der eine Augenbraue hebt.

»Ich bin mir nicht sicher, ob tausend Teile für Evie schon so gut geeignet sind. Aber du bist hier die Pädagogin, also ...«

Ich lege den Kopf schief. »Das ist nicht für Evie.«

Kasey schnaubt humorvoll durch die Nase und hält sich an einer Stuhllehne fest. »Ich puzzle nicht.«

»Hast du aber früher«, fordere ich ihn heraus, weil er derjenige war, der meinte, Menschen würden sich nicht ändern, doch er lässt sich von meinem Köder nicht beeindrucken.

»Ja. Als wir zehn waren, und nur, weil du mich gezwungen hast«, erinnert er mich lachend, setzt sich aber trotzdem zu mir.

»Tja. Ich zwinge dich jetzt auch, also …« Frech grinsend leere ich die tausend Teile auf den Tisch. »Außerdem habe ich Muffins von Mom mitgebracht.«

In einer theatralischen Geste schlägt Kasey mit der flachen Hand auf seine Brust und lehnt sich zurück. »*Damit* hättest du starten sollen.«

Während ich die Randstücke aussortiere, besorgt uns Kasey aus der Gartenhütte eine Holzplatte, auf der wir das Puzzle aufbewahren können. Auf dem Esstisch kann es ja eher nicht liegen bleiben. Dann hilft er mir beim Sortieren und isst einen Muffin nach dem anderen. »Gott, ihre Koch- und Backkünste haben mir gefehlt«, sagt er schmatzend mit vollem Mund, und ich beiße mir auf die Lippen. »Verstehst du dich mit ihrem neuen Mann?«

»Clive ist nett. Er lacht so laut, wie ich noch nie jemanden lachen gehört habe. Jedes Mal steckt er Mom damit an und das ist gut. Und er trägt sie auf Händen. Manchmal ist es mir persönlich schon zu viel, aber ich bin dankbar für ihn.«

Kasey hört mir zu wie früher, das Kinn auf seinen Unterarm gestützt. Seine Augen wirken dabei noch größer, während er zu mir aufsieht. Ich mochte das immer total, weil es mir das Gefühl gab, dass seine gesamte Aufmerksamkeit bei mir liegen würde. Und jetzt ist es genauso. Nach einer Weile nickt er und dreht den Kopf wieder zu seinen Puzzleteilen.

»Erzähl mir von deinem Leben, Ari!«, bittet er schließlich, nachdem wir ein paar Minuten in Stille gearbeitet haben, und ich starre intensiv auf die Teile unter meinen Fingern.

»Ich bin glücklich.« Warum auch immer ich das sage, wenn ich mir in letzter Zeit doch gar nicht mehr so sicher bin, ob das stimmt. »Ich habe eine Wohnung nicht allzu weit von der Schule. Meine beste Freundin ist auch meine Kollegin, was super ist, weil man bei dem Job jemanden braucht, der nachempfinden kann, wie es ist. Wie es einem in bestimmten Situationen geht. Zumindest ich brauche das, denn es ist nicht immer leicht.«

»Das glaube ich dir. Vor allem an unserer Schule«, sinniert er.

»Es wurde einiges geändert, und das hat sich positiv aufs Schulklima ausgewirkt. Eine Zeit lang war die Polizei auch verstärkt unterwegs. Aber das einfachste Pflaster wird diese Schule wohl nie sein«, gebe ich zu und kaue an meiner Wange. »Warum hast du Evie trotzdem dorthin geschickt?«

»Ich habe natürlich mit dem Gedanken gespielt, sie in einer Privatschule anzumelden. Weil jeder das Beste für seine Kinder will, nicht wahr? Und dann habe ich mich gefragt, was das eigentlich heißt. Denn ja, unsere Schule war sicher nicht optimal, aber ich würde behaupten, ich habe dort ziemlich gute Menschen kennengelernt.« Mein Blick trifft seinen, die Wange inzwischen in seine Hand gestützt. Er lächelt verschmitzt, bevor er die Teile weiter nach Farben ordnet. »Und warum wolltest *du* an die Schule zurück?«, fragt er, während ich noch wegen seiner Bemerkung schlucke.

Letztlich zucke ich mit den Schultern. »Weil man keine Veränderung erwarten kann, wenn man nicht bereit ist, selbst etwas dazu beizutragen. Obwohl mir manche Geschichten das Herz rausreißen, habe ich das Gefühl, dass das genau deshalb der richtige Platz für mich ist. Denn nur, solange ich da bin, kann ich zumindest einen Teil der Geschichten dieser Kinder mitschreiben.«

Ich spüre seinen Blick auf mir als intensive Wärme, die sich auf meinem Körper ausbreitet. Langsam frage ich mich, was mir wohl mehr zu schaffen macht. Seine Blicke oder sein Geruch. »Möchtest du mir von ihnen erzählen?«

Ich denke kurz nach, erstaunt darüber, wie sehr ich das wirklich möchte. Wie sehr es mir fehlt, am Ende des Tages darüber reden zu können, was ich mit ihnen erlebt habe. Positives wie Negatives. Pete sagt, er könne sich da sowieso nicht hineinversetzen, deswegen solle ich doch lieber Hayley davon berichten. Doch die Schule und diese Kinder sind es, die den Großteil meines Lebens ausfüllen. Sie bedeuten mir die Welt, und wenn ich nicht über sie sprechen darf, dann ist es doch eigentlich kein Wunder, dass mir nicht mehr viel zu sagen bleibt. Also erzähle ich Kasey von Lyric auf dem Fußballplatz. Und davon, wie sehr mir Benjamin fehlt. Von meinem Ritual mit Karen und wie Zane mich manchmal an den Kasey von damals erinnert.

Als ich fertig bin, sitze ich auf dem Stuhl neben ihm, so dicht an seinem Arm, dass ich wohl vergessen habe, dass Jahre der Entfernung zwischen uns liegen. Zumindest fühlt es sich an wie immer, während ich mich von seiner Körpertemperatur wärmen lasse. Dabei habe ich eigentlich nur den Platz gewechselt, weil ich es doof fand, dass einer von uns verkehrt herum arbeiten musste. Obwohl Kasey Puzzles angeblich nicht mag, ist er verflixt gut. Er hat total das Auge dafür und macht so gut wie alles, während ich mittlerweile zum dritten Mal die Teile nach fehlenden Randstücken durchsuche, die ich übersehen haben muss. Es ist inzwischen spät und genau ein einziges fehlt uns.

»Und? Macht es dir Spaß?«

Er lacht über den Sarkasmus in meiner Stimme. »Ist eigentlich gar nicht so schlecht, wie ich dachte«, gibt er zu und nimmt mir die Box aus der Hand, weil ich die Teile gerade etwas unsanft hineinwerfe.

»Super …« Ich reibe mir die Augen. »Ich glaube, ich hasse Puzzles.«

»Wir werden das Teil schon finden. Sonst eben beim nächsten Mal.«

Bestürzt über den Gedanken schüttle ich den Kopf. »Ich kann nicht nach Hause, bevor es auftaucht, Kasey. Ich gebe nie auf.«

Auf Kaseys Lippen breitet sich ein Lächeln aus. »Ich weiß, Ari. Ich werde es finden, okay?«

Jetzt bin ich an der Reihe, mich am Tisch abzustützen und den Kopf auf die Arme zu legen. Ich erlaube mir, kurz die brennenden Augen zu schließen. »Du bist dran! Erzähl mir etwas von dir!«

Kasey rutscht auf seinem Stuhl herum. Je mehr Minuten in Stille verstreichen, umso mehr stellt sich mir erneut die Frage, wie wir je wieder Freunde sein können, wenn wir etliche Themen ignorieren. Ich habe bisher Pete mit keinem Wort erwähnt, obwohl er doch eine große Rolle in meinem Leben spielen sollte. Kasey wiederum hat scheinbar das Gefühl, mir gar nichts von den letzten acht Jahren schildern zu können, die ich verpasst habe. Jetzt bin ich froh, dass meine Augen zu sind. »Ich verdiene Antworten, Kasey. Eine Erklärung. Irgendetwas.«

»Ja«, gibt er leise zurück. »Das stimmt.«

Meine Nase kitzelt und ich ärgere mich darüber, dass wir am Ende des Tages dauernd an diesem Punkt ankommen, egal wie »normal« die Stunden davor gewirkt haben. »Warum kannst du mir dann nichts erklären?«, flüstere ich.

Ich höre ihn scharf ausatmen, bevor ich die Augen öffne und demselben heimgesuchten Gesichtsausdruck begegne wie letzte Woche. »Weil ich Angst davor habe, was dann passiert. Weil ich in keiner Position bin, etwas zu riskieren.« Seine

Stimme klingt angespannt, beinahe wackelig, und obgleich ich nicht wirklich verstehe, was er damit meint, spüre ich tief in mir drinnen, dass Kasey eine Bürde trägt, die ihm langsam die Schultern bricht. Das Problem ist nur, dass ich meine eigene trage. Und auch wenn ich gerne eine Frau wäre, die über ihrem eigenen Stolz steht, werde ich mich nicht noch einmal zu dem Mädchen machen, das ihn anfleht, zu mir zurückzukommen. Mich reinzulassen. Nicht, wenn das letzte Mal mich nach all den Jahren immer noch derart beschäftigt.

Als ich am nächsten Tag die Kinder ins verlängerte Thanksgiving-Wochenende verabschiede, ist Kasey da. Ausgerechnet heute scheint er beschlossen zu haben, seine Tochter *in* der Schule abzuholen. Normalerweise vermeiden die Eltern das, weil sie dann auch durch den Securitycheck müssen. Heute lehnt er jedenfalls einige Meter von uns entfernt an der Mauer und geht in die Hocke, um Evie fest zu umarmen, als sie in seine Arme läuft, bleibt aber trotzdem noch dort, bis ich allen Kindern die Hand gegeben habe.

Als ich gestern bei ihm weggegangen bin, war es komisch zwischen uns. Er wusste nichts mehr zu sagen und ich hatte nichts mehr zu sagen. Das Puzzleteil blieb verschollen und bot die beste Metapher für unser Gespräch.

Nachdem ich auch den letzten Schüler auf den Weg geschickt habe, atme ich tief durch, richte mich zu meiner vollen Größe auf und begegne seinem Blick. Kaseys Augen scannen mein Gesicht, als hätte er etwas Neues darin entdeckt, das gestern noch nicht da war. Plötzlich blinzelt er. »Ich habe es gefunden, Ari«, erklärt er mir dann über die Entfernung, und ich schlinge die Arme um mich.

»Okay«, forme ich mit den Lippen und lächle vorsichtig. Wenn er extra kommt, um mir das mitzuteilen, gibt es vielleicht auch Hoffnung für *unser* Puzzle. Kasey nimmt Evie an der Hand, die mir noch einmal winkt, und marschiert mit ihr aus dem Gebäude. Etwas gerädert gehe ich zurück in die Klasse und gebe mir einen Moment, um durchzuatmen. Da entdecke ich Evies Rucksack, der unter einem der Tische liegt. Schnell greife ich danach und jogge aus dem Schulgebäude, um die beiden noch vor dem Wochenende zu erwischen. Kasey schnallt gerade Timmys Babyschale an. »Evie!«, rufe ich, bevor sie ins Auto steigt, und halte den Rucksack hoch. Ihre Augen werden groß und sie läuft mir entgegen, um ihn zu holen.

»Danke. Da ist mein Kissen drin«, erklärt sie mir.

Ich streiche Evie über die Wange und lächle. »Bald machen wir ein großes für dich, in Ordnung?«

»Zu meinem Geburtstag?«, fragt sie hoffnungsvoll.

Das wäre nächste Woche. »Wir werden sehen, dass wir es bald nähen, gut?«, verspreche ich, woraufhin sie strahlend zurück zu ihrem Dad trippelt.

Mit einem letzten Blick auf Kasey wende ich mich ab, will schnell zurück ins Warme, weil ich nicht einmal eine Jacke trage.

»Entschuldigen Sie?«, ruft da jemand, und ich drehe mich noch einmal um. Gänsehaut, die diesmal nichts mit der Kälte zu tun hat, überzieht erneut meinen Körper. Das ist der Moment, den ich seit dem Sonntag auf dem Fußballplatz gefürchtet habe. »Sind Sie hier Lehrerin?«, fragt mein Vater mit einem nichts ahnenden, freundlichen Lächeln. Ich schlinge den Cardigan enger um mich und blicke unwillkürlich rüber zu Kasey, der eben ins Auto einsteigen wollte, dann jedoch an der Tür verharrt und uns mit hartem Gesichtsausdruck beobachtet.

»Ja«, antworte ich, erkenne meine Stimme dabei allerdings selbst nicht wieder.

Mein Vater mustert mich einen Moment und scheint zu zögern, bevor er dankbar den Kopf zurückwirft. »Gott sei Dank. Ich habe die Lehrerin meiner Tochter nicht mehr angetroffen. Können Sie ihr bitte ausrichten …« Während er vor sich hin redet, fühle ich selbst, wie mein Gesicht in sich zusammenfällt. Ich kann nicht glauben, dass er mich auch jetzt nicht erkennt. Zum zweiten Mal, auf diese Entfernung! Letztlich bricht er den Satz ab und beäugt mich kritisch. »Alles in Ordnung?«, fragt er, und ich will lachen und *Nein* schreien. Stattdessen nicke ich.

Er legt den Kopf schief. »Kennen wir uns nicht? Sie kommen mir so bekannt vor.«

Was auch immer Kasey sieht, dürfte ihm nicht gefallen. Er umrundet das Auto und kommt auf uns zu, doch ich hebe die Hand, so versteckt ich eben kann, *muss* wissen, wohin diese Unterhaltung führen wird.

»Ja. Wir kennen uns«, antworte ich dann meinem Vater, mein Herz liegt in meiner Hand, weil ich genau weiß, dass ich ihm vergeben würde, wenn er mich jetzt darum bitten würde. Ich hätte es in derselben Sekunde getan, in der er mich mit einer gebrochenen Nase zurückgelassen hat. Ich hätte es getan, nachdem er mich jahrelang am Haken hat hängen lassen, wenn er versprach zu kommen, es dann aber nie getan hat.

Da lacht er plötzlich, und mein Herz fällt zu Boden, denn das klingt nicht wie die Reaktion auf die Tochter, die er vierzehn Jahre lang nicht gesehen hat. »Sind Sie die Frau vom Fußballplatz? Die mir die Ausrede gegeben hat, mir neue Schuhe zuzulegen?«

Ich glaube nicht, dass ich den Schmerz in meinen Augen, in meiner Mimik unterdrücken kann, deswegen schaue ich blitzartig zu Boden und rücke weiter von ihm ab, erstaunt darüber, dass das jetzt mehr wehtut, als wenn er mir noch mal die Nase brechen würde.

»Richtig. Daher kennen wir uns.«

Ohne dass mir bewusst gewesen wäre, dass Kasey sich wieder in Bewegung gesetzt hat, ist er auf einmal an meiner Seite. Sein Oberarm berührt meinen, während er die Hände in die Hosentaschen steckt. Die vertraute Art verleiht mir Sicherheit.

Diese stoische Haltung der scheinbaren Beherrschung, während die Energie, die er ausstrahlt, zu einhundert Prozent aggressiv ist.

Ich hebe den Blick, beobachte, wie mein Vater konfus von mir zu Kasey späht, wie sein Gesichtsausdruck sich Stück für Stück verändert. Vielleicht sind es Kaseys blaue Augen, vielleicht ist es die Kombination aus uns beiden nebeneinander, doch langsam scheint meinem Vater ein Licht aufzugehen.

»Happy Thanksgiving, Ari!«, wünscht mir da eine meiner Kolleginnen, die gerade das Gebäude verlässt.

Ich beobachte, wie sich die kleine Furche der Verwirrung an der Stirn vertieft. Lautlos formt er meinen Namen mit den Lippen, als hätte er ihn jahrelang nicht einmal gedacht, geschweige denn ausgesprochen.

»Dir auch, Kendra«, murmle ich eher, weil meine Stimme versagt.

»Arya …«, haucht mein Dad, doch ich trete kopfschüttelnd zurück. Nicht so. Nicht hier. Nicht jetzt. Er hatte jahrelang die Chance. Und er ist seit Wochen, vielleicht Monaten, wieder hier in der Stadt. Hätte ihm nicht klar sein müssen, dass ich noch hier lebe? Hat er sich nicht erkundigt, versucht herauszufinden, was ich mache und wo ich bin? Hatte er nicht damit gerechnet, mich irgendwann zu treffen?

All das kann und will ich jetzt nicht wissen. Diesmal werde *ich* diejenige sein, die darüber entscheidet, ob und wann wir reden. Mein Vater streckt die Hand vorsichtig aus, doch Kasey verlagert subtil das Gewicht so, dass er eine Barriere zwischen meinem Vater und mir bildet. Natürlich könnte Rafael ihn umgehen, doch wenn er ihn wiedererkannt hat, dann weiß er, dass Kasey nicht vorhat zurückzuweichen. Und in diesem Moment bin ich ihm unendlich dankbar dafür und nutze die Ablenkung, um endlich zurück ins Gebäude zu flüchten.

Kapitel 21

Kasey

Ich schaukle Timmy auf einem Arm herum, während ich das Handy mit der anderen Hand fester an mein Ohr drücke, weil ich nicht verstehe, was mir Pennys Eltern berichten. Timmy schreit praktisch durchgehend seit vorgestern. Die einzige Pause, die er einlegt, ist, wenn er sein Fläschchen kriegt, und wir sind wieder zurück an dem Punkt, wo ich mich gar nicht hinzulegen brauche, weil er sowieso pro Stunde mindestens einmal aufschreit. Umso weniger Nerven habe ich ehrlich gesagt für dieses Gespräch, auch wenn ich weiß, dass ich es den beiden irgendwie schulde.

»Wir verstehen ja, dass du arbeiten musst, Kase, aber denkst du nicht, es ist noch etwas zu früh?«, sagt Pennys Mom, und ich mahle angespannt mit den Zähnen.

»Mir wäre es auch anders lieber, aber ich habe leider nicht den Luxus, mir das auszusuchen.« Ich versuche, nicht sarkastisch zu klingen, langsam allerdings drehen wir uns bei dieser Unterhaltung wirklich im Kreis.

»Wir haben dir angeboten, zu uns zu ziehen. Vergiss das bitte nicht. Wir hätten auf die Kinder aufpassen können.« Und wahrscheinlich einen Weg gefunden, sie mir dauerhaft wegzunehmen. Pennys Eltern konnten mich nie besonders gut leiden. Ich verstehe auch warum, aber das Risiko, dass sie meine Kinder gegen mich aufhetzen, wie sie es jahrelang mit Penny getan haben, bin ich nicht bereit einzugehen.

»Ich weiß das zu schätzen, aber ich bin ihr Vater. Ich schaffe das.« Ich hoffe, dass ich nicht lüge ...

»Wenn du nie zu Hause bist?«, wirft mir Pennys Dad vor.

Ich hasse es, dass ich mich verpflichtet fühle, mich zu rechtfertigen. »Die Situation mag nicht optimal sein, aber andere Eltern schaffen es auch, und ich gebe mein Bestes. Ihr seid herzlich eingeladen, uns jederzeit zu besuchen, und ich bitte euch, zu Evies Geburtstag zu kommen, weil sie sich das sehr wünschen würde«, erkläre ich, mehr als bereit, das Telefonat zu beenden.

»Wir schauen, ob wir es einrichten können. Und natürlich kann sie jederzeit zu uns kommen. Wärst du zu uns gezogen, wäre das überhaupt kein Thema, Kase. Jetzt ist alles so kompliziert«, legt Pennys Mutter noch einmal nach, als hätte ich es nicht bereits ein Dutzend Mal gehört.

»Okay. Dann tut es mir leid. Ich muss mich jetzt um Timmy kümmern.« Damit lege ich auf, weil ich keine Geduld mehr habe. Ich bin stolz auf mich, weil ich das Handy lediglich auf die Couch anstatt gegen die Wand werfe. Ich habe Verständnis für ihren Schmerz, allerdings habe ich auch begriffen, dass meine Gegenwart, meine Stimme diesen Schmerz immer nur schlimmer statt besser machen wird, egal, was ich tue. Aber so hart es auch klingt, die beiden sind nicht meine Verantwortung. Timmy und Evie dagegen durchaus. Timmy, der brüllt wie am Spieß, und Evie, die ich auf der Treppe sitzen sehe, als ich um die Ecke biege. Sie versteckt sich hinter dem Geländer, ihre wilden Haare verdecken einen Großteil ihres Gesichts.

Ich greife nach dem Fläschchen, das ich für Timmy vorbereitet habe, und atme durch, als er kurz eine Schreipause einlegt und über hartnäckige letzte Schluchzer hinweg gierig saugt. Als Evie mich sieht, dreht sie sich schnell um, um die Treppen raufzukrabbeln, weil sie eigentlich schlafen sollte. Und obwohl meine eigenen Hände von dem Telefonat noch zittern und ich am liebsten gerade einfach meine Ruhe hätte, gebe ich alles, was noch übrig ist, um sensibel zu sein. »Fussel, warte!« Ich setze mich auf die Stufe, auf der sie eben hockte, und deute mit dem Kopf neben mich. Langsam kommt sie wieder runter und setzt sich zu mir. »Alles in Ordnung?«, frage ich, weil ich keine Ahnung habe, wie ich dieses Gespräch sonst starten könnte.

Evie tippt wiederholt auf eines der Ponys ihrer Pyjamahose, bevor sie den Kopf schüttelt. »Grandma und Grandpa sind böse auf dich, stimmt's?« Verdammt noch mal! Das Kind braucht wirklich nicht noch einen Grund, mich nicht leiden zu können.

»Ja.«

»Warum?«

Ich halte Timmys Flasche etwas fester. In meinem Inneren wütet ein Sturm und ich bin komplett am Ende. Nicht die beste Voraussetzung für ein Gespräch wie dieses. Aber ich weiß, das ist ein Moment, den ich ernst nehmen muss. Denn scheißegal, wie es mir geht, sie ist zu wichtig, um das hier für sie zu verbocken.

»Deine Großeltern haben Mom sehr geliebt. Sie sind traurig, dass sie nicht mehr da ist.«

Nicht wirklich die Antwort auf die Frage, aber die einzige, die ich bereit bin, einer fast Fünfjährigen zuzumuten.

»Ja, ich weiß. Grandma weint dauernd, wenn wir telefonieren und so. Ich bin auch traurig.«

Es fühlt sich an, als würde jemand auf meiner Brust stehen, während ich meiner Kleinen dabei zusehen muss, wie sie ihre Haare absichtlich vor das Gesicht kämmt. Ich jongliere Timmy und sein Fläschchen so, dass ich mit dem anderen Arm Evie an meine Seite ziehen kann. Dann küsse ich ihren Haaransatz. »Ich weiß, dass du das bist, und das ist auch okay.« Einige Sekunden in Stille vergehen, bevor ich Evie schniefen höre. »Was macht dich jetzt gerade so traurig, Fussel?«

War das die dümmste Frage, die ich habe stellen können? Wieder einmal habe ich keinen Schimmer, was ich hier eigentlich mache.

»Grandma hat gemeint, Mommy wäre noch da, wenn ihr jemand geholfen hätte.« Erneut steigt Wut in mir auf, weil Elaine kein Recht hat, solche Dinge zu Evie zu sagen. »Kommt Grandma nicht zu meinem Geburtstag, weil sie auch auf mich böse ist?«

So sanft ich in diesem Moment kann, drücke ich meine Tochter von mir weg, damit ich ihr in die Augen sehen kann. »Gott, *nein*! Warum denkst du das?«

»Weil ich nicht geholfen habe. Weil sie mich meint ...«

»Nein, Evie«, widerspreche ich vehement, während ihre Lippen beben und ich am liebsten selbst heulen würde.

»Aber hätte ich Timmy gehalten, dann hätte Mommy schlafen können«, schluchzt sie unter Schluckauf, und alles, was ich machen kann, ist, den Kopf zu schütteln.

Gott, bitte zeig mir, was ich sagen soll, bete ich zum ersten Mal seit Ewigkeiten und hoffe, dass er meine Stimme trotzdem noch kennt. Timmy rutscht die Flasche aus dem Mund und er beginnt erneut zu weinen. Ich schließe einen Moment die Augen, weil ich gleich verrückt werde. Dann bringe ich Timmy in eine aufrechte Position und sammle mit dem anderen Arm meine Tochter auf. Mit schwerem Herzen und völliger Verzweiflung lege ich Timmy in sein Gitterbett, weil es sowieso nichts gibt, was ich in diesem Moment für ihn tun kann, und ich gleichzeitig weiß, dass Evie jetzt meine ungeteilte Aufmerksamkeit braucht. Deswegen trage ich Evie in ihr Zimmer und lade sie auf ihrem Bett ab.

»Evie.« Ich nehme das tränennasse Gesicht der Kleinen in die Hände und wische es trocken, so gut ich kann. »Hör mir

194

mal zu, okay? Wenn jemand stirbt, den wir lieb haben, dann sind wir traurig. Manchmal sind wir wütend, und manchmal versuchen wir, Antworten zu finden, die nur leider nicht mehr helfen. Und manchmal haben wir das Gefühl, dass es unsere Schuld ist, dass die Person gestorben ist. Aber es ist *nicht* deine Schuld. Mommy war schlimm krank. Nichts, was du gemacht hättest, hätte etwas daran geändert. Verstehst du mich?«

Das gilt nicht für mich, aber das muss Evie jetzt nicht hören. Sie muss wissen, dass *sie* sich niemals schuldig fühlen darf.

Sie nickt.

»Bist du sicher?«, hake ich nach, weil es wirklich wichtig ist.

»Manchmal hab ich Angst, dass du auch weggehst. Dann bin ich ganz alleine mit Timmy.«

»Ich gehe nirgendwo hin, Evie. Freiwillig ganz bestimmt nicht. Und wenn mir etwas passieren sollte, seid ihr nicht alleine. Ihr habt Grandma und Grandpa. Die beiden lieben euch von ganzem Herzen.«

»Und Miss Evans?« Mein Herz bleibt stehen. Was habe ich getan? Denkt sie, ich will Penny ersetzen? »Hat sie mich auch lieb?«

»Ja, Fussel«, antworte ich, nachdem ich mich wieder im Griff habe. Die Frage war unschuldig. »Das hat sie bestimmt.«

Evie lächelt ein unsicheres Lächeln und schlingt ihre kurzen Arme dann um meinen Hals.

»Okay, Daddy. Du kannst jetzt wieder zu Timmy gehen«, erklärt sie mir, und ich bewundere, wie groß meine Kleine in diesem Augenblick ist.

Sie legt sich ins Bett und ich decke sie zu, bevor ich ihr noch einen Kuss gebe.

»Ich bin stolz auf dich, Evie.«

Dieses Mal wirkt ihr Lächeln etwas sicherer. Nachdem ich ihre Tür geschlossen habe, kommt mein Atem kurz stoßartig. Ich stütze die Hände auf den Knien ab, weil ich das Gefühl habe, gleich umzukippen. Nicht nur vor Müdigkeit, sondern vor allem wegen der Intensität der letzten halben Stunde. Als Timmys Brüllen noch brutaler wird, fahre ich mir durch die Haare und ziehe fest daran, zwinge mich zu funktionieren. Ich schnappe mir Timmy und gehe wieder ins Wohnzimmer, damit Evie hoffentlich schlafen kann. Doch im Laufe der nächsten zwei Stunden wird es nur schlimmer statt besser, und ich drehe tatsächlich durch.

»Was willst du, Kind? Was brauchst du?«, schreie ich über den Dauerlärm, woraufhin er natürlich noch lauter kreischt. Meine Hände zittern und ich habe buchstäblich Angst davor, was passiert, wenn ich ihn weiter halte. Also lege ich ihn in seine Babyschale. Er ist inzwischen so hysterisch, während er sich die Augen in einer Tour reibt und hustet, dass ich mich frage, wie er an diesem Punkt noch nicht vor kompletter Erschöpfung eingepennt sein kann. Unbeherrscht über meine eigene Unfähigkeit und aus purer Verzweiflung donnere ich die Faust gegen die Wand. Im nächsten Moment drehe ich mich um, atme tausendmal durch, damit ich nicht weitermache, bis ich mir die Knöchel gebrochen habe, und gleite mit dem Rücken an der Wand zu Boden. *Ich kann das nicht. Ich schaffe es nicht alleine. Was zum Teufel habe ich mir dabei gedacht?*

Nach ein paar Minuten tue ich das Einzige, was mir noch einfällt. Etwas, das mich mehr kostet als alles andere bisher, aber ich weiß einfach nicht weiter. Ich wähle Aris Nummer. Beim Freizeichen halte ich mir die Hand vor die Augen. Als es klingelt, bin ich kurz davor, wieder aufzulegen, doch als sie abhebt, fühle ich zum ersten Mal heute Abend, wie all die beschissenen Gefühle in meinem Bauch dank der Sanftheit ihrer Stimme abflauen.

»Kasey?«

»Ich hasse es, fragen zu müssen, aber könntest du vielleicht nach Evie sehen, während ich mit Timmy ins Krankenhaus fahre?«

»Was ist los?«, fragt sie besorgt wie aus der Pistole geschossen.

»Ich habe keine Ahnung«, gebe ich zu, kralle mir hilflos die kurzen Fingernägel in die Stirn. »Er hört einfach nicht auf zu brüllen, Ari. Ich weiß nicht, was ich sonst machen soll …«

»Ich komme«, sagt sie, ohne zu zögern. »Gib mir fünfzehn Minuten.«

KAPITEL 22

Arya

Ich müsste lügen, würde ich behaupten, dass mein Herz nicht höhergeschlagen hätte, als ich Kaseys Nummer auf dem Display entdeckt habe. Nicht nur, weil es verflixt spät war, sondern weil es Kasey war. Gut, er hat mir am Mittwoch noch eine Nachricht geschrieben und mich gefragt, ob er mich mitnehmen solle, weil mein Vater zurück ins Schulgebäude gegangen war. Vielleicht, um mich zu finden. Wer weiß das schon? Ich habe »Nein, danke« geantwortet und mich bis abends wie eine Erwachsene im Lehrerzimmer versteckt, bevor ich schließlich nach Hause gefahren bin. Am liebsten hätte ich dort gecampt. Nur für den Fall. Am Donnerstag hat Kasey mir noch eine Nachricht geschrieben und gefragt, ob ich darüber reden wolle. Darauf bekam er dieselbe Antwort wie beim ersten Mal. Denn ich wollte wirklich nicht darüber reden. Ich will auch immer noch nicht mit Mom über die Sache sprechen, weil ich genau weiß, dass sie sich tierisch aufregen würde. Auch wenn es nur eine Frage der Zeit ist, bis sie meinen Dad selber trifft. Also habe ich beim Thanksgiving-Dinner – bei dem ich im Übrigen alleine war, weil Pete meinte, er wolle doch lieber zu seinen Eltern fahren, obwohl wir meiner Mom schon zugesagt hatten

– einfach tausend andere Sachen erzählt, die weder mit Rafael noch Kasey zu tun hatten.

Beim Klang seiner Stimme eben wusste ich allerdings gleich, dass etwas nicht stimmte. Ganz abgesehen davon, dass Timmy im Hintergrund nicht zu überhören war. Da war es mir sogar egal, dass ich schon im Pyjama war. Ich warf mir den dicksten Pullover über, den ich besitze, schlüpfte in meine Pompon-Stiefel und huschte zur Wohnung raus.

Kaseys Tür ist nur angelehnt, damit ich mich selbst reinlassen kann. Ich trete die Stiefel von meinen Füßen und laufe ins Wohnzimmer, vorbei an Kasey, der sichtbar zitternd auf dem Boden sitzt, die Ellbogen auf die Knie gestützt, das Gesicht in den Händen. Timmy sieht nicht besser aus. Der Kleine hat einen hochroten Kopf, während er sich die Seele aus dem Leib schreit. Ich hebe ihn aus seiner Babyschale und schaukle ihn durch die Gegend, auch wenn ich sicher bin, dass Kasey das bereits die ganze Zeit gemacht hat.

»Kasey?«, frage ich über das Geschrei, weil ich gerade nicht sicher bin, wer hier am meisten Hilfe braucht. Zur Antwort bekomme ich ein schwaches Nicken, aber das reicht mir vorerst. Aus Gewohnheit halte ich Timmy den Fingerknöchel hin, um zu sehen, ob er saugt, obwohl Kasey das bestimmt längst probiert hat. Doch er saugt sowieso nicht. Stattdessen nimmt er meine ganze Hand und stopft sich so viel wie möglich davon in den Mund.

Kasey hievt sich vom Boden hoch und streckt die Hände nach Timmy aus. »Ich fahre jetzt.« Seine Augen sind rot und die Ringe unter seinen Augen violett. Wann er wohl das letzte Mal geschlafen hat? Ehrlich gesagt ist mir nicht wohl dabei, ihn in diesem Zustand ans Steuer zu lassen.

Ich linse zu Timmy, der zwischen Brüllern immer wieder an meinem Finger kaut, und langsam geht mir ein Licht auf. »Darf ich noch etwas probieren, bevor du ihn in die Notaufnahme bringst?«, frage ich vorsichtig, weil ich eigentlich gar kein Recht habe, mich einzumischen. Er hebt ratlos die Hände. »Habt ihr in eurem Medizinschrank Schmerzzäpfchen?« Penny hatte bestimmt welche, und wenn ich richtig liege, dann zahnt der kleine Mann lediglich.

Geknickt marschiert Kasey in die Küche und durchsucht die mittelgroße Box, bevor er mit einer Schachtel zurückkommt.

»Mom hat mir vor Kurzem wieder einmal erzählt, dass ich mit vier Monaten meine ersten zwei Zähne bekam und sie eine schlaflose Nacht nach der anderen mit mir durchmachen musste. Manche Babys spüren das wohl gar nicht. Anderen tut es bestialisch weh.«

Kann sein, dass ich mich täusche, aber wenn nicht, dann könnte Kasey sich und dem Baby die nächste Tortur ersparen. Ich übergebe Timmy kurz an Kasey, um mir die Hände zu waschen und das Zäpfchen zu entpacken. Anschließend verabreiche ich es dem Kleinen und trage ihn danach einige Zeit einfach herum, summe dabei »Calm after the Storm«, während Kasey in der Küche auf und ab tigert. Und tatsächlich wird aus der Schreierei ein leises Quengeln, ehe er lediglich wimmert und schließlich einschläft. Am liebsten würde ich vor Erleichterung jubeln, stattdessen behalte ich ihn weiterhin dicht bei mir, nur für den Fall. Ich suche Kaseys Blick, doch der stützt sich am Tisch ab mit dem Rücken zu mir. Nach ein paar Minuten, in denen ich sichergehe, dass Timmy auch wirklich schläft, lege ich ihn in seine Wiege im Wohnzimmer. Schmunzelnd komme ich mir dabei vor, als würde ich eine scharfe Bombe bedienen. Faszinierend, wie diese kleinen Engel beim Schlafen so friedlich aussehen können, drei Sekunden, nachdem sie uns die Hölle heiß gemacht haben. Aber ich schätze, so geht es allen Eltern. Der Gedanke lässt mich schlucken. *Häng dich nicht zu sehr an diese Familie, Ari. Es wird in Herzschmerz für alle enden.* Ich zerre mir den Pullover vom Leib und werfe ihn auf die Couch, denn kalt ist mir jetzt bestimmt nicht mehr.

Langsam schleiche ich zu Kasey in die Küche, unsicher, was ich jetzt machen soll. Meine Hand verharrt über seiner Schulter, weil ich nicht weiß, ob das angebracht ist. Die Augen verdrehend starre ich meine Hand an und ziehe sie wieder zurück.

»Kasey …«, beginne ich, so sanft ich kann.

»Nicht, Ari«, unterbricht er mich in schneidendem Ton und macht mich damit irgendwie sauer. »Versuch jetzt bloß nicht, mich zu trösten oder mir etwas zu erklären, oder …«

»Oder was? Ich soll kommen, darf aber nicht reden, oder wie? Soll so tun, als würde mir nicht auffallen, dass du kurz vor der Explosion stehst? Oder willst du mich jetzt dafür bestrafen, dass du um Hilfe bitten musstest, weil der große Kasey doch sonst alles alleine …«

Kasey wirbelt so schnell herum, dass ich einen Schritt zurückstolpere, bevor ich mich erst recht wieder vorlehne, denn ich gebe bestimmt nicht klein bei. »Ich kann kein Vater sein, Arya. Ich kann nicht mit ihnen alleine sein. Ich kann nicht …«, stammelt er. »Die Gedanken, die ich manchmal habe … Wozu ich bereit wäre, damit er einfach endlich mal aufhört zu schreien. Ich *weiß*, ich habe *seine* Gene.«

Ich brauche einen Moment, um zu begreifen, dass er nicht von Timmy spricht, sondern von seinem Vater, und das verschlägt mir kurz den Atem. »Kase! Du bist nicht wie er. Du bist alleinerziehender Vater in einer absoluten Ausnahmesituation. Ich glaube, dunkle Gedanken hatten schon alle Eltern, selbst jene, die zu zweit waren.«

»Ich hatte diese Gedanken schon bei *einem* Baby. *Ein* Baby, *und* ich hatte Penny, die mir praktisch alles abgenommen hat. Und trotzdem fühlte ich mich ständig wie ein Fremdkörper, der der Aufgabe nicht gewachsen ist«, gibt er zu und setzt sich auf einen der Stühle.

»Vielleicht, *weil* Penny dir alles abgenommen hat.« Ist schwer, etwas zu lernen, wenn man nie wirklich die Chance dazu bekommt.

»Nein, Ari«, widerspricht er streng und schüttelt den Kopf. »Das geht auf meine Rechnung. Nicht Pennys.«

»Ich versuche nicht, sie zu missachten oder zu beschuldigen, und ich bin sicher, sie meinte es gut, aber keiner wird als Mutter oder Vater geboren, oder? Ich glaube fest daran, dass das etwas ist, in das wir hineinwachsen müssen.« Und wachsen können wir nur mit den Herausforderungen.

»Arya! Ich weiß, dass ich bin wie er. Ich wusste es immer. Und du doch auch. Du weißt, dass ich selbst schon zugeschlagen habe. Warum, denkst du, wollte ich nie Kinder?«

»Kasey! Sieh mich an!« Tut er nicht, weshalb ich den Stuhl neben ihm hervorziehe und mich draufsetze, damit er wenigstens mal in meine Richtung schaut. »Du bist nicht wie dein Vater. Warst du nie. Du hast immer nur gekämpft, um andere zu beschützen. Nicht, um zu verletzen. Das ist ein riesiger Unterschied.«

Kasey war nie der, der den Streit gesucht hat. Er war der, der ihn beendet hat.

»Aber ich bin fähig dazu.«

»Jeder Mensch kann die Nerven verlieren. Jeder Mensch könnte irgendwann gewalttätig sein. Aber du würdest niemanden verletzen, den du liebst.«

Das lässt ihn humorlos schnauben. »Ich habe die DNS eines Mannes geerbt, der den Menschen, die er angeblich geliebt hat, wehgetan hat, und zwar immer wieder.« Schluckend erkenne ich an, was er da sagt. Ist schwer zu glauben, dass es auch anders geht, wenn man es sein Leben lang auf die eine Weise vorgelebt bekommen hat.

Ich lege meine Hände auf seine Wangen und fixiere diese unglücklichen Augen, die wohl etwas ganz anderes im Spiegel sehen als ich, wenn ich ihn betrachte.

»Du bist nicht wie dein Vater. Weißt du, warum ich das weiß? Weil du mich angerufen hast. Weil du ihn in die Babyschale gelegt und dich aus der Situation entfernt hast. Weil es bei den Gedanken geblieben ist und daraus keine Taten wurden, Kasey. Weil das eben ist, was du bist. Und das macht dich zu dem, der du bist: jemand mit Selbstbeherrschung. Das Einzige, was ihr je gemeinsam hattet, ist eure Augenfarbe. Du bist nicht wie dein Vater!«, wiederhole ich noch einmal mit aller Überzeugung, die ich hineinpacken kann. Er will den Blick abwenden, doch ich beuge mich vor, folge ihm, weil ich noch nicht fertig bin.

»Und nein, du solltest das nicht alles alleine machen müssen«, ergänze ich sanfter. »Aber diese Kinder haben auch um nichts von alldem gebeten. Und das weißt du. Deswegen beweist du Größe und stellst dich der Verantwortung. Anders als dein Vater.«

Jeder seiner Muskeln bebt vor Anspannung. Mein Herz bricht für ihn, als sich seine Augen endgültig mit Tränen füllen und meine damit gleich anstecken. »Komm her!«, murmle ich, nachdem auch mich das Adrenalin langsam verlässt. Sanft ziehe ich seinen Kopf an meine Schulter, weil ich weiß, wie sehr er es hasst zu weinen. Und ihn weinen zu sehen war von jeher das Schlimmste für mich. Wahrscheinlich, weil ich es bisher nur zweimal miterlebt habe. Dennoch fühlt sich der Moment so unendlich vertraut an, da mir selbst sehr bewusst ist, dass der Kloß in meinem Hals mehr als nur Mitgefühl ist. Als Kasey an meiner Schulter schnieft und schließlich herzzerreißend stöhnt, streiche ich ihm wiederholt durch die Haare. Mit meiner freien Hand wische ich meine eigenen Tränen weg, bevor sie ihn erreichen können.

Ich weiß nicht, wie lange wir auf diese Weise sitzen, meine Finger in seinen krausen Haaren und sein heißer Atem an meiner Haut. Irgendwann hebt er jedoch langsam den Kopf und macht mich damit sprachlos, als seine Lippen plötzlich auf meiner Schulter liegen. Dieser zärtliche Kuss löst spontan eine neue Welle der Tränen bei mir aus und ich schiebe mich rückwärts vom Stuhl. Horror zeichnet sein Gesicht, als er in mein verheultes blickt.

Schroff reibt er sich die Augen. »Es tut mir leid, Ari.«

Mir nicht. Was sagt das über mich aus? »Ich kann das nicht, Kase. Ich bin verlobt«, sage ich dennoch. Und auch wenn es mich zu einem naiven Dummchen macht, weil es Pete offensichtlich völlig egal ist, was mit uns passiert, ist es *mir* eigentlich *nicht* egal.

»Und selbst, wenn ich nicht verlobt wäre. Ich bin nicht mehr dieses Mädchen von früher. Die, die geduldig an der Seitenlinie darauf wartet, dass du endlich erkennst, dass *ich* das Mädchen für *dich* bin. Wir hatten unsere Chance.«

Seine Augenbrauen ziehen sich zusammen, während ich mich wappne für dieses Gespräch, das längst fällig war. »Was soll das heißen?«

Frustriert fuchtele ich mit den Händen herum und sehe an die Decke. »Es soll heißen, dass *ich* damals nie die war, die mit diesen ganzen Jungs Schluss gemacht hat.«

»Was?«, murmelt er.

»Ich habe dich angelogen. Okay?! Ich bin von allen Jungs verlassen worden, weil ich keinem von ihnen geben konnte, was sie von mir wollten.«

Verwirrung weicht unmaskiertem Zorn. Er steht auf, bleibt steif stehen. »Meinst du Sex?«, fragt er, seine Stimme tödlich. »Denn wenn du mir jetzt sagst, dass einer von denen dich zwingen …«

»Oh, Kasey«, unterbreche ich ihn gereizt. »Natürlich wollten die siebzehnjährigen Jungs Sex, aber das meine ich nicht. Ich rede von meinem Herzen. Ich war in keinen von ihnen verliebt, hatte nie Schmetterlinge im Bauch.« Er blinzelt einige Male, etliche Emotionen huschen über sein Gesicht, während er versucht, sich einen Reim auf das zu machen, was ich ihm jahrelang anders erzählt habe.

»Du hast nie etwas gesagt«, krächzt er wie unter Schmerzen, und ich lege ungläubig den Kopf schief.

»Abseits von ›Ich liebe dich, Kasey‹?« Ich lache humorlos auf, während eine weitere Träne auf mein Top fällt, und lasse die Hände auf meine Oberschenkel klatschen. *Du hast einen perfekten Moment gewählt, um diese Unterhaltung zu starten, Ari. Gut gemacht!* Andererseits war es doch logisch, dass das Fass irgendwann überlaufen musste. »Klar hab ich es klingen lassen, als meinte ich es freundschaftlich. Kein Mädchen, das an dir interessiert war, hat sich länger als fünf Minuten in deiner Umlaufbahn bewegen dürfen. Ich wusste, ich würde dich verlieren, sobald du begreifst, was ich für dich empfinde.« Ich beiße mir kopfschüttelnd auf die Lippe. »Und welch Überraschung … ich hatte recht.«

Es kommt mir vor wie Stunden, in denen er mich einfach anstarrt, pure Verzweiflung in seinen schönen Zügen. »Du denkst, ich bin damals verschwunden, weil ich dich nicht wollte?«

Ich fixiere den Boden. Jahrelang habe ich keinen Ton darüber verloren, was ich empfand und wie es mir damit ging. Jetzt wälzt sich alles wie eine Lawine über mein Innerstes und im Moment fühlt es sich an, als würde ich lebend nicht wieder aus der Sache rauskommen. Im Versuch, mich einzukriegen, lasse ich meine Hand über mein Brustbein kreisen.

»Ich weiß, dass du nicht zwingend meinetwegen gegangen bist. Du hast dich aber auch weder gemeldet noch bist du zurückgekommen. Ich war siebzehn und wir waren uns *gerade* nähergekommen. Was soll ich sonst denken?«

»Weißt du nicht mehr, was an dem Abend *noch* passiert ist, Arya?« Seine Stimme gewinnt wieder an Gewicht, obwohl er mich mit geschocktem Gesicht fixiert.

»Kasey … ich werde den ganzen Tag in jeder Einzelheit mit mir ins Grab nehmen. Und natürlich habe ich verstanden, dass du mit deiner Mom mitgegangen bist, als sie endlich bereit war, alles hinter sich zu lassen. Und obwohl der Gedanke, dich gehen zu lassen, furchtbar war, habe ich mir für dich gewünscht, dass du Frieden findest. Aber ich dachte eben … hoffte, dass wir trotzdem eine gemeinsame Zukunft hätten.«

Im Wohnzimmer beginnt Timmy plötzlich erneut zu wimmern. Kasey schließt abgekämpft die Augen, während Grauen meine Brust füllt, als ich darüber nachdenke, dass dieses Gespräch schon wieder ein jähes Ende nehmen wird. Wie oft werde ich mich wohl noch diesem Schmerz aussetzen können? Ich kann es Timmy nicht einmal verübeln, dass er bei dem Theater, das wir hier praktisch neben ihm veranstalten, nicht schlafen kann, aber das Timing ist trotzdem hart. Als Kasey an mir vorbeigeht, um ihn aus der Wiege zu holen, sinke ich energielos zurück auf den Stuhl und stütze den Kopf in die Hände. Was ist nur mit mir? Warum haben die drei Männer in meinem Leben diese Macht über mich, sodass ich mich langsam fühle wie ausgesaugt? Kasey, Dad, Pete? Nicht notwendigerweise in der Reihenfolge. Aber warum alle auf einmal? Was ist mit meinem Rückgrat passiert? Wann lerne ich endlich, für mich selbst einzutreten, anstatt mich von deren Gefühlen, Aktionen und Reaktionen so abhängig zu machen?

Geläutert stehe ich auf und schiebe den Stuhl zurück unter den Tisch. »Ich sollte wahrscheinlich gehen.«

Kasey sieht von Timmy zu mir und schüttelt vorsichtig den Kopf.

»Nein, Ari«, bittet er. »Nicht dieses Mal. Bitte bleib!«

»Daddy!«, schreit Evie oben, und ich würde lachen, wenn die Situation gerade nicht dermaßen geladen wäre. Kasey schiebt sich eine Hand in die Haare und zieht brutal daran. Ich überbrücke die Distanz zwischen uns, die ich eigentlich lieber wahren würde, und nehme ihm Timmy ab. Hätte ich doch einfach die Klappe gehalten. Nicht generell, aber wenigstens heute. Jetzt fühle ich nichts als Leere, als Kasey sich bedankt und die Treppe hochläuft. Leere und Pein über meinen Egoismus liefern sich einen Wettkampf, während ich Timmy erneut in den Schlaf schaukle. Als er schläft, möchte ich ihn am liebsten zurück in sein Bettchen legen und abhauen, aber Kasey ist noch immer nicht zurück und ich kann nicht riskieren, dass Timmy einen Schreianfall bekommt, während er seine Tochter beruhigen muss. Nicht, wenn er mich doch extra um Hilfe gebeten hat.

Also setze ich mich so langsam mit Timmy auf der Brust auf die Couch, bis meine Beine vor Anstrengung zittern. Vorsichtig bringe ich uns in eine liegende Position, bis meine Bauchmuskeln praktisch unter Protest aufschreien. Ich entspanne mich erst, als ich sehe, dass er noch immer schläft. So liege ich ewig da und starre auf die Zimmerdecke, die ich bereits angestarrt habe, bevor ich erahnen konnte, wie mein Leben spielen würde. Die gleichmäßigen Atemgeräusche, gemischt mit der Wärme, die von diesem Baby ausgeht, beruhigen mich langsam, aber sicher, und schließlich fallen mir die Augen zu.

KAPITEL 23

Arya

Ich wache wieder auf, als jemand das Gewicht von meiner Brust nimmt. Instinktiv schlinge ich die Arme fester um das kleine Bündel, noch bevor ich die Augen aufreiße und Kasey erkenne. Erleichtert atme ich aus und lasse Timmy los, auch wenn ich gleich seine Wärme vermissen werde. Kasey sieht absolut kaputt aus, wenngleich er mich sanft anlächelt. Dann legt er Timmy vorsichtig zurück in die Wiege. »Wie spät ist es?«, flüstere ich.

»Vier Uhr.« Meine Augen werden zu großen Tellern. Okay, so lange hatte ich definitiv nicht vor zu bleiben.

Ich hieve mich von der Couch und greife nach meinem Pullover. »Ich muss jetzt wirklich gehen.« Das Letzte, was ich will, ist, Evie zu verwirren, weil ich ständig hier bin. Ganz zu schweigen davon, dass ich mich selbst damit verwirre.

»Wir sollten unbedingt reden, Ari«, meint Kase, und ich ziehe nickend die Schultern hoch. Sag ich doch ... Er wirkt zerrissen, während er die Hände im Nacken verschränkt und auf den Boden starrt.

»Ja, das sollten wir. Aber nicht um vier Uhr morgens, wenn wir beide völlig übermüdet sind.« Ich bin stolz auf mich, dass ich hier standhaft bleibe, obwohl ich mir schon so lange

Antworten wünsche. Aber wenn wir noch einmal unterbrochen werden, fahre ich aus der Haut. Ich greife nach meinem Handy und meiner Handtasche. Fragend drehe ich mich noch einmal zu Kasey. »Kommst du vorerst alleine klar?«

Blöde Frage ... ich stehe praktisch in der Tür. Was soll er sonst machen? Sich mir vor die Füße werfen und mich anflehen zu bleiben? Zu meinem eigenen Seelenheil muss ich jetzt gehen, so oder so. Heute ist bereits zu viel passiert, so viel gesagt und doch nichts offenbart worden. Kasey nickt.

»Okay«, hauche ich und wappne mich für den Schlag ins Gesicht, den die nächtliche Winterkälte mir gleich bescheren wird. »Wir sehen uns, Kasey. Okay?« Ich hasse die Unsicherheit in meiner Stimme. Hasse es, dass ich mir bei ihm nie wirklich sicher bin.

»Wir sehen uns, Ari«, bestätigt er allerdings, und ich verlasse das Haus, bevor ich daran denken kann, wie er mir das auch damals versprochen hat.

Auf dem Nachhauseweg möchte ich am liebsten heulen und fühle mich gleichzeitig irgendwie innerlich stumpf. Vielleicht, weil ich schon zu viele Tränen vergossen habe. Für Kasey. Für uns. Für meinen Dad.

Als ich meine Wohnung betrete, kreische ich heiser auf, weil Peter auf meinem Sofa sitzt. Auf die eigenartige James-Bond-Bösewicht-Weise in stoischer Ruhe, ein Bein gemächlich über dem anderen verschränkt. Ich sehe kein Handy, keinen Laptop, gar nichts – was mich vielleicht noch mehr erschreckt. »Himmel! Ich glaube, ich hatte eben einen Herzinfarkt«, keuche ich atemlos, drücke mir eine Hand auf die Brust. »Warum sitzt du dort?«

Wie eine Katze starrt er mich eine Zeit lang an, ohne zu blinzeln. »Weil du nicht im Bett warst«, gibt er mir letztlich Antwort. »Weder in meinem noch in deinem. Geantwortet hast du auch nicht auf meine Anrufe. Was hätte ich also machen sollen?« Ups. Ich hatte mein Handy auf lautlos gestellt und einschlafen wollte ich ja eigentlich nie.

»Tut mir leid, Pete. Ein Freund hat Hilfe gebraucht.«

»Ein Freund, ja?« Sein Ton gefällt mir überhaupt nicht. Die Schärfe darin ist kaum zu überhören. »Derselbe Freund, der neulich *deine Hilfe gebraucht hat*?«

Ich kneife kopfschüttelnd die Augen zusammen. »Sag das nicht auf diese Weise, Pete. Seine Freundin ist kürzlich gestorben und er hat sonst niemanden.«

»Na, dann ist's ja gut, dass er dich hat. Nicht wahr?«

Ich werfe meine Schlüssel auf den Küchentisch und flüchte mich etwas tiefer in meinen Pullover. »Hör auf, so zynisch zu sein. Dafür habe ich heute Nacht keine Kraft mehr.«

»Da bin ich mir sicher«, wirft er mir abfällig entgegen.

Ich wirble herum. Er geht zu weit. »Peter! Es reicht!«

Peter steht auf. Weiterhin ruhig und gelassen. Sein Gehabe passt gerade absolut nicht zu seinen Worten und das irritiert mich noch mehr als die Beschuldigung.

»Hauptsache, du hast mir die Hölle heiß gemacht, ich würde mir Hintertüren offenlassen, während du in Wahrheit diejenige bist, die sich ihre alte Flamme warmgehalten hat.«

Nicht nur der Vorwurf, sondern auch der genaue Wortlaut verschlägt mir einen Moment zu lange die Sprache, was Pete mit einem humorlosen Lachen quittiert. Er nimmt meinen Schock als Geständnis. »Ja, Arya. Ich weiß, wer *Kasey* ist. Ich wäre in meinem Job nicht so weit oben, wenn ich begriffsstutzig wäre. Schließlich hatte der Kerl den Nerv, bei unserer Verlobung aufzukreuzen, und so, wie du dich danach benommen hast, konnte ich zwei und zwei zusammenzählen, als ich seinen Namen in deinen Nachrichten und Telefonprotokollen gefunden habe. Und wage ja nicht, mir jetzt zu erklären, ich hätte kein Recht, dein Handy zu durchsuchen, denn das Recht hast du mir mit deiner Untreue gegeben.«

Endlich finde ich meine Zunge wieder. »Nein, Peter ...« So war das gar nicht.

»Komisch, dass du dich so eigenartig benimmst, seit du mir von der neuen Schülerin erzählt hast, die *zufällig* in deinem alten Haus wohnt«, redet er weiter, zieht inzwischen kleine Kreise in meinem Wohnzimmer. »Und ich scheine doch etwas begriffsstutzig zu sein, weil ich erst heute auf die Idee gekommen bin, dort mal vorbeizufahren, als ich dich nicht finden konnte.« Er hat mein Auto gesehen und seine Schlüsse gezogen. Grundsätzlich kann ich es ihm nicht einmal verübeln. Hätte ich es denn anders gemacht? Aber er hat alles völlig falsch verstanden. Wenn er mich doch einfach erklären lassen würde ...

»Und wirklich ... was mich am meisten ankotzt, ist, dass du auch noch den Nerv hattest, *mir* zu unterstellen fremdzugehen.«

»Pete! Jetzt hör doch mal zu!«, rufe ich verzweifelt, weil ich schon wieder das Gefühl bekomme, dass er mich einfach ausblendet.

Er wackelt mit dem Zeigefinger, als wäre ich fünf und nicht fünfundzwanzig. »Ich bin fertig damit, dir zuzuhören, Arya!« Damit greift er nach seinem Sakko und marschiert in großem Bogen an mir vorbei.

»Du bist fertig damit?«, fordere ich ihn heraus, zum ersten Mal, weil er mich einfach wieder so stehen lassen will. »Du hörst mir doch *nie* zu! Denn wenn du mich irgendwann einmal gehört hättest, wüsstest du alles. Ich habe versucht, dir von Kasey zu erzählen. Und von dem Haus. Und von meinem Vater.«

Er lacht, seine Augen vermitteln eher Leere als Enttäuschung oder Wut oder von mir aus Hass. »Ja klar! Such die Schuld ruhig bei allen anderen, Arya. Ich weiß, das kannst du besonders gut. Du bist ständig das arme, kleine Opfer, so zerbrochen von dem, was ihr Daddy mit ihr gemacht hat. Verarsch in Zukunft jemand anderen!«

Er drückt die Türklinke nach unten und ich habe das Gefühl, als würde sich eine Boa constrictor um meinen Hals winden. Trotzdem finde ich den Weg zu ihm und halte die bereits geöffnete Tür fest. Ganz egal, wie das hier heute ausgeht – diesen Abgang habe ich nicht verdient.

»Peter! Lass es mich wenigstens bitte erklären. Du kannst nicht einfach so abhauen.«

Er legt den Kopf schief und lächelt mich freudlos an. »Und ob ich kann. So wie andere Männer auch, das müsstest du doch gut kennen.« Ich zucke sichtlich zusammen über diesen gezielten Hieb, umklammere die Tür etwas fester. »Vielleicht kannst du dich ja bei deinem Kasey darüber ausheulen.«

Ich will seinen Namen nicht aus Peters Mund hören. Einerseits, weil er ihn mit einer Abfälligkeit ausspuckt, die mir nicht gefällt. Und andererseits, weil er *keine* Ahnung hat, wovon er da spricht. Inzwischen bebend vor Ärger über den Beschuss lehne ich mich dichter an ihn und schüttle den Kopf. »Rede nicht auf diese Weise mit mir, Peter. Das steht dir nicht zu!«

»Ach nein? Ich finde, du solltest froh sein, dass das alles ist, was ich sage. Und jetzt geh mir aus dem Weg!«

»Nein!«, widerspreche ich, weil ich es so satthabe, den Fußabtreter zu spielen. »Ich verdiene ein normales Gespräch, bei dem du einmal in deinem Leben nicht denkst, dass du sowieso schon alles weißt.«

»Arya! Nimm deine Hand von der Tür!«, warnt er mich, und ich weiß, ich sollte ihn gehen lassen, aber ich bin es total leid, andere über mich entscheiden zu lassen.

»Nein!«

»Nimm verdammt noch mal deine Hand weg, Arya!« In seiner Wut versetzt er der Tür einen gewaltigen Tritt. Der jähe Schmerz, der durch meine Hand schießt, als die Tür sie quetscht, lässt mich kurz Sterne sehen und fährt in Wellen durch meinen Körper. Er ist so intensiv, dass ich mit einem lautlosen Schrei auf die Knie sinke, nachdem ich die Hand zurückgezogen habe und sie mir schützend gegen die Brust presse. Einen Moment lang bekomme ich keine Luft.

»Ich habe dir doch gesagt, du sollst deine Hand da wegnehmen«, rüffelt Peter mich.

Die Schwerkraft fühlt sich mit einem Mal weit gewichtiger an als sonst, denn irgendwie schaffe ich es nicht mal mehr, den Kopf zu heben. Keine Ahnung, was ich genau erwartet habe. Außer, dass jemand kommt und die letzten paar Minuten ungeschehen macht. Wahrscheinlich habe ich erwartet, dass Peter auf die Knie fällt und sich bei mir entschuldigt. Dass er wenigstens geschockt wirkt wie mein Vater damals. Mein Vater, der mir versehentlich die Nase gebrochen hat, als er mich weghaben wollte. Mein Verlobter, der mir eben versehentlich die Hand gequetscht hat. O mein Gott! Mir ist schlecht. Vor allem, als ich schließlich aus dem Augenwinkel mitbekomme, wie Peter über mich drübersteigt und ohne ein weiteres Wort aus meiner Wohnung verschwindet.

Stunden später sitze ich auf der Couch meiner Mom und starre auf meine eingegipste Hand. »Hier, Ari, ich habe dir Tee gemacht«, sagt Clive, weil jeder, der mich ein bisschen kennt, weiß, dass Pfefferminz mein Ding ist. Vor allem nach Tagen und Nächten wie diesen. Ich ringe mir ein Lächeln ab und bedanke mich für die nette Geste, auch wenn mir dadurch noch viel mehr zum Heulen ist.

Mom setzt sich neben mich. »Liebling, könntest du uns kurz einen Moment allein lassen?«, bittet sie Clive, nachdem ich ihm die Tasse abgenommen habe. Er gibt ihr einen Kuss auf die Stirn und streichelt mir freundlich über die Schulter, bevor er ins Schlafzimmer verschwindet. Mom dreht sich zu mir und begutachtet mich eine Weile mit dem Mom-Blick, vor dem es kein Entkommen gibt. Weil sie mich damit nervös macht, schlürfe ich von meinem viel zu heißen Tee und ruiniere mir dabei sämtliche Geschmacksnerven. »Du weißt, dass du so lange hierbleiben kannst, wie du willst?«, sagt sie letztlich und erlöst mich von meinen Qualen.

»Ich habe eine eigene Wohnung, Mom. Mach dir keine Sorgen!«

Sie zieht neckisch die Augenbrauen zusammen und zuckt mit den Schultern. »Ich bin deine Mom. Das ist mein Job.« Ein Lächeln zupft an meinem Mundwinkel, das bei der nächsten Frage allerdings schnell wieder verschwindet. »Gibt es vielleicht noch etwas, was du mir erzählen möchtest?«

Seufzend ziehe ich die Beine heran und lehne das Kinn auf die Knie. Ist nicht so, als hätte ich der Schwester in der Notaufnahme nicht dasselbe erklärt, sowie zwei weiteren Schwestern und einem Arzt und seinem Gefolge von Assistenzärzten danach. Die haben mich mit derselben Mischung aus Mitleid, Unglauben und Frust über meine vermeintliche Dummheit begutachtet wie Mom jetzt.

»Nichts, was ich nicht bereits gesagt habe, Mom. Ja, wir haben gestritten. Nein, er hat mir nicht die Hand gebrochen. Es war ein Unfall.«

Mom blinzelt ein paarmal, bevor sie die Hand ausstreckt und mir mit dem Daumen die Wange streichelt. Sie sieht ein bisschen so aus, als würde sie gleich weinen. Allerdings ist das etwas, das ich an meiner Mom seit Ewigkeiten bewundere: Sie hat immer offen über ihre Gefühle gesprochen. Jedoch musste ich sie noch nie beschwichtigen, weil *mir* etwas passiert war. »Versprich mir bitte einfach, dass du nicht diese Frau sein wirst, okay? Die, die Entschuldigungen für etwas findet, das unentschuldbar ist.«

Obwohl ich genau weiß, dass ich der Richterin in ihr damit ein Geständnis ablege, senke ich den Blick. »Werde ich nicht. Bin ich nicht.«

»Okay«, murmelt sie nach ein paar Sekunden, in denen sie einfach wartet. Letztlich zieht Mom meinen Kopf vorsichtig auf ihre Schulter, wo ich die Augen schließe. Meine Gedanken wandern zu Kasey und ich schlucke hart, als ich darüber nachdenke, wie sich mein Leben um hundertachtzig Grad gedreht hat, seit er wieder hier ist. Der sichere Hafen, den ich zu haben glaubte, ist untergegangen. Das Gruselige ist: Ich bin mir nicht sicher, ob das *nur* etwas Schlechtes ist. Genauso, wie ich nicht sicher bin, ob mir die Antwort auf die Frage gefallen wird, die ich meiner Mom gleich stellen werde. Was ich allerdings weiß, ist, dass ich nun tatsächlich zum ersten Mal bereit bin, sie zu stellen.

»Hast du Kasey auch nach der Verlobungsfeier weiterhin geschrieben?«

Mom versteift sich unter mir, was in Wahrheit Antwort genug ist. Doch während ich vorhabe, mich nicht von der Stelle zu rühren, richtet meine Mom mich auf und sieht mir tief in die Augen.

»Ich habe ihm geschrieben, ja. Jährlich. An seinem Geburtstag. Ich weiß, du wirst mir deswegen böse sein, aber ich verspreche, ich habe dich danach nicht mehr erwähnt. Ich wusste nicht einmal, ob die Briefe ankamen. Ich wollte …« Seufzend greift sie nach meiner Hand. »Ich denke, es tat mir einfach weh für ihn, dass er mit dem Gefühl leben musste, keinerlei Wurzeln zu haben. Ich hatte ihm damals das Versprechen gegeben, er könne jederzeit zurückkommen, weil er immer Teil meiner Familie sein würde. Ich wollte zu meinem Wort stehen. Was ich nie wollte, war, damit meine Beziehung zu dir zu gefährden, Arya. Ich hoffe, du glaubst mir.«

Unfähig zu einer Reaktion lasse ich meinen Kopf erneut auf ihre Schulter sinken. Vielleicht, weil ich doch ohnehin schon wusste, dass er durch sie von dem Feuer erfahren haben musste. Vielleicht, weil mir die heutige Nacht vor allem gezeigt hat, wie dankbar ich dafür bin, eine Mom wie meine zu haben. Ein Privileg, das Kasey selbst nie hatte und lediglich zu einem Bruchteil durch meine Mom erlebt hat. Die Frau, die Kaseys Rettungsboje war, seit sie seine dreckige Wäsche zum ersten Mal gewaschen hat. Unabhängig meiner Gefühle für diesen Jungen. Sie war zehn Jahre lang seine Leih-Mom. Das hört nicht einfach auf, weil die Tochter blind vor Herzschmerz ist.

»Ich verstehe«, nuschle ich deswegen schließlich, woraufhin Mom mich dichter an sich presst und meine Haare küsst.

»Ich bin so unendlich stolz auf dich, Arya.«

Ich schließe erneut die Augen, als ein paar Tränen aufwallen, weil ich zumindest heute nicht das Gefühl habe, ihren Stolz verdient zu haben. Denn genau jetzt, genau hier verstehe ich zum ersten Mal in meinem Leben jene Frauen. Frauen wie Kaseys Mom. Die es nicht schaffen zu gehen oder immer wieder zurückkommen. Weil es verflucht angsteinflößend ist, dass eine einzige Aktion deine ganze Welt auf den Kopf stellen, deine gesamte Zukunft kippen kann. Obwohl ich innerlich nämlich genau spüre, was ich machen muss, gibt es dennoch diesen Teil von mir, der nichts lieber will, als so zu tun, als wäre nichts von der letzten Nacht tatsächlich passiert.

KAPITEL 24

5 JAHRE ZUVOR

Arya, 20 Jahre alt

Während ich eigentlich unten bei den Gästen sein sollte, stehe ich stattdessen hier oben im Mini-Badezimmer des Restaurantbesitzers. Er war so nett, es mir als persönlichen Panikraum zur Verfügung zu stellen, damit ich mich verstecken kann. Dabei ist es hauptsächlich mein Spiegelbild, vor dem ich mich verstecken müsste, denn ich mag nichts von dem, was ich sehe, während ich in diesem All-in-one-Bad auf und ab tigere. Ich mag es nicht, dass ich meine Haare hochgesteckt trage, wenn ich sie viel lieber offen gelassen hätte wie mein ganzes bisheriges Leben lang. Ich mag das weiße Kleid nicht, das ich anhabe, und das mehr gekostet hat, als ich je in meinem Leben für ein Kleid ausgegeben habe und auch nie ausgeben würde. Vor allem, da ich es nur heute tragen werde, weil es weiß ist und aussieht wie ein Hochzeitskleid. Schon klar, dass ich nicht meine Lieblingsjeans und Sneakers zur Verlobungsfeier anziehen kann, aber das hier bin absolut nicht ich. Ich mag es nicht, dass ich mich fühle wie eine andere Frau, weil ich mein Gesicht nie so schminken würde, wie es von der Visagistin geschminkt wurde, und ich zu feige war, ihr das zu sagen. Ich komme mir zehn Jahre älter vor und sehe plötzlich Falten, von denen ich nicht einmal wusste, dass sie existieren. Mir graut davor, daran zu denken, dass da unten an die zweihundert Leute auf mich warten, von denen ich vielleicht zwanzig gut und dreißig flüchtig kenne. Ich hasse es, dass ich das Gefühl habe, dass sie auf mich herabsehen, wenn ich berichte, dass ich nur die Ausbildung zur Vorschullehrerin mache und danach auch nicht vorhabe aufzusteigen. Ich kann es nicht leiden, dass ich eine Version von dem bin, was Peter gern mag, aber in Wahrheit nicht bekommen hat. Dabei war es nicht einmal er, der mir die Frisur aufgeschwatzt hat, sondern seine Mutter, die meinte, hochgesteckt könne man meine wilden Haare wenigstens in den Griff bekommen. Sie war es auch, die mir dieses Kleid ausgesucht hat, weil es unseriös wäre, bei einer offiziellen Verlobungsfeier so ein buntes Kleid zu tragen wie das, was ich selbst gekauft hatte. Am meisten hasse ich es aber, dass ich keinen Ton dazu gesagt habe, obwohl meine Mom mir eigentlich beigebracht hat, mich zu wehren. Einfach, weil ich zu feige war. Zu feige, um mit den Menschen zu diskutieren, die all das hier organisieren und bezahlen. Hauptsächlich aber zu feige, Pete auf dem Silbertablett zu präsentieren, dass er um die Hand einer Frau angehalten hat, die auf den zweiten Blick eigentlich gar nicht zu ihm passt. Auch, wenn am Anfang alles so wunderbar ausgesehen hat: Als wir uns letztes Jahr kennengelernt haben, schien Pete komplett begeistert von mir zu sein. Er war es, der um mich gekämpft hat, während ich ihn eher auf der langen Bank sitzen ließ. Er hat über meine Witze gelacht und mir Geschenke gemacht. Er hat mir zugehört und mir das Gefühl gegeben, für ihn sei ich die einzige Person auf der Welt. Ich weiß nicht, wann sich das geändert hat oder warum. Ich weiß nur, dass ich jetzt das Gefühl habe, nicht mehr zu genügen. Wenn wir allein sind, geht es noch, aber wenn wir unter Leuten sind, schaut er mich gar nicht mehr richtig an. Wie heute. Vielleicht wünsche ich mir deshalb so sehr eine kleine Hochzeit. Weil ich mich immer unsichtbarer fühle, je mehr Leute uns umgeben. Dabei liebe ich ihn doch.

Ich will die Hände vor das Gesicht schlagen, weil ich mir so dumm vorkomme, doch auf halbem Weg stoppe ich mich selbst, da ich sonst mein Make-up versauen würde. Ich linse noch mal in den Spiegel und hebe eine Augenbraue. Könnte vielleicht gar nicht schaden, was davon zu verlieren. Ich greife nach einem der Taschentücher aus dem Papierspender und wische mir damit über die blutroten Lippen. Am liebsten würde ich auch den gordischen Knoten in meinen Haaren lösen, allerdings würde der vermutlich auch von alleine stehen bleiben, wenn man bedenkt, wie viele Tonnen Haarspray ich darin habe. Energisch atme ich noch einmal tief durch und marschiere wieder die Treppe hinunter. Ich schlängle mich durch ein paar Gruppen von Leuten, ehe meine Mom mich abfängt und ich aufatme.

»Alles in Ordnung, Baby? Du siehst etwas blass aus.« Sie mustert mich besorgt, während sie meinen Oberarm streichelt.

»Denkst du, ich mache einen Fehler?« Die Frage verlässt meine Lippen, bevor ich überlegen kann, ob es überhaupt okay ist, sie zu stellen.

Mom blinzelt einige Male, bevor sie mich an sich drückt. »Ich meine, es ist normal, Zweifel zu haben bei einer solchen Lebensentscheidung. Himmel, an meinem Hochzeitstag musste ich zweimal mein Make-up neu machen, weil ich mich übergeben habe.«

Sie lacht, und sofort fühle ich mich einen Hauch leichter. »Wirklich?«

»Jap.« Mom lächelt mich liebevoll an und gibt mir trotz Haarspray einen Kuss auf den Kopf. »Aber am Ende des Tages kannst nur du in dein Herz hineinsehen, Ari. Nur du weißt, ob diese Zweifel mit reiner Nervosität zusammenhängen oder dir die Nervosität etwas anderes sagen will.«

Aber ich weiß es eben nicht, schreie ich innerlich und verfluche mich dafür, ausgerechnet heute so verflixt verunsichert zu sein. Klar, diese Gedanken hatte ich schon im Kleinen, bevor er mich um meine Hand gebeten hat. Aber zu dem Zeitpunkt dachte ich, ich sei einfach bescheuert, so etwas Gutes, einen so tollen Mann infrage zu stellen.

Manchmal wirkt Pete fast einschüchternd. Er sieht gut aus, ist von Kopf bis Fuß oft besser gestylt als ich. Mit seinen dreiundzwanzig Jahren hat er mehr Geld erwirtschaftet, als ich vermutlich mein ganzes Leben lang verdienen werde. Er hat einen Plan für sein Leben, wo andere Jungs in unserem Alter noch das Ziel haben, sich ein Motorrad zuzulegen oder möglichst viele Frauen abzuschleppen, bis sie sich niederlassen. Pete nicht. Er will sich *jetzt* niederlassen. Mit mir. Das muss doch etwas heißen, oder? Denn in allen anderen Bereichen ist das Beste gerade gut genug für ihn und seine Familie, egal, ob beim Essen, im Job, bei Möbeln. Und manchmal beunruhigt mich das ungemein, weil ich bestimmt nicht das Beste bin. Aber dann sagt Pete, dass er nicht deshalb mit mir zusammen ist, weil er *keine* Wahl hat, sondern *weil* er die hätte und mich wollte. Anschließend küsst er mich und bittet mich, das Thema fallen zu lassen und keine Probleme zu suchen, wo es keine gäbe. Das ist wirklich süß von ihm, und wahrscheinlich hat er recht. Ich darf mich nicht dauernd von meiner Vergangenheit verunsichern lassen. Nur, weil es sich für mich nicht immer so anfühlt, als würde er mich so lieben, wie ich mir Liebe vorgestellt habe, heißt das nicht, dass er mich einfach stehen lassen wird.

Ich drücke Mom ein letztes Mal ganz fest, sammle Kraft von der Frau, die diese irgendwie in unendlichen Mengen zu haben scheint, und mache mich dann auf die Suche nach meinem Verlobten, weil ich ihn heute bisher ziemlich wenig gesehen habe. Am anderen Ende des Raums finde ich endlich Peter, stelle mich unauffällig neben ihn und lächle die mir fremde Frau an, die sich gerade mit ihm unterhält. Sie lächelt höflich zurück, wodurch Petes Aufmerksamkeit auf mich gelenkt wird. Und in Momenten wie diesem ist es schwierig, nichts hineinzuinterpretieren, wenn ich sehe, wie sich sein Gesichtsausdruck verändert. Als würde sich ein Schatten über seine Augen legen, wenn er mich wahrnimmt, wo eben noch ein Leuchten war. Vielleicht habe ich zu viele Filme geschaut, aber sollte es nicht zumindest noch in der frischen Verlobungsphase anders sein? Peter entschuldigt sich bei der älteren Frau und zieht mich weg, etwas abseits von den anderen. »Na endlich, Arya. Wo warst du denn?«, murmelt er über den Lärm.

»WC. Mir ging's kurz nicht so gut«, gestehe ich.

»Mein Chef fragt schon die ganze Zeit nach dir. Er will dich endlich kennenlernen.« Er antwortet, als hätte er mich gar nicht gehört, und verschränkt unsere Finger ineinander. »Und er ist von Grund auf skeptisch, okay? Er wird deine Witze nicht verstehen, also ist es vermutlich besser, wenn du einfach nur seine Fragen beantwortest«, instruiert er mich, während er mich praktisch schon mitzieht, und ich presse automatisch die Lippen zusammen. »Nicht nervös sein. Das spürt er«, warnt er mich. »Du schaffst das.«

Aber irgendwie schaffe ich es nicht, fühle mich absolut unwohl und mag es nicht, dass man mir das offensichtlich anmerkt, denn Pete drückt andauernd unauffällig meine Hand. Als ich schließlich etwas sage, scheint es nicht das Richtige gewesen zu sein, weil Pete mich mit einem ungeduldigen Gesichtsausdruck bedenkt. Ich weiß ehrlich nicht, was ich machen soll. »Ich gehe mal kurz an die frische Luft«, erkläre ich nach dem dritten Mal, wo Pete kaum merklich den Kopf schüttelt, wie um mich abzudrehen, und jetzt ist mir tatsächlich etwas schwindelig.

»Bei dem Wetter? Hörst du nicht das Gewitter?«, fragt er ungläubig und lässt meine Hand los.

»Ich bin gleich wieder da.«

»Ja, wundere dich halt nicht, wenn sie dich nicht mehr reinlassen, weil du aussiehst wie ein begossener Pudel«, meint er mit Blick zu seinem Chef und lacht, weil der Chef ihn scheinbar zum Schreien komisch findet.

Ich hingegen finde die Bemerkung abfällig und unpassend vor seinem Vorgesetzten.

»Ich werde jedenfalls heute nicht früher gehen können, damit du dich umziehen kannst.« Er tätschelt mir den Arm, wodurch ich mich fühle wie ein Kind, höchstens ein Freund, nur nicht wie seine Verlobte. Dann dreht er sich von mir weg und schiebt mich dabei ein Stück zur Seite. So ist es oft, wenn wir unter Leuten sind. Obwohl wir erst zwei Stunden hier sind, fühle ich mich richtig klein. *Nicht von meinen Unsicherheiten lähmen lassen*, rufe ich mir zurück ins Gedächtnis und zupfe an seinem Ärmel, um mir den Kuss zu holen, auf den ich irgendwie inzwischen den ganzen Abend warte. Aber statt mich zu küssen, schiebt er mit einem peinlich berührten Lachen meine Hände von seinen Wangen und schielt zu seinem Chef.

»Hattest wohl mittlerweile das eine oder andere Gläschen zu viel, hm?« Weil ich ihn bei unserer Verlobungsfeier küssen will? Eigentlich hatte ich keinen einzigen Schluck zu trinken, was ich definitiv gleich ändern werde. Ich lasse ihn stehen und gehe Richtung Ausgang. Von einem der Kellner schnappe ich mir ein Sektglas und leere es in einem Zug. Ekelhaft ist das Zeug ohne Saft, trotzdem nehme ich mir ein zweites und setze meinen Weg fort.

Draußen an der Luft, die erfrischend nach Regen riecht, fällt mir das Atmen zwar etwas leichter, dennoch fühlt es sich an, als würde jemand mein Herz in seiner Faust zerquetschen.

Ich kippe den Sekt weg und stelle das Glas auf den Boden. »Was mache ich hier? Heirate ich einen Mann, der mich nicht liebt?«

»Musst du nicht, Schmetterling.«

Ich wirble herum, beide Hände vor dem Mund, und frage mich, wie schnell mich der Alkohol heute zum Halluzinieren bringt. Einige Meter von mir entfernt steht der Junge, den ich einst kannte. Der Junge, den ich vor ziemlich genau drei Jahren das letzte Mal gesehen habe. Der Junge, dem ich den ersten Kuss geschenkt habe, der mir tatsächlich etwas bedeutet hat. Nur ist er kein Junge mehr. Er ist ein Mann. Sein Gesicht ist kantiger, seine Haare kürzer, seine Schultern breiter. Dieselben Augen wie früher und doch anders. Freudlos. Gebrochen. Anders gebrochen als damals. Es tut irgendwie weh, ihn so zu sehen. So weh, dass ich mich gar nicht erinnern kann, was er eben zu mir gesagt hat, weil ich einfach sicher sein will, dass ich nicht träume.

»Kasey.« Es kommt kein Ton aus meinem Mund, während ich seinen Namen auskoste.

»Hey, Ari.« Seine Stimme klingt tiefer als damals.

Langsam gehe ich auf ihn zu. Der Geruch von Pfefferminz über Tabak kommt mir mit dem Wind entgegen. Spätestens da weiß ich, dass das die Realität ist. Gänsehaut überzieht meine Arme, und das liegt nicht an dem Wind hier draußen.

»Geht es dir gut?«, will ich wissen, sobald ich den Kloß in meinem Hals geschluckt habe.

»Nicht wirklich«, antwortet er ehrlich und unterstreicht damit nur die Geschichte, die seine Augen bereits erzählen. Trotzdem nicke ich, denn ganz ehrlich?! Geht es mir denn gerade gut?

»Ich weiß nicht, ob ich dich umarmen oder lieber ohrfeigen soll.«

Ein unglückliches Schmunzeln macht sich auf seinem Gesicht breit. »Kann nicht behaupten, dass ich sonderlich scharf auf Letzteres bin.« Er nimmt die Hände aus seinen Hosentaschen und lässt sie entspannt an seinen Seiten hängen, eine stille Einladung zu tun, was immer ich für richtig halte. Er würde sich wahrscheinlich nicht einmal wehren, würde ich ihm doch eine reinhauen.

Und bestimmt bin ich eine absolute Vollidiotin, weil ich es nicht tue, sondern mich stattdessen mit Wucht an ihn werfe, bevor er wieder verschwinden kann. Seine Arme wandern sofort um meinen Körper, während ich die Hände an seinem Rücken zu Fäusten balle.

»Kasey?«, flüstere ich, presse mein Gesicht so fest in seine dünne Jacke, dass er nachher sicherlich einen Abdruck meiner Schminke darauf haben wird.

»Hm?«, murmelt er, während er mich ebenso festhält wie ich ihn.

»Ich hasse dich.«

Er schweigt einen Moment, lässt deswegen aber nicht los. »Okay.«

Das ist der Moment, in dem mir auffällt, wie er zittert. Ich versuche, mich von ihm zu lösen, doch er drückt mich wieder an sich. »Kase?!«

Kasey vergräbt seine Nase in meiner Halsbeuge, und instinktiv strecke ich mich so weit ich kann, um ihm entgegenzukommen. »Gott, ich habe dich vermisst.« Seine Lippen berühren nun meine Haut und ich halte die Luft an. Verbotene, winzige Küsse wandern fieberhaft meinen Hals hinauf, doch anstatt mich zurückzuziehen und ihn endgültig zu ohrfeigen, schließe ich die Augen und lasse es geschehen. Das muss ein Traum sein ... *Ich bin zu stark, um mich von einem Mann – auch wenn es Kasey ist – schwach machen zu lassen.*

Kasey nimmt meinen Kopf in seine Hände und hält ihn nur wenige Zentimeter vor seinem eigenen. *Doch nicht stark genug, wie es scheint ...* Sein Daumen streicht über meine Wange. Seine wunderschönen Augen wandern über jeden Millimeter meines Gesichts. Aber mit ihnen stimmt etwas nicht. Sie sind rot unterlaufen, das Licht reflektiert die Flüssigkeit, die darin liegt. Ist das meinetwegen?

»Was machst du, Kasey?«, stammele ich, obwohl ich so beschäftigt damit bin, seinen Atem zu meinem zu machen. Wenn er mich jetzt küsst, ist das falsch, oder? Aber ich kann nicht klar denken. Ich weiß nicht, ob ich das hier gerade will oder nicht. Ich kann mich ja kaum an meinen eigenen Namen erinnern. Alles, was ich sicher weiß, ist, wie sehr mir seine Berührungen gefehlt haben. Seine Gegenwart. Und dass ich ihn sofort küssen würde, wenn das bedeutet, dass er dieses Mal bleibt.

Und genau dieser Satz, diese Erkenntnis ist es, die den Nebel in meinem Kopf langsam löst, während meine Frage ihn irgendwie selbst zum Stillstand bringt.

Frustriert und gleichzeitig ohnmächtig schließt er die Augen. Dabei löst sich eine Träne aus seinem Augenwinkel und läuft an seiner Nase vorbei. Ich bin so verwirrt, so verängstigt, weil ich keine Ahnung habe, was hier passiert. Trotzdem drücke ich seinen Kopf zurück auf meine Schulter, weil ich nicht weiß, was ich sonst machen sollte.

»Rede mit mir!«

Kasey macht einen kontrollierten Atemzug. »Ich werde Vater«, krächzt er nach einigen Sekunden in Stille und bringt mein Herz damit zum absoluten Stillstand. Ich will ihn sofort loslassen, zum Teufel schicken und erhobenen Hauptes zurück zu meiner Feier stolzieren, doch momentan kann ich mich nicht einmal bewegen, aus Angst, vor ihm auf die Knie zu gehen. Schmerz, wie ich ihn bisher nicht kannte, so anders als alles, was ich je wegen Dads oder sogar Kaseys Verschwinden gefühlt habe. Ich komme mir nicht nur betrogen vor, sondern schlicht und ergreifend verarscht. Ich lasse die Hände fallen.

Tränen wallen in meinen Augen auf, doch ich weigere mich, sie ihm zu geben. Endlich finde ich die Sicherheit in meinen Beinen, um mich von ihm wegzuschieben, und gehe ein paar Schritte zurück.

»Das freut mich für dich«, sage ich und applaudiere meiner Stimme, weil sie dabei nicht einmal wackelt.

Er verzieht das Gesicht und wischt sich selbst grob mit einer Hand die Tränen ab. »Es war nicht geplant.«

Ich zucke mit den Schultern und gebe mir die größte Mühe, ein Lächeln aufzusetzen. »Spielt das eine Rolle? Du bekommst ein Baby und ich gehe jetzt zurück zu meinem Verlobten.«

»Ari!«

Ich setze mich in Bewegung, muss allerdings leider an ihm vorbei, und als er den Arm nach mir ausstreckt und meine Finger berührt, ist es vorbei.

»Was?« Ich wirble herum, jetzt bin ich es, die zittert. Ich spüre, dass es nur noch eine Frage der Zeit ist, bis ich zerbreche. »Was willst du hören? Herzlichen Glückwunsch und schönes Leben?«

Er steht kopfschüttelnd da, sieht selbst so aus, als wäre er kurz vor dem endgültigen Zusammenbruch. Dabei ist das doch alles seine Schuld.

»Warum … jetzt?! Wolltest du mir nach drei Jahren Funkstille diese Info schnell vor die Füße knallen und dann wieder abhauen?« Er antwortet nicht. »*Warum* erzählst du mir das, Kasey?«, schreie ich ihn an und schubse ihn mit beiden Händen aus seiner scheinbaren Schockstarre, die ihn plötzlich wieder am Reden hindert.

»Ich weiß nicht!«, schreit er zurück. Er ballt die Hände in seinen Haaren zu Fäusten und dreht sich verzweifelt im Kreis. »Ich. Weiß. Es. Nicht. Ari.«

Ich beobachte, wie er schließlich in die Hocke geht und den Kopf tief hängen lässt. Er tut mir leid, aber ich tue mir mindestens genauso leid. »Falsche Antwort«, hauche ich.

»Ich habe eine Scheißangst«, beginnt er atemlos, bevor er wieder auf mich zukommt. Ich strecke die Hand aus, signalisiere ihm, nicht näher zu treten. »Ich werde Vater, Arya. Verstehst du denn nicht?« Er sieht zum Himmel. »Ich *kann* nicht Vater werden. Ich weiß nicht, was ich machen soll. Ich wollte das nie.«

Das lässt mich humorlos schnauben. Gott, wie ich diesen Spruch hasse …

»Hammer! Hat das Kind nicht vorher erst gefragt, ob es erwünscht ist?!« Er hat auch noch den Nerv, mich enttäuscht anzusehen. Das macht mich richtig sauer. »Und nein! Im Moment verstehe ich gar nichts. Ich verstehe nicht, warum du mich nie angerufen hast. Warum du nur meiner Mom geschrieben hast und mir nicht. Warum du mich verdammt noch mal zurückgeküsst hast und dann sitzen gelassen hast.«

Der Donner grollt bedrohlich über uns, ab und zu fallen dicke Tropfen auf uns herab und trotzdem kann ich mich nicht vom Fleck bewegen. Und plötzlich fließen die Tränen doch und jetzt bin ich richtig sauer, weil gleich jeder sehen wird, dass ich geheult habe, und Pete endgültig einen Grund haben wird, sich für mein Auftreten zu schämen. »Ich verstehe nicht, warum du mich nicht vermisst hast, während ich auf dich gewartet habe? Ich verstehe nicht, warum du ausgerechnet heute aufkreuzt. Vor allem aber verstehe ich nicht, warum du mir meine Fragen nicht beantwortest, sondern mir als Erstes dein Kind unter die Nase reibst.«

Er hört sich meinen Monolog an, verzieht bei jedem Vorwurf etwas mehr den Mund, bis er letztlich kopfschüttelnd dasteht. »Du hast ja keine Ahnung, was du da sagst.«

»Was wirst du dir für meine Hochzeit einfallen lassen, Kasey?«, übergehe ich ihn einfach. »Denn vielleicht hast du es noch nicht mitbekommen ...« Ich gestikuliere an meinem Kleid auf und ab. »Das ist meine Verlobungsfeier.«

»Das hab ich längst begriffen«, lautet seine Antwort, lauter als zuvor noch. Seine Stimme mischt sich unter das Donnergrollen und ich zucke leicht zusammen. Diesmal nicht vom Donner, sondern von Kaseys Stimme.

»Na, da bin ich ja glücklich, dass du den Zeitpunkt für deinen Besuch so gut gewählt hast.«

Er beißt sich auf die Lippe, bevor er die Hände im Nacken verschränkt und sich abwendet. »Das Baby ist nicht der Grund, warum ich heute hier bin, Arya. Ich habe es selbst gerade erst erfahren und ich ... Verdammt, ich musste es dir doch erzählen ...«

»Fantastisch.« Und was ist mit all den Malen, wo ich ihm etwas erzählen wollte? Wo ich ihn gebraucht hätte? »Das hast du ja jetzt. Ich bin froh, dass ich behilflich sein konnte.«

»Ari!«, ruft er. »Halt mal für eine Minute den Mund und hör zu!«

In Wahrheit sollte ich gehen. Doch ich schaffe es nicht, während Kasey schwer atmend zu Boden und dann mit einer Intensität, die ich im Augenblick nicht ertrage, zurück zu mir sieht. Gequält holt er tief Luft und reißt die Hände nach oben.

»Heirate ihn nicht!«

Vehement schüttle ich den Kopf, nachdem die Worte sacken konnten. Ich bekomme das Gefühl im Magen, das man bei einer Achterbahnfahrt hat. »Nein, Kasey ...«

»*Deswegen* bin ich gekommen.«

Wie gelähmt stehe ich mit offenem Mund da. Soll das ein kranker Scherz sein? Hätte ich die Kraft, würde ich ihm jetzt doch eine reinhauen. »Wirklich?!«, frage ich, kochend vor Wut. »Deswegen? Das wolltest du mir sagen? Gleich nachdem du mir erzählt hast, dass du ein Baby mit irgendeiner Frau bekommst? Du, der behauptet hat, weder das eine noch das andere zu wollen? Du hast den Nerv, mir zu erklären, dass ich nicht heiraten soll?! Bin ich dein Plan B, um irgendwie aus der Sache rauszukommen?«

Kasey zieht die Augenbrauen zusammen. »Hast du vorhin denn nicht zu dir selbst gesagt, dass er dich nicht liebt, Ari? Hört sich an, als würdest du mich nicht brauchen, um den Schlussstrich zu ziehen.«

»Überreaktion«, antworte ich trocken und gleichzeitig beschämt, weil er mich gehört hat. »Das Leben ist kein Disneymärchen. Er liebt mich eben auf seine Art.«

Kopfschüttelnd faltet er die Hände vor dem Mund zusammen, starrt mich an, als hätte ich den Verstand verloren. »Ich hätte dich geküsst, Ari.« Uns beiden ist klar, was er eigentlich damit ausdrücken will.

»Ich hätte dich nicht zurückgeküsst«, erwidere ich stur, auch wenn es eine Lüge ist, und er weiß es. Wenigstens hat er den Anstand, es nicht zu kommentieren. Versucht er, sich hier zu beweisen, dass er mir immer noch das Herz brechen kann? Tja, diesmal lasse ich ihn aber nicht. Ich habe es jemand anderem gegeben. »Und selbst wenn, wäre das nur um der alten Zeiten willen gewesen. Der Kuss hätte nichts bedeutet.«

Seine Nasenflügel bewegen sich, wie früher, wenn er nicht wusste, ob er böse auf mich sein oder mich in den Arm nehmen wollte. »Ein Kuss hat immer irgendetwas zu bedeuten.«

»Ja? Wirklich?«, fordere ich ihn heraus. »Sofern ich mich richtig erinnere, war der letzte zwischen uns im Endeffekt bedeutungslos.« Das lässt mich noch mehr heulen und ich hasse es.

»Er war nicht bedeutungslos, Ari. Du wusstest immer, wie viel ich für dich empfand.«

»Ach ja?« Provokant lege ich den Kopf schief. »Woher denn? Kam mir nämlich anders vor, als du mich behandelt hast, als wäre ich tot.« Er will protestieren, aber ich kann nicht mehr. »Warum konntest du nicht einfach wegbleiben? Warum willst du mir das auch noch ruinieren?« Ich muss mich mit aller Energie davon abhalten, ihn anzuschreien.

»Ich?« Er hat tatsächlich den Nerv, mich herauszufordern. »Ich glaube, du weißt ganz alleine, dass diese Beziehung zum Scheitern verurteilt ist. Ich habe dich nur daran erinnert.«

Mir wird etwas schwarz vor den Augen, weil ich so heftig atme, dass ich mich an der Hausmauer abstützen muss. »Ja, danke. Du bist die perfekte Erinnerung daran, warum ich diesen Mann heiraten werde und nicht jemanden wie dich oder meinen Vater.« Kasey rudert zurück, als hätte ich ihm ins Gesicht geschlagen. »Vielleicht liebt er mich nicht so, wie ich mir Liebe vorgestellt habe, aber er ist trotzdem da. Er ist verlässlich und loyal und er ist *hier*.«

Kasey strafft die Schultern. »Vergleich mich nie wieder mit deinem Vater! Ich bin nicht wie er.«

»Rede dir das ruhig weiter ein, Kasey, aber du kanntest meine Geschichte und meine größten Ängste. Du wusstest, dass es mich zerstören würde, wenn du einfach so abhaust und dich nie wieder meldest. Hast versprochen, es nicht zu tun. Und du hast es trotzdem getan. Das werde ich dir nie verzeihen.« Ich halte meinen Körper mit beiden Armen umschlungen, während all der Frust, all der Ärger, die Verletzung durch seinen Verrat wie ein Tsunami über mich hinwegfluten.

»Man kann niemanden kaputtmachen, der nicht kaputtgemacht werden will?«, werfe ich ihm den Satz vor, den er an unserem letzten Tag damals zu mir gesagt hat. Der Satz, den ich mir damals auf mein Herz tätowiert habe. An den ich fest geglaubt habe, dass Kaseys Worte wahr werden würden. »Tja, du hast es trotzdem geschafft, Kasey. Aber ich habe mich wieder zusammengesetzt. Und Peter hat mir dabei geholfen. Also wage ja nicht, mit mir darüber zu reden, wie Liebe auszusehen hat. Nicht du, Kase.«

Kasey starrt mich einige Sekunden einfach an und meine Knie werden weich. Das war unter der Gürtellinie, und ich hasse es, dass Kasey gerade das Schlimmste in mir hervorbringt. Das, was drei Jahre lang schlummern musste und offensichtlich nicht verarbeitet ist. Ich hasse es, dass es nur fünf Minuten gekostet hat, um mich an jeden einzelnen Tag der Enttäuschung, Verzweiflung und Wut zu erinnern, die Kaseys Abwesenheit in mir aufgestaut hat. Ich hasse es, dass er den Nerv hat, hier aufzutauchen und mich komplett durcheinanderzubringen, obwohl ich bis jetzt keinen plausiblen Grund genannt bekommen habe, *warum* ich nicht heiraten sollte, während er *Vater* wird.

»Weißt du was?! Ich hoffe, du wirst glücklich«, meint er schließlich und deutet auf den Saal. Jegliche Emotion ist aus seinem Gesicht gestrichen, als hätte er alles abgedreht, was ihn jemals zu *meinem* Kasey gemacht hat. »Du solltest wieder reingehen.«

So viel dazu … selbst jetzt kann er nicht um mich kämpfen. Selbst jetzt, wo ich Pete vermutlich nie wieder richtig in die Augen sehen kann, weil dieser Mann es geschafft hat, mich für einen Moment die Existenz meines Verlobten vergessen zu lassen.

Ich wende mich ab, um endlich zu tun, was ich schon lange hätte tun sollen. Mit einer Hand am Türgriff drehe ich mich ein letztes Mal zu Kasey um, der wie eine Statue im Regen steht und über die harten Regentropfen zu mir blinzelt.

»Weißt du, was das Erbärmlichste an dieser Situation ist? Ich habe mir diesen Moment so oft vorgestellt. Habe davon geträumt, wie es wäre, wenn du zurückkämst. Was ich zu dir sagen würde. Wie du mir endlich alles erklärtest und deine Worte so viel Sinn machten, dass ich sowieso nicht anders könnte, als dir zu vergeben.« Verzweifelt ziehe ich die Schultern hoch. »Dabei ist alles, was ich jetzt denke: Verschwinde aus meinem Leben, Kasey, aber diesmal für immer!«

231

KAPITEL 25

Kasey

»Alles gut bei dir, Fussel?«, frage ich Evie, die heute ziemlich wortkarg zu mir ins Auto steigt. Normalerweise quatscht sie in einer Tour über ihren Tag und das, was sie gelernt haben, und mit wem sie gespielt hat. Heute kommt nichts. Mit einem Arm über der Lehne des Beifahrersitzes drehe ich mich zu ihr um. Evie kaut auf ihrer Unterlippe herum und zuckt mit den Schultern.

»Evie, was ist los?«

»Miss Evans hatte doch versprochen, das große Mom-Kissen mit mir zu nähen. Als Geburtstagsgeschenk …« Ich nicke, werde nur bei der Nennung ihres Namens unruhig, weil ich nicht weiß, wohin das führt. Evie verschränkt die Arme vor der Brust. »Na ja, das kann sie jetzt nicht mehr.«

»Warum nicht?«

»Weil sie sich verletzt hat. Sie kann gar nicht mehr schreiben und so. Und das für ein paar Wochen, Daddy.« Ich halte mich an der Metallstange der Kopflehne fest. Ari ist verletzt und ich hasse das Gefühl, das da automatisch in mir hochkriecht.

»War sie heute denn da?«, will ich wissen, woraufhin Evie nickt. »Okay, also vielleicht kann ich dir ja beim Nähen helfen.« Toller Vorschlag, Kase! Aber was soll ich denn sonst sagen?

»Du kannst nähen?«

»Nein«, gebe ich zu und beobachte, wie ihr hoffnungsvolles Gesicht wieder düster wird. »Aber wir können es zusammen lernen, okay? Wir üben einfach ein bisschen und machen dann aus Mommys Lieblingskleid unser Meisterstück, in Ordnung?«

Evie strahlt mich an und klatscht in die Hände.

»Super«, sage ich, werfe einen Blick auf Timmy, der noch friedlich schläft. Sieht so aus, als hätten wir endlich den ersten Zahn überstanden. Ich konnte ihn heute Morgen schon ertasten. Den ersten von wie vielen …? Wenn er sein Gebiss hat, habe ich graue Haare. »Hey, Evie, ist es okay für dich, wenn wir noch mal kurz reingehen, damit ich Miss Evans fragen kann, ob sie Hilfe braucht?«

»Okay …« Evie schnallt sich wieder ab. Vorbildlicher Vater, der ich bin, drücke ich ihr in der Garderobe vor dem Klassenzimmer mein Handy in die Hand und lasse sie ein Video schauen, damit ich ein paar Minuten mit Ari alleine sein kann. Ich warte im Türrahmen, während Ari ein paar Sachen auf ihrem Tisch zu ordnen versucht, ehe ein Stapel Zettel schließlich auf den Boden fällt. Als sie sich bückt, sehe ich den Gips, der sich von ihrem linken Unterarm bis hin zu drei Fingern erstreckt. Sie ist Linkshänderin. Kein Wunder, dass sie nicht schreiben, nähen oder sonst was machen kann.

»Was ist denn mit dir passiert?«, frage ich und stelle Timmys Babyschale bei der Tür ab. Ari zuckt zusammen und kracht dabei gegen ihren Schreibtisch. Mit der rechten Hand kann sie sich gerade so abstützen, bevor sie komplett zu Boden geht.

»Mann, Kasey! Eine kleine Vorankündigung wäre nächstes Mal erwünscht.«

Ich durchquere den Raum, um ihre Zettel aufzusammeln. Weil sie immer noch nicht geantwortet hat, hebe ich die Brauen.

»Ich habe mir die Hand gequetscht.«

»Und was ist mit deinen Fingern?«

Sie sieht auf ihre Hand, als wäre der Gips vorhin noch kleiner gewesen. Es nervt mich, dass ich nachbohren muss, denn das heißt, dass sie etwas verheimlichen will. Das kenne ich schon.

»Zwei davon sind gebrochen.«

Sie spricht es mit einer Selbstverständlichkeit aus, die mir nicht gefällt. »Wie ist das passiert?«

»Unfall.«

Ich kneife die Augen zusammen. »Was denn für ein Unfall?«

Die Augen verdrehend richtet sie sich auf und umrundet den Schreibtisch. »Meine Hand wurde in der Tür eingeklemmt.«

»Sie *wurde* eingeklemmt?«

Mit ihrer gesunden Hand schnappt sie nach den Papieren in meinen Händen und wirft den Stapel zurück auf den Schreibtisch.

»Ja, Kasey. Nicht absichtlich, in Ordnung? Also lass es bitte, mich mit Fragen zu löchern, und interpretier nicht irgendwas hinein, was ich nicht gesagt habe.«

Ihre Abwehrhaltung verrät mir mehr als die Worte, und ich spüre, wie sich meine Eingeweide umdrehen. Selbst wenn ich nicht meine gesamte Kindheit und Jugend damit verbracht hätte, mir Ausreden wie diese anzuhören, könnte ich jetzt dahinter sehen.

»Wie zur Hölle ist *das* ein Unfall?«, betone ich und deute auf ihren Gips. Meine Stimme ist inzwischen lauter, wodurch Ari zum ersten Mal in ihrem Leben vor mir zurückweicht. Das ist wie ein Faustschlag in die Magengrube, der mich automatisch vom Tisch wegtreten lässt. Ich stecke meine Hände in die hinteren Jeanstaschen, damit sie meine Fäuste nicht bemerkt, denn alles, was ich gerade fühle, ist Rage.

»Hör mal!«, meint sie letztlich und setzt wieder ihre toughe Fassade auf. »Das hier hat nichts mit dir zu tun und es geht dich auch nichts an.« Sie wendet den Blick ab, weil sie doch selbst genau weiß, dass beides Schwachsinn ist. So ein Zufall, dass das passiert ist, nachdem sie die Nacht bei mir verbracht hat. »Aber nur fürs Protokoll: Als du damals vom Dach in den Pool gesprungen bist, habe ich dir vorher gesagt, dass das eine schlechte Idee ist und dich trotzdem springen lassen. Heißt das dann, es war meine Schuld, dass du dir das Bein gebrochen hast?«

Verständnislos blinzle ich sie an. »Ich bin *gesprungen*. Du hast mich nicht *geschubst*, Ari. Und was hat das eine überhaupt mit dem anderen zu tun?«

»Eben alles«, schnappt sie, senkt dann ihre Stimme und zuckt mit den Schultern. »Denn siehst du? Es war deine eigene Entscheidung.«

Ich glaube, ich bin im falschen Film. Was zum Teufel … »Es war deine *Entscheidung*, dir die Hand zu brechen?«

Frustriert stöhnt sie mit zusammengebissenen Zähnen. »Vergiss es einfach! Ich werde damit fertig, klar? Ich. Nicht du.«

»Hey, Arya, ich habe gehört …« Die Frau, die das Zimmer betritt, bleibt stehen und hebt die Hände, als sie mich entdeckt. »Oh, sorry für die Störung.« Besorgt schaut sie zwischen uns hin und her, weil die Spannung wahrscheinlich spürbar ist. »Ich wollte nur wissen, ob ich helfen kann.«

»Vielen Dank, Kendra«, winkt Ari ab. »Aber es ist nur halb so dramatisch, wie es aussieht.«

Mit neuerlichem Frust fixiere ich sie.

»Echt? Sieht nämlich wirklich nicht so gut aus. Hast du die Autotür zu früh zugehauen?«

Ari zuckt lächelnd mit den Schultern, um diese Kendra im Glauben zu lassen, dass ihre Theorie stimmt. Zu mir hat sie nichts von einer Autotür gesagt.

»Ist meinem Bruder auch mal passiert. Aber ich sag dir lieber nicht, wie die Geschichte ausgegangen ist«, schließt Kendra, während ich die Arme vor der Brust verschränke. Ari schreckt vor meinem Blick nicht zurück, aber kalt lässt er sie auch nicht. Das weiß ich, weil sie unablässig ihren Oberschenkel reibt, wie früher, wenn ihr etwas unangenehm war. Die beiden tauschen noch kurz Nettigkeiten aus, während ich vor mich hin siede.

»Kann ich sonst noch irgendetwas für dich tun?«, fragt mich Ari mit demselben verfluchten Lächeln, das Kendra eben bekommen hat, nachdem sie einen Abgang gemacht hat.

Schnaubend blicke ich kurz ans andere Ende des Klassenzimmers. »Wir sind gar nicht so unterschiedlich, wie ich immer dachte, weißt du?«, beginne ich kopfschüttelnd. Eine Furche bildet sich auf Aris Stirn, während sie mich mit Vorsicht begutachtet. »Du bist genauso gut darin wie ich, Leute wegzuschieben. Du machst es nur mit einem freundlichen Lächeln und hoffst, dass keiner dahinterkommt. Sonst könnte ja jemand etwas an dir entdecken, was dich weniger perfekt erscheinen lässt. Und das wollen wir doch nicht, stimmt's?«

Aris Mund klappt auf. Sie will meine Position nachahmen, bemerkt jedoch, dass sie die Arme gar nicht vor ihrer Brust verschränken kann.

»Was willst du eigentlich von mir?!« Sie ist wütend. Gut. Das ist besser als dieses gefakte Getue, das sie sich bei mir schenken kann. »Du kreuzt hier ungebeten auf, verhörst mich und wirfst mir jetzt auch noch den Spruch ins Gesicht? Was ist dein Problem?«

Fester als nötig schlage ich meine Handflächen auf ihren Schreibtisch und beuge mich zu ihr vor.

»Du, Ari! Du bist mein Problem!« Ihr Mund klappt auf, doch ich schneide ihr das Wort ab. »Verrate mir eines: Hast du irgendjemandem die Wahrheit erzählt? Die ganze Geschichte, wie deine Hand ›eingeklemmt wurde‹?« Ich benutze Zeige- und Mittelfinger, um Anführungsstriche zu machen. »Oder kriegen alle eine andere Version, weil du genau weißt, dass jeder dasselbe sagen würde wie ich?«

Sie neigt den Kopf. »Das da wäre?«

»Verlass. Ihn!«

Ari keucht einmal entsetzt auf. »Weil wir gestritten haben?«

Das ist der Punkt, an dem sie Peter persönlich verteidigt hätte, wäre es wirklich nur ein Unfall gewesen. Das, was sie aber verteidigt, ist ihre Beziehung zu dem Arschloch.

»Wir streiten andauernd, aber soweit ich weiß, habe ich dir noch nie etwas gebrochen«, bemerke ich kalt.

»Wirklich? Keine Ahnung, ob ich da deiner Meinung bin«, feuert sie zurück, und ich stemme die Hände in die Hüften.

»Was zum Henker soll das denn jetzt heißen?«

»Weißt du was, Kasey? Du hast kein Recht, hier auf deinem hohen Ross vor mir zu stehen und mir Vorhaltungen zu machen. Nicht du, klar?!« Sie will sich abwenden, wirbelt dann jedoch noch einmal herum. »Jeder Mann in meinem Leben hat mich verlassen. Und zwar nicht, weil ihr gestorben wärt und keine Wahl gehabt hättet.« Sie flüstert, damit Evie sie draußen nicht hört, doch ich vernehme ihre Worte laut und deutlich. »Jeder von euch hatte die Wahl, und ihr habt gewählt zu gehen. Vergib mir, dass ich nicht mit offenen Armen darauf warte, dass der Nächste aus meinem Leben verschwindet.«

Nickend beiße ich mir auf die Lippe, frage mich, was zur Hölle passiert ist, dass ich hier versuchen muss, Ari vor einem anderem als vor mir selbst zu beschützen.

»Nicht jeder ist es wert, festgehalten zu werden.«

Ich sehe, wie sie eigentlich einknickt, doch die Blöße will sie sich nicht geben und dreht sich daher endgültig weg, um in ihrer Tasche herumzukramen.

»O bitte! Jetzt hör auf, so zu tun, als hätte er mich krankenhausreif geprügelt oder so«, sagt sie schließlich mit zittriger Stimme.

Das bringt mich zum Lachen, auch wenn mir eigentlich gerade nach Kotzen ist. Dies ist einer der Sätze, die ich hundertmal gehört habe. »Wirst du das euren Kindern dann auch so erklären?«

Aris tränengefüllte Augen treffen mich, obgleich sie sie zu schmalen Schlitzen verzogen hat. »Ich bin *nicht* deine Mutter, Kase!«

Resigniert hebe ich die Hände. »Nein?« Ich muss tief Luft holen und gehen, auch wenn es mich umbringt. Aber meine Tochter sitzt draußen, der ich hoffentlich beibringen kann, dass Männer Frauen nicht schlagen. Und dass sie sich mit Würde und Respekt begegnen lässt und sich selbst genug achtet, dass kein Kerl sie je so behandeln darf. »Dann beweise es, Ari!«

»Ich muss dir gar nichts beweisen«, entgegnet sie, und eine Träne fällt, die mir das verdammte Herz rausreißt.

»Nein, das musst du nicht«, pflichte ich ihr bei und bete, dass wir diese Unterhaltung zum ersten und letzten Mal führen. »Tu es für dich selbst!«

Kapitel 26

Arya

Abends sitze ich nach wie vor im Klassenzimmer, rede mich selbst damit raus, dass ich deswegen so lange hierbleibe, weil ich nun zehnmal länger für die Vorbereitungen brauche. Auch wenn mir meine Chefin heute schon zwanzigmal vorgeschlagen hat, ein paar Tage zu Hause zu bleiben. Erstens weiß ich aber nicht, was das bringen soll, weil ich diesen dämlichen Gips sowieso acht Wochen lang tragen muss. Zweitens will ich momentan gar nicht zu Hause sein. Natürlich habe ich auch abgelehnt, bei meiner Mom zu bleiben, weil das lächerlich ist. Ich bin kein kleines Kind mehr und habe meine eigene Wohnung. Auch wenn es mich ein bisschen beunruhigt, dass Pete einen Schlüssel hat, denn ich bin nicht bereit, ihm gegenüberzutreten. Vor allem nicht nach all den Sprachnachrichten, die ich inzwischen von ihm bekommen habe, warum ich nicht zu Hause sei, warum ich nicht abnehme und was überhaupt mit mir los sei. In keinem einzigen Satz höre ich etwas von einer Entschuldigung. Keine Reue. Nichts. Er weiß nicht einmal, dass ich im Krankenhaus war, nachdem er abgehauen ist. Geschweige denn, dass ich meine Mom anrufen musste, weil ich verdammt noch mal nicht selbst fahren konnte.

Genervt blicke ich auf das hässliche Gekritzel meiner Notizen für morgen. Nicht einmal *ich* kann das lesen, weil ich eben sonst mit links schreibe. Stöhnend knalle ich den Kugelschreiber auf den Tisch, der einmal hüpft und dann über die Kante rollt.

Gott! Ich hasse das hier! Ich hasse es, dass Pete mich in diese Situation gebracht hat. Ich hasse es, dass *ich* mich in diese Situation gebracht habe. Und am meisten hasse ich es, dass Kasey exakt das ausgesprochen hat, was ich am wenigsten hören wollte. Wie er mich seiner Mutter gleichgestellt hat, die erlaubt hat, dass Kaseys Vater nicht nur ihr, sondern letztlich auch Kasey gegenüber gewalttätig war. Am liebsten hätte ich Kasey für den Vergleich geohrfeigt. Gerade *ich*, die früher immer so wütend auf seine Mutter war, weil sie ihren brutalen Mann ihren Kindern vorgezogen hat. Und ich war mir total sicher, dass mir so etwas nie passieren würde. Denn dazu wäre ich zu stark, zu clever, zu … ja, *was* eigentlich?

Geknickt lege ich meine Wange auf den Schreibtisch und fühle, wie Tränen über meinen Nasenrücken laufen, bevor sie auf die Tischplatte tropfen. Und je länger ich hier sitze, desto mehr frage ich mich, warum ich Pete nicht gleich in die Wüste geschickt habe. Warum es eine Rolle spielt, ob er sich entschuldigt oder nachfragt, wie es meiner Hand geht.

»Klopf, klopf«, kündigt sich Hayley an, und mein Kopf fährt hoch. Hayley sollte gar nicht in der Schule sein. Sie hatte Grippe und war die ganze letzte Woche zu Hause. Schnell wische ich über meine Wangen, muss erst mal den Frosch in meinem Hals schlucken. »Deine Mom hat mich angerufen«, erklärt sie, bevor ich zur Frage komme.

Ich verziehe das Gesicht. »Ach, Hayley. Ich wollte dich nicht belästigen, wenn du krank bist.«

»Ich weiß«, erwidert sie. »Ich würde dir gern den Marsch dafür blasen. Aber ich weiß.« Sie schnappt sich einen der

240

Kinderstühle und setzt sich damit neben mich. Aufmerksam inspiziert sie eine Weile meinen Arm. »Was ist passiert, Ari?«

Ich denke wieder an Kasey und daran, wie er mich gefragt hat, ob ich eigentlich irgendjemandem die ganze Geschichte erzählt habe. Beschämt senke ich den Kopf, weil ich mir eingestehen muss, dass ich das nicht getan habe. Und warum nicht? Weil ich Angst habe, dass die ganze Sache richtig real wird, sobald ich sie ausgesprochen habe. So real, dass es danach kein Zurück mehr gibt. Denn auch wenn Pete nicht für seine Aktion geradesteht, muss *ich* sehr wohl Konsequenzen ziehen.

Also raffe ich allen Mut zusammen, ignoriere die Übelkeit und erzähle Hayley von unserem Streit. Ich berichte ihr von den Vorwürfen und Seitenhieben und davon, wie gut es sich angefühlt hatte, zum ersten Mal in unserer Beziehung nicht klein beizugeben, sondern ihm Kontra zu geben. Ich schildere ihr, wie er daraufhin die Nerven verloren und die Tür zugetreten hat. Ich erzähle davon, wie ich mich seither jede Nacht in den Schlaf heule. Nicht, weil ich mich verloren fühle, sondern weil ich das Gefühl habe, ihn bereits verloren zu haben.

Hayley nickt verständnisvoll und ich erkenne, dass sie meinen Schmerz mitträgt. Vielleicht macht mich das in diesem Moment mutig genug, ihr die ganze Wahrheit zu gestehen.

»Da ist immer dieser Teil in mir, der sagt, ich übertreibe. Verstehst du? Dass ich die Sache überproportional aufblase, weil er es ja nicht absichtlich getan hat. Und weil er mich in fast sechs Jahren noch nie angefasst hat.« Ich mache eine Pause, rechne damit, dass sie mir gleich einen Klaps auf den Hinterkopf gibt oder dergleichen, doch sie äußert gar nichts, also traue ich mich weiterzureden.

»Aber er ist einfach über mich drübergestiegen, Hayley, verstehst du? Er hat gesehen, wie ich zu Boden gegangen bin, und hat sich nicht einmal umgedreht. Stattdessen hat er mir noch erklärt, ich hätte einfach auf ihn hören sollen. Und irgendwie entstehen durch diese Sache dauernd Bilder von Situationen in meinem Kopf, in denen ich mich von ihm übergangen gefühlt habe. Situationen, in denen ich eigentlich wusste, dass ich das nicht verdient hatte, aber eine Entschuldigung dafür gefunden habe.«

Jetzt schluchze ich und Hayley zieht mich an sich, hält mich ganz fest. Und ich liebe es, dass sie mich einfach nur hält, anstatt mir zu erklären, sie hätte es mir ja gleich gesagt, denn das hat sie. Und ich habe Entschuldigungen dafür gefunden, wenn er mich mit sarkastischen Bemerkungen kleingemacht hat und nur meinte, ich sei zu sensibel. Oder wenn ich ihm erzählt habe, was mir wichtig ist, was meine Träume oder Pläne sind, und er mir das Gefühl gegeben hat, all diese Dinge wären dumm und nichtig. Oder dass er es ständig geschafft hat, mich dazu zu bringen, mich bei ihm zu entschuldigen, obwohl der Fehler bei ihm lag. Oder dass er gleich gar nicht mehr mit mir gesprochen hat, wenn er der Meinung war, ich hätte mich falsch verhalten.

»Du weißt, dass es mehrere Arten von Misshandlung gibt«, beginnt sie nach ein paar Sekunden. Mehr als Feststellung denn als Frage. »Nicht nur körperliche. Wo ist dein Limit, Ari?«

Ich verstehe, was sie sagen will, und trotzdem hört es sich so falsch an. Es hört sich falsch an, dennoch raubt mir die Frage den Atem. Weil ich weiß, dass Liebe so nicht aussehen sollte. Weil ich es wusste und trotzdem geblieben bin. Das lässt noch mehr Tränen fließen.

»Ich wollte nie wieder die Verlassene sein, Hayley«, gebe ich zu, beschämt. Bestärkt. »Nie wieder. Ich glaube, ich war bereit, alles in Kauf zu nehmen, wenn das nur hieße, dass …« Ich will sagen, dass *er* bleibt, doch je länger ich darüber nachdenke, umso schmerzlicher wird mir bewusst, dass es vielleicht gar nicht um Pete selbst geht. »Dass endlich *jemand* bleiben würde.«

»Ich verstehe dich, Süße«, flüstert sie. »Aber dieses Mal bist du nicht die Verlassene. Du bist die, die genügend Mut und Stärke gefunden hat, um mit ihm zu brechen. Du brauchst Pete nicht, um dich zu retten. Du kannst das selbst.«

Für eine ganze Weile weine ich einfach, während sie mir beruhigend über den Rücken streicht, und mit jeder Minute, die ich hier mit meiner besten Freundin sitze, begreife ich mehr, wo ich damit anfangen muss.

Kasey zieht sich gerade sein T-Shirt über den Kopf, als er mir die Tür öffnet und mich sofort alarmiert mit Blicken von oben bis unten auf – ich denke mal – neue Verletzungen abscannt. Seine Brust hebt und senkt sich schnell, während seine Augenbrauen eng zusammengezogen sind.

»Du hattest recht«, beginne ich die kurze Rede, die ich mir auf der Taxifahrt hierher hundertmal vorgesagt habe, damit mich der Mut nicht verlassen würde, es tatsächlich auszusprechen. Es vor Hayley zuzugeben ist nämlich eine ganz andere Geschichte als vor Kasey. Trotzdem schließe ich kurz die Augen und atme tief aus. Energisch straffe ich die Schultern und schaue Kase direkt an.

»Er hat mir die Hand nicht absichtlich gebrochen, aber er hat die Tür draufgeschlagen und ist gegangen, ohne mit der Wimper zu zucken; und ich hasse dich.«

Es ist der letzte Teil des Satzes, der mir den Magen verdreht. Ihm auch, wie es aussieht, denn er verzieht das Gesicht, als hätte er etwas Schlechtes gegessen, und tritt einen Schritt zurück.

»Mich?«

»Ja. Dich.« Ein Schluchzen, mit dem ich nicht gerechnet habe, überrascht uns beide, bevor es seine Züge erweicht und er unglücklich den Kopf neigt.

»Warum hasst du mich, Schmetterling?« Seine Stimme ist dermaßen sanft, dass ich mich am liebsten darin einwickeln

243

und vor alldem verstecken will, was von hier aus passieren muss. Und es tut so weh.

»Weil ich auch deinetwegen das Gefühl hatte, es sei okay, mich auf diese Weise behandeln zu lassen.«

»Ist es nicht«, unterbricht er mich augenblicklich, doch ich rede weiter.

»Deinetwegen hatte ich so panische Angst davor, fallen gelassen zu werden, dass ich mich weiter mit allem abgefunden hätte, wenn du nicht ...« Ich breche ab, brauche einen Moment, doch aus dem Moment werden zwei und Kasey tritt näher, stark genug, um zu hören, was ich loswerden muss.

»Wenn ich nicht was?«

Ich balle die Hände zu Fäusten. »Wenn du nicht wieder in mein Leben getreten wärst. Und das ärgert mich am meisten. Weil ich dich nicht brauchen will, um das zu kapieren. Weil ich nicht die Frau sein will, die wegen eines anderen Mannes eine Beziehung beendet. Und weil ich trotzdem hier vor dir stehe, statt vor ihm, weil ich einfach zu feige bin, ihm all das mitzuteilen.«

Kaseys Atem entspannt sich, ganz im Gegensatz zu meinem. Er streckt die Hand aus und zieht vorsichtig am Saum meiner Jacke.

»Komm rein, Ari!«

Will ich nicht, aber ich will auch nicht hier draußen stehen. Ich will nicht hier sein und will nicht weg. Ich fühle mich, als hätte ich seit Monaten nicht mehr richtig durchgeatmet, und alles, was ich will, ist eine Pause. Also gehe ich rein, werfe Jacke und Schuhe ab und setze mich besiegt auf die Couch. Ich halte meine Stirn mit der gesunden Hand fest und stütze den Ellbogen auf ein Knie. Aus dem Augenwinkel nehme ich Kasey wahr, der sich auf den Couchtisch setzt.

»Hör mal, wenn du Angst hast, dass dich der Mistkerl noch mal verletzt, dann ...«

Kopfschüttelnd verziehe ich das Gesicht. »Nein, Kasey, davor habe ich keine Angst.«

Auch, wenn das vielleicht naiv oder irrational ist, ich glaube nach wie vor nicht, dass Pete mich absichtlich verletzt hat. Dennoch weiß ich, dass ich nicht herausfinden werde, wann sich das ändern könnte.

»Ich habe Angst, dass ich die Worte nicht rausbringe.« Es erscheint mir so dumm, darüber zu reden, weil ich es bisher noch nie getan habe. »Seit mein Vater … seit Rafael fort ist, habe ich diesen Zwang, den anderen Weg zu gehen, wenn ein Konflikt auf mich zukommt. Dieses neurotische Anliegen, alles bis ins kleinste Detail perfekt und richtig zu machen, weil ich ständig Panik habe. Panik, dass ein Wort, ein überflüssiges Bedürfnis von mir reicht, um jemanden zu vergraulen.« Schmerzhafte Schluchzer fahren durch meinen Körper, während ich mir das zum ersten Mal eingestehe. »Und ich erkenne jetzt, dass Pete genau das ausgenutzt hat, um sein Ding durchzuziehen, um mich unentwegt nach seiner Pfeife tanzen zu lassen. Und ich bin die blöde Kuh, die hier sitzt und sich selbst dafür in den Hintern treten will, weil ich ihn gelassen habe. Dabei war ich oft furchtbar wütend auf ihn. Und jetzt gerade *hasse* ich ihn. Ich hasse, was er mit mir gemacht hat. Was er *aus* mir gemacht hat. Und dennoch weiß ich, dass ich es nicht schaffen werde, das vor ihm auszudrücken.«

Ich greife nach einem Kissen und schleudere es auf den Boden.

»Warum ist es – verdammt noch mal – so schwer, ihm all das zu sagen? Es ist ja auch kein Problem für mich, dir zu sagen, dass ich dich hasse.«

»War auch nicht das erste Mal.«

Klingt er allen Ernstes amüsiert? Ich greife nach dem nächsten Kissen, doch diesmal werfe ich ihn damit ab.

»Aber warum?!«, frage ich verzweifelt.

Kaseys Hand findet den Weg durch die wilden Haare an meinem Nacken und streichelt dort die Haut. Eine Berührung, die mich gleichzeitig erzittern und unendlich ruhig werden lässt. Etwas, was nur Kasey gelingt.

»Vielleicht, weil du weißt, dass ich es aushalte. Dass ich danach noch immer hier sein werde.«

Die Worte fahren mir mitten ins Herz, aber nicht auf die gute Weise. Stattdessen sind sie wie der Textmarker mit vielen roten Rufzeichen daneben, die mir anzeigen, warum ich eigentlich hergekommen bin.

»Aber das warst du eben nicht, Kasey. Schon vergessen? Ob ich es wahrhaben will oder nicht: Du bist auf anderer Ebene genauso wie Pete, vielleicht sogar schlimmer.«

Wie vom Blitz getroffen lässt Kasey seine Hand fallen, und es fühlt sich an, als würde der plötzliche Verlust seiner Wärme Frostbeulen auf meiner Haut hinterlassen.

»Du warst derjenige, der mich zusammengehalten und mir eingeredet hat, ich hätte mehr verdient als das, was mein Vater mit mir gemacht hat. Und dann hast du mich in derselben Art fallen gelassen. Mag sein, dass es unfair ist, dir das aufzubürden, aber ganz ehrlich? Wann war einer von euch das letzte Mal fair zu mir?«

Mit furchteinflößendem Gesichtsausdruck steht Kasey auf und bringt einige Meter Abstand zwischen uns.

»Bei dir klingt das dauernd, als hätte ich dich absichtlich im Stich gelassen ... Aber so war es nicht, Arya. Wann begreifst du das endlich? Denkst du wirklich, ich war scharf darauf zu gehen? Das Einzige loszulassen, was mir damals etwas bedeutet hat? Das Einzige ...« Jetzt ist er derjenige, der pausieren muss, während ich an seinen Lippen hänge. Lippen, deren Mundwinkel hinuntergezogen sind, bevor er bebend ausatmet und flucht. »Verdammt, ich musste das Einzige von mir fernhalten, ohne das ich mir mein Leben nicht vorstellen konnte.«

Mit seiner ganzen Hand gestikuliert er in meine Richtung, bevor er sich gebrochen an der Wand abstützt. Gänsehaut zieht sich über meinen ganzen Körper, weil es so unendlich bedeutsam erscheint, was er da sagt, und doch verstehe ich kein Wort.

»Denkst du, ich wollte das?«

»Dann sag mir endlich *warum*, Kasey?«, flüstere ich. »Und warum habe ich bisher nie eine Erklärung bekommen?«

»Warum?«, wiederholt er meine Frage und sinkt an der Wand zu Boden. »Ich habe damals vielleicht nicht den Abzug gedrückt. Aber auf eine gewisse Weise habe ich mich selbst an diesem Abend begraben. Darum musste ich alles aus meinem Leben beseitigen, das mir etwas bedeutete, weil ich lieber sterben würde, als zu dem Menschen zu werden, der *er* war.«

Kapitel 27

8 Jahre zuvor

Kasey, 17 Jahre alt

»Kasey! Sieh mich an!«, ruft die Stimme durch den Regen, die mich ganz nervös macht. Sie soll nicht hier sein. Und ich kann sie jetzt nicht ansehen.

»Verflucht, Arya! Ich sagte, du sollst drüben bleiben. Kannst du eigentlich einmal auf mich hören?« Die Waffe fühlt sich schwerer an als vorhin, als ich sie mir in den Hosenbund gesteckt habe. Ich halte sie mit beiden Händen fest.

»Bitte, Kasey. Mach das nicht! Ich habe die Cops gerufen. Sie werden ihn mitnehmen.«

»Ja?«, lache ich freudlos, lasse meinen Vater dabei nicht aus den Augen und hasse, *hasse* ihn dafür, dass er mich so weit gebracht hat. Denn ich weiß genau, nach heute wird es kein Zurück mehr geben. »Und dann? Das hatten wir alles längst. Mehrmals. Und er kommt immer wieder.«

»Du denkst, du bist besser als ich?«, zischt mein Vater. »Sieh dich doch an! Du hast 'ne Knarre. Bin richtig stolz auf dich, mein Sohn.«

Er versucht, den Harten raushängen zu lassen, aber ich will, dass er Angst hat! Dass er spürt, wie sich das anfühlt. Und ich will, dass endlich all das hier aufhört. Nach siebzehn Jahren von diesem Dreck mit nichts als kurzen Verschnaufpausen will ich einfach, dass alles aufhört.

»Also habe ich jetzt deine Aufmerksamkeit, *Daddy*?«, spucke ich ihm entgegen. »Dachtest wohl nicht, dass jemand mal zurückschlagen würde.«

»Du ziehst es sowieso nicht durch.«

Ist er bescheuert? Versucht er, mich *jetzt* zu triezen? Ich entsichere die Waffe und beschwöre meine Hände, mit dem Zittern aufzuhören. Aber das sieht mein Vater nicht. Er hört nur das Geräusch und setzt ein zufriedenes Grinsen auf. Die Arme lässt er fallen. Was wird das jetzt?!

»Schätze, du bist wirklich mein Sohn. Vielleicht können wir uns ja bald eine Zelle teilen.«

Es ist inzwischen richtig laut von dem Gewitter, das nun direkt über uns ist, und vom Rauschen in meinen Ohren, und doch höre ich, wie Ari lautlos meinen Namen sagt.

»Ich. Bin. Nicht. Wie du«, schreie ich ihn umso lauter an, gehe einen Schritt auf ihn zu und hasse es gleichzeitig, dass ich ihm gerade zeige, wie sehr ich seine Worte an mich heranlasse. Denn jetzt lacht er mich aus.

»Ja. Dasselbe habe ich zu meinem Vater gesagt. Und sieh an, wo wir beide jetzt stehen.«

Ich könnte schreien, weil ich kein Wort mehr hören will. Heulen, weil es ja irgendwie stimmt. Der Hass in mir ist so groß, dass mein Finger am Abzug schwerer wird. Ein Haufen Erinnerungen prasselt auf mich ein. Worte, Beleidigungen, Drohungen, die er mir entgegengeschleudert hat. Meiner Mom. Taten, die gezeigt haben, wie wertlos ich für ihn bin. Aber nicht nur für ihn. Wie er mir seine blutigen Knöchel gezeigt hat, nachdem er Mom einmal fast zu Tode geprügelt und danach zu mir

gesagt hat: »Schau, wozu mich deine Mutter getrieben hat …«
Ich war vier Jahre alt. Das ist meine erste richtige Erinnerung.

»Kasey! Tu das nicht! *Bitte*«, fleht mich Ari weinend an. Sie tritt dichter an meinen Vater heran.

»Bleib stehen, Arya! Stell dich ja nicht vor ihn!«, warne ich sie, bete, weil ich weiß, dass sie genau das vorhat. Im selben Augenblick höre ich die Sirenen, das blau-rote Licht erleuchtet unsere Straße. Mein Herz klopft so schnell wie nicht einmal vorhin, als ich Ari geküsst habe. Es bleiben nur noch Sekunden, bis die Cops da sind.

»Was ist jetzt, Junge? Wofür wirst du dein erstes Mal im Knast absitzen? Wer weiß, wenn du nicht abdrückst, komme ich wahrscheinlich schneller wieder raus als du.«

Er lacht wieder dreckig. Für ihn ist das alles bloß ein Witz, und das Traurige ist: Er hat wahrscheinlich recht. Dass ich heute festgenommen werde, ist gegeben. Ich habe ohne Waffenschein eine Scheißknarre gekauft und bin minderjährig. Ihn hingegen holt Mom spätestens morgen früh wieder raus. Und wer weiß, was er beim nächsten Mal mit ihr macht?

»Na los! Mach schon!«, ruft er, während ich mich frage, wie viele Millimeter am Abzug noch fehlen, bis ich tatsächlich eine Kugel abfeuere. Bis ich ihn für immer los bin und gleichzeitig alles verliere. Aber nun bleibt das erste Polizeiauto stehen, ein Cop steigt aus und richtet seine Pistole auf mich.

»Waffe fallen lassen!«, schreit er, während zwei weitere Streifenwagen folgen und zum Schluss sechs Schusswaffen auf mich zielen, obwohl es doch mein Vater ist, der endlich zur Verantwortung gezogen werden müsste. Nass bis auf die Knochen stehen wir da. Jeder wartet auf meine nächste Aktion. Alles hängt an mir. Wenn ich ihn jetzt erschieße, bin ich vermutlich auch tot. Gleichzeitig kann er dann niemandem mehr wehtun.

»Waffe fallen lassen! Sofort!«, brüllt ein zweiter Cop, und Ari wimmert, während ich sie im Augenwinkel auf die Knie gehen sehe. Trotzdem bleibt mein Blick auf meinen Vater gerichtet, der mich nach wie vor herausfordernd ansieht, als gäbe es in diesem Moment nur ihn und mich. »Letzte Warnung, Junge. Wirf die Waffe weg!«

Die anderen Cops schreien mich ebenfalls an, Mom heult meinen Namen, und doch ist es einzig und allein Aris Stimme, die ich wirklich wahrnehme. »Ich werde dich lieben, Kasey. Ich kann das.« Mit der Wucht ihrer Worte fallen meine Lider zu. Als ich sie wieder öffne, sehe ich endlich rüber zu ihr und werfe die Knarre weg von ihr, vor allem aber weg von meinem Dad. Erleichtert lässt sie sich auf den Hintern sinken und weint bitterlich.

»Hände hinter den Kopf! Dreh dich um! Leg dich auf den Boden! Na los!«, ruft einer der Officers, bevor er zu mir herüberläuft und mir Handschellen anlegt.

Ich höre jemanden klatschen. »Ich gratuliere dir, mein Sohn. Du fängst sogar zwei Jahre vor mir an«, verhöhnt mich mein Vater, und ich beiße mir so fest auf die Lippe, dass ich Blut schmecke.

»Klappe halten!«, warnt ihn ein Polizist, als ob sich mein Erzeuger irgendetwas sagen lassen würde. Selbst wenn auch ihm gerade Handschellen angelegt werden.

»Hast 'ne glänzende Zukunft vor dir, aber ja, schätze, der Apfel fällt wirklich nicht weit vom Stamm.«

»Ich bin nicht wie du«, fauche ich noch mal, diesmal mehr für mich, weil ich doch im Grunde weiß, wie recht er hat.

Mein Vater lacht, während der Polizist mich an ihm vorbei zum Streifenwagen führt.

»Lass uns noch mal reden, wenn du deiner kleinen Freundin das erste Mal eine verpasst hast. Es liegt dir im Blut, mein Junge. Was will man machen?« Jetzt sehe ich rot. Mit allem, was in mir steckt, bäume ich mich gegen den Polizisten auf, der mich am Arm hält, und stürme auf meinen Vater los. Ich schaffe es allerdings nur, ihn mit voller Wucht gegen den Wagen zu befördern, bevor der Cop mich von ihm wegreißt und erneut zu Boden bringt.

»Schluss jetzt! Zwing mich nicht, dich zu tasern!« Unsanft hält er mich fest, bis ich nicke, und zieht mich dann hoch. Ich kann Ari nicht mehr sehen, als man mich in den Wagen setzt und abführt, und das ist auch gut so, denn sie ist die Letzte, von der ich jetzt noch gesehen werden will.

Am nächsten Morgen werde ich aus meiner Zelle zitiert, weil angeblich meine Anwältin, die ich überhaupt nicht habe, hier ist. Als ich sie bemerke, senke ich den Blick, weil ich es hätte wissen müssen, und setze mich zu ihr an den Tisch.

»Haben die sich die Wunde angesehen?«, fragt Christina sofort und hebt eine Hand vorsichtig an mein Kinn, das vermutlich inzwischen geschwollen ist. Beschämt ziehe ich den Kopf weg und nicke. Seufzend verschränkt sie ihre Finger ineinander.

»Ziemlich schwere Anklagepunkte, denen wir uns da stellen müssen.« Wir ... Sie sieht verflucht müde aus. Wahrscheinlich war sie die ganze Nacht damit beschäftigt, meinen Arsch zu retten. Ich hasse es, das zuzugeben, aber es fühlt sich gut an, mich gerade nicht alleine zu wissen. Denn ich weiß, wofür ich sitze. Versuchte schwere Körperverletzung und illegaler Waffenbesitz sind alles andere als ein Kinderspiel. So viel zu meiner Zukunft. Dafür, dass mein Vater wahrscheinlich bereits wieder auf Kaution frei ist.

»Diesmal nicht, Kasey«, erklärt mir Aris Mom, und ich schaue perplex zu ihr. Schätze, ich habe laut gedacht. »Deine Mutter hat endlich Anzeige erstattet. Sie hatte Fotos und Videoaufnahmen von vergangenen Gewaltausbrüchen deines Vaters.«

Jetzt bin ich überrascht. »Die hat sie hergegeben?«

»Hier geht es um *dein Leben*, Kasey«, entgegnet Christina in hartem Ton. »Alles andere wäre inakzeptabel.«

Alles klar, also hat sie meine Mom zwingen müssen.

»In beiden Anklagepunkten setzen wir auf Selbstverteidigung. Dein Vater ist ja vor dem Gericht kein unbeschriebenes Blatt. Deshalb darf ich dich jetzt auch mitnehmen, aber wir werden abwarten müssen, was die Staatsanwaltschaft aus der Sache macht.«

Ich schnaube. Nichts. Wie immer bis jetzt.

»Deine Mom will zu deinem Bruder nach …«

»Ich komme nicht mit«, unterbreche ich sie, weil ich nicht einmal im Traum daran denke, bei Ray unterzuschlüpfen, der sich in den letzten Jahren einen feuchten Dreck darum geschert hat, dass ich mit dieser gestörten Familie allein war. »Da gehe ich lieber in ein Heim oder irgendeine WG, was weiß ich.«

»Mit dem Einverständnis deiner Mom könnte ich versuchen, dich bei uns aufzunehmen, bis du volljährig bist.«

»Nein.« Ich verziehe das Gesicht, weil ich merke, dass ich sie damit nicht nur verwirre, sondern auch verletze. »Ich muss hier weg, Christina. Ich kann Ari nicht … Ich will ihr nicht wehtun, aber ich weiß nicht …«

Stammelnd bringe ich nicht einmal einen Satz zu Ende, während ich angeekelt auf meine offenen Hände starre, die vor mir auf dem Tisch liegen.

»Ich will auch niemand anderem wehtun. Eher verrotte ich in dieser Zelle.«

»Ich verstehe«, sagt sie sanft, und ich wage es, sie anzuschauen. Ihr Blick ist weich. Ein Kloß bildet sich in meinem Hals, weil ich mich nicht daran erinnern kann, je von meinen Eltern so angesehen worden zu sein. Weder von Dad noch von Mom.

»Ich verstehe deine Sorge, auch wenn ich dich anders einschätze als du dich selbst.«

Ich schüttle den Kopf. »Ich kenne mich aber leider besser als du, Christina. Ich denke, all das hier spricht dafür«, wende ich ein und deute auf die Akte vor ihr. »Deswegen werde ich von hier verschwinden und den Kontakt abbrechen. Ich kann nicht in ihrer Nähe sein. Ganz egal, wie das hier für mich ausgeht. Ich kann nicht bei Ari bleiben.«

Christina presst die Lippen zusammen, bevor sie ihre Hand auf meine legt.

»Dein Vater ist ein Straftäter. Da führt kein Weg drumherum. Aber deine Mutter hatte auch nicht das Recht, dich dem auszusetzen, was du jahrelang durchmachen musstest, Kasey. Hörst du? Ich möchte, dass *du* das verstehst. Sie hat ihre Pflicht vernachlässigt, euch zu schützen und zu beschützen, und das ist nicht deine Schuld. Es ist ihre und die deines Vaters. Du musst nicht zu deinem Vater werden, ebenso wie Ari nicht in die Fußstapfen deiner Mom treten muss. Wir sind ein Produkt unserer Eltern, aber kein Imitat.«

»Ich weiß«, entgegne ich schnell, weil ich es ja wirklich weiß. Macht alles trotzdem nicht einfach besser, geschweige denn ungeschehen.

»Jeder hat seine persönliche Wahrheit, verstehst du? Das, was er über sich selbst glaubt, von sich selbst denkt. Und ich glaube fest daran, dass wir anhand dessen die Dinge suchen und finden, von denen wir denken, dass wir sie verdienen.«

Meine Hand beginnt unter ihrer zu schwitzen, weil ich mir denken kann, wohin sie damit will. Dass sie sagen will, dass ich mir mein Glück nicht rauben lassen soll und bla, bla, bla, aber hier geht es doch gar nicht um *mein* Glück. Versteht sie das denn nicht?

»Du verdienst mehr als das, was dir gezeigt wurde, Kasey. Okay? Also versprich mir, dass du den Kontakt nicht abbrechen lässt.«

Ich beiße mir auf die Wangeninnenseite, damit ich nicht gleich widerspreche, und sehe auf die Sicherheitstür, die schon lange nicht mehr das Einzige ist, was zwischen mir und meiner Freiheit steht, doch Christina drückt meine Hand fester.

»Ich meine das ernst, Kasey. Ich bin nicht nur hier, weil ich dich vertrete, klar? Du bist mir wichtig. *Uns* wichtig. Du bist seit zehn Jahren Teil dieser Familie. Das hört nicht einfach auf. Du kannst jederzeit zurückkommen. Behalte das im Gedächtnis, auch wenn du das Gefühl hast, es nicht zu verdienen. Denn das ist nicht *meine* Wahrheit.«

Die Sonne blendet, als ich das Gefängnis mit Christina verlasse. Sie scheint mir ins Gesicht, als wäre gestern der Sturm und alles andere nie passiert. Während ich noch mit dem grellen Licht kämpfe, fällt Ari mir um den Hals, die draußen gewartet hat. Aus Instinkt halte ich sie fest und balanciere mich aus, bevor wir beide auf dem Boden landen. Warum macht sie das? Hat sie denn nicht gestern erst beobachtet, wozu ich fähig bin?

»Gott sei Dank!«, nuschelt sie an meiner Schulter. »Geht es dir gut? Das ist eine dumme Frage. Vergiss es! Bereit, von hier abzuhauen?«, fragt sie stattdessen. Sie ist wunderschön. Wie immer, aber ihre Augen sind geschwollen und ich muss kein Genie sein, um zu wissen, dass das meine Schuld ist. Und ihr Lächeln ist anders als sonst. Es wirkt verschüchtert, verunsichert. Meinetwegen. Hat sie jetzt Angst vor mir? War das nicht sowieso eine Frage der Zeit? Sie versucht jedenfalls, alles zu überspielen, greift nach meiner Hand, wie Ari es eben normalerweise tut, und zieht mich zum Auto.

Die Heimfahrt ist verflixt leise. Wahrscheinlich weiß keiner so recht, was er sagen soll. Als wir aussteigen, ist mir zum Kotzen, als ich zu dem Haus hinübersehe, das mein Zuhause hätte sein sollen. Am liebsten würde ich es niederbrennen. »Ich gebe euch 'ne Minute, okay?«, meint Christina, bevor sie mich fest umarmt, als würde sie spüren, dass es das letzte Mal sein wird.

»Wir lieben dich, Kasey!«, fügt sie leiser hinzu, und es tut verflucht weh.

Und als sie weg ist und ich wieder zu Ari schaue, beschleicht mich das Gefühl, dass auch sie es schon irgendwie spürt.

Ari dreht sich um und marschiert in Richtung Garten. Auch, wenn sie dabei nicht über ihre Schulter spähen würde, wüsste ich, dass sie mich einlädt, mit ihr zu kommen. Es fühlt sich alles andere als gut an, mich auf die Schaukel zu setzen, denn als ich es das letzte Mal gemacht habe, endete es in dem besten Kuss meines Lebens. Bevor alles den Bach runterging.

»Mom hat gesagt, deine Mutter wäre endlich bereit zu gehen?«, beginnt sie und verhakt ihr Bein mit meinem. Wie damals, als wir Kinder waren.

»Sie will nach Pennsylvania, ja.«

»Das ist gut für dich, Kasey.«

Ich nicke, lasse sie in dem Glauben, dass ich mitgehe, weil sie sich dann vielleicht keine Sorgen macht.

»Aber du kommst zurück, richtig? Zu mir?«

Ich nicke erneut. Schwerfälliger dieses Mal.

»Wann fahrt ihr?«

»Anscheinend noch heute. Sie will weg sein, bevor er doch wieder auf Kaution freikommt oder so.«

Hat Christina zumindest erklärt. Ehrlich gesagt bin ich nicht scharf darauf, meine Mutter selbst zu fragen. Ich habe Jahre damit verbracht, wütend auf sie zu sein. Ich werde nicht die letzten Minuten mit Ari damit verschwenden, es auch jetzt zu sein.

»Okay«, murmelt Ari, ihr Blick durchbohrt mich, während sie verunsichert nickt. »Ruf mich an, wenn du dort bist, in Ordnung?« Ihre Stimme zittert unter all ihrer Mühe, stark zu bleiben, und bricht am letzten Wort.

»Ja«, lüge ich, obwohl es mich umbringt. Und es ist das verdammt noch mal Härteste, was ich je getan habe. »Das mache ich, Ari.«

KAPITEL 28

Arya

Lautlose Tränen strömen über mein Gesicht, während ich mit halb offenem Mund dasitze und mir die Geschichte, die Hintergründe seiner Entscheidungen anhöre, auf die ich seit bald neun Jahren warte. Aber ich bin nicht die Einzige, die weint. Unaufhörlich wischt Kasey sich eine entflohene Träne vom Gesicht, bis er mich letztlich mit rot unterlaufenen Augen fixiert.

»Ich wusste vielleicht nicht, was Liebe war. Aber ich wusste, dass ich weg von dir musste. Ich konnte dich da nicht mit reinziehen. Alles war total verkorkst. Ich voran. Und ich musste dafür sorgen, dass es dir gut geht. Dass ich dir nicht wehtun konnte. Zumindest nicht körperlich.«

Eine Was-wäre-wenn-Liste läuft vor meinem inneren Auge ab.

Was, wenn er geblieben wäre?

Was, wenn er einfach ehrlich mit mir gewesen wäre?

Ich hätte diesen Jungen, diesen Mann, für immer lieben können, hätte er mir die Chance dazu gegeben. Aber das hat er nicht. Und mit einem Mal wird der bodenlose Schmerz in meiner Brust über all das, was wir dadurch verpasst haben, zu verzweifelter Wut. Fahrig reibe ich mir über das Gesicht und springe von der Couch.

»Aus welchem *dämlichen* Grund dachtest du, *das* wäre für mich besser? Ehrlich! Wie konntest du verdammt noch mal auf den Gedanken kommen?«

Entgeistert starrt er mich an, stützt seine Arme resigniert auf den Knien ab. »Hast du eben nicht zugehört?«

»Doch, Kase«, gebe ich zurück, muss mich bemühen, meine Stimme nicht zu erheben, denn wenn jetzt eins der Kinder schreit, dann laufe ich Amok. »Das habe ich ganz genau. Aber warum dachtest du auch nur für eine Sekunde, dass ich dich nicht verstehe?«

Zerrissenheit liegt auf seinem Gesicht, während er zu mir hochsieht.

»Ich war dabei, schon vergessen? Ich kenne dich, seit du sieben Jahre alt bist. Und deinen Vater genauso lange. Natürlich hatte ich Angst, dass du ihn erschießt. Diese verdammte Pistole zu kaufen war eine dumme und gefährliche Idee, aber ich wusste, dass du das Bedürfnis hattest, euch damit zu beschützen.«

Mit einem zynischen Lachen stakse ich auf ihn zu, während Kasey sich vom Boden aufsammelt und sich aufrichtet.

»Warum zur Hölle glauben eigentlich alle Männer in meinem Leben, dass sie das Recht haben, Entscheidungen für mich und über mich zu treffen? Denkst du nicht, ein angemessener Abschluss wäre besser für mich gewesen als gar nichts? Ich hab mich jahrelang an einem Geist festgehalten, Kase! Hattest du Angst, ich würde mich an dein Bein klammern und dich anflehen, bei mir zu bleiben, wenn du mir erklärst, dass ich nicht auf dich zu warten brauche?«

»Nein, Ari. Aber du hättest es niemals akzeptiert. Du hättest mir erklärt, dass ich den Arsch offen habe, wenn ich mir einrede, ich hätte dich und deine Liebe nicht verdient.«

Damit nimmt er mir für einen Moment den Wind aus den Segeln für meinen nächsten Beschuss.

Stattdessen nicke ich vehement mit offenem Mund. »Da liegst du verdammt richtig!«

Schwer atmend nickt er ebenfalls. »Du hättest mich und meine Aktion in Schutz genommen wie eben.«

»Vermutlich.«

Kase sieht mich umso zerstörter an.

»Und wenn es eines Tages doch passiert wäre, Ari? Und ich dich geschlagen hätte? Aus *Versehen*?«

Er macht Gänsefüßchen und ich spüre die Erschütterung, die auf mich zukommt.

»Oder absichtlich? Was wäre dann gewesen? Hättest du in dem Fall nicht auch Entschuldigungen für mich gefunden, weil du unerschütterlich loyal bist, zu treu für dein eigenes Wohl? Weil du mir versprochen hattest, mich lieben zu können, egal, was kommt?«

Sprach- und atemlos stehe ich da, weil die schmerzliche Wahrheit ist, dass ich es nicht weiß. Ich habe es für Pete getan, oder nicht? Und die Liebe, die ich für ihn empfunden habe, kam der zu Kasey doch nie wirklich gleich, wenn ich ehrlich zu mir selbst bin. Kasey gibt ein todunglückliches Lachen von sich, während er kopfschüttelnd wegsieht.

»Ist es dann wirklich so schwer nachzuvollziehen, dass ich das Gefühl hatte, dich nicht zu verdienen? Dich vor mir beschützen zu müssen?«

Nein, ist es nicht. Wirklich nicht. Dass er nicht einfach ehrlich war, ist trotzdem scheiße. Und unfair.

»Nein. Aber nur zur Info, Kasey: Du musstest nicht bei mir sein, um mir das Herz zu brechen«, erkläre ich matt. »Ich habe dich *jeden Tag* vermisst. Acht verfluchte Jahre lang. Vielleicht war es für *dich* leichter, dich von mir fernzuhalten, ja. Kann sein. Aber wage es ja nicht, mich als Grund vorzuschieben.«

Kraftlos schlurfe ich zur Tür. Jahrelang habe ich diesen Moment ersehnt. Antworten herbeigesehnt. Und jetzt ist alles, was ich will, dass dieser Moment so schnell wie möglich endet, denn ich kann nicht mehr. Dabei war das noch gar nichts.

»Du sagst, du hast dich selbst an dem Tag begraben? Tja, du hast einen riesengroßen Teil von mir mitgenommen, Kasey. Ich kämpfe seither mit dem Wissen, dass ich ihn nie zurückbekommen werde.«

»Ari!«, ruft Kase mir nach, während ich meine Jacke anziehe. Ich brauche einfach eine Pause. Würde mich nicht wundern, wenn ich auf dem Weg nach Hause zusammenbreche. »Ich wollte immer nur, dass du glücklich bist.«

Warum fühlt es sich an, als würde jemand mein Herz zerquetschen?

»Und das konnte ich unter keinen Umständen mit dir sein, richtig?« Zwischen zusammengebissenen Zähnen zwinge ich den Satz hervor.

»Ich weiß es nicht, Schmetterling.«

Ich muss mich von ihm wegdrehen, weil ich keine Sekunde länger in meinem Gesicht verstecken kann, wie mich seine Worte umbringen.

»Tja, schätze, da liegt mein Problem«, erwidere ich zynisch. »Denn seit ich dich kenne, Kasey, gab es niemanden, der mich glücklicher und vollständiger machen konnte als du.«

Ich melde mich am nächsten Tag krank, weil ich mich tatsächlich krank fühle und weil ich wahrhaftig kaum aus dem Bett komme. Ich nehme an, das sind noch Nachwehen von gestern, weil mir jedes Mal zum Kotzen ist, wenn ich darüber nachdenke, was Kasey von sich selbst dachte … denkt. Wenn ich darüber nachdenke, dass er sein Glück … unser mögliches, gemeinsames Glück für meins geopfert hat. Dass er es vorgezogen hat, irgendwo in einem Heim unterzukommen, und seither de facto komplett auf sich alleine gestellt war, anstatt zu bleiben und vielleicht Heilung zu erfahren. Aber ist das nicht eben genau der Punkt? Dieses Vielleicht?! Je mehr ich darüber nachdenke, umso mehr verstehe ich seine Gedanken. Seine Ängste.

Es klopft an der Tür und ich schließe kurz die Augen. Ich will nicht hoffen, dass es Kasey ist, selbst wenn ich es doch tue. Doch ich weiß, dass es Peter ist. Ich habe ihn angerufen und gebeten zu kommen, und weil es zu früh ist, um in die Bank zu gehen, konnte er es tatsächlich einrichten. Seine Worte, nicht meine.

Ich wollte mir einen Tag Zeit lassen, bevor ich mich mit ihm treffe, weil er für dieses Gespräch mehr verdient, aber auch mehr braucht als die Version von mir, die ich gestern nach dem Besuch bei Kasey war. Allerdings lässt sich darüber streiten, ob ich so schnell wieder dieses *Mehr* von mir finde, denn momentan fühlt es sich nicht unbedingt so an.

Als ich ihm die Tür öffne, tippt er gerade noch etwas in sein Handy, scheint gar nicht zu bemerken, dass ich vor ihm stehe. Er scheint nicht zu ahnen, dass sich meine Welt in eine andere Richtung weitergedreht hat als seine. Aber er fühlt sich genauso weit weg an. Fertig mit seiner Nachricht schiebt er das Handy in sein Sakko und sieht zu mir. Aber da ist keine Wiedersehensfreude, keine Zuneigung, kein Anzeichen dafür, dass es ihm überhaupt etwas ausgemacht hätte, dass wir uns tagelang weder gesehen noch gehört haben. Und ich bemerke auch kein schlechtes Gewissen, weil er mich bei unserer letzten Begegnung verletzt hat. Alles, was ich finde, ist Verstimmung, vermutlich über mein Benehmen der letzten Tage.

»Was ist denn mit dir passiert?«, fragt er nun allen Ernstes und weist auf meine Hand.

Ich blinzle einige Male, ehe ich die Augenbrauen zusammenziehe. »Du hast mir die Tür auf die Hand getreten, Peter.

Ich musste mit einer Quetschung und zwei gebrochenen Fingern ins Krankenhaus.«

Peter starrt mich für einen kurzen Moment an. Im nächsten Moment schüttelt er ungläubig den Kopf.

»Ach, das gibt es doch überhaupt nicht.«

Er bugsiert mich in die Wohnung, bevor er die Tür extra vorsichtig schließt. Ein humorloses Schnauben entfährt mir, bevor ich in die Küche gehe und mich dort gegen den Kühlschrank lehne.

»Doch, Peter, das gibt es. Und wenn du geblieben wärst, dann hättest du es miterlebt. Bist du aber nicht. Du hast dich nicht mal nach mir erkundigt.«

Er hat den Nerv, die Augen zu verdrehen, bevor er sich auf einen Stuhl pflanzt und sein lebenswichtiges Telefon vor sich auf den Tisch legt.

»Ja, alles klar. Wie lang werde ich mir das jetzt anhören müssen, Arya? Ich gebe es zu, ich war wütend auf dich. Da hielt ich es für besser zu gehen, bevor wir beide noch weiter eskaliert wären. Dass du dich bei deiner Türzuhalteaktion verletzt hast, konnte ich ja nun wirklich nicht ahnen. Sorry!«

Das klingt so was von gar nicht aufrichtig.

»Mir allerdings nicht davon zu erzählen oder zurückzurufen ist einfach kindisch und nicht unbedingt hilfreich, findest du nicht?«

Ich schlinge die Arme um mich, weil es so frostig ist zwischen uns. Und das ist nicht allein seine Schuld, denn zum ersten Mal, seit wir uns kennen, verspüre auch ich nicht das Bedürfnis, alles wiedergutzumachen.

»*Du* hast mich verletzt, Peter. Verbal und körperlich, auch wenn du das nicht zugeben kannst.«

Peter macht eine Show daraus, sich gelangweilt zurückzulehnen und sein Handy in der Hand zu drehen.

»Und ich brauchte einfach Zeit.«

»Na dann …«, gibt er sarkastisch darauf zurück und hebt die Augenbrauen. »Hast du dich denn wenigstens beruhigt?«

Haben wir dasselbe Gespräch in Erinnerung? Er war doch derjenige, der mir unterstellt hat, ich hätte eine Affäre. Aber allein die Frage bringt mein Blut zum Kochen. Es ist, als wäre ein Schleier gelüftet worden, der mich plötzlich hören lässt, wie herablassend Peter mit mir redet. Genau, wie er es schon so oft getan hat.

»Nein, wahrscheinlich nicht«, antworte ich, woraufhin das Handy aufhört, sich zu drehen, und er mich überrascht ansieht. »Ich habe mich nicht beruhigt, Peter. Ich habe viel nachgedacht über mich und über uns und über das, was ich mir vom Leben und von der Liebe erwarte. Erhoffe …« Ich ziehe eine Schulter hoch, fühle, wie mein Puls rast. »Und das, was zwischen uns ist, ist es nicht.«

»Was bitte soll das bedeuten?«

»Ich hab dich *so* oft vermisst, wenn ich am Abend nicht mit dir über meinen Tag sprechen konnte. Wenn ich dir nicht erzählen konnte, was in meinem Kopf, in meinem Herzen los war, weil du keine Zeit dafür hattest und es dich auch nicht interessiert hat.«

Es ist plötzlich, als würden Jahre dazwischenliegen. Es macht mich nicht mehr traurig.

»Die Wahrheit ist, dass ich dich jetzt nicht mehr vermisse, Peter. Weil du mich noch *nie* vermisst hast.«

»Aha«, spottet er und lehnt sich lachend vor. »Und da kommst du zufällig drauf, nachdem dieser ominöse Kerl in dein altes Haus gezogen ist. Denkst du wirklich, ich wäre so bescheuert, Arya? Du bist das Letzte.«

Ich halte den Atem an, bevor ich in alte Muster zurückfallen kann und mich verkrieche. Stattdessen straffe ich die Schultern.

»Ich habe dich kein einziges Mal mit Kase betrogen, Peter. Wenn du mir das nicht glaubst, dann tut es mir ehrlich leid für dich. Aber weißt du was? Es ist mir egal. Weil ich nicht mehr nach deiner Anerkennung und Zustimmung lechze. Ja, durch seine Rückkehr habe ich ziemlich viel nachgedacht, das werde ich nicht leugnen. Aber was du und ich anfangs hatten, hat sich bereits vor langer Zeit geändert, Peter. Wir haben es uns nur nicht eingestanden. Ich zumindest nicht.«

Peter schlägt mit der Faust auf den Tisch, bevor er abrupt aufsteht und die Hände in die Hüften stemmt. Instinktiv drücke ich mich fester an den Kühlschrank und hasse es, Angst vor dem Mann zu haben, dem ich eigentlich vertrauen sollte. Gleichzeitig bestärkt mich das sogar in meinem Vorhaben, weil eben dieses Vertrauen weg ist. So will und werde ich nicht leben.

»Was du redest, ist purer Schwachsinn, Arya. Was ist es denn, was du dir erwartet hast? Regenbogen und Teddybären? Dass ich dir täglich die Sterne vom Himmel hole?«

»Nein, Peter!«, antworte ich lauter, meine Stimme fest, während ich metaphorisch aus meinem Schneckenhaus krieche und auf ihn zuschreite. »Aber Wertschätzung und Geborgenheit! Ich erwarte mir jemanden, der das hören will, was ich zu sagen habe. Einen Mann, bei dem ich mich sicher fühlen kann. Und damit meine ich auch emotionale Sicherheit. Ich will nicht bei jedem Streit Angst haben müssen, dass mein Partner zur Tür rausgeht, ich will jemanden, der bleibt und stark genug ist, sich auch mal zu entschuldigen.«

Vielleicht, weil er mich wieder untergraben wollte oder weil es mir einfach reicht, mich für meine Gefühle, für das, was ich denke, schämen zu müssen. Was auch immer es ist, es gibt mir in diesem Augenblick Kraft. Und er spürt es. Denn zum ersten Mal überhaupt hält Peter den Mund und begegnet mir mit einem Gesichtsausdruck, den ich bisher nur wahrgenommen habe, wenn er seinen Kollegen, seinem Chef, seinen Kunden zugehört hat.

»Ich will gebraucht werden und will auch meinen Partner brauchen dürfen. Ich möchte wissen *und* fühlen, dass ich geliebt werde. Ich will egoistisch genug sein dürfen, um die oberste Priorität zu sein – und nicht die letzte.«

Ich presse die Lippen zusammen und schüttle den Kopf.

»Das habe ich bei dir nie gefühlt, Peter.«

Es scheinen Stunden zu vergehen, bis er das nächste Mal blinzelt, bevor er ausatmet und mit den Händen herumfuchtelt.

»Was willst du von mir, Arya? Was soll ich machen?«

Die letzten Tränen, die ich wohl für diese Beziehung vergießen werde, fallen von meinen Wangen, und ich sehe an die Decke.

»Nichts mehr.« Ich drehe den Verlobungsring von meinem Finger und halte ihn ihm hin. »Ich will gar nichts mehr von dir, Peter.« Fassungslos starrt er auf den Ring, den ich ihm immer noch entgegenstrecke.

»Es tut mir leid.«

Peter reibt sich über das Gesicht und lacht verzweifelt in seine Hände. Als er sie wieder runternimmt, sehe ich Flüssigkeit in seinen Augen. Das Traurige ist nur, ich bin mir gerade nicht einmal sicher, ob er um mich weint oder einfach nur, weil er nie erwartet hätte, verlassen zu werden.

»Es tut dir leid? Das war's?«, stammelt er. »Du weißt, dass das die dümmste Entscheidung deines Lebens ist, Arya, nicht wahr? Du wirst sie bereuen, aber dann ist es zu spät.«

Er reißt mir den Ring aus den Fingern und wirft ihn quer durch mein Wohnzimmer an eine Wand. Mit geschlossenen Augen höre ich, wie der Ring mehrere Male auf dem Boden aufprallt, rollt und letztlich zum Liegen kommt.

»Ich hätte dir mehr geben können«, spuckt er mir regelrecht ins Gesicht. »Alles.«

Nein, eben nicht. Das ist es ja. Aber das muss ich ihm nicht erklären. Nicht, wenn es nichts mehr ändert. Ich öffne die Augen erst, als ich Peter die Tür zuknallen höre, und verspüre zum ersten Mal, seit ich mich erinnern kann, Erleichterung darüber, dass er gegangen ist.

KAPITEL 29

Kasey

Schmunzelnd schaue ich meiner Tochter dabei zu, wie sie die Schablonen für ihr Kissen ausschneidet. Wenn sie nicht gerade konzentriert ihre kleine Zunge zu einem Mundwinkel rausstreckt, öffnet und schließt sie den Mund mit ihren Schneidbewegungen. Es ist das niedlichste Bild, das ich je gesehen habe. Es kompensiert definitiv, dass ich hier seit einer geschlagenen Stunde wenig erfolgreich versuche, die Nähmaschine zu verstehen, die ich extra für diesen Zweck gekauft habe. Warum ich sie nicht einfach irgendwo geliehen habe, weiß ich selbst nicht, denn dieses Ding und ich werden nicht warm. Außerdem ist es wahrscheinlich nur eine Frage der Zeit, bis Timmy von seinem Nickerchen aufwacht.

»Ist das richtig so, Daddy?« Evie schiebt sich schnaufend ihre wilden Haare aus der Stirn.

»Du machst das gut, Fussel.«

Ich meine: Nicht, dass ich einen Vergleich hätte, aber für eine Fünfjährige schneidet das Mädchen wirklich millimetergenau. Sie braucht dementsprechend lange für eine Schablone, aber sie meckert weder, noch gibt sie auf, und das gefällt mir riesig an ihr. Mit einem stolzen Grinsen arbeitet sie weiter, während ich glaube, endlich zumindest diesen Oberfaden so herumgewickelt zu haben, wie er am Ende zu sein hat. Der Unterfaden stellt jedoch die größere Herausforderung dar. Ehrlich, ich bin verflucht gut in meinem Job, kann jedes Problem auf der Baustelle lösen und habe genügend Ideen, Unmögliches möglich zu machen, und doch scheitere ich an einer dämlichen Nähmaschine. Ich bin kurz davor, mir ein Tutorial im Internet rauszusuchen, denn die Bedienungsanleitung habe ich beim Auspacken der Maschine irgendwo in die Ecke geschmissen. Vielleicht, weil ich ein Kerl bin und wir so was wie einen inneren Code verfolgen, um ein Gerät zu bedienen.

»Wirst du mal heiraten?«, erkundigt sich meine Tochter wie aus dem Nichts, und die Spule fällt mir aus der Hand.

»Wie bitte?«

»Wirst du mal heiraten?«, wiederholt sie mit Blick auf ihre Arbeit, als wäre die Frage nichts Besonderes.

»Ähm ...« Was zur Hölle soll ich darauf sagen? Ist das eine Trickfrage? »*Soll* ich heiraten?«

Sie sieht kurz auf und grinst. »Ja. Ich möchte gerne Blumenmädchen sein. Benitas Eltern heiraten bald und sie darf Blumenmädchen sein.«

Ich nicke, warte immer noch darauf, dass sich gleich irgendein Strick um meinen Hals legt. »Wen soll ich denn heiraten?«

Evie zuckt mit den Schultern, als wäre es ihr egal. »Keine Ahnung. Mommy wäre schön, aber das geht ja nicht.«

Sie wirkt nicht im Entferntesten aufgewühlt oder traurig, was mich ehrlich gesagt verwirrt. »Nein, Fussel, das geht nicht.«

»Schade. Mommy war lustig. Und lieb.«

»Ja, das war sie.« Ich schätze, es ist gut, dass wir hier so über Penny reden können, auch wenn in mir ständig eine gewisse Panik herrscht, wie es ihr wirklich damit geht.

Evie grinst. »Zane ist auch lustig. Den werde *ich* später heiraten.« Fester als nötig drücke ich die Spule ins Fach. Das werden wir dann schon sehen. »Und Ryder. Der ist richtig nett.«

Jetzt bin ich der, der schmunzelt, und wenn ich in den letzten Monaten eines gelernt habe, dann ist es, mich einfach auf jede Unterhaltung einzulassen und zu improvisieren. »Wow, gleich zwei Männer … Die werden aber ganz schön viel zu essen brauchen.«

Sie nickt, als hätte sie das auch bereits bedacht. »Ja, ich gebe ihnen eh Taschengeld, damit sie sich was kaufen können. Oder sie müssen halt kochen.«

Damit bringt sie mich tatsächlich zum Lachen. Ich mag diese Unterhaltung.

»Sind die beiden in deiner Gruppe?«

Jetzt ist es Evie, die losprustet. »Daddy! Ryder ist aus dem Fernsehen. Der lebt doch ganz weit weg.«

Ooh, wir reden hier von der Zeichentrickfigur. Okay, den kann sie haben.

»Ach ja, sorry, mein Fehler«, schmunzle ich und versuche noch einmal mein Bestes mit diesem Unterfaden. Irgendwann klappt es tatsächlich und wir beginnen zu nähen. Ich reiße Häuser nieder und baue sie wieder auf, trotzdem ist das das Gruseligste, was ich je gemacht habe. Meine Hand zittert ein bisschen und das sieht man auch.

»Sorry. Das ist ein bisschen wackelig geworden.«

»Nein, Daddy, das sieht ganz super aus«, widerspricht sie. Nachdenklich zieht sie die Mundwinkel zur Seite. »Wenn wir was Nettes sagen, obwohl wir es nicht so meinen, dann ist das höflich, stimmt's?«

Ich pruste los, schnappe sie mir und beginne, sie durchzukitzeln. Dieses herzhafte Lachen versüßt mir jedes Mal aufs Neue den Tag. »Stop! Daddy, ich muss Pipi«, kreischt sie, und ich lasse sie los. Doch das kleine Biest nutzt nur die Gelegenheit, um mich zurückzukitzeln. Wer hätte gedacht, dass man mit Kindern so viel Spaß haben kann? Ich kann mich beim besten Willen nicht erinnern, je mit meinen Eltern gelacht zu haben.

Als es klingelt, drückt Evie sich sofort von mir weg und läuft aufgeregt zur Tür.

»Ich gehe«, erklärt sie mir, während sie bereits die Tür aufschwingen lässt.

»Hallo, Prinzessin!«, begrüßt sie der Einzige, dem ich die Kids anvertrauen würde. Evie grinst von Ohr zu Ohr. Schüchtern wie stets in den ersten Sekunden versteckt sie sich hinter meinem Bein und winkt. Zumindest so lange, bis Brick Gummibärchen aus seiner Tasche fallen lässt und dann so tut, als wäre ihm das peinlich.

»Oh, ups. Die wollte ich doch alle selbst essen, sobald ihr im Bett liegt.«

»Neiiin!«, gluckst Evie laut, und alle Schüchternheit ist verflogen, während sie versucht, an ihm hochzuklettern, um die Packung Gummibärchen zu kriegen. Brick lässt sie sie erwischen und Evie läuft eifrig mit ihnen in die Küche.

»Evie!«, rufe ich ihr mehr oder weniger streng hinterher.

»Danke!«, schreit sie noch im Weglaufen, und Brick wackelt mit den Augenbrauen.

»Funktioniert wie immer wie geschmiert.« Dann umarmt er mich brüderlich. »Hey, Mann!«

»Danke noch mal, Brick.« Er klopft mir auf den Rücken und lässt kurz darauf los. »Ich weiß das zu schätzen.«

»Kein Thema. Sag's nicht meiner Frau, aber mal auf deine beiden aufzupassen ist bei meiner halben Fußballmannschaft wie ein Kurzurlaub.«

»Bri-hick«, bettelt Evie in der typischen Manier einer Fünfjährigen, die weiß, was sie will. »Kannst du mir helfen, mein Kissen zu nähen?«

»Hmm, also wir können es versuchen, aber ich fürchte, dein Kissen wird danach eher aussehen wie das Krümelmonster.«

Evie findet die Idee furchtbar witzig und scheint ihr Kissen sofort vergessen zu haben, als Brick sie hochhebt, dreht und wie besagtes Krümelmonster beginnt, ihren Bauch zu essen. Und während ich so dastehe und die beiden beobachte, stelle ich fest, dass es wirklich ziemlich guttut, einen Freund zu haben.

Nervös stehe ich vor Aris Wohnungstür, den Kram, den ich mitgebracht habe, zu meinen Füßen, weil ich sonst keine Hand freihätte. Keine Ahnung, was ich erwarte. Vielleicht, dass sie mich wieder rauswirft, weil sie mich nicht mehr sehen will oder ich einfach hier aufkreuze, ohne zu fragen, ob das okay ist. Nach einem letzten tiefen Atemzug klingle ich und beobachte, wie sie wenig später argwöhnisch die Tür einen Spaltbreit öffnet, bevor sie mich erkennt und sie aufschwingen lässt. Daraufhin stehen wir beide einfach da, weil im Moment kein Wort ausdrücken kann, was ich sagen will. Kein Begriff bezeichnen könnte, was in uns beiden vorgeht, seit die Wahrheit auf dem Tisch liegt. Sie blinzelt schwer, während ihr Mund sich leicht teilt und ein Seufzer, der meinen Namen trägt, ihre schönen Lippen verlässt. Mehr brauche ich nicht, um einen Schritt auf sie zuzutreten, während sie bereits die Arme nach mir ausstreckt und sie um meinen Nacken legt. Ich vergrabe mein Gesicht in ihrem Hals und halte ihre Taille fest umschlossen. Da sie nach gefühlten Minuten noch immer nicht loslässt, hebe ich sie an, stoße die Tür mit einer Hand zu und trage sie ins Wohnzimmer. Ich fasse erst nach einem ihrer Oberschenkel, dann nach dem anderen und lege sie um meine Hüften, damit ich mich mit ihr auf die Couch setzen kann. An unserer Berührung ist gerade nichts sexuell, auch wenn bestimmte Regionen von mir wohl anderer Meinung sind. Aber eher schneide ich mir die Eier ab, bevor ich einen Schritt tue, zu dem Ari sich nicht bereit fühlt. Vielmehr ist diese Umarmung wie ein Pflaster, das auf eine alte Wunde geklebt wird, die irgendwie nie zu bluten aufhören wollte. Ein neuer Beginn.

»Du hättest mir vorher sagen können, dass du kommst«, murmelt Ari irgendwann an meiner Schulter. »In dem Fall hätte ich mich vielleicht noch nicht abgeschminkt und keine Schlabberhose angezogen.«

»Du siehst wunderschön aus.«

Ich weiß nicht einmal, was sie anhat, weil ich zu beschäftigt damit war, mich an dem Anker ihrer braunen Augen festzuhalten, der sie von jeher für mich waren.

Ari lacht verhalten, schiebt sich ruckartig von mir weg. »Wo sind die Kinder?«

»Brick hat angeboten, eine Weile aufzupassen.«

Allzu viel Zeit habe ich allerdings nicht, denn ich musste Evie versprechen, da zu sein, wenn sie ins Bett geht. Nickend lässt Ari ihren Blick über uns wandern, bleibt hängen an ihren Händen, die sich an mein Shirt klammern, und räuspert sich. Der Hauch Verlegenheit auf ihren Wangen ist süß, als sie von mir runterklettert und ein bisschen Abstand zwischen uns bringt.

»Warum bist du hier?«

Ich hole tief Luft. »Du wolltest Antworten, Ari, und ich will sie dir geben.«

Ich warte einen Moment, bevor ich zurück zur Tür gehe und den Kram, den ich mitgeschleppt habe, von draußen hole. Mit großen Augen und überraschtem Blick mustert sie mich.

»Ich habe unser Puzzle mitgebracht. Jemand sagte, beim Puzzeln könne man gut reden.«

Ich zwinkere und lege das Holzbrett mit unserem begonnenen Rahmen auf dem Esstisch ab. Danach nehme ich die Thermosflasche aus der Tüte.

»Pfefferminztee und Kekse aus dem Supermarkt, weil ich nicht versuchen werde, Muffins zu backen, wenn wir beide wissen, wie die deiner Mom schmecken.«

Ihre Gesichtszüge werden endlich weicher, die Vorsicht darin wird weniger.

»Außerdem habe ich Kartoffeln dabei, falls du doch noch wütend auf mich bist.«

Jetzt blitzen ihre Augen auf und ein kleines Glucksen entfährt ihr.

»Na los! Setz dich hin!«, befiehlt sie mir lächelnd und holt uns zwei Tassen für den Tee.

»Deine Wohnung sieht nett aus«, sage ich, als ich mich zum ersten Mal umsehe und mit Genugtuung feststelle, dass ich keinen Kram von diesem Mistkerl Peter entdecken kann. Am liebsten will ich direkt fragen, ob sie ihn mittlerweile zum Teufel gejagt hat, aber deswegen bin ich nicht hier. Ich will auch nicht, dass sie denkt, ich wäre nur deswegen hier, also halte ich die Klappe.

»Aber ich vermisse irgendwie die farbcodierte Tabelle auf deinem Kühlschrank, wann was erledigt werden muss.«

Belustigt reißt Ari den Mund auf und schüttelt den Kopf. »Die hängt im Schlafzimmer an meinem Schrank«, gibt sie letztlich trotzdem zu. Dann bewirft sie mich mit einem Puzzleteil. »Außerdem ist sie gar nicht farbcodiert.«

Aber so, wie sie gerade dreinsieht, kommt es mir vor, als wäre sie auf dem Sprung, das zu ändern.

»Ich habe zu Hause eine Großpackung bunter Leuchtstifte, die deinen Namen rufen.«

Lachend haut sie mir den Ellbogen in die Seite.

Die nächste Stunde verbringen wir mehr damit zu reden, als aktiv am Puzzle weiterzubauen. Ari hat eine Menge Fragen und ich gebe mein Bestes, jede davon zu beantworten, auch wenn es mich verflucht viel kostet, über all das zu sprechen.

Das habe ich bisher mit keinem einzigen Menschen getan, und manche Dinge fühlen sich an, als wäre es ein Leben lang her, an anderen kaue ich heute noch, weil sie mich nicht loslassen.

»Wie lange warst du in dem Heim?«

»Acht Monate. Ich hatte es verflucht eilig, da rauszukommen, nachdem ich gefühlt jeden dritten Tag in eine neue Schlägerei verwickelt war. Ständig hatte ich das Gefühl, über meine Schulter sehen zu müssen, weil die Kids dort so verdammt gelangweilt von ihrem Leben waren, dass das Highlight des Tages war, irgendjemanden krankenhausreif zu prügeln.«

»Tut mir leid, Kasey.« Aris Stimme ist voller Mitgefühl. Das macht das Reden nicht unbedingt einfacher. »Was ist mit deiner Mutter? Hat sie versucht, Kontakt aufzunehmen?«

»Nein«, antworte ich einfach und weiß gar nicht, ob ich das gewollt hätte.

»Es ist schlimm, so etwas sagen zu müssen, aber du bist ohne sie besser dran«, meint Ari dazu nur, der Ärger über meine Familie in ihrem Ton ist mehr als deutlich. »Alles, was die Leute in deiner Familie können, ist, andere runterzuziehen.« Sie räuspert sich leise. »Weißt du, dass dein Erzeuger wieder im Gefängnis sitzt?«

Das kostet mich ein müdes Lachen. »Bin nicht sonderlich überrascht, wenn ich ehrlich bin. Was war es diesmal?«

»Er hat einen anderen Mann fast erschlagen. Mit einem Brecheisen. Hat zwölf Jahre dafür bekommen. Mom hat mir letztes Jahr davon erzählt.«

Ich starre auf das Puzzleteil in meiner Hand, während mein Herz sich komisch anfühlt. Nicht, dass es mir für ihn leidtut. Ganz im Gegenteil, es erinnert mich nur daran, wie glücklich ich mich schätzen kann, dass ich im Gegensatz zu ihm Menschen hatte, die trotz allem an mich geglaubt haben. Die für mich gekämpft und dadurch irgendwie den Teufelskreis durchbrochen haben, auf dessen Bahn ich mich bereits bewegt hatte.

»Etwa ein Jahr, nachdem ich gegangen bin, war die letzte Gerichtsverhandlung, bei der ich meinen Vater gesehen habe«, erzähle ich Ari von dem Ereignis, das mich auch heute noch beschäftigt, mich sogar lähmt.

»Ja. Ich erinnere mich. Ich wollte mitkommen, habe es im letzten Moment dann aber nicht gepackt, weil du dein Statement ja sehr klar gesetzt hattest.«

Ich lege die Stirn in die Hände und stütze die Ellbogen am Tisch ab. »Er hat deine Mom wiedererkannt und mich gefragt, ob ich schon auf den Geschmack gekommen sei, dich zu verprügeln.« Ari schnappt kaum hörbar nach Luft und die Galle kocht in mir hoch. »Ich habe ihm eine reingehauen. Vor allen in diesem Gerichtssaal. Ein Schlag, und er lag zu meinen Füßen. Und während ich von ihm weggezogen wurde und mir erneut Handschellen angelegt wurden, habe ich darauf gewartet, dass sich Genugtuung in mir ausbreiten würde.«

Sein krankes Grinsen, als er Blut gespuckt und mit dem Daumen daran gewischt hat. Meine Muskeln protestieren unter ihrer Anspannung. Ari dreht sich zu mir und legt vorsichtig ihre zarte Hand auf meinen Unterarm.

»Dass du ihn geschlagen hast, hat Mom mir erzählt. Sie sagte aber, sie hätte nicht mitbekommen, was konkret dazu geführt hatte.«

»Hat sie auch nicht«, erkläre ich. »Ich war so fest davon überzeugt, dass es mir danach irgendwie besser gehen würde, verstehst du? Ein Teil von mir dachte, das wäre alles, was ich tun müsste, um so was wie Absolution zu bekommen. Aber es hat nicht funktioniert.«

Darüber nachzudenken, was ich an dem Tag stattdessen gefühlt habe, treibt mir erneut Tränen in die Augen. Langsam fühle ich mich wie ein richtiges Weichei. Ich heule nie, aber plötzlich scheine ich gar nichts anderes mehr zu machen.

»Ich dachte, wenn ich ihm einmal zeigen könnte, was ich und jeder rund um ihn herum gefühlt hat, würde mir das helfen, damit abzuschließen. Stattdessen war es genau das Gegenteil. Ich fühlte mich wie der größte Versager. Weil es mein Job war, *besser* zu sein als er. Anders mit meiner Wut umzugehen als er. Habe ich aber nicht geschafft.«

Ich breche ab, einerseits, weil es sowieso nichts mehr dazu zu ergänzen gibt. Andererseits, weil ich keinen Ton mehr rausbringe. Mein verdammtes Herz fühlt sich an, als würde es unter dem Druck gleich zerplatzen. Ich höre Aris Stuhl über den Boden kratzen, während sie ihn beim Aufstehen wegschiebt. Sie zieht an meinem Arm, den sie eben gehalten hat, bis ich ihr frontal gegenübersitze, und kommt so nah, bis kaum noch Platz zwischen uns ist. Im nächsten Moment nimmt sie vorsichtig meinen Kopf in die Hände und zieht mich an sich. Ich schließe die Augen und lege die Arme um sie.

»Jede dieser Aktionen, jeder Schlag, den ich irgendwo ausgeteilt habe, war wie eine persönliche Bestätigung, dass ich in deiner Nähe nichts verloren hatte. Darum konnte ich keinen Kontakt zu dir aufnehmen. Ich wusste, ich wäre nicht stark genug, mich noch mal von dir fernzuhalten.«

Aris Finger streichen beschwichtigend durch meine Haare, ihre Nägel kratzen dabei angenehm über meine Kopfhaut. Und auch, wenn ich lieber länger in dieser Berührung, in ihrer Nähe verweilen würde, weiß ich, dass es nur fair ist, auch den Rest zu erzählen.

»Wenn ich eine Frau kennengelernt habe, hatte ich sehr klare Regeln. Keine Beziehung, keine Übernachtungen, kein Alkohol, so wenig wie möglich mit ihr alleine sein. Alles, um Situationen zu vermeiden, in denen ich die Kontrolle hätte verlieren können.«

Ich fühlte mich wie ein Schwerstverbrecher und war gleichzeitig zu schwach, um wirklich alleine zu bleiben.

»Mit Penny ging alles ganz gut. Es war keine Liebe, trotzdem habe ich mich auf mehr eingelassen als eine einmalige Sache. Dann wurde sie schwanger.«

Meine Hände wandern zu Aris Hüften, ich gebe ihr die Möglichkeit, sich zurückzuziehen, doch sie tut es nicht.

»Ich hatte so eine Scheißangst vor allem, was das bedeuten würde, und habe öfter als einmal mit dem Gedanken gespielt, einfach abzuhauen.«

»Und dann bist du zu mir gekommen.«

Ihre Finger bleiben schwer in meinen Haaren liegen, während ihre Stimme in mir widerhallt. Ich hebe den Kopf, um sie anzusehen, weil sie da etwas missversteht.

»Als deine Mom mir von der Verlobung geschrieben hat, wusste ich noch nichts von Evie. Aber ich habe auf einmal Panik gekriegt, weil mir klar wurde, dass ich dich für immer verlieren würde. Es war verrückt: Mein Kopf wollte, dass du ohne mich glücklich wirst, aber mein Herz ist komplett durchgedreht. Ich musste nach dir sehen, musste irgendwie sichergehen, dass der Typ es auch wirklich wert war. Und tief in mir drinnen wollte ich ein letztes Mal egoistisch sein und dich wissen lassen, wie ich für dich empfinde.«

Ihre Augenbrauen zucken, ihre Mundwinkel nach unten gezogen.

»Auf dem Weg zu dir hat Penny mir dann von der Schwangerschaft erzählt. Nachdem ich aufgelegt habe, bin ich rechts rangefahren und habe mich übergeben.«

Die Panik war in dem Moment lähmend. Keine Ahnung, wie lange ich dort auf der Standspur gegen mein Auto gelehnt saß und nicht in der Lage war aufzustehen.

»Ich war zwanzig. Genauso alt wie mein Vater bei der Geburt meines Bruders war.«

Ari legt den Kopf schief, und ich glaube, so etwas wie Verständnis in ihren Augen zu erkennen.

»Ich hätte zurückfahren sollen, aber ich konnte nicht. Dich zu sehen erschien mir wie eine Rettungsboje auf rauer See. Und dann hast du gesagt, du seist nicht sicher, ob du ihn heiraten solltest. Da hab ich zum ersten Mal seit so langer Zeit so etwas wie Hoffnung gespürt. Ich wusste, ich musste alle Karten offen hinlegen.«

»Und ich habe dich zum Teufel gejagt«, murmelt sie.

Ich zucke mit den Schultern. Damals war nicht nur mein Stolz gekränkt, ich war auch verdammt verletzt, ganz gleich, ob ich das Recht dazu hatte.

»Du hast nichts gesagt, was nicht irgendwo der Wahrheit entsprach.«

Sie nickt, aber der Schmerz in ihrem Gesicht macht mich fertig.

»Du hast mir so wehgetan, Kasey. Die Nachricht von deinem Baby war alles, was ich brauchte, um endgültig zu zerbrechen. Für mich war es die letzte Bestätigung, dass es an mir lag. Dass ich meinem Dad nicht genug wert war, mich als seine Tochter zu wollen. Und dir nicht genug wert, um mich als Freundin, als Frau, als Mutter für deine Kinder zu wollen. Was ich dir damals an den Kopf geworfen habe, war mies, aber es war das, was ich in dem Moment gefühlt habe.«

»Ich glaube, dass es genau deine Worte waren, die ich gebraucht habe, um mich zusammenzureißen und zu meiner Verantwortung zu stehen. Ich habe es nicht besonders gut hinbekommen«, gebe ich zu, lege meinen Kopf noch einmal an ihr Herz und beruhige mit seinem regelmäßigen Schlag den Tumult in mir. Ich denke, ich werde es mir nie vergeben können, wie ich Penny mit runtergezogen habe.

»Wir haben versucht zu funktionieren, und ich habe gelernt, Penny zu lieben.« Sie hat es mir nicht schwer gemacht, trotzdem war ich nicht fähig, sie näher ranzulassen. »Zumindest auf distanzierte Weise«, gestehe ich mir daher ein und zucke mutlos mit den Schultern. »Eben auf die einzige Weise, zu der ich fähig war.«

Ari lässt sich kurz Zeit zu antworten, ihre Finger fahren inzwischen wieder über meine Kopfhaut, wobei sich die feinen Härchen in meinem Nacken aufstellen, weil es fast wehtut, wie sehr ich mich nach ihrer Berührung sehne.

»Das ist Blödsinn, Kase. Du warst immer fähig zu lieben. Du hattest nur Angst davor und das begreife ich besser, als mir lieb ist. Du magst es anders empfinden, aber manchmal brauchen wir jemanden, der neben uns vor dem Spiegel steht und die Tatsachen über uns ausspricht, die wir selbst nur getrübt sehen.«

Ari nimmt mein Gesicht in ihre Hände und neigt es, bis sich unsere Blicke treffen.

»Und du bist nicht wie dein Vater. Denn er hat sich stärker gefühlt, wenn er jemanden verletzt hat. Du hast dich kleiner gefühlt, weil du wusstest, dass es falsch war. Du bist nicht wie deine Familie. Jeder von uns trifft seine eigenen Entscheidungen. Jeder trägt seinen eigenen Rucksack. Du musst nicht ihren übernehmen, Kasey.«

Alles, was ich in diesem Moment machen kann, ist, dieses wunderbare Wesen anzustarren, das es irgendwie schafft, mir Hoffnung zu geben, trotz alldem, was ich verbockt habe.

»Stärke bedeutet nicht, andere niederzumachen, zu schlagen, um sich physisch überlegen zu fühlen. Stärke bedeutet, seine Fehler zu erkennen, aufzustehen und es beim nächsten Mal anders zu machen. Die Fehler nicht als Freikarte zu nehmen, um noch mal denselben Dreck zu tun. Sondern unter Druck sein Bestes zu geben. In den dunkelsten, härtesten Momenten alles zu geben, um die beste Version von dir zu sein.«

Sie lächelt schwach und streicht mir für einen viel zu kurzen Augenblick über die Wange.

»Und das hast du getan, Kasey! Das ist alles, was jeder von uns tun kann.«

KAPITEL 30

Arya

Kurzzeitig bin ich ein bisschen verunsichert, weil Kasey mich mit diesem intensiven Blick anstarrt, der jegliche Nervenfasern in meinem Körper kitzelt. Habe ich etwas Falsches gesagt? Letztlich steht er dann doch ganz langsam auf. Meine Hände rutschen aus seinen Haaren, während ich ihm mit den Augen folge, bis ich den Kopf kippen muss, um seinen Blick zu halten. Wenige Zentimeter liegen zwischen uns. Mein Puls wird zu einem Presslufthammer, als er seine Hände über mein Schlüsselbein und meinen Hals bis hinter meinen Kopf wandern lässt und die empfindliche Stelle unter meinen Ohrläppchen mit seinen Daumen umkreist. Aus Instinkt bringe ich mich dichter an ihn, neige ich den Kopf, um mehr von der köstlichen Wärme seines Pfefferminzatems zu erhaschen. Ich fühle mich mit einem Mal wie die Siebzehnjährige, die den besten Kuss ihres Lebens bekommen hat. Das ist der Moment, in dem er den Blickkontakt abbricht, eine tiefe Furche zwischen den Brauen.

»Ich will gerade nichts lieber, als dich zu küssen, Ari. Aber ich kann nicht.«

Die Luft vibriert rund um mich. Ich habe das Gefühl, die Elektrizität zwischen uns summen zu hören.

»Weil?« Meine Stimme klingt heiser und ich bin mir sicher, dass ich sterben muss, wenn er mich *nicht* küsst.

»Weil ich weiß, dass du dich danach scheiße fühlen wirst und das werde ich nicht in Kauf nehmen.« Im ersten Moment habe ich keinen Schimmer, was er meint, will ihm nur am liebsten eine runterhauen, weil er schon wieder eine Entscheidung für mich trifft, die ich gar nicht ... Oooh! Mein benebeltes Hirn scheint wieder mitzuarbeiten.

»Wir haben Schluss gemacht. Peter und ich. Die Verlobung ist gelöst.«

Seit weniger als vierundzwanzig Stunden, und hier stehst du und wirfst dich einem anderen Mann an den Hals. Kannst stolz auf dich sein, Ari. Aber ich bin es leid, mich selbst zu geißeln, ständig auf das zu verzichten, was ich eigentlich möchte. Das Timing mag nicht perfekt sein, aber es ist das Beste, das wir haben, seit wir Teenager waren.

Kasey reißt die Augen auf, ERLEICHTERUNG in Großbuchstaben quer über sein Gesicht geschrieben, bevor er mich endlich, *endlich* küsst. Und wenn ich mir diesen Kuss stürmisch und schnell vorgestellt habe, weil wir seit verflixten acht Jahren darauf warten, dann habe ich mich getäuscht. Kaseys Lippen berühren meine zärtlich, vorsichtig, streichen federleicht wie der Flügelschlag eines Schmetterlings über meine und so sanft, dass ich mich seufzen höre. Er kostet zuerst meine Oberlippe, dann die untere, lässt sich Zeit, mich zu erkunden, und mir, mich daran zu gewöhnen, dass ich nach so langer Zeit jemand anderen küsse. Und in dem Moment, in dem ich das Gefühl habe, nicht länger warten zu können, wird der Kuss zu mehr. Seine Hand presst meinen Kopf an sich, bis wir praktisch aneinanderkleben. Ich tänzle auf Zehenspitzen herum, damit ich möglichst viel von ihm bekomme. Seine Zunge spielt mit meiner und ich komme ihm entgegen, erlaube mir, loszulassen und ihm alles zu geben, was sowieso immer ihm gehört hat. Mit siebzehn habe ich einen Jungen geküsst. Jetzt küsse ich einen Mann. Die Hitze, die über mich kommt, bringt mich um den Verstand, raubt mir den Atem, lässt meine Beine zu Gummi werden. Ich klammere mich an ihn, höre mich stöhnen, was er damit beantwortet, dass er mich zum zweiten Mal heute hochhebt und auf den Tisch setzt, damit ich mich nicht so strecken muss. Wahrscheinlich zerstören wir dabei unser mühsam erarbeitetes Puzzle, aber im Moment ist mir das völlig egal. Ich kriege nicht genug von ihm. Es fühlt sich so unendlich richtig an, ihn zu küssen. Wie zwei Hälften völlig unterschiedlicher Formen, die trotzdem einfach zusammengehören und endlich auch zueinandergefunden haben. Erst als wir beide atemlos sind, lassen wir voneinander ab, um neuen Sauerstoff in unsere Lungen zu bringen. Seine intensiven blauen Augen wandern über mein Gesicht, während meine Hände seines ertasten, weil ich das nun endlich darf. Den Bart, den ich nicht kenne, die Falten, die entstanden sind, die Nase, die noch ein bisschen schiefer ist als meine.

»Ich will dir schon so lange sagen, dass ich dich liebe, Ari«, gesteht Kasey in festem Ton, und ich bekomme aus einem ganz anderen Grund kurz keine Luft. »Will dir sagen, dass ich der größte Idiot bin, weil ich so lange gebraucht habe, es dir zu sagen. Und auch, wenn mir das Gefühl fremd war und ich schreckliche Angst vor dieser Liebe hatte, die ich für dich empfand, liebe ich dich, seit du die Bonnie zu meinem Clyde sein und meinen stinkenden Rucksack für mich in Sicherheit bringen wolltest.«

Nie werde ich diesen Tag in der Grundschule vergessen. Er war mein Held und hat mich nicht einmal gekannt, als er für mich eingetreten ist. »Dann sag's mir eben jetzt!«, ermutige ich ihn unschuldig lächelnd, weil ich kein Problem damit hätte, das Ganze noch ein Dutzend Mal zu hören.

Schmunzelnd küsst er mich erneut innig, bevor er an meinen Mund murmelt: »Glaubst du, du kannst das noch mal? Mich lieben?« Ich fühle, wie schnell sein Herz unter meiner Hand pocht. Wahrscheinlich nicht nur vom Kuss, sondern von der Tiefe seiner Frage. Ich balle die Hand an seinem Shirt zu einer Faust und starre darauf.

»Das ist der Teil, der *mir* ehrlich gesagt Angst macht, Kasey. Ich habe nie aufgehört, dich zu lieben.«

Weil wir Liebe nicht bemessen oder kalkulieren können, um Schmerz zu vermeiden. Das wäre keine Liebe. Ich sehe, wie er hart schluckt, wahrscheinlich mit meiner endgültigen Zurückweisung rechnet.

»Aber jetzt verstehe ich endlich, warum du gehandelt hast, wie du gehandelt hast. Ich wäre eine ziemliche Heuchlerin, wenn ich es nicht täte.«

Wenn man bedenkt, dass auch ich die Kunst perfektioniert habe, mir Leute vom Leib zu halten, die mir zu nah kommen wollen – da hatte er ganz recht.

»Aber ich muss von dir hören, dass du mich nie wieder einfach so verlässt. Mag sein, dass das dumm ist, weil du mir natürlich das Blaue vom Himmel versprechen kannst, aber, Kasey …«

Der Gedanke daran, dass er mich noch einmal sitzen lassen könnte, brennt wie Säure in meinem Hals, und ich senke den Kopf.

»Ich schaffe das nicht noch einmal.«

Kasey hebt mein Kinn und sucht meinen Blick mit aller Intensität seiner Augen, die Aufrichtigkeit und Ehrlichkeit ausstrahlen.

»Dein Vertrauen ist nichts, was ich auf die leichte Schulter nehme, Ari. Es bedeutet mir die Welt und ich werde verdammt hart dafür arbeiten, es für den Rest meines Lebens zu verdienen.«

Vielleicht sollte ich ihm nicht glauben, vielleicht sollte ich es ihm schwerer machen. Aber ich will ihm glauben. Nicht nur für ihn, sondern auch für mich. Ich will endlich die Chance bekommen, mit Kasey glücklich zu werden. Also attackiere ich seine Lippen noch einmal und drücke auf diese Weise aus, was ich will.

Gefühlte Stunden und doch viel zu kurz küssen wir uns, bevor Kaseys Lippen über meinen Kiefer bis zu meinem Ohr wandern. »Ich muss gehen«, murmelt er, und der Klang seiner Stimme löst bei mir Gänsehaut und ein warmes Kribbeln aus. Seine Worte allerdings gefallen mir gar nicht. Er ist doch gerade erst gekommen.

»N-n«, summe ich daher ablehnend an sein Ohrläppchen, woraufhin er amüsiert schnurrt. Endlich nimmt er noch einmal hungrig meine Oberlippe gefangen und saugt daran, bevor er dasselbe mit der Unterlippe tut.

»Glaub mir. Ich habe wirklich ganz andere Sachen mit dir im Sinn, als dich heute Nacht alleine zu lassen, aber ich kann eben nicht nur an mich selbst denken.«

Jap. Das ergibt Sinn. *Kacke.* Er hat Evie und Timmy, die an erster Stelle stehen. Die vor nicht allzu langer Zeit ihre Mutter verloren haben. Auf gar keinen Fall ist es eine gute Idee, alles zu überstürzen und damit das Risiko einzugehen, bei Evie mehr kaputtzumachen, als wir die vergangenen Wochen aufbauen konnten.

»Ich seh dich bald, Schmetterling.«

Schmollend nicke ich, was er mit seinem unwiderstehlichen Lachen quittiert.

»Toi, toi, toi, Ari, dass du den Gips eher früher als später wieder loswirst«, meint eine meiner Kolleginnen mit gedrückten Daumen, als ich weit früher als normal das Schulgebäude verlasse. Ich ziehe eine nervöse Grimasse und verabschiede mich von ihr, damit ich nicht zu spät komme. Mein Arzt möchte sich heute meinen Gips ansehen, denn wenn ich Glück habe und die Quetschung gut heilt, bekomme ich vielleicht nur einen kleinen Gips für die gebrochenen Finger, sodass ich mich danach nicht mehr wie eine Vollinvalidin fühle. Mit drei Fingern kann man wesentlich mehr machen als mit keinem. Gedankenversunken verlasse ich das Schulgelände, als jemand hinter mir nach mir ruft.

Mein Kopf schnellt hoch, weil ich die Stimme inzwischen wieder gut genug kenne. Und tatsächlich joggt Rafael vom Parkplatz auf mich zu, ist wahrscheinlich gerade dabei, seine Tochter abzuholen. Aber ich habe jetzt keine Zeit, vor allem aber keinen Nerv dafür und schüttle daher den Kopf, bevor ich hastig weitergehe. Doch natürlich ist Rafael schneller und hält mich am Arm fest, damit ich stehen bleibe. Sofort winde ich mich aus seinem Griff, um ihm zu signalisieren, dass er das lassen soll. Er kann nicht einfach mehr als die Hälfte meines Lebens fehlen und dann denken, er hätte immer noch das Recht, mich anzufassen.

»Ich möchte gerne mit dir reden.«

»Ach ja?«, fauche ich biestiger, als ich vorhatte, aber es tut mir nicht leid. »Das hat ja ein bisschen lange gedauert, findest du nicht?«

Ahnt er, wie oft *ich* mit *ihm* reden wollte?

Er schüttelt den Kopf. »Ich weiß. Und es tut mir von Herzen leid, Arya, aber es sind viele Dinge passiert, von denen du nichts wusstest …«

»Dann hättest du sie mir eben erklärt«, kommt es wie aus der Pistole geschossen, weil ich diese Erklärung oder besser gesagt Ausrede nicht ertragen kann.

»Du warst ein Kind.«

»Glaub mir: Mich quasi als Halbwaise zu hinterlassen, war auch nicht besser.«

Eigentlich will ich mich wegdrehen und ihn stehen lassen, so wie er mich damals. Gleichzeitig wird mir aber auch klar, dass ich das brauche. Eine Aussprache. Eine Möglichkeit, mich auszudrücken. Ich habe es bei Pete getan. Bei Kasey. Wenn ich irgendwann wirklich heil werden will, dann muss ich dort abschließen, wo alles begonnen hat.

»Ich wünschte, ich könnte sagen, dass es keine Rolle gespielt hat. Dass ich dich sowieso nicht gebraucht habe. Aber das Problem ist: Das stimmt nicht«, gebe ich endlich zu, was ich lange nicht einmal mir selbst eingestehen wollte. »Es hat eine Rolle gespielt, dass mein Dad mir klargemacht hat, dass in seinem Leben kein Platz mehr für mich war. Dass er mich nicht mehr wollte. Hast du eine Ahnung, was das mit einem Mädchen macht? Ich hab mich als Teenager ständig gefragt, wer mich denn bitte lieben sollte, wenn es nicht einmal mein eigener Vater konnte.«

Vielleicht ist das einer der Gründe, warum ich Kasey so gut verstehen kann. Zwei Menschen können Ähnliches erleben, aber jeder reagiert eben anders darauf.

»Mom mag Himmel und Hölle in Bewegung gesetzt haben, um auszubügeln, was du verbockt hast, aber es ging nicht, Rafael. Es ging nicht.«

Bei seinem Gesichtsausdruck, der fast überrascht aussieht, kommen mir die dämlichen Tränen. Aber ich bin noch nicht fertig.

»Ich habe mich jahrelang bemüht, die Beste in allem zu sein. In der Schule und auch sonst. Ich habe mir den Arsch

285

dafür aufgerissen, beliebt zu sein und Leute um mich zu scharen, hatte einen Freund nach dem anderen, weil ich mir irgendwo Bestätigung holen musste.«

Worte, von denen ich mir nie erträumt hätte, dass ich sie eines Tages laut aussprechen würde – vor allem nicht vor meinem Vater –, verlassen meine Lippen plötzlich mit einer mir fremden Selbstverständlichkeit.

»O Gott, wie ich mich geschämt habe, weil ich meinem eigenen Dad nicht wichtig genug war! Ich habe versucht, mich jahrelang mit allem Möglichen davon abzulenken, wie ich meine Identität von dir und deiner Entscheidung habe bestimmen lassen. Habe dafür gesorgt, nicht allein zu sein, und hab mich trotzdem ständig irgendwo alleine gefühlt. Ich habe Männern Dinge verziehen, über die ich nie hätte hinwegsehen dürfen, weil ich den Maßstab trotz oder gerade wegen deiner Abwesenheit an dir angelegt habe.« Und der war nun mal nicht besonders hoch. Ich starre meinen Vater an. »Und nach alldem hast du den Nerv, hier plötzlich wieder aufzutauchen und mich *trotzdem* nicht aufzusuchen? Was willst du überhaupt hier in der Stadt? Ist Amerika nicht groß genug?«

Rafael reibt sich fahrig über das Gesicht. »Ich hatte Depressionen, Arya. Ein Burn-out. Schon, als ich noch bei euch gelebt habe. Ich wusste selbst nicht mehr, wer ich war, und es hat mich langsam, aber sicher aufgefressen. Ich musste einen Schnitt machen, ich konnte einfach nicht mehr.«

»Aber du bist nie zurückgekommen. Du hast es nicht einmal versucht.« Ich reibe mir die Augen. »Und dann sehe ich dich plötzlich, nach all den Jahren, hier bei uns. Mit deiner Frau und deiner neuen Tochter. Und mich erkennst du nicht einmal wieder, als ich dir buchstäblich auf die Füße trete, obwohl du dir doch hättest denken können, dass ich hier lebe.«

Ich atme tief durch. »Ich freue mich für deine kleine Tochter, dass du gern *ihr* Vater bist.«

Ich deute auf das Schulgebäude. Denn inzwischen habe ich bereits alles über das Mädchen in Erfahrung gebracht, was ich konnte, weil ich Antworten brauchte. Und nachdem ich nicht wusste, ob und wann ich sie je von ihm bekommen würde, musste ich die Lehrerin der kleinen Sophie fragen.

»Aber ich werde nie komplett darüber hinwegkommen, dass du keine Lust mehr hattest, *mein* Vater zu sein. Es ist, als hättest du mich ausgetauscht.«

Gott, es tut so verflucht weh, es auszusprechen, und gleichzeitig fühlt es sich gut an, ihm dieses Päckchen, das ich mit mir herumschleppe, endlich vor die Füße zu werfen.

Er schweigt einen Moment, stiert zu Boden. Sucht nach Worten.

»Deine Mutter hatte sehr hohe Erwartungen an mich«, sagt er schließlich. »Nachdem ich gegangen bin … Ich wollte dich sehen, wirklich. Wollte Kontakt halten. Aber sie hat es mir nicht leicht gemacht, dich zu sehen. Ich weiß, das ist keine Entschuldigung, doch irgendwann …« Er wirft die Hände in die Luft und blickt kopfschüttelnd zum Himmel.

»Hast du mich aufgegeben«, beende ich den Satz für ihn.

Verzweifelt schaut er mich an, seufzt und steckt die Hände in die Jackentasche, während er mich anstarrt.

»Du warst mir nie egal, auch wenn du das vielleicht denkst. Als mir ein Kollege erzählt hat, dass unser altes Haus gebrannt hatte, habe ich mich sofort auf den Weg hierher gemacht, um sicherzugehen, dass es dir, euch gut geht. Erst da habe ich erfahren, dass ihr gar nicht mehr dort gewohnt habt. Ich hab aber nicht rausgefunden, wohin ihr gezogen wart. Für mich klang es so, als wärt ihr nicht mehr in St. Harper.«

Ich lache humorlos. »Und da dachtest du dir, das wäre der perfekte Zeitpunkt, wieder zurückzuziehen?«

»Nein. So war es nicht. Ich hatte meinen Job verloren und ein Mitarbeiter von früher bot mir an, mich wieder in der Firma unterzubringen.«

Verständnislos reiße ich die Augen auf. »In derselben Firma, die dein Burn-out verursacht und den Ball ins Rollen gebracht hat?«

»Ich habe mich verändert, Arya. Ich bin heute anders als damals.«

Na super, hat ja nur über ein Jahrzehnt gedauert und eine neue Familie vorausgesetzt. Wie schön zu hören!

»Vielleicht können wir noch mal von vorne anfangen, Arya«, bittet er nach ein paar Sekunden, in denen ich ihn lediglich unglücklich anstarren kann.

»Ich glaube nicht, Rafael«, gebe ich ehrlich zu. Nicht, weil ich die Beleidigte spielen will, sondern, weil ich es mir wirklich nicht vorstellen kann. »Dazu ist zu viel passiert und zu viel verloren gegangen.«

Ich wische mir die Augen trocken, freue mich auf das Bild von mir und meiner verlaufenen Wimperntusche.

Auch Rafael blinzelt heftig, Flüssigkeit in seinen eigenen Augen, als ich mich abwende, um vielleicht doch noch pünktlich zu meinem Termin zu kommen.

»Ich möchte dich wirklich gerne wieder in meinem Leben haben, Arya«, ruft Rafael mir nach, worauf ich noch einmal stehen bleibe. »Du warst mir nie egal, bitte glaub mir.«

»Dann beweis es *jetzt*!«, verlange ich mit Blick über meine Schulter, müde von leeren Versprechungen. »Finde einen Weg, es mir irgendwie zu zeigen, damit ich dir vielleicht irgendwann glauben kann. Dann können wir ja weitersehen.«

KAPITEL 31

Kasey

Mit Timmy flach auf meiner Brust und meinem Handy in der freien Hand versuche ich, möglichst leise zu sein, während ich mit Ari videotelefoniere. Ich nehme an, jetzt bekommt der kleine Mann den dritten von zwanzig Zähnen. Dabei haben mich die ersten beiden bereits etwa zehn Jahre meines Lebens gekostet. Mit Ari zu reden hilft, auch wenn ich sie natürlich weit lieber hier neben mir im Bett hätte. Wobei ich in dem Fall vermutlich aus ganz anderen Gründen schlaflose Nächte hätte, und das ist momentan leider noch keine Option. Nicht, wenn Evie inzwischen jede Nacht in mein Bett wandert, weil sie nicht alleine sein will. Es hat Vor- und Nachteile. Der Vorteil ist definitiv, dass ihre nächtliche Schreierei, die mir jedes Mal einen Herzinfarkt beschert hat, dadurch aufgehört hat.

»Den Gips muss ich zwar noch mindestens fünf Wochen tragen, aber er ist wirklich das geringere Übel«, erzählt sie und spricht damit ein Thema an, das nicht leicht für mich ist. Jedes Mal, wenn ich daran denke, wie die Sache mit ihrer Hand passiert ist, verspannt sich mein Körper und ich muss die Zähne zusammenbeißen, bevor ich etwas sage, was nicht angebracht ist. Ari liegt ebenfalls im Bett, eingekesselt von weißen

Zierkissen, und fummelt unentwegt an ihren offenen Haaren, bevor sie stöhnend die Kamera von sich wegdreht.

»Sollten wir nicht eigentlich noch in dem Stadium sein, wo ich so tue, als wäre ich sogar nachts ein perfekt gestyltes Supermodel?«

»In meinen Augen bist du besser als das. Du bist real und du bist wunderschön. Und wenn ich dir das für den Rest deines Lebens jeden Tag versichern muss, dann mach ich das.«

Ich hasse es, dass dieses Arschloch Peter sie so verunsichert hat, obwohl es eigentlich sein Job gewesen wäre, ihr zu zeigen, dass sie sein Jackpot war. Stattdessen scheint er jahrelang genau das Gegenteil getan zu haben, und das merkt man ihr an. Zum Beispiel, dass sie inzwischen ihre Haare hasst. Früher waren die nie so ein großes Problem für sie. Oder wie sie sich andauernd rechtfertigt, dass sie nur Vorschullehrerin ist. Weiß sie eigentlich, wie dankbar ich dafür bin, dass Evie sie zur Lehrerin hat? Oder wenn ich den Eindruck habe, sie kürzt Geschichten ab, die sie mir erzählt, obwohl sie früher geredet hat wie ein Wasserfall. Aber sein Versagen ist mein Glück. Und ich werde mir den Arsch aufreißen, um ihr zu zeigen, wie wertvoll sie ist.

Zaghaft bringt sie sich selbst zurück ins Bild, Befangenheit in den Augen, dafür aber ein schüchternes Grinsen auf den Lippen. Ich nehme, was ich kriegen kann. Einfach nur ihr Gesicht betrachten zu können, vermittelt mir ein Gefühl von Zuhause.

Irgendwann gähnt sie herzhaft und kuschelt sich tiefer ins Kissen.

»Bist du müde?«, frage ich sanft, woraufhin sie lächelnd mit den Schultern zuckt.

»Ein bisschen. Du?«

»Sehr. Aber leg ja nicht auf.«

Sie legt den Kopf schief. Zerrissenheit steht in ihrem Gesichtsausdruck. »Kasey, wir können auch morgen reden. So wichtig ist das nicht, was ich sagen wollte.«

Da ist schon wieder dieser Müll. »Schmetterling, genug Tage sind verstrichen, an denen ich nicht die Chance hatte, deine Stimme zu hören. Ich habe nicht vor, weitere zu opfern. Und wenn du mir lediglich erzählen willst, was du heute gegessen hast, möchte ich es hören.«

Sie kichert verlegen, schildert mir schließlich aber doch das Aufeinandertreffen mit ihrem Vater und wie gut es war, ihm das alles ins Gesicht sagen zu können. Und trotzdem wirft sie sich am Ende einen Arm über die Augen, als eine Träne ihre Schläfe hinabläuft.

»Es nervt, weißt du? Es nervt, dass ich wirklich will, dass er um mich kämpft. Um eine Beziehung mit mir. Und gleichzeitig löst der Gedanke daran Panik in mir aus, weil es mir lieber ist, keinen Kontakt zu ihm zu haben, als noch einmal von ihm versetzt zu werden.«

Ari wischt sich die Augen trocken. Ich will sie halten, sie trösten, ihr garantieren, dass ich sie nie wieder im Stich lasse, weil ich Ari genauso verletzt habe wie Rafael. Aber mir ist klar, dass meine Taten mit der Zeit lauter sprechen werden als Worte, also halte ich die Klappe.

»Es nervt, dass ich nicht drüber hinweg bin. So, als würde jemand ständig das Pflaster von einer Wunde reißen, die keine Chance hatte, sich vollständig zu schließen. Und ich glaube einfach nicht, dass das besser wird, wenn ich jetzt Kontakt zu ihm habe, weil das ja nicht auf seinen Wunsch hin passiert ist, sondern eher aus Zufall, verstehst du?«

»Ja, Ari. Was du ihm gesagt hast, trifft den Nagel auf den Kopf. Du *musst* gar nichts machen. Du kannst. Wenn du bereit bist, ihm eine Chance zu geben, dann mach das. Wenn nicht, dann ist auch das in Ordnung. Und wenn es erst nächstes Jahr ist, weil du siehst, dass er sich wirklich geändert hat und sich reinhängt, dann eben erst nächstes Jahr. Oder in fünf.«

Ari nimmt den Arm von ihrem Gesicht und hebt schniefend eine Augenbraue. »Ich dachte, du wärst der Meinung, Menschen könnten sich nicht ändern.«

»Habe ich gedacht, ja. Aber da habe ich mich wohl geirrt, denn sonst läge ich jetzt nicht hier, mit den drei besten Dingen um mich, die mir je passiert sind.«

Ari grinst schelmisch. »Evie, Timmy und dein Handy?«

Ich verdrehe belustigt die Augen. »Richtig. Es war teuer.«

Ich habe keinen Bock mehr, die Handschellen zu tragen, die mir eigentlich vor langer Zeit abgenommen wurden, damit ich meine zweite und dritte Chance wahrnehme. Ich will glauben, was Ari gesagt hat. Ich bin nicht wie mein Vater und werde mich jeden Tag in jeder schwierigen Situation dafür entscheiden, auch nicht zu werden wie er.

Ich höre, wie draußen im Gang Evies Tür aufgeht und kleine Füße über den Boden tapsen. »Ich muss auflegen, Schmetterling«, erkläre ich Ari, die lächelnd den Daumen hochstreckt und mir rasch einen lautlosen Luftkuss schickt. Und während ich noch das Handy zur Seite lege, wird die Türklinke meines Schlafzimmers von der anderen Seite runtergedrückt: Evie steht da in ihrem Minnie-Maus-Pyjama und reibt sich mit ihrem Teddy unterm Arm die Augen. Ich strecke meinen freien Arm nach ihr aus.

»Komm her, Fussel!« Sie trippelt die letzten paar Meter zu meinem Bett und krabbelt verschlafen neben mir unter die Decke. Ich ziehe sie an mich und drücke ihr einen Kuss auf die Haare. »Hast du schlecht geträumt?«

Sie nickt. »War Mommy gleich tot, als sie umgefallen ist?«

O Mann … irgendwie habe ich auf die Frage gewartet. Ist doch logisch, dass sie das beschäftigt. Ich kann mir wenig

292

Schlimmeres für ein Kind vorstellen, als zu erleben, was sie erlebt hat.

»Nein, Baby. Mommy ist erst später im Krankenhaus gestorben, weil ihr Herz kaputt war.«

»Hat ihr das wehgetan?«

»Nein, Mommy hatte keine Schmerzen. Die Ärzte haben ihr Medizin gegeben, damit ihr gar nichts wehtut.«

Evie überlegt einen Moment. »Kann mein Herz auch kaputtgehen?«

Ich hole tief Luft und presse meine Lippen gegen ihre Stirn, während ich versuche, die richtige Antwort zu finden. »Du bist jung und stark, Fussel. Dein Herz ist gesund.«

»Okay«, murmelt sie und wirft ihren Arm um Timmy und mich.

Keine Ahnung, ob das ein beschissener Zeitpunkt ist oder der richtige. Oder ob es den überhaupt gibt bei diesem Thema. Aber irgendwann müssen wir darüber reden, also ist dieser Zeitpunkt wohl genauso gut wie jeder andere.

»Evie, wusstest du, dass es auch Ärzte und Ärztinnen gibt, die sich um deine Gefühle kümmern können? Die reden mit dir über Mommy und andere Sachen, die dich glücklich oder traurig machen. Manchmal vielleicht ärgern oder freuen.«

»Aber du hast doch gesagt, ich kann mit dir drüber sprechen«, erwidert sie unschuldig, und ich ziehe sie noch fester an mich.

»Du hast recht. Das kannst du. Immer. Aber manchmal ist es gut, auch mit jemandem zu reden, der das richtig gut kann. Der redet nicht nur mit dir, sondern zeigt dir neue Spiele oder malt etwas mit dir. Und er kann dir dabei helfen, nicht mehr so viele Albträume zu haben.«

Gott, ich hoffe, ich erkläre das gerade richtig und schüchtere sie nicht noch zusätzlich ein oder so was. Aber wie erklärt man einer eben mal Fünfjährigen eine Psychotherapie? Ich denke schon länger darüber nach, sie dorthin zu schicken, weil ich nicht weiß, was normal ist und was nicht, wenn es um ein Trauma geht. Ari hat mir erzählt, dass Evie denkt, sie hätte Schuld am Tod ihrer Mom, und ich will nicht, dass sie das Gefühl mit sich rumschleppt. Ich will, dass sie in einem gesunden Umfeld mit guten Gedanken aufwächst. Nicht wie ich damals. Und wenn ich dafür Hilfe in Anspruch nehmen muss, dann nehme ich das gerne in Kauf.

»Und wo bist du solange?« Ihr Ton klingt gelassen.

»Ich werde draußen sitzen und auf dich warten, bis du fertig bist. Danach gehen wir zusammen wieder nach Hause.«

Evie hebt den Kopf und tätschelt mir den Bauch, als wäre sie hier die Große. »Okay, Daddy.«

»Ich bin stolz auf dich, Evie«, erkläre ich ihr, weil das lange fällig ist. »Und ich liebe dich.«

»Bis zur Sonne und wieder zurück?«, fragt sie, und ich schmunzle.

»Auf jeden Fall.«

Dann wird sie ruhig, und als ich denke, dass sie wieder eingeschlafen ist, tippt sie noch mal meinen Bauch an. »Du magst meine Lehrerin, stimmt's?«

Mein erster Instinkt ist es, sie zu fragen, wie sie darauf kommt, aber ich werde ihr bestimmt nichts vormachen, wenn sie mich schon so direkt fragt. »Woher weißt du das?«

»Ich höre manchmal, wie du mit ihr telefonierst.« Aufgeflogen. Aber das ist in Ordnung. Ari ist kein Geheimnis und mir ist es lieber, Evie erfährt es früher als später.

»Ja. Ich mag sie sehr gerne«, bestätige ich. »Wie ist das für dich?«

»Ganz okay. Aber ich vermisse Mommy trotzdem.«

Ich liebe ihre Sachlichkeit.

»Natürlich, Fussel, und das kannst du auch. Sie wird immer deine Mommy bleiben. Und ich werde deine Mommy auch immer lieben, weil ich ihr euch beide zu verdanken habe. Aber in deinem Herzen ist ganz viel Platz, und deswegen ist es auch okay, wenn du irgendwann noch jemand anderen lieben willst.«

»Okay«, antwortet sie und gähnt lang gezogen.

»Evie?«, beginne ich leise, obwohl ich sie endlich schlafen lassen sollte. Aber da gibt es noch eine Sache, die unbedingt gesagt werden muss.

»Hm?«

»Du hast eines der härtesten Dinge durchgestanden, das dir jemals passieren wird. Du kannst von jetzt an alles schaffen. Verstehst du das?«

»Ja, Daddy«, nuschelt sie müde, und ich lächle. Vielleicht kapiert sie die Bedeutung dahinter noch nicht, aber irgendwann wird sie das und wird wissen, dass sie eine kleine Heldin ist.

KAPITEL 32

Arya

Bald ist Weihnachten. Die vergangenen Wochen waren so anders als die letzten Monate, vielleicht sogar Jahre, und während es ein bisschen gruselig ist zuzugeben, dass das an Kasey liegt, bleibt es dennoch die Wahrheit. Ich bin glücklich. Zum ersten Mal seit Langem kommt es mir vor, als könne ich freier atmen. Ich bin dankbarer und einfach wieder mehr ich selbst. Die Ari, die ich mal kannte. Die, die sich frei genug gefühlt hat *zu sein*, viel erzählt und dumme Witze gemacht hat. Kasey spielt dabei eine tragende Rolle. Er gibt mir nicht das Gefühl, dass er mich ändern will. Hört mir zu, als würde nichts anderes rund um uns herum passieren, während ich ihm etwas erzähle, und lacht selbst dann über meine Witze, wenn sie nicht lustig sind. Sogar die Art, wie er mich küsst, hinterlässt mich jedes Mal mit dem Gefühl, stärker zu sein als davor. Wie er mir furchtlos alles von sich gibt und mich lautlos darum bittet, ebenso wenig zurückzuhalten. Wie er, ohne auch nur eine Sekunde zu zögern, jeden meiner Küsse erwidert, als könne es sein letzter sein, und sich gleichzeitig unendlich viel Zeit lässt. Er küsst mich ohne Eile, als hätten wir die ganze Nacht Zeit, obwohl wir beide wissen, dass es nicht so ist.

Wenn die Abende mit Kasey das sind, worauf ich mich den ganzen Tag am meisten freue, dann sind es die Nächte, die ich am wenigsten leiden kann. Denn bisher haben wir noch keine davon gemeinsam verbracht. Wir haben auch noch nicht miteinander geschlafen. Meistens gehe ich gegen elf, damit Evie nicht aufwacht und sieht, wie ich gerade ihren Dad bespringe. Es ist nicht so, als würden wir vor ihr verheimlichen, dass wir gerne zusammen sind. Ich verbringe auch immer wieder den Nachmittag bei Kasey, spiele mit ihr und Timmy oder helfe ihr, ein weiteres Kissen zu nähen. Inzwischen hat sie ein ganzes Arsenal davon, aber sie liebt es. Unser nächstes Projekt wird sein, aus einem Kleid ihrer Mom eines für Evie zu nähen.

Aber sowohl Kasey als auch mir ist es ein Anliegen, es langsam anzugehen, Evie Zeit zu geben, sich daran zu gewöhnen, dass ihr Daddy kurz nach dem Tod ihrer Mom eine neue Freundin hat. Alles andere erscheint uns beiden einfach falsch. Und da funktioniert es nun mal nicht, dass ich in seinem Bett auf der einen Seite schlafe und Evie auf der anderen. Seine Kinder haben Vorrang und ich wusste, worauf ich mich einlasse. Außerdem liebe ich es, wie rücksichtsvoll er in dieser Sache ist, anstatt sich einfach zu holen, was er schon lange hätte haben können. Heißt aber nicht, dass es leicht ist, die Finger voneinander zu lassen.

Wie in diesem Moment, in dem wir auf der Couch sitzen. Das heißt, ich sitze auf ihm, meine Hände in seinen Haaren, während seine von meinen Oberschenkeln über meine Hüften, Taille und meinen Rücken wandern, bevor sie die Bewegung wiederholen. Jede Berührung hinterlässt dabei Verbrennungen ersten Grades und ich kriege nicht genug davon.

Hungrig seufze ich in seinen Mund, als seine Hände endlich gerade so weit unter mein Shirt wandern, dass er dort meine nackte Haut streicheln kann. Als ich mit den Hüften hochrutsche, um ihm noch näher zu kommen als menschlich überhaupt möglich ist, stöhnt er gequält und hält mich an der Taille fest. Das Problem ist nur, ich will nicht still sitzen, auch wenn ich weiß, dass ich sollte. Meine Hände sind inzwischen überall, wandern über seine starken Schultern, entlang der harten Muskeln seiner Arme, bis unsere Hände sich treffen und er seine Finger mit meinen verschränkt. Kasey kommt mir entgegen, als ich mich etwas zurücklehne, um ihn zu necken. Er drückt einmal liebevoll meine Hände und bringt seine dann an meinen Kopf, damit ich ihm nicht mehr entkommen kann. Ich liebe es, dass er mir das Gefühl gibt, dass er meine Küsse – mich – ebenso braucht wie den nächsten Atemzug. Obwohl Letzteres auch vielleicht eine gute Idee wäre, weil mir etwas schummrig ist. Ich öffne die Augen und lege meine Finger auf seine Lippen, während ich versuche, Luft zu holen. Schmunzelnd küsst er sie und lässt den Kopf auf die Lehne sinken.

»Du machst mich fertig«, murmelt er heiser, und ich grinse. Ich kann mich nicht erinnern, mich je bei Pete so begehrt und gewollt gefühlt zu haben wie bei Kasey.

»Soll ich lieber gehen?«, feixe ich.

»Wage es ja nicht.« Bevor ich überhaupt reagieren kann, schiebt er sich so weit hoch, dass er meine Lippen wieder gefangen nehmen kann. Wir werden beide kurz still, als wir draußen ein Donnergrollen hören. Ein Wintergewitter? Wie passend. Für Oklahoma an sich nichts Neues. Dennoch immer wieder etwas Besonderes. Ich spüre, wie sich Kaseys Mundwinkel zu einem Lächeln verziehen, bevor er seine Hände unter meinen Hintern schiebt und zusammen mit mir aufsteht. Meine Beine wandern um seine Taille, meine Arme um seinen Nacken. Ich weiß zwar nicht, wo er mich hinbringt, aber so durch die Gegend getragen zu werden, stört mich eigentlich überhaupt nicht.

»Ich ... wollte dir ... etwas zeigen«, nuschelt er zwischen Küssen, als er mich die Treppe hochträgt. Euphorisch und gleichzeitig nervös, ob er mich jetzt doch ins Schlafzimmer bringt, höre ich zumindest kurzzeitig auf, ihn abzuknutschen. Doch wir bleiben nicht im ersten Stock. Er bringt mich zum Dachboden. Ich lehne mich zurück, um ihn mit erhobener Augenbraue zu betrachten. Was will er denn jetzt dort? Mich hat man da oben früher nie gesehen, weil es im Winter eiskalt und im Sommer brennend heiß war und sowieso nur ein Haufen Kram von Mäusen zerfressen wurde. Bei meiner gerümpften Nase lacht er leise und setzt mich erst ab, als er die Tür öffnet.

Der Mund klappt mir auf, als ich meinen Blick über das, was damals ganz anders ausgesehen hat, wandern lasse. Das morsche Holz ist weg, dunkle Holzbalken, die das Dach tragen, bilden in breiten Abständen einen traumhaften Kontrast zu den ansonsten weißen Holzlatten an den Wänden. Der Boden ist mit einem einladenden Parkett verlegt worden und Heizkörper füllen den einst eiskalten Raum mit Wärme.

»Wir mussten das Dach erneuern, also habe ich es gleich besser gedämmt, damit man das hier als Zimmer nutzen kann. Es ist noch nicht viel, aber für den Anfang reicht es«, erklärt Kasey, während ich mich noch staunend umsehe. Und wirklich – an dem einen Ende steht eine gemütliche kleine Couch mit einem kuscheligen Teppich davor. Auf der anderen Seite liegen eine Menge Spielzeug und eine Hüpfmatratze für Evie. Was mich allerdings am meisten fasziniert, sind die Dachfenster, die man von außen gar nicht sieht. Die sind neu und bringen in diesem Moment bei dem Gewitter da draußen eine ehrfürchtige Stimmung hinein.

»Es ist Panzerglas«, ertönt Kaseys Stimme von dem Ende des Raumes, wo die Couch steht, die er gerade zu einem Bett auszieht. Direkt unter einem der größeren Fenster. »Also musst du keine Angst haben. Aber ich dachte, es wäre irgendwie cool, damit du die Stürme trotzdem betrachten kannst. Du weißt schon … weil Schmetterlinge bei Gewitter nicht fliegen können.«

Er zwinkert mir zu und ich werde zu Brei. Kasey hat dieses Haus von oben bis unten für mich gebaut. Er hat sich so viel bei alldem gedacht und alles in die Tat umgesetzt, was ich jemals darüber geäußert habe, dass mir plötzlich wieder die Tränen kommen. Weil er es getan hat, bevor er überhaupt wusste, dass er darin leben würde. Bevor er wusste, dass *ich* es je sehen würde. Trotzdem hatte er mich im Sinn, als er es renoviert hat.

Nachdem er das letzte Bettzeug aus der großen Kiste daneben auf die ausgezogene Couch geworfen hat und sich darauf niederlässt, sieht er mich an, entdeckt die Tränen und verzieht das Gesicht.

»Wir müssen nicht … so war das mit dem Bett nicht gemeint …«

Mit sicherem Schritt marschiere ich auf ihn zu, bis ich zwischen seinen Beinen stehe und meine Finger über seinen Nacken streichen lasse. Seine Augen, die meinen bis eben noch fragend gefolgt sind, fallen zu, während er die Berührung für einen Moment absorbiert. Entschlossen fasst er mit einer Hand unter meinen Oberschenkel, mit der anderen an meine Taille und hebt mich so zurück auf seinen Schoß. Doch diesmal sucht er nicht sofort nach meinen Lippen, sondern zieht mich in eine Umarmung. Er hält mich so fest, drückt mich so sehr an sich, dass ich das Gefühl habe, von seinen starken Armen erdrückt zu werden. Und ich liebe es. Ich will, dass er nie loslässt. Tut er aber doch, um die Hand an meine feuchte Wange zu legen, über die er mit dem Daumen darüberstreicht. Sehnsucht und Achtung kommen mir in Wellen entgegen, während wir uns so anstarren.

»Du hast ein wunderschönes Zuhause geschaffen, Kasey. Und ich freue mich unendlich für dich, dass du begriffen hast, dass du eines verdient hast.«

»Du bist mein Zuhause, Ari. Du warst es, als ich sieben war, und wirst es noch sein, wenn ich siebzig bin.«

Meine Gefühle für diesen Mann, diesen Jungen, den ich irgendwie nie loslassen konnte, überwältigen mich, und mein Körper bebt. Ich will mein Herz gar nicht mehr zurückhaben. Er kann es behalten, denn es gehörte sowieso immer ihm. Ich will jeden Erfolg und jede Niederlage. Jedes Hoch und Tief. Jeden Segen und jede Erinnerung.

Ich nehme seine Hand, küsse sie und führe sie an meine Brust, um ihm zu zeigen, dass ich persönlich mehr als bereit bin. Ich will ihn. Ich will das hier. Und vor allem will ich uns. Mit allem, was dazugehört. Kasey schluckt, als wäre er nervös.

»Ich kann dir nicht die ganze Nacht versprechen, Schmetterling.«

»Das ist okay«, flüstere ich lächelnd. Sicher wie noch nie zuvor ziehe ich mir mein Top über den Kopf und genieße die Schmetterlinge in meinem Bauch, als Kaseys Atem stockt und er schluckt, als wäre ich das Schönste, was er je gesehen hätte.

»Alles, was ich brauche, ist genau jetzt.«

Nickend findet er meine geschwollenen Lippen und küsst mich, als hätte er mich ein Leben lang vermisst. Seine Finger wandern von meinen Lenden hinauf zu meinem BH-Verschluss, den er löst, bevor er mich an sich drückt und sich mit mir umdreht, wo er mich sanft auf die Matratze legt. Über mir wird der Nachthimmel ab und an von einem Blitz erleuchtet und von einem Donnergrollen erschüttert. Das Fenster füllt sich mit einer Schneedecke, bis wir schlussendlich nichts mehr vom Sturm sehen oder hören können.

Und als ich letztlich einschlafe, während Kasey mich in den Armen hält und seine Finger über meine Seite streichen lässt, tue ich es mit dem Gefühl zu schweben. Kasey ist wahrlich ein Teil von mir, und zum ersten Mal seit Langem habe ich keine Angst davor, auch diesen Teil an jemanden – an ihn – zu verlieren. Denn mit Kasey fühlt es sich nicht an wie ein Verlust. Es fühlt sich an, als hätte ich alles gewonnen.

Ich wache alleine auf, was ich ja irgendwo erwartet habe, auch wenn es mir anders lieber gewesen wäre. Ich ziehe die Decke höher, weil ich fröstele, auch wenn Kasey mit den Heizkörpern dafür gesorgt hat, dass es hier drinnen warm genug ist. Aber es ist seine Wärme, die mir fehlt. Blinzelnd spähe ich zum Fenster, durch das wir gestern noch den Wintersturm beobachtet haben. Jetzt sehe ich nichts weiter als eine dicke Schneeschicht, die durch die Sonne traumhaft schön funkelt.

Ich höre Stimmen und Geklimper von Geschirr unten und fühle mein Herz schneller schlagen, weil ich plötzlich merke, dass ich keinen Schimmer habe, was ich jetzt machen soll. Sollte ich mich rausschleichen? Kann ja wohl schlecht runterstolzieren, als würde ich hier hingehören, mich an den Esstisch setzen und fragen: *So, möchte jemand ein Omelett? Und übrigens, Evie – ich möchte gerne deine neue Mommy sein.* Eher bleibe ich den ganzen Tag hier oben. Rasch ziehe ich mich an und frage mich, wie ich wohl zu einer Zahnbürste komme, als kleine Schritte die Treppe hochtrippeln. Tja, so viel zum Thema Verstecken.

Evies Schritte werden langsamer, als sie so stehen bleibt, dass ich nur ihren Kopf sehen kann. Sie linst durch das Geländer, ihr Gesicht so freundlich und unschuldig, dass ich ihr grinsend zuwinke. »Daddy hat gesagt, ich soll dich nicht wecken. Habe ich dich geweckt?«, fragt sie im Flüsterton.

»Nein, Evie. Ich war schon wach«, flüstere ich zurück.

Sie grinst breit und hüpft die Treppen wieder runter. »Miss Evans ist schon wach, Daddy«, ruft sie laut, und ich lache herzhaft, erleichtert über ihre entspannte Reaktion, dass ich da bin. Mutiger als vorhin verlasse ich mein Versteck, das nie eins war, und treffe alle drei in der Küche.

»Magst du Pancakes?«, will Evie wissen, die gerade den Tisch deckt.

»Ich liebe Pancakes! Hast du die ganz alleine gemacht?«

»Nein«, gluckst sie. »Daddy durfte ein bisschen helfen.«

Mein Blick wandert zu Kasey, der mich mit einer Bewunderung ansieht, die jede Faser meines Körpers erwärmt. Ich gehe zu ihm und streichle liebevoll seine Wange, weil ich nicht weiß, ob es schon okay ist, ihn zu küssen, bevor ich ihm Timmy abnehme, der mich mit dem niedlichsten Zwei-Zahn-Grinsen belohnt. Kasey zieht mich an sich und presst seine Lippen an meine Schläfe, bevor er sich weiter um das Frühstück kümmert. Evie hält mir zwei Behälter entgegen.

»Mit Ahornsirup oder Apfelmus, Miss Evans?«

»Oder?!« Ich zwinkere ihr schmunzelnd zu. »Ich würde sagen: Und.«

Evie weitet die Augen und kichert, schaut dann zur Bestätigung zu Kasey, der mit den Schultern zuckt und lächelt. »Okay, ich auch.«

»Und was hältst du davon, wenn du mich Ari nennst, Evie?«

Sie strahlt. »Okay.« Im Hopserlauf springt Evie zum Kühlschrank, um den Rest zu holen, und ich sehe Kasey an, der meinen Blick mit einem solchen Funkeln in den Augen erwidert, dass mein Herz vor Freude ebenso galoppiert wie Evie. Nur zu gerne wäre ich Teil dieser kleinen Familie.

KAPITEL 33

Kasey

Ich halte mich an meinem Sohn fest, weil ich weiß, dass die nächsten Minuten emotional werden, und öffne dann der Person die Tür, die mir jahrelang mehr eine Mutter war als meine eigene. »Kasey«, haucht die Stimme, die in mir eine Menge Erinnerungen hochsteigen lässt. Ich muss mich räuspern, als mich der Blick aus ihren warmen braunen Augen trifft. Sie sieht genauso aus wie damals und gleichzeitig ein bisschen anders, als sie mich staunend von oben bis unten mustert.

Christinas Augen füllen sich mit Tränen, während sie von mir zu Timmy sieht, und ich schlucke meine eigene Emotion herunter, will mich hier nicht zum Idioten machen. »Danke, dass du gekommen bist«, sage ich statt all dem anderen, was ich sagen will. Zum Beispiel: *Danke, dass du mich damals aus dem Knast geholt und dafür gesorgt hast, dass ich eine zweite und dritte Chance bekomme. Danke, dass du mich nicht hast fallen lassen wie alle anderen. Danke, dass du immer weiter Briefe geschickt hast, sodass ich wusste, dass es da draußen jemanden gibt, der mich gernhat, auch wenn meine Antworten monatelang auf sich warten ließen, bevor sie gar nicht mehr kamen.*

Ich denke allerdings, das brauche ich gar nicht auszusprechen, zumindest nicht heute, denn sofort schlingt Christina die Arme um meine freie Hälfte und drückt mich fest an sich. Grinsend sehe ich zum Auto unten an der Straße, wo Ari auf mich wartet und mir zuzwinkert. Ich halte einen Finger hoch, was sie mit einem selbstverständlichen Nicken quittiert und mir dann einen Kuss zuwirft.

»Du bist ja ein richtiger Mann geworden«, urteilt Christina.

Das bringt mich leise zum Lachen. »Ja, das war der Plan.«

Mütterlich reibt sie wiederholt über meinen Rücken und gibt mir einen Kuss auf die Wange, bevor sie vorsichtig nach Timmy greift. »So ein hübscher kleiner Junge. Er ist dir wie aus dem Gesicht geschnitten«, erklärt sie in Babysprache, während sie seine kleine Nase streichelt. »Ich bin so froh, dass du angerufen hast.« Ja, das war alles andere als leicht, weil Ari recht hatte: Ich habe ein riesiges Problem damit, um Hilfe zu bitten. Aber heute habe ich etwas vor, was längst überfällig ist. Etwas, vor dem ich die Kinder fernhalten muss, weil sie niemals, niemals mit der Person in Kontakt kommen werden, die ich besuche, sofern ich es verhindern kann. »Sieh dich an, Kasey. Sieh das alles hier an!« Sie gestikuliert rund um sich. »Das ist unglaublich.«

Erleichtert kratze ich mir die Brust. »Freut mich, wenn es dir gefällt. Ich war nicht sicher, was du von all der Veränderung halten würdest.«

»Veränderungen sind gut, Kasey. Manche sind längst überfällig.« Christina legt ihre Hand auf meinen Arm und hält mich zurück, bevor wir in die Küche gehen können, wo Evie zeichnet. »Ich bin sehr stolz auf dich!« Leise lachend senke ich den Kopf, doch sie gibt mir einen kleinen Klaps, weil sie meinen Unglauben kennt. »Nicht nur wegen des Hauses. Sondern, weil du es geschafft hast.« Ich starre sie einen Moment lang fragend an, weil ich nicht sicher bin, ob sie damit das Haus, die Kinder oder meinen Job meint. »Du hast es geschafft, deine persönliche Wahrheit auf den Kopf zu stellen und auf die Dinge hinzuarbeiten, die dir zustehen.«

Mit feuchten Augen klopft sie mir auf die Schulter und lässt mich etwas sprachlos stehen, um in die Küche zu gehen. »Wunderschön«, höre ich sie ausrufen. »Vor allem du, kleine Lady. Ich bin Christina, und wer bist du?« Die beiden beginnen, das natürlichste Gespräch der Welt zu führen, als würden sie sich bereits ewig kennen. Evie erzählt schon von ihrer Lieblingsserie, während ich noch über Christinas Worte nachdenke.

Ist das denn so? Habe ich meine persönliche Wahrheit auf den Kopf gestellt? Ist das der Grund, warum ich aufgehört habe, gegen mich selbst zu kämpfen, sondern nur noch gegen meine Dämonen?

»Und was malst du da eigentlich?«, will Christina von meiner Tochter wissen.

»Ein Bild für meine Mommy. Das Herz soll so groß sein wie ihre Liebe. Aber ihre Liebe ist sicher noch größer, nur so ein großes Blatt habe ich leider nicht.«

Ich stecke die Hände in die Hosentaschen, während Christina bereits die perfekte Antwort parat hat.

»Ich finde, das Herz, was du da gemalt hast, ist schon richtig, richtig groß. Wir könnten aber ein paar Papiere zusammenkleben und ein noch größeres Herz daraus machen. Was denkst du?«

Evies Augen weiten sich. »Wirklich?«

»Klar. Ich bin total gut im Kleben. In der sechsten Klasse haben dein Daddy und deine Lehrerin den Preis für das beste Halloweenkostüm bekommen. Sie waren als Speck und Spiegelei verkleidet.« Dann zeigt sie auf sich. »Habe ich alles geklebt, weil ich nicht nähen kann.«

Ich erinnere mich. Mir war das Ganze peinlich, weil ich gerade dabei war, cool zu werden. Aber wieder einmal hat Ari mich an der Hand gepackt und einfach mitgeschleift. Am Ende war es ja wohl wirklich nicht so schlecht. Lachend reibe ich mir den Nacken, während Evie belustigt mit offenem Mund zu mir sieht.

»Ich war der Speck«, bestätige ich.

Aufgeregt wackelt sie auf ihrem Stuhl herum. »Daddy kann auch nicht nähen.« Christina lacht. »Kann ich ein Foto sehen, Daddy?«

Tja … »Ich habe leider keines, Fussel«, muss ich sie enttäuschen, weil ich nichts aus der Vergangenheit besitze. Ich hatte damals nichts, und alles, was ich vielleicht doch hatte, landete wahrscheinlich auf dem Sperrmüll, als Mom auszog.

»Ich aber, Evie. Nächstes Mal bringe ich ein Fotoalbum mit, ja?«

Evie freut sich, und ich fühle ein ehrliches Lächeln auf meinen Lippen, als Christina den Daumen in meine Richtung hochhält, bevor sie sich neben Evie setzt und mit ihr beginnt, weißes Papier zusammenzukleben.

Ich beobachte, wie der Mann, den ich die erste Hälfte meines Lebens gefürchtet und die zweite gehasst habe, in den Besucherraum geführt wird. Trotz der Tatsache, dass er in einem orangen Overall und Hand- und Fußfesseln steckt, wirkt er nach wie vor so verflucht selbstgefällig, als wäre es eine Auszeichnung, als besonders gefährlich eingestuft zu werden. Wortlos wird er gegenüber von mir auf die Bank gesetzt. Ebenso wortlos warte ich darauf, dass der Wärter einige Schritte von uns weggeht, und dann noch etwas länger, einfach, weil ich will, dass dieser Mann fühlt, dass ich ihm zum ersten Mal ohne Angst begegne. Sein Lächeln verrutscht ein wenig, bevor er sich noch einmal extra darum bemüht und den Kopf schief legt.

»Ich bin etwas überrascht, dich auf dieser Seite des Tisches zu sehen.«

Das Kind, das ich früher war, hätte den Ärger über die Meldung in sich hineingefressen. Der Teenager hätte ihm eine verpasst. Der Mann, der ich heute bin, sitzt einfach da und hört es sich an, weil ich endlich stark genug bin, es zu hören, aber nicht an mich ranzulassen.

»Bist du hier, um dir meine Anerkennung dafür abzuholen, Junge?« Seine Stimme wird etwas kratziger. Der große, coole Mann, der alles im Griff hat, scheint langsam nervös zu werden.

»Ich bin hier, um dir zu sagen, dass ich dich loslasse. Und ich bin hier, um dir zu sagen, dass du unrecht hattest. Ich bin nicht im Geringsten wie du.« Er lacht und hebt kurz ungläubig eine Augenbraue. Aber ich lasse mich davon nicht beeindrucken und rede unbeirrt weiter. »Nicht, weil ich es nicht sein *könnte*. Sondern, weil ich es nicht sein *werde*.«

Er schnaubt, bevor er sich mit einem versteckten Grinsen zurücklehnt und ein paarmal zynisch in die Hände klatscht. »Wahnsinnsrede«, murmelt er verächtlich. Obwohl ich weiß, dass er mich verhöhnen will, spüre ich, wie ich sein Grinsen erwidern kann. *Er* ist derjenige, der kaum klatschen kann, weil er Handschellen trägt. Amüsiert verschränke ich die Arme vor der Brust und lehne mich ebenfalls zurück. Das irritiert ihn wohl. Mit den Zähnen mahlend rutscht er auf seiner Bank herum und wendet den Blick ab.

»War das alles?«, will er wissen.

»Genau genommen ja.« Zumindest alles, was ich ihm geben werde. Denn all die anderen Dinge wird er nie von mir erfahren. Dass ich zwei wunderbare Kinder habe, die ich mehr liebe als mein eigenes Leben. Für die ich jeden Tag verdammt hart an mir arbeite, um mich meiner Vergangenheit zu stellen. Weil sie es verdient haben. Oder dass ich die Frau wiedergetroffen habe, die ich heiraten werde. Mit der ich das Glück finden werde, von dem sie mir damals mit siebzehn erzählt hat. Nicht, weil es selbstverständlich ist. Sondern, weil wir es uns erkämpft haben.

Ich stehe auf und signalisiere dem Wärter, dass ich hier fertig bin, als mein Vater mit seinen Fäusten wütend auf die Metallplatte schlägt.

»Du brauchst dich hier überhaupt nicht mehr blicken zu lassen, du Versager, verstanden?« Mein Zurückschrecken, das er sich wahrscheinlich von mir erhofft hat, bekommt er nicht, sondern nur zwei Wärter, die ihn nach seinem Ausbruch packen und von mir wegführen.

Erst als ich wieder ins Auto einsteige, erlaube ich mir, die Luft auszuatmen, die ich gefühlt angehalten habe, seit ich die Gefängnismauern betreten habe.

Sofort greift Ari nach meiner Hand und drückt sie fest. »Okay?«

Ich sehe von ihren zarten Fingern, die mit meinen verschränkt sind, zu ihrem wunderschönen Gesicht, das mir wohl immer Sicherheit und Zuhause sein wird, und nicke. Mein ganzes Leben lang habe ich zugelassen, dass meine Mutter, mein Vater, meine Lehrer und Mitschüler an meiner Geschichte geschrieben haben, als wüssten sie genau, wer ich bin und wer ich eines Tages sein würde. Aber dann haben sie den Stift hingelegt und ich habe die Geschichte einfach weitergeschrieben. Heute hört das auf. Ich alleine bestimme, wie die Geschichte weitergeht. Zum ersten Mal seit ich mich erinnern kann, macht mir das keine Angst.

»Ja, Schmetterling. Es ist okay.« Ich hebe ihre Hand zu meinen Lippen und küsse sie dort an der Stelle, wo ihre Pulsader schlägt. »Es ist viel mehr als das.«

EPILOG

KASEY

Vier Jahre später

Ich blinzle mich aus einem traumlosen Schlaf, weil ich das Gefühl habe, gleich aus dem Bett zu fallen. Zumindest liege ich auf den letzten paar Zentimetern meiner Hälfte, während kleine Füße gegen meine Brust drücken. Erheitert umfasse ich die Knöchel meines Sohnes und lege sie vorsichtig zurück in die Mitte des Bettes, in das er gestern wieder einmal gekrabbelt ist, weil es bei uns scheinbar gemütlicher ist als in seinem eigenen. Bei der Berührung schnarcht er leise und kuschelt sich dichter an Ari, die schlafend einen Arm um ihn geworfen hat. Ich lasse mir einen Moment Zeit, den Blick über Timmy wandern zu lassen. Seinen offenen Mund, die langen Wimpern und die wilden Krauselocken, die wahrscheinlich einen Schnitt vertragen könnten, aber irgendwie einfach zu ihm gehören. Liebevoll blicke ich zu Ari, meinem schlafenden Engel, der mir in den letzten Jahren nicht nur Frieden, sondern auch Liebe geschenkt hat, wie ich sie nie kannte. Liebe, die nicht von meinen Umständen abhängig war oder vom Tag oder ob Timmy wieder einmal einen seiner Kleinkind-Wutanfälle bekommen oder Evie uns einen Vorgeschmack auf die Pubertät geliefert hat. Sondern die Art von Liebe, die bleibt und mir ermöglicht hat zu wachsen, statt mich zurückzuziehen. Mein Herz schlägt einen Takt schneller, als sich ihre braunen Augen langsam öffnen, ihr Blick meinen trifft und sie seufzt, bevor sie sie lächelnd für ein paar weitere Minuten Schlaf erneut schließt. Schmunzelnd lasse ich die beiden alleine und sehe leise nach Evie.

Wie eigentlich immer momentan finde ich sie aufrecht im Bett sitzend, die Brille auf der Nase, ein Buch in den Händen. Meine kleine Leseratte. Das hat sie von Penny, und ich finde es toll, dass sie gerne in die Schule geht und gerne lernt. Ich klopfe einmal, um mich anzukündigen. Schwerfällig reißt sie sich von dem Buch los, dann ernte ich aber doch ein Lächeln.

»Guten Morgen, Daddy.«

»Hi, Fussel«, gebe ich zurück, auch wenn der Spitzname wohl langsam uncool wird. Ich marschiere durch das Zimmer und setze mich zu ihr ans Bett, als sie etwas Platz für mich macht. Sanft drücke ich ihr einen Kuss auf die Stirn. »Zu spannend, um auszuschlafen?«

Sie presst ihre Hand gegen meine nackte Brust. »Daddy, wusstest du, dass Mädchen im Mittelalter schon mit zwölf Jahren heiraten mussten?« Sie verzieht das Gesicht. »Igitt. Das ist ja abartig.«

Ich ziehe selbst die Nase kraus. Evie wird dieses Jahr zehn. Sie muss mindestens noch das Doppelte draufschlagen, bevor ich sie überhaupt mit einem Jungen ausgehen lassen werde.

»Ja, das stimmt. So, und jetzt fang mal an, dich fertig zu machen. Sonst fährt der Bus wieder ohne dich ab. Wenn ich dich heute zur Schule bringen muss, dann trage ich dir die Schultasche bis zum Spind.«

Evie reißt den Mund auf. »Ganz sicher nicht!«, ruft sie empört, als wäre ich das Peinlichste, was ihr je passiert ist. Etwas früh, meiner Meinung nach, aber was weiß ich eigentlich? Ich stehe drauf, ihr auf den Keks zu gehen, und zucke mit den Schultern. Stöhnend wirft Evie das Buch zur Seite und klettert über mich drüber aus dem Bett. Etwa fünf Minuten steht sie vor dem Kleiderschrank, bevor sie sich endlich für das heutige Outfit entscheiden kann. Interessiert, welches Sachbuch sie dieses Mal wieder liest, blättere ich durch das Buch und kriege erst verspätet mit, wie sie mich erwartungsvoll anstarrt.

»Daddy!«, mahnt sie, als ich verständnislos dreinschaue. »Kannst du vielleicht rausgehen?«

Ich hebe entschuldigend die Hände und verschwinde belustigt aus ihrem Zimmer.

Timmy läuft mir entgegen. »Guten Morgen, Daddy!«

»Hey, Kumpel!« Ich hebe ihn zu einem Kuss hoch. »Gut geschlafen?«

»Mhm.«

»Sehr gut. Erinnere mich, dass wir diese Stinkefüße heute vor dem Zubettgehen waschen, wenn ich sie morgen wieder in der Nase habe.«

Ich kitzle seine Zehen, während er glucksend an mir hinabgleitet, in sein Zimmer läuft und dabei mit frechem Kichern über seine Schulter sieht. Seufzend strecke ich mich und gehe zurück ins Schlafzimmer, wo meine bildschöne, sexy und absolut unausgeschlafene Frau gerade ächzend versucht, aus dem Bett aufzustehen. Mit unterdrücktem Schmunzeln, weil ich sonst einen auf den Deckel bekomme, jogge ich rüber, um ihr zu helfen, in eine senkrechte Position zu gelangen.

»Guten Morgen, Schmetterling.« Ich gebe ihr einen Kuss auf den Mund, beuge mich dann zu ihrem gerundeten Bauch und presse einen zweiten Kuss darauf. »Guten Morgen, kleine Raupe.«

»Ja, kleine Raupe Nimmersatt vielleicht«, seufzt Ari und lacht. »Ich habe das Gefühl, ich trage einen Medizinball vor mir her.« Einfach, weil ich es kann, küsse ich Ari gleich noch einmal, diesmal inniger als eben, auch wenn sie nuschelnd widerspricht, weil sie immer zuerst Zähne putzen will. Nur sind das nicht meine Prioritäten. Als meine Hände letztlich unter ihr Shirt wandern und dort die zarte Haut ihres Rückens streicheln, schmiegt sie sich endlich an mich und erwidert den Kuss mit der Leidenschaft, die Ari von Natur aus zu eigen ist.

»Daddy!«, schreit Evie genervt. »Timmy geht nicht aus meinem Zimmer raus.«

Ich lege meine Stirn sanft gegen Aris und gebe mir einen Moment, um mich zu beruhigen, weil ihre Küsse mich auch nach vier Jahren alles andere als kalt lassen. Liebevoll küsst sie noch einmal meine Wange, bevor sie mich wegschiebt und mir einen Klaps auf den Hintern verpasst. »Siehst gut aus heute, Korbin.«

Ari wackelt mit den Augenbrauen und ich zwinkere, womit ich ihr signalisiere, dass der Kuss noch nicht zu Ende ist.

Empört wartet Timmy bereits auf mich und verschränkt mit bösem Blick die Arme vor der Brust. »Evie sagt, es gibt keine echten Ninja Turtles.«

Evie verdreht die Augen. »Timmy will in die Kanalisation steigen, um nachzusehen, wo die Turtles sind, Daddy.«

Auch, wenn das Thema witzig ist, bemühe ich mich darum, ernst zu bleiben, als ich vor Timmy in die Hocke gehe und versuche, meinem Vierjährigen zu erklären, warum er ein Ninja Turtle sein kann, aber trotzdem nicht in die Kanalisation steigen darf, weil wir nicht die richtige Ausrüstung und das nötige Werkzeug dafür haben.

»Du hast sooo viel Werkzeug«, erklärt er mir genervt und schüttelt den Kopf. »Das macht keinen Sinn, Daddy.«

Oookay, es ist einer dieser Morgen. Als ich nach weiteren zehn Minuten endlich aus dem Zimmer komme, begegnet mir Ari mit einer Hand auf ihrem Bauch und einer auf dem Rücken. Nervös gehe ich ihr entgegen, während sie etwas

313

angespannt lächelt und durch gespitzte Lippen ausatmet. »Alles gut, Schmetterling?«

Nickend holt sie wieder Luft, ihr Lächeln wird breiter und sie gibt mir einen Kuss. »Ich glaube, es geht los«, murmelt sie.

Ich greife nach ihrer Hand. »Ehrlich?« Man würde meinen, ich wäre beim Dritten entspannter, bin ich aber nicht.

Zärtlich streichelt sie meine Wange und küsst mich sanft. »Ich hatte die ganze Nacht Wehen, aber jetzt sind die Abstände schon ziemlich kurz und ich glaube, ich habe ein bisschen Fruchtwasser verloren.«

Wow. Alles klar. Schätze, dieser Morgen wird doch anders als die anderen.

»Ich hole deine Sachen.«

Und sofort lasse ich sie stehen, weil ich mir gleich bildlich vorstelle, wie Ari unseren Sohn im Auto zur Welt bringen wird. Aber wie Ari eben ist, ist sowieso alles perfekt vorbereitet. Sie hat bereits vor Wochen im Kleiderschrank und in unserem Bad Stapel vorbereitet, die ich lediglich in die halb gepackte Krankenhaustasche legen muss. Sie hat sogar eine WhatsApp-Gruppe mit Leuten erstellt, denen wir dann einfach die gute Nachricht verkünden können, damit wir im Trubel bloß niemanden vergessen. Raffa ist auch in dieser Gruppe. Denn obwohl er heute offiziell zum ersten Mal Opa wird, behandelt er Evie und Timmy seit geraumer Zeit wie seine eigenen Enkelkinder. Und während es mir anfangs definitiv schwerer gefallen ist, ihm seine Abwesenheit in Aris Leben zu vergeben, umso dankbarer bin ich inzwischen, dass Evie und Timmy ein Netz an Menschen gewonnen haben, die sich darum reißen, Teil ihres Lebens zu sein. Während ich noch mit Christina telefoniere und sie bitte, die Kinder heute von der Schule abzuholen, bin ich schon bereit, die Treppe runterzulaufen, als ich Kichern aus Evies Zimmer höre.

»Okay, danke, Christina! Wir melden uns.«

Abrupt bleibe ich im Türrahmen stehen und beobachte, wie Ari mit meinen Kindern in Evies Bett sitzt. Timmys Beine liegen quer über ihnen. Mit einer Hand streichelt sie seine Schienbeine, während sie mit der anderen sanft über Evies Gesicht fährt, die ihren Kopf an Aris Brust drückt.

»Aber ich will keine Stinkewindeln wechseln«, gluckst Timmy, und Ari reißt spielerisch den Mund auf.

»Wir haben deine Stinkewindeln auch gewechselt, kleiner Mann.«

»Ja, aber ihr seid Mädchen«, kontert er, und wir lachen.

»Wirst du dann auch noch unsere Mom sein?«, erkundigt sich Evie aus heiterem Himmel.

Mein Herz bleibt stehen. Ich habe mich gefragt, ob das je ein Thema sein würde, denn Evie war alt genug, um zu verstehen, was es bedeutete, von Ari adoptiert zu werden. Timmy kennt nichts anderes. Eine winzige Furche entsteht zwischen Aris Brauen, als sie die Augen schließt und mit Stärke und Würde durch eine weitere Wehe geht, auch wenn sie sich die Schmerzen vor den Kindern kaum anmerken lässt. Stattdessen streichelt sie Evie weiter und presst einen Kuss auf ihre Haare.

»Immer, Evie. Ich liebe es, eure Mom zu sein. Und du bist die beste Tochter, die ich mir hätte wünschen können. Ich bin so stolz auf dich.«

Evie wirft die Arme um Ari und drückt sie ganz fest, und ich liebe Ari noch mehr als je zuvor – wobei ich das jeden Tag denke.

Und als sie dann Stunden später dieses perfekte, kleine Wesen zur Welt bringt, fühle ich mich, als könnte ich Bäume ausreißen. Ihretwegen. Weil sie mir die Art von Familie geschenkt hat, die ich mir nie hätte erträumen können. Weil sie mich zusammengehalten hat, als ich nicht sicher war, ob ich es schaffen würde, Vater für zwei Kinder zu sein, und nun fühle ich mich stark genug für drei weitere.

Die Hebamme legt mir meinen in Decken gewickelten Sohn in die Arme und ich halte den Atem an, während ich ihn betrachte. Seine winzigen Finger strecken sich mir entgegen und ich küsse jeden einzelnen davon. »Hey, Jayden. Ich bin dein Dad«, erkläre ich ihm, nachdem ich nun die letzten Jahre erfahren durfte, dass dieses Wort nicht zwangsläufig ein Fluch sein muss, sondern ein Segen sein kann. Ich liebe es, der Vater meiner Kinder zu sein. Vielleicht, weil ich beobachten kann, wie sie sich zu den großartigen Wesen entwickeln, die sie schon sind. Vielleicht, weil sie mir täglich Dinge beibringen, die ich nie gelernt hätte, wäre ich nicht Vater geworden. Vielleicht einfach, weil sie mich mit einer Liebe bekannt gemacht haben, an deren Existenz ich kaum glauben konnte. Aber sie ist da. Und sie spüren sie.

Jayden kommt aus dem Hebräischen und bedeutet übersetzt »dankbar«. Das, was ich für den Rest meines Lebens sein werde, weil ich meine Geschichte umgeschrieben habe.

Und alles hat mit *ihr* begonnen. Mit Ari, die mich müde, aber glücklich anstrahlt. Meine Heldin, die mich auf mehr als eine Weise gerettet hat, vor allem aber vor mir selbst.

»Ich hab dir doch gesagt, du würdest es kriegen, Kasey«, erinnert sie mich, und ich lache leise. Sie muss nicht erklären, was sie meint. Ich werde nie vergessen, wie sie mir das alles mit siebzehn Jahren versprochen hat, selbst wenn ich damals noch kein Wort davon glauben konnte.

»Du hast allerdings ein wesentliches Detail ausgelassen.« Lächelnd hebt sie eine Augenbraue. »Mit dir, Schmetterling ...« Ich ziehe die Schultern kurz hoch und presse Jayden noch dichter an mich, bevor ich mich hinunterbeuge, um Ari zu küssen. »Nur mit dir.«

Hat Ihnen dieses Buch gefallen?

Möchten Sie informiert werden, wenn Jessica Winter ihr nächstes Buch veröffentlicht? **Dann folgen Sie der Autorin auf Amazon.de!**

1) Suchen Sie auf Amazon.de oder in der Amazon App nach dem eben gelesenen Buch.
2) Klicken Sie auf den Namen **der Autorin**, um auf die Autorenseite zu gelangen.
3) Klicken Sie auf den »Folgen«-Button.

Noch schneller gelangen Sie zur Autorenseite, indem Sie diesen QR-Code mit Ihrem Smartphone oder Tablet scannen:

Wenn Sie dieses Buch auf einem Kindle eReader oder in der Kindle-App lesen, wird Ihnen automatisch angeboten, **der Autorin** zu folgen, sobald Sie die letzte Seite des Buches erreicht haben.

Zeitfracht Medien GmbH
Ferdinand-Jühlke-Straße 7
99095 Erfurt, Deutschland
produktsicherheit@kolibri360.de

Druck:
CPI Druckdienstleistungen GmbH
im Auftrag der
Zeitfracht Medien GmbH
Ein Unternehmen der Zeitfracht - Gruppe
Ferdinand-Jühlke-Str. 7
99095 Erfurt